警察陆令

奉义天涯 著

湖南文艺出版社

序

如果你能一眼识善恶、辨真假、溯人性，那你愿意成为守序阵营的一员吗？

如果你拥有读心术一般的能力，那你是否愿意，去某个基层单位做一名普通警察？

如果你亲眼看到陌生人在你眼前死去，你是否会想付出自己，去查明背后的真相？

看到这里，你的答案是"是"或者"否"，其实已经不重要，因为大部分人无法做到以身殉道，但每个人都尊重这条路上的人。

这本书，缘起一位女士，一个已经不在人世的人。她为了记录一些真相，最终付出了自己年轻的生命。这位女士，被很多人称为"先生"，后来引发了网络上关于"女性是否适合被称呼为先生"的讨论，即便到今天依然有争议。

这本书在创作过程中，有很多很多的朋友参与，最有趣的就是有些案子会搞竞猜。印象比较深的是第一个案件，当时我列举了大概三十个嫌疑人供大家参考，甚至还写了专业的刑侦案卷，引发近千名读者讨论。因为参与人数够多，总会有人猜中答案，但是分析起来却众说纷纭，这给了我莫大的压力，当然也是鼓励。

我在公安大学读书的时候，大三时，在北京丰台区实习半年，第一次接触案件，那个时候的我懵懂、可爱，满眼都是光，有老师父说希望我一直都能眼里有光。十几年过去了，我见过那么多的黑暗、邪恶，但令我庆幸的是，我眼里的光并没有熄灭。在这里，我为大家讲述陆令的故事，希望大家能够喜欢。

目 录
CONTENTS

第一卷　初入辽东　/001

思维是很复杂的认知过程，是大脑皮质的整体性活动，从学术上来说，是指运用观念、表象、符号、语词、命题、记忆、概念、信念的内隐的认知操作或心智操作。

每个人的社会思维的产生，都是非常复杂的存在。

陆令研究和学习人格心理学这些年，明白每个人都很复杂。

第一章　新警 /002

第二章　入职 /014

第三章　命案 /029

第四章　找人 /040

第五章　五境 /049

第六章　警情 /061

第七章　敲诈？ /074

第八章　集合行动 /086

第九章　石青山 /095

第十章　挺直腰杆 /107

第十一章　那是他的命！ /116

第十二章　情种 /128

第十三章　传销案 /140

第十四章　《现代侦查学》 /149

第十五章　圣诞节 /163

第十六章　案件的新思路 /172

第十七章　陆令的人设开始"崩塌" /181

第十八章　重要线索 /190

第十九章　案情再次突破 /202

第二十章　挖掘尸骨 /213

第二十一章　王一雯 /225

第二十二章　偶然原因 /237

第二十三章　推理：利大者疑 /245

第二十四章　局长的嘱咐 /256

第二卷　天才新警（上）　/263

　　真凶在这十三人里，谁敢随便放？
　　法律规定传唤时限就这么长，如果没有证据，不放难不成还都刑拘了？
　　这十三人中还有大学生、教师，谁也不敢没有任何证据就刑拘对方。刑拘余士可？倒也不是说不行，毕竟她是组织者，嫌疑最大。那其他十二人呢？

第二十五章　表彰 /264

第二十六章　职业警察 /275

第二十七章　聚众斗殴 /284

第二十八章　终究，意难平 /293

第二十九章　三幕 /303

第三十章　密室杀人案 /312

第三十一章　"萌新"法医 /323

第三十二章　犯罪心理分析 /329

第三十三章　分析密室与多重人格 /338

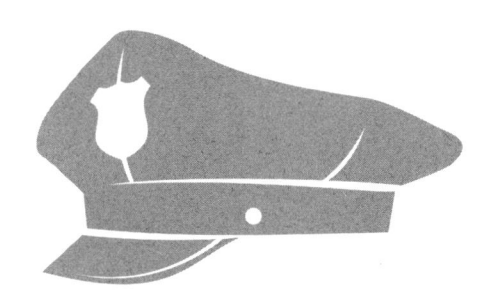

第一卷
初入辽东

　　思维是很复杂的认知过程，是大脑皮质的整体性活动，从学术上来说，是指运用观念、表象、符号、语词、命题、记忆、概念、信念的内隐的认知操作或心智操作。

　　每个人的社会思维的产生，都是非常复杂的存在。

　　陆令研究和学习人格心理学这些年，明白每个人都很复杂。

第一章　新警

1

"呼——"
"哈——"
"哈——"

陆令把口罩往下拉了一点，使劲搓了搓手，然后微微张开，用力地朝双手中间哈气，但手心却已经感觉不到温度。

凛冽的寒风像是加了风刃魔法一般，似乎要将他的身体撕裂。

冷啊！

飕——

没办法，他不得不戴好口罩，从领子那里把手插到衣服里，瞬间就感觉到两坨冰块贴在了胸膛上。似乎就在一瞬间，身上的热量也消散殆尽。

这该死的天气！还有这该死的手机，这个时候居然关机了！

不能这么走过去了，逞能……

风雪都不算很大，但温度已经到了零下15摄氏度，陆令的手脚都逐渐要失去知觉了。

今天第一天上班，这要是冻死在半路上，那……算牺牲吗？

现在，他面临两个选择：一是往回走，村子距离这里不到两千米；二是往前走，虽然他知道小镇应该就在前面，但毕竟从来没有去过，手机没电不能导航，一旦走错那麻烦就大了。

快速决定后，他拉紧了并不算厚的帽子，把手揣进冰冷的外套兜里，看了看雪地里的脚印，转身往回大步走去。

在市局培训了一个月，陆令今天正式报到。早上他被送到了县局，在县局办了相关手续后，由局里负责派车送他，结果车开到这个距离苏营镇五千米的村子时出问题了。

县城周围的积雪被清理得很干净，车行驶起来相对容易，可开出县城十几千米后，路就开始越来越难走。县局的车在县城跑惯了，也没准备防滑链，原以为雪地胎没问题，可结果还是差点掉进沟里。

开车的人只得帮他打了电话，让镇上的派出所安排人过来接他，并让他在村里唯一的商店等待，然后就先行回去了。雪还在下着，车如果再不走，可能就彻底回不去了。

这本来是个很好的安排，但陆令看了一眼手机地图，发现村子距离镇上只有四五千米，按照他日常的身体状况，最多一个小时就徒步过去了。

倒不是陆令多么好动，只是派出所那边食言了。苏营镇派出所接到县局的电话后答应过来接他，但刚刚答应就遇到了紧急的案件，全所现在能用的两辆警车都必须开出去抓人。因此，陆令只能留在商店里等待。

陆令哪里知道是什么事，等了半个多小时依旧没动静，他就打算步行过去了。

不就四五千米吗，用手都能走过去！

作为一个土生土长的南方孩子，陆令来辽东市已经一个多月了，这边的天气一直很冷，他从来没有持续待在户外超过十分钟，总是穿梭于房屋之间和房、车之间。

很多人对北方的冷实际是有错觉的，因为北方室内很暖和，出去几分钟穿件羽绒服，一点都不难受，但要是待在户外久了，身体的失温就会很厉害。

每年一到冬季，东北地区的脑血栓发病率就会飙升。农村有许多地方依然没有暖气，家里除了热炕，其他地方都可能会结冰。

整个辽东市，陆令这批招录的警察一共有二十七个人，分配到东安县的只有两个人，其余的人被安排到了县局里。基层警力匮乏，或许是为了尽早填充基层警力，陆令才被安排到了苏营镇派出所。

在往镇上走的路上，陆令原本有些低沉的心情突然变得有些激动起来：报到的第一天就遇到困难，按照当下流行的游戏和小说对人物的设定来看，自己莫不是主角？

一想到这里，陆令整个人似乎都精神了许多，甚至都可以慢踏步地跑起来。

然而雪天跑步很困难，因为地面很滑，陆令只得决定返回村子。沿着路边没有车辙的地方，陆令跟跟跄跄地跑回了村子。

风雪打在脸上，身上的衣物形同虚设，两只脚就像冰块一样，刺骨的疼感不住地涌上陆令的心头。

看到商店的那一刻，仅仅出去半个小时的陆令顿时有些激动，连忙过去敲门。商店的前屋没人，但老板显然听到了有人敲门，从里屋出来了。

"咋回来了呢？"商店老板是个大叔，挺热心，连忙给陆令开了门，示意他过去烤炉子。

看到炉子，陆令觉得这就是救命的东西，差点直接抱了上去。他将背包放在地上，身上除了后背贴合背包这块地方还算暖和，其他部位都冻透了。他用力地拍打身上的雪，手却没太多知觉。

"我错了，我以为能跑过去，结果走了几里地就不行了，这个苏营镇真够远的。"陆令看着老板在给他倒水，感动得眼泪都快流下来了。"太感谢了！这炉子真是救了我的命。"

"啊？"老板把水放在柜台上，上来捏了捏陆令的衣服，"你穿得太少了，鞋也不行，我要知道你没怎么穿，肯定不让你走。"

"从来没在户外待这么久，这次真算是领教了。"陆令都快要把手贴在炉子上了。

"客气啥，要说这派出所也是，为啥不来接你啊？"老板晃了晃暖水瓶，发现水不多了，"你先烤着，我去缸里舀点水，过来再烧上一壶。这一碗有点烫，你等放放再喝。"

老板从商店的内门回到了里屋，陆令这才想到手机也需要烤一烤，于是搬来了小马扎把手机放了上去。

这时，陆令听到有人敲门，以为是有人来接他了，便想站起来开门，结果脚麻住了，整个人僵在了原地。

冻僵后的恢复过程很难用语言形容，他已经感觉不到脚和小腿是自己的一部分，但是它们依然忠诚地履行着支撑身体的任务。

陆令僵直着站了一会儿，老板就打好了水推门回到了前屋。

这是典型的住房改建的商店，所改建的一般是家里的侧房，卖的都是很便宜且常见的商品。这里卖的最贵的烟，是利群。

"大叔，有人敲门，我脚有点不方便，您过去看一下。"陆令连忙说道。

2

老板没有掀开炉盖，而是直接把烧水壶放在了上面，烧水壶很快冒出"吱吱"声。接着，老板两三步就走到了商店的前门，往外一看，和陆令说道："不用管，是村里的醉汉，又来买酒喝，不能卖给他，喝多了容易冻死。"

"这种天确实不能喝太多。"陆令表示明白，他刚刚经历了"速冻"，很清楚这种天气有多恐怖，"你们自己村的，不让他进来没事啊？"

"他没有口罩，不能让他进来。"老板随口说道。

"欸。"陆令点了点头，这理由……行吧。

"欸，你的手机怎么搁在这里？太近了，别烤坏了。"老板说着就把小马扎往边上挪了挪，然后一只手拿起烧水壶，另一只手抄起铁棍，把炉盖放到了地上，用铁棍捅了捅里面的煤，感觉还不用换煤，这才又把烧水壶放了上去。

陆令看着这番操作觉得十分有趣，便接着烤了烤火，喝了点热水。慢慢地，他感觉身体逐渐又属于自己了，只是脚越来越痒。

"鞋脱了吧，鞋上那么多雪都化了，把鞋烤烤，顺便烤烤脚，这天气可不能把脚冻坏了。"老板看着陆令说道，"现在条件好了，冬天屋里暖和。我们小时候，手脚长冻疮的可多了。"

"欸，没事没事。"陆令觉得这样不太雅观。

"客气啥！在村里还在乎这些？听我的，把鞋烤一烤，别太讲究。"说着，老板就要上手给陆令脱鞋。

"不用不用，我自己来！"陆令有些不好意思，便自己把鞋脱了下来，架在旁边烤，然后双脚也凑了上去。温暖的感觉让他更痒了，可他又不好意思挠。

老板看着陆令，满意地点了点头。"我进屋去收拾一下灶台，你看要是过会儿还没人来接你，就在我这里对付一口。"

陆令刚要拒绝，见老板一脸诚恳，便决定留在这里吃饭，给老板饭钱。他来东北的时间还是太短，并不太了解这里的风俗。

烤了一会儿，手机开了机，陆令还以为有什么未接来电或者短信，结果什么都没有，他不得不又给苏营镇派出所打了个电话。

接电话的是个女警。"你还得再等等，这边前台就剩下我自己了，我走不开，不然我就开我的车去接你了。"

"所里是什么案子啊？"陆令有些纳闷。

来之前，他问过一些人，人家都说这边的派出所事情不是很多，今天这是怎么回事？到底是因为什么事造成这样的调动？

"我也不知道，真不知道，我就是个管户籍的。要不这样，如果他们回不来，五点下班，我开车去接你，你在那里再坐会儿。"女警接着说道。

"啊？谢谢，谢谢，不过……"

"不和你说了，我先去接待群众。"女警打断陆令，说完就挂了电话。

这让陆令有些不解，她是管户籍的？只剩下一个户籍警了？这得是什么案子啊？

挂了电话，陆令打开同一批来辽东市培训的人组建的微信群，这个群平时就挺热闹的，此刻也聊得热火朝天。当然，即便是同一个群，也大概分为两个群体，一部分是警校生，另一部分是社招生。

陆令就是社招生，今年已经25岁了，研究生毕业，主要研究人格心理学。

他的导师很器重他，跟他说如果他想更进一步，那么可以当个刑警，"六扇门"里好修行。

通过群里的发言，陆令得知这个案子在好几个县传开了。案情很简单，今天上午九点多，一名女子将车停在商店门口，准备进去买一点东西，因为只有几步远，所以女子没有熄火锁车。这时，突然出来一个男的，跳上车就把车开走了。

这是一起盗窃汽车的案子，车上还有个两个月大的孩子。车是四驱的丰田越野车，有雪地胎。偷车贼拉开车门，上了车就跑，当时谁也没有反应过来。很快，偷车贼就把车开到了没有监控的城郊，目前不知道去了哪里。

几个县的警方出动了所有能够安排的警力，对主要干道进行了人工监控，乡镇派出所自然也不能例外。案发地是林南县，距离苏营镇也就几十千米，所以东安县也迅速开展了行动。

气温太低，无法保证所有小路都有警察，但目前的安排已经算是竭尽所能了。

发生这种案子，陆令就不可能催派出所了，他走到窗口，看向外面，想看看那辆车有没有可能经过此地，也算是提前开展工作了。

这是典型的激情犯罪，一般人不可能有预谋。激情犯罪的特点是没有预谋，遇到情景刺激，从而自我失控。瞬间的刺激使行为人产生了兴奋感，有的在达成目的后会停下来，也有的会难以控制自己的兴奋感，因而造成更大的惨案。

陆令研究过这类犯罪，比如，有的行为人在没人的地方看到特别漂亮的独身女性后，本来没有计划强奸，但克制不住欲望，一下子就激情犯罪，而且事后还可能杀人。

偷车贼如果发现车里有孩子……陆令将自己代入了嫌疑人的情绪中，随即推想到了一个很坏的结果。

"你在那里看啥呢？怎么，那个买酒的又来了？"老板回到了前屋，往货架走去。

"没有，就是看看。叔，您说这个雪啥时候能停？"陆令看了看手表，已经是下午三点了。

"今天没戏，雪不大，这种小雪就是慢悠悠地下。咱们辽东市啊，因为靠海，又背靠长白山，每年雪都不小。我估摸着，起码下到明天中午。"老板站到椅子上，从货架最后面拿出了一瓶沾满了灰尘的酒，"我跟你说，这可是好东西，正经的本地粮食酒，60多度，喝完它就不冷了。"

"这是？"陆令有些不解，"您家里晚上来客人？"

"你不就是客人吗？看你们单位这个意思，指不定是遇到啥大事了。你们这些刚上班的，单位也不重视，吃了饭，明天一早村里有去镇上的车，我给你拦一辆，你跟着过去就是。"说着，老板叔又顺手从货架上拿了两个火腿。

"村里有去镇上的车？"陆令立刻问道。

"每天早上都有去买东西的，我随便帮你拦一辆就是，这你放心。"老板说着，又拿了几个咸鸭蛋。

"今天我肯定得过去。"陆令见老板准备了这么多东西，连忙拦住他，"对了，叔，村里有出租车吗？我知道肯定没有专门跑出租的，就是有谁的车能跑吗？我给钱，帮我找个司机拉我去一趟呗。"

突发这样的案子，别说派出所了，县局压力也很大，没人会顾得上陆令，他只能采取这种方式了。

3

"急什么？吃了饭再走，再有一个多小时就天黑了。"这个季节天黑得很早，基本上四点半就暗下来了。

"我们单位应该是真有事了。叔，您帮我找个司机，行吗？我是真的有点急。"陆令没怎么和这边的百姓打过交道，看老板这么热情，他还真不知道要是晚上留在这儿的话，到底应该怎么办。

"平时找车，从这边到镇上也就是10块钱，这天气……估计得20块吧，我给你打个电话问问，你们的事都是正经事。"老板开了这么多年店，倒真是个明白人。

农村有车的人家不少，虽然没有人专门跑出租，但是给钱也能雇到司机。

老板把酒和吃食放在柜台上，掏出手机，陆续打了三个电话，这才给陆令找到了一辆车。对方说马上就能过来。

"太感谢您了，大叔，您叫什么名字？"陆令这才发现自己都不知道人家的名字。

"我叫王勇，叫我王叔就行。"

"我叫陆令，以后就在这边的派出所工作了，回头有啥事可能还会来村里，到时候再来谢谢您。"陆令就背了一个大包，里面都是些衣物，确实也没办法给王勇留个礼品啥的。

"客气啥，你和我儿子岁数差不多，他在南方上大学，那边寒假短，还没回来呢。"王勇说道，"这还有一个多月就过年了，你们单位也是，就不能让你们过了年再过来？"

"过年"，陆令听到这个词，不太想继续聊下去，于是轻轻摇了摇头，说道："工作才是最重要的。"

"也对，年轻人嘛。"王勇哈哈笑道。

陆令点了点头，他这会儿身体已经恢复，于是和王勇聊起了天。

十几分钟后，有人来敲门，王勇连忙嘱咐道："给你找的车来了，你就给他20块就行，这已经不少了啊。"

说着，王勇打开了门，让司机进来，和他简单地聊了几句。司机点点头，示意陆令跟他走。陆令直接从兜里拿出20块钱，递给了司机。

告别了王勇，陆令上了车。这是一辆长安面包车，因为安装了四条防滑链，这种路况也是没问题的。

"不是咱们村的人啊，咋跑这里来了？"司机有些好奇，看起来不像是王勇的亲戚。

"去派出所有点事，之前坐的车到这里就没法往前跑了。"陆令不太想和司机聊天，从刚刚王勇的行为能看得出来，王勇不是很待见这个人。

"哦哦哦，这样，也是，这天没防滑链走不了。"

"嗯。"

"去干吗啊这是？"

"没什么事，辛苦您了。"

司机听到这里，也不讨没趣了，没开窗户就直接点了根烟。

车里本来烟味就不小，这点根烟就更呛了，但陆令依然一声不吭。

两人沉默，七八分钟后，车到了派出所门口，陆令说了句"谢谢"，就背着包下了车。司机则接着开车往前走，可能是顺便买点东西。

苏营镇派出所比陆令想象中的要大一些，三层的主楼旁边有三四间平房，除此之外，有个超大的院子，院子里现在停了两辆私家车，看样子主楼的后面还是院子。

前院的雪清扫过，但现在又盖上了大约3厘米厚的雪，显然这几个小时没人出来清理。陆令背着包，径直进了大厅。

陆令原以为所里这会儿没什么人了，结果大厅居然有七八个人在排队，一个年轻漂亮的女警正在处理户籍工作，她应该就是之前接电话的那个人。

"办户口排队去。"女警见陆令往前走，直接说道。

"我是之前给你打电话的那个，咱们这里的新警。"陆令微笑道。

"哦？你过来了啊？"女警打量了一下陆令，确定和自己接的电话里的是同一个人，点了点头，"你直接上楼吧，现在所里快没人了，就剩下两辅警，你收拾一下你的东西去。"

"好。"陆令看出来这个女警很忙，不方便打扰人家，便直接上了楼。

出了这样的案子，所里的人大都出去了，陆令在二楼转了一圈，也没找到一个人，接着上了三楼。

三楼是个会议室，有两个人正在会议室里看电视，于是陆令就敲了敲门。

"谁？"为首的一个人站了起来，"进来。"

门本来也没关，陆令直接走了进去，只见里面是两个辅警。

"我是新来的警察，我叫陆令，因为所里今天有案子，就自己想办法过来了。"陆令说道。

"警察？"老张问道，"有编吗？"

"编？"陆令没听明白。

"就是有没有编制？"另一个辅警问道。

"哦哦哦，有的，我刚培训完，今天是来报到的。"陆令保持着微笑，但有点不理解这两人为啥一见面问这个，过于直接了吧！

"那就是铁饭碗啊，挺好，挺好，今天都在外面忙，你没啥事就休息，或者在这儿看电视也行。"老张明显客气了一点，"我姓张，叫张本秀，他叫王平。"

"好的，谢谢了。"陆令没兴趣看电视，他还在想着发生的案子，也不知道怎么样了，所以客气了两句就离开了。

二楼和三楼大概有二十间屋子，陆令也不知道自己会被安排在哪里，就把包放在了活动室，这地方应该不是个人的私人空间。

活动室很小，只有十几平方米，室内摆了一张台球桌和一些哑铃、杠铃，别的都没有。陆令发现，窗台上居然摆着一个香炉，里面的香还在燃烧着。

陆令的包里没啥东西，主要就是衣物。他还有两个包，来这里之前，他直接发了快递，估计两天后就到了。

此前培训快结束的时候，他并不知道县局的人会来接他，所以就提前邮寄了。当然，最关键的原因是他这个人不喜欢麻烦别人。

尽管不知道为什么，来所里遇到的三个人都不太热情，但陆令感觉还可以接受。这三个人虽然性格不太一样，但能看出来，都不是坏人。

要是没有这个案子，陆令估计会在活动室待到吃晚饭或者等领导回来，但现在他就有一点着急，总觉得自己应该做点什么。

派出所现在显然不会给他安排工作，所以他就开始看起了微信群，有三四百条信息，他从头开始看，情况依然不乐观，没有人发现越野车的踪迹。

最可怕的是，没有任何一个福利院、医院报告称有人捡到了孩子。

4

从监控录像来看，偷车贼确实是冲着车去的，见有人没锁车进了商店没忍住才动的手。也就是说，偷车贼大概率不是人贩子。在这种情况下，两个月大的孩子只会是累赘。

现在，不光警方，车主也在抖音上发了视频，视频已经爆火，当地有无数人关注了这件事，都在为此揪心，但还是没有人发现越野车的踪迹。

很快，天就黑了。两辆警车和所长、副所长的两辆私家车陆续返回镇上加油，陆令这才见到了派出所的其他人。王所没多说什么，和陆令简单聊了几句，就直接把他编入了序列，让他跟着一辆警车出去执勤。他连制服都没换。

这样的安排是陆令自己申请的，他实在是不能接受就在派出所等着。

和陆令同坐一辆车的，是副所长孙国龙，他今年大概40岁，皮肤很黑，双眼总是很蒙眬的感觉，一看就是那种很不好交流的人。

对苏营镇派出所来说，来新人是非常少见的事情，一年最多来一个，有的时候三四年都不来人。按理说谁看到陆令都应该比较热情，但是孙所就好像没什么感情一样，简单地安排了几句，就再也没说话。

只要嫌疑人不被抓，今天是不能回去的，汽车一箱油大概也能坚持一晚上。孙国龙安排陆令盯前半夜，盯到凌晨三点再叫他，然后就把座椅放倒直接睡了过去。

要是别人，可能会觉得领导是在欺负自己，但陆令不这么认为，让他现在睡觉是不可能睡得着的，凌晨三点能睡着都不错了。想到这里，陆令还有点佩服孙所，这都能睡着。

陆令现在有三个任务，一是听车载电台的通知；二是盯住这个路口，如果有涉案车辆路过要及时发现；三是看着车，水温过高或者油量太少都需要回去补给。水温过高的话，基本上就是缺少冷却液了，并不能靠熄火再打火降温，这只是扬汤止沸，还是得回去添加冷却液。

陆令不懂这些，他盯着就是，如果有异常就把孙所叫醒。

他不是警校生，大学和读研期间都是学心理学的，对于体制内的尊卑有序没太多感触，只是坐在副驾驶座上勤恳地执行自己的任务。唯一的问题是漫漫长夜，手机的电量不够，而车上压根没有充电插口。

都2020年了，警车居然没有车载充电口……

陆令的手机只剩45%的电，现在还不到晚上七点，而他要一口气待八个小时。看了看微信，没有什么新消息，他就把手机设定为省电模式，然后专心盯着车外。

雪花还在飘，陆令把窗户打开了一点，很快就感受到了窗缝里透进来的寒意，这让他清醒了一些，他心里还在牵挂着那个孩子。

来辽东市当警察，是陆令自己的选择。对非警校生来说，考警察比一般的警校生难度要高很多，好在陆令各方面能力比较均衡，行测和申论分数都不算低，顺利"上岸"，来到了这里。

看着窗外的小雪，陆令的心思变得有些复杂。孙所睡得很香，似乎丝毫没把这个案子当回事，好在陆令是个喜欢安静的人，他就这样看着小雪，偶尔打开窗户缝透透气。他知道外面有多冷，一层玻璃之隔，温差近50摄氏度。他擅长处理人与人之间的问题，但他也知道，人与自然还是无法直接抗衡的。

时间过得飞快，到凌晨一点多，电台突然响了起来，陆令一下子精神了。

"各卡口执勤单位请注意，我是市局指挥中心，刚刚接到林南县公安局汇报，今天上午发生在林南县装铺子大街的汽车盗窃案，主犯已经投案自首，请各执勤单位自行安排工作。"

这条指令通告了两遍，陆令听得很仔细，还想听听有没有其他内容，但电台很快就没声音了。他正想把孙所叫起来，谁知孙所此时已经把座椅拉起，给车挂上了前进挡。

"孙所，"陆令还是开口了，"咱们这是？"

"回去，"孙所一点起床气都没有，声音还是没啥感情，"明天估计倒休，但是早上八点半开早会。"

"明白。"陆令点了点头，拿出手机看了看，还剩12%的电。

陆令迫切地想知道案情，如他之前推测，最令人担心的事情还是发生了。

罪犯偷走汽车之后，发现车上有个孩子，先是带着一直哭泣的孩子跑了半个小时。不知道因为什么，罪犯面对这个孩子的时候异常烦躁。

罪犯并不是偷车惯犯，以前还偷过手机等，偷车真是第一次，不过他知道如何销赃。在发现没锁车门的车时，他自然而然地产生了下手冲动，完全没有思考，就下意识地进了车里。

开了半个小时，激情过后，他开始烦躁，他想这辆私家车肯定没有装

GPS设备，把车牌一换，弄成水车，起码也能卖5万块。

可是，车上为啥会有个孩子？

为啥有这么个碍事的东西？烦死了！

本来多顺利啊！这孩子，毁了他的好事！

他当然想不到，要不是外面太冷，要不是车主怕孩子冻着，要不是开空调不能熄火，这车也不会不锁。

如果能想到这个层面，那么他自然不会怪这个孩子。

但他想不到。

他就觉得自己完美的一次盗窃，被这个小屁孩给毁了！

你哭！

你他妈哭什么哭？！

一气之下，他直接把孩子扔到了远郊的路边。

零下15摄氏度，两个月大的孩子，可能也就是几分钟的时间，便彻底失去了生命。路边雪厚，孩子被埋在里面，也一直没人发现。

盗车贼在电台里听到自己被警察通缉的消息，哪里也不敢去，停在树林里躲了一天。到天黑时，车没油了，他想卖车，但这次和往常不同，曾经胆子很大的大哥，死活不收他这辆车，1万块都不收，还把他赶走了。他甚至没有钱加油，也不敢去加油，更不知道该怎么办。车没油了之后，他在车上冻了没多久，最终打电话自首了。

孩子被找到的时候，已经冻硬了，皮肤呈鲜红色，脸上露着似笑非笑的表情，不知对这人间是什么评价。

这就是全部的案情，冰冷得让人心寒。

陆令看着孙所木然的样子，不知道要不要把消息告诉他。陆令确实是太难受了，最终还是张口说道："孙所，那个混蛋把孩子扔在外面了，孩子已经冻死了。"

孙所踩了一脚刹车，装了防滑链的车出现了一定程度的打滑。接着，车继续向前行驶。孙所像是不在意似的，轻轻点了点头，说："嗯，知道了。"

第二章　入职

1

回到派出所，大厅里一个人都没有，孙所直接上了二楼。他昨天值班，但是今天这么晚了，可能是不打算回家了。

陆令内心的痛苦难以言表，他今天挨过冻，挨冻的感觉他非常非常清楚。人类是具备共情能力的，而陆令本身就是学心理学的，他的感触远比一般人要深刻。

这就是公安吗？

陆令对自己未来要面对的东西多了一丝了解。

走了一会儿神，陆令这才发现，前台没有值班人员，于是他在大厅坐了一会儿，其他人也渐渐回来了，包括王所。

"哎，陆令啊，你没睡觉，正好，一会儿大伙去吃个便饭，你也一起去，认识认识大伙。"王所看到陆令，拍了拍他的肩膀。

"啊？领导，我不饿。"陆令现在丝毫没有胃口。

"你自己看着办，"王所也不强求，"我上楼换个衣服。"

王所等人上了楼，不一会儿值班人员就过来了，是一位陆令没见过的辅警。

乡镇派出所案子少，尤其是现在这个状态，已经零下25摄氏度了，前台值班的在床上眯着就行，有电话就接电话，没电话就睡觉。

这样的气温，报警的人不多。这些年条件好了，汽车、公路都多了，据说几十年前条件差的时候，晚上就算有命案都不会去，要等天亮了再去。半夜出警，警察很可能冻死在路上。

"欸，你是？"值班人员看到陆令，以为是报警的，直接问道。

"我是新分配到这里的陆令，刚刚和孙所一起出去执勤了，您贵姓？"

陆令很有礼貌。

"哦，新警，那挺好，我叫苏大华，是咱们镇上的人，今天我值班。"苏大华倒是挺热情，"我看两位所长都准备出去吃饭了，你不去吗？你穿的便衣，不用上楼换衣服。"

"我就不去了，今天这个事让我心里有些难受。"陆令回答道。

"欸，不对，工作是工作。今天第一天来，还是要……"苏大华还没说完，孙所就打开门进了大厅，苏大华立刻不说话了。

紧接着，七八个人陆续到了大厅，王所也过来了。

看到陆令，王所又问了一句："去吗？这么晚，吃个便饭。"

"好。"陆令二次受邀，再不去就不合适了。他察言观色的能力很不错，看得出来苏大华是个热心肠，这种场合应该去。

"好，你还跟国龙一辆车。"接着，王所跟孙所说道："国龙，开自己的车。"

一共十个人，两个所长一人开了一辆，去的地方很近，就是镇上的一家烧烤店，距离派出所六七百米，很快就到了。

陆令下了车，跟着大家进了屋，里面一个客人都没有，老板一个人在后厨重新支炉子。老板娘出来招呼："哎呀，王所您来了，也不早点说一声，早点说一声，来了就能吃。"

"有事，刚忙完。"王所看了看周围，"你们这是已经关火了啊，早知道就不来了。"

"看您说的哪里话，别说现在这个点，就是大清早，想整口吃的，打个电话过来，咱们这边也方便。"老板娘还是非常热情，"怎么样？老规矩？"

陆令看了老板娘一眼，就知道这大姐说这话违心了。

"行，你看着烤点肉，哥几个都饿了，这个点了，主食有什么上什么吧。"说着，王所就招呼着大家坐下。

陆令和大家还不熟，不知道该和谁坐在一起，这九个人里他只认识两个所长和今天看到的两个辅警，前台的那个女警也没来，他只能随便坐下了。

大家坐定之后，张本秀便端起了茶壶，开始给大家倒水。王所说道："给大家介绍一下，今天这一忙，都忘了去接咱们的新同志。我上午接到局里的通知了，这是今年招的新警，叫陆令，渝州人，研究生。以后就在咱们所工作，具体去哪个组，等明天班子开会研究一下再决定。陆令，我给你介绍一下大家。"

"研究生?"孙所看了陆令一眼,心生一丝好奇。这派出所建所以来,就没有来过研究生。

"是啊,研究生都分到派出所了?"有人说道。

"现在都得下基层。"王所接过话,接着和陆令说道:"我和孙所你都见过了,咱们所一共三个组,我是一组的领导,孙所是二组的领导,三组的领导今天没来。这位是周新新,这位是……"

王所每说一个人,陆令就朝着对方点点头示意,也算是大概认识了这些人。

所里除了陆令,正式警察一共只有八个,还有八个辅警。在东安县的乡镇所里,这就已经算是大所了,有的派出所只有两个正式警察。

简单地认识了以后,陆令也就不说话了,安安静静地听别人聊天,很多人聊起了今天的案子。

大家的信息来源肯定比陆令要广,听几分钟,陆令也就对案件更熟悉了一些。

"这王八蛋真是脑子有病,偷车就偷车,真是害人不浅!"周新新喝了口茶,骂道。

"就这,自首也得枪毙!"王所点评道。

"能毙了吗?现在我看好多都毙不了。"周新新有些无奈。

"这个肯定能,这故意杀人没的跑,再说他那个自首有什么用,要是孩子没事,带着孩子自首,那怎么说都行。"王所叹了口气。

这时,王平也跟着骂了几句,接着说道:"我听说他们林南县都发悬赏了,说是提供线索的奖励5万,结果这小子自首了,这要是我发现的,5万给我多好。"

"你发现的你也拿不到。"张本秀说道。

"那不行,我又不是民警……再不济……我发现了,我让我媳妇报警。"王平有些不服。

"德行!你哪有这个命?"张本秀骂道。

"王所,"陆令听了半天,插了句嘴,"您说,这种悬赏有什么用?难不成是为了吸引侦探过来抓人吗?不可能吧。"

"当然不可能,那都是小说里写的,警察没本事的地方才需要找侦探。"王所说道,"设置赏金不是为了吸引赏金猎人来抓人,而是为了让嫌疑人身边的人举报他。"

"哦哦哦,有道理。"陆令立刻点头,这事他以前不理解,现在算是解开了疑惑。

哪怕悬赏100万找嫌疑人,普通人去找也是找不到的。这100万,其实就是给通缉犯身边的人一个无法拒绝的理由。

2

这老板还是很有效率,十几分钟,一大把烤串就上了桌,嗞嗞冒油的那种。

本来陆令一点胃口都没有,但是王所给他递了几串,还关心他能不能吃辣。他闻着这么香,也就有了些食欲,毕竟这都凌晨两点了。

他看得出来,王所这个人还是颇有领导气质的,面子上的事情做得不错,也能体恤下属,这一点比孙国龙强很多。孙国龙不知道经历过什么事,总是不说话,就默默地坐着。

王所带了酒,就是便宜的二锅头,来这里吃饭的人只有两个是今天值班的,其他人除了开车的都能喝。大家也喜欢喝酒,所以好几个人都倒上了。

给陆令倒的时候,陆令死活没要,他真喝不了酒。

陆令不喝酒,但是能吃辣。一碟辣椒粉,他挖了一大勺,然后把烤串蘸满了辣椒,吃着感觉还挺香!都说东北的烧烤好吃,还真的不错!

他这么吃辣椒,好几个人都频频看他,但可能还不太熟悉,倒也没人跟他聊这个事。

吃的东西挺简单,前面是几十串烤肉,后面主要就是烤蔬菜、豆腐之类的,还上了四个砂锅,然后就是烤饼,估计200块钱能搞定。

吃了一个多小时,陆令有些纠结,他不知道应不应该主动去结账。倒不是在意这点钱,就是不知道结账好还是不好。

他实在是不懂东北的规矩。不过,好在他心理素质是真的好,纠结了几秒钟便不在意这事了,就这样坐着等饭局结束。

他本以为因为有人喝酒,这顿饭起码能吃三四个小时,但这种便饭一个人最多也就两杯酒,喝完就抓紧撤,还得睡觉,所以一个小时差不多也就吃完了。

最后是王所亲自结的账,还和老板娘争执了一段。老板娘不收钱,王所非要给，总归还是打了九折。

饭后回去，王所给陆令安排了一间屋就走了。陆令来到活动室拿自己的包，特意看了一眼，发现香炉里的香有人换了新的，也不知道是谁换的。

陆令住的屋子里一共有四张床，有两张上面有被褥，剩下的两张都是空的，他找了一张靠近暖气的，接着就开始收拾东西。

睡觉之前，他给手机定了闹钟，明天早上八点半有会。

这第一个晚上，他就有些无法入眠。

凌晨四点了，他还是睡不着，躺在暖气片旁边，有些热，但心里却暖不起来。

选择警察这条路，他原本报的是市局的刑侦岗位，也不知道什么原因被分到了这里。但是也无所谓，既来之，则安之。

这陌生的小地方，反倒给了他额外的安全感，只不过今天遇到的案子太让人心酸。

心中的冰冷和室内的温热形成了强烈的对比，迷迷糊糊地，陆令还是睡着了。

来苏营镇的第一个夜晚就这么过去了。

早上八点，天刚刚亮，闹钟刚刚响了一声，陆令就醒了。他甚至没有洗漱用品，只能简单地洗了洗脸，漱了漱口，换上了警服，去了隔壁的会议室。

陆令在会议室坐到九点，都没有人来。

因为没啥重要的事，昨天又加班了，今天早上的会就取消了，不过孙所没跟陆令说。

陆令看着空无一人的会议室，默默起身下了一楼。

一楼值班室倒是有人，户籍女警在那里忙。除此之外，前台还坐着一个辅警，40多岁的样子。

"你就是昨天刚来的警察？"辅警过来打招呼，"我叫梁材华，木材的材，今天早上看群里领导说来新人了。"

"嗯，梁哥好，我是新来的，刚刚在会议室坐了会儿，没看到人。"陆令立刻回答道。

"你不在咱们所的群里，早上八点的时候领导说了，今天的早会取消，让大家在院子里扫雪来着，扫完雪基本上就都休班了。"梁材华拿出手机，"来，你扫我的码，进群。"

"谢谢梁哥。"陆令拿出手机，扫了扫码，直接进了群，然后修改了自己的备注。

"欸，你叫陆令？"旁边的女警这会儿不是很忙，问道。

"嗯。"陆令点了点头，"陆地的陆，命令的令。"

"这名字挺有意思，我叫李静静，应该比你大一些。"李静静点了点头。

"嗯，李姐好。"陆令点了点头。

"李姐……"李静静一时间没有反应过来，因为从来没有人这么叫过她。

"欸，静静姐好。"陆令立刻改口。

"嗯嗯。"李静静觉得这个称呼舒服很多，就多聊了几句，"你是哪儿毕业的？"

"西大心理学系，"陆令想了想，"研究生。"

"研究生？"李静静的声音都提高了三度，她瞪大眼睛，"你一个研究生都分到这里了？派出所？"

说完，李静静从座位上站了起来，从上到下打量起陆令来。

"欸……"陆令也不知道该怎么接这话，"怎么了？静静姐你是？"

"我……年龄比你大，也是社招的，以前在魔都一家公司上班，想回老家了，就报了辽东这边。你是应届生吗？"李静静打量了一下陆令，发现他换上制服后看起来还挺顺眼，"你该不会也是抢了别人的萝卜坑吧？"

"萝卜坑？"陆令有些不理解这个词的意思，更不明白李静静说的"也"是指什么。

"还能是啥意思，你报的岗位是这里吗？"李静静眨巴着大眼睛，瞅了一眼梁材华。

"我明白了，"陆令不是傻子，"静静姐你？"

"有空聊。"李静静有些落寞，没有多说话，看着前台推门而进的两个大娘，又变成了冷冰冰的样子，开始处理户籍工作。

陆令是听明白了，现在警察越来越专业化，社招的本来就少，市局等单位的好岗位就更少了。辽东这里有个好岗位，大部分专业都能考，所以竞争非常激烈，李静静和陆令都属于"卷王"，分数很高，成功"上岸"，但"上岸"后都被分到了派出所。

不过想来，这个萝卜坑连着两年被抢，其他"萝卜"也是够惨的。

陆令看李静静的样子，知道李静静这一年过得不好，但没有说什么，他很清楚一件事，就是交浅莫言深。

能跟他说几句知心话的人都值得珍惜，但这并不意味着要立刻掏心掏肺。

3

派出所上午没啥事，这么冷的天发案率少得可怜，盗窃啥的基本上都没有，一上午除了户籍工作，啥事也没有。

陆令有些不习惯，他其实是想让自己忙碌起来的，倒不是说他是工作狂，而是有事做，心里就有个着落。现在所里谁也不认识，李静静也不是个爱聊天的人，他只能往档案室跑，在里面看看案卷。

到了下午三点左右，有人报警，说自己被诈骗了。陆令想去看看，结果报警人被三组的值班民警曲增敏带到了三组办公室，陆令不知道该不该进去。

"欸？"曲增敏倒是看到了陆令，打了个招呼，"站在那里干吗？"

"您好，我是新警……"陆令又做了一遍自我介绍。

"嗯嗯，来来来，过来坐。"曲增敏倒是非常热心，"哪里人啊？"

"渝州人。"

"渝州啊，好地方，我以前在西南地区当过兵，"曲增敏听说陆令是渝州人，感觉挺亲切，"你先等会儿，我给她取个笔录。"

被骗的大娘是个老实巴交的农民，骗子谎称是她儿子，说自己过年回不来了，找她要1800块钱，大娘今天早上就去镇上的信用社把钱打了过去，中午接到了儿子电话才知道被骗了。

这种诈骗案件还是不少的，因为没有达到刑事案件立案标准，曲增敏按照治安案件受理了这个案子，然后给了大娘一张受案回执，就让大娘回去等消息了。

"这个钱能找回来吗？"大娘可怜巴巴地问道。

"概率不大，但是我会给你往分局报的。"曲增敏没说什么好听的。

"好好好，谢谢政府。"大娘没有多说什么，就先走了。

大娘走了之后，曲增敏和陆令聊了起来，大概聊了半个小时，陆令对整个派出所的基本情况就都了解了，不至于两眼一抹黑。

派出所之前一共有三个领导，所长王兴江，副所长孙国龙，还有一个指导员叫胡军。

因为东安县旁边就是边境线，距离鸭蓝江不远，所以当地走私案件不少。两个多月前，刚刚入冬，鸭蓝江封冻不久，就有人走私过境，被村民发现并报警。

当时，胡军、孙国龙还有周新新、王三牛、李勇一起过去了，可是谁也没想到对方居然有家伙。在搏斗中，为了掩护孙国龙等人到安全掩体后面，胡军英勇牺牲。

胡军被追授了一等功，孙国龙等人也立功受奖，但是从那之后，孙国龙就成了现在这个样子。

案发至今，派出所一直没有来新的指导员，倒是把陆令安排了过来，算是充实警力。

"咱们这种边境派出所，说起来还是挺危险的啊！"陆令不禁感慨。可曲增敏摇了摇头，表示这种事自从派出所建所就发生过这一次。

民不与官斗，只要不是遭遇战，没有走私者会闲着没事和派出所作对，上次的事情纯粹是太偶然了。

这个案子里，走私者一个也没活着回去。

这是苏营镇派出所近期发生的最大的事情，过去一段时间里，大家聊天一般也不会提到这个事，谁也不愿意碰这个伤口，只有孙国龙坚持每天给胡军烧上一炷香。这在派出所本来是不允许的，但是从没有人说孙国龙。

目前派出所的主要架构就是两位所长，七位普通警察，八位辅警，共十七个人。

就正式编制警察而言，一组有王所、周新新，二组有孙所、田涛（快退休的老民警）、王三牛，三组有带队的领导老民警苏亮臣，除此之外，还有退伍兵曲增敏。李静静不属于任何一个组，只有工作日上班，但是偶尔也会加班。

辅警在以上每个组中的人数不等，一组有李勇、石详义、李文成，二组有张本秀、王平和苏大华，三组有梁材华和李强。

从目前的情况来看，三组是最缺人的，只有四个人，所以陆令大概率会被分在三组。

曲增敏是三组的，作为老民警，他也猜测陆令要分到他们组，所以才格外热情一些。

如果是这样的话，陆令值班这一天，组里压根就没有带组领导，也就相对自由一些。

派出所的工作确实也不多，冬天格外少。按照曲增敏的说法，夏天事情比较多，秋天和刚入冬那会儿事情也比较多。苏营镇种植草莓的人家比较多，一些相关的纠纷和案子时有发生。在东安县的辖区内，苏营镇算是经济发展居上游的镇子，草莓大棚不少。现在忙的时候已经过去了，一直到来年4月份所里都会比较清闲。

"这也不是好事，咱们所人还是比较多，所以容易被县局惦记。每年冬天事情少了之后，县局就会抽走几个人去帮忙。有的所就两三个民警，县局肯定记不住。今年是因为咱们所出了大事，所以县局领导没抽人。往常这个时候，周新新这样的年轻警察早就在县局了。"曲增敏说道。

"县局的案子多很多吗？"陆令有些好奇。

"不好说，今年咱们镇就有个挺麻烦的命案，到现在也没破，这次把你分配过来，搞不好马上就得从所里抽人。"曲增敏说道。

"很麻烦的命案？现在不是命案很快就破了吗？"陆令有些疑惑。

"怎么可能，农村的案子没监控，时间一长哪有那么简单。这回的案子……"曲增敏突然有所顾忌，顿了顿，问道，"不说那个了，忘了问了，你是研究生啊，咋和那个李静静一样，分到所里了？"

"我也不清楚。"陆令没有把自己的猜想说出来。

"可能都得到基层锻炼锻炼吧。"曲增敏也没多想，"不过，你可别学那个李静静。"

"嗯。"陆令不知道这句话啥意思，但他能感觉到曲增敏人还可以，就先点了点头。

目前在所里遇到的人里面，曲增敏是对陆令最热情的，虽然这也是因为陆令可能会分到他们组，但是这些事情对陆令确实很有帮助。

4

下午五点，天已经黑了，李静静看着钟，收拾好东西就准备走。

户籍工作的办公系统到了下班时间就自动关闭了，基本上业务也无法开展，这对李静静来说是个好事。作为所里唯一的女警，她现在过得一点也不好。

陆令从微信群得知，明天早上11点半准时开会，包括值班人员在内的所有人都要到，看来是要给他开迎接会。今天没看到两位所长，他也没必要加班，下午五点就也出现在了前台。

"静静姐好！"看到李静静，陆令打了个招呼。

整个派出所的民警里，陆令和李静静是最年轻的，也算是一类人，天然有些亲近。

"陆令啊，去哪儿啊？我带你。"李静静开心地扬了扬车钥匙。

看得出来，到了下班时间，李静静心情还是可以的。

"不了不了，我就去镇上转转，买点生活用品。"陆令问道，"静静姐住在哪儿？"

"我住在县城。"李静静不想具体聊这个，"那行，我先去热车了。"

陆令应了一句，就和李静静一起出门了。

雪已经停了，院子里和门口的雪被清扫了，但外面的路还是不好走。

李静静的车有防滑链，陆令不太懂这个东西，但是依稀能通过院子里的灯看到这防滑链被磨烂了很多处，看样子李静静开车到了没雪的地方也不拆防滑链。

之前曲增敏说过，李静静的家位于辽东市区，东安县距离辽东市区100多千米，李静静每个周末都会回市里的家，工作日下班则是回县城租的房子。

这让陆令有些不理解，这种情况下住在所里或者在镇上租个房子不就是了吗？每天这么跑县城不累吗？

当然，他没有问，直接离开了派出所。

他有点想吃昨天的烧烤。因为昨天人太多，他的胃口也不好，就吃了几根烤肉串，实际上他的饭量还是比较好的。

苏营镇这个时间吃饭的地方倒是有几家，东北菜馆、烧烤店、羊汤馆都可以作为选择。

陆令穿得比昨天厚一些，走上几百米并不觉得太冷，他先是买了一些日常用品，接着就去了烧烤店。

烧烤店老板没有认出来他，陆令点了二十根烤串，要求加辣。

也许是有雪的原因，这个时间店里就陆令一个人用餐，他拿出手机，给家里打了个电话。来东北工作，陆令父母是支持的。他们知道孩子是怎么想的，认为他选择这条路总归是好事。

唯一麻烦的就是陆令的姐姐，陆令来东北的时候，他的姐姐差点跟着过来。不过，陆令没有提自己来了派出所的事情，家里人都以为他在市局。

和母亲聊天永远是类似的内容，陆令也总是报喜不报忧："冬天，这里的室内可是比渝州的暖和多了。"

聊了几分钟，烤串上了桌，这时又来了几个人，应该是常客，他们点了一份炖肉，又点了一些烤串。这家店的炖肉是现成的，做得非常好，简单加工一下就可以上桌，来晚了就没了。

陆令吃着烤肉串，都能感觉到那边的炖肉是真香！

也不知道是不是真饿了，吃了几串之后，陆令还觉得不过瘾，也找老板要了一小碗炖肉，炖肉很快被端了上来。

这碗炖肉炖了超过四个小时，香味四溢，肥瘦相间，肥而不腻，瘦而不柴。此菜本非人间有，天上佳肴落街头！

陆令有些迫不及待地夹了一块放入口中，一切都和期待的一样。这样的美味如此易得，陆令十分满足。

吃完炖肉和烤串，陆令还吃了一个烧饼，他吃得非常饱，结完账，带着自己的东西回到了派出所。

零下20多摄氏度的夜晚，吃得很饱的陆令就感觉不那么冷了。到了自己的屋子，他又想起了昨夜的事。

昨夜，他对小孩子死去的事情极为痛心，今天他吃饱穿暖，再想这件事就没有那么伤感了。

听说了胡军的事情，陆令明白，当警察，必须内心强大一些。

工作还要继续，第三天早上开会，王所给大家介绍了一下陆令，并把陆令安排到了三组。

因为有大片林区，苏营镇辖区面积不小。苏营镇辖区内有35个村子，人口大概有9万。由于镇辖区地形比较狭长，东西长30多千米，所以距离派出所20千米的林区附近有一个警务站，每天会有警察过去执勤。执勤警察只负责白班，一般都是值班前的那一天的班组派两人过去，晚上没人。

昨天是三组值班，今天是一组值班，明天是二组值班。按照规定，今天应该是二组的人去林区警务站。

会很快就结束了，王所和孙所龙都没有对陆令做特别的工作安排。陆令本来以为自己工作之后会很忙，谁知道被分到了乡镇所，时下已入冬，事情出奇地少。开完会后的一整天，除了去镇上的快递站取东西，陆令就没别的事可做了。

反倒是李静静又忙了一整天,这让陆令有点理解她了。他不知道为什么这个镇所的户籍工作居然会这么多!据说每天都至少有三个注销户籍的业务,而每个所要注销的户籍都需要核实,每周一至少要核实七个,陆令来的那天是李静静每周最忙的一天。

一转眼,陆令来派出所四天了,他被安排跟着曲增敏一起去林区警务站执勤,早上没开会,他们二人就开车过去了。

前阵子培训的时候,陆令第一次接触真枪,但仅仅学了两天,打了十五发子弹,懂得怎么拆、怎么安装和大体的射击方式。这次跟着曲增敏一起去林区警务站,看着曲增敏腰上别着枪,他有点眼热。

"我们以后出勤都要带枪吗?"陆令问道。

"前阵子牺牲的胡指导,就是在林区警务站附近……"曲增敏回答道。

"曲师父,您方便给我讲讲胡指导吗?"陆令问道。

曲增敏聊到这个,也是不由得叹息了一阵:"胡指导牺牲是整个县局最大的损失,他是一个真正有追求的人。你知道为什么孙所在活动室点香吗?因为胡指导是咱们所唯一一个天天健身的人。你想,30多岁的人还能这么自律,得是多优秀的人啊。"

"唉,"陆令听到这里,不由得也叹了口气,"胡指导……几岁?"

曲增敏看了一眼陆令:"33。"

5

当年在斯大林格勒战役中歼灭保卢斯,让上百万德军无可奈何的苏军元帅瓦杜丁,在视察工作时,被一个小土匪打了一枪,腿部受伤,饮恨身亡。

现实往往就是这么无情,胡军自然不是普通人,但意外这种事,谁也不知道什么时候会发生。

当意外发生时,无论你是什么样的人,也许你满怀抱负,也许你博古通今,最终都将化为零。

林区警务站比想象中的大一些,有个专门的小院,门口有门铃,院子里堆了不少木头,是用来取暖的。

曲增敏说，以前这里堆了一些煤，但是总有人跳墙进来偷，对方压根就不管这里是不是警务站，后来没办法只能换成木头。

派出所警力不够，没法晚上在这里安排人执夜班。如果白天附近有案子，派出所就会联系这里的值班民警过去，这附近的居民也可以直接来警务站报警，基本上就是这样的情况。

警务站没有执法办案系统和电脑等，因此没办法处理案件，如果真的有案子就要将相关人员带回派出所解决，这里以处理纠纷为主。

几年前，报案、立案还没有信息化的时候，警务站也是挺忙的，后来所有案子都要在派出所处理，这里就显得无关紧要了。这里只有一部固定电话和一个电灯，冬天连供水都没有。夏天这里有自来水，冬天水管会早早冻住。所以每天来的时候，都要带好饮用水，陆令自己拿了两瓶矿泉水。

每天来这里的第一件事就是生火，陆令年轻，当仁不让，结果捣鼓了半天也没点着。

"你别这么……"曲增敏拦住了陆令，"从来没干过这个活啊？"

陆令拿着打火机点木头，点了好几次也没有点着。

"没。"陆令有些不好意思，"这个好难点啊。"

"拿报纸。"曲增敏看了看周围，"你去车上的后备厢拿点报纸出来，木头这么直接点怎么可能着？得引火。"

"哦哦哦，好的。"陆令发现自己有点笨手笨脚，就准备出去拿报纸，结果一碰门把手，瞬间感觉到了刺骨的寒意，他立刻缩手，但是手粘上去了，手指头的皮差点都撕掉了。

"别动！"曲增敏见状，立刻拿着打火机过来，把火调到最大，开始烤门把手。过了一会儿，陆令被粘住的手指终于离开了门把手，但还是掉了一层皮。

"怎么这么不小心，"曲增敏说道，"手套呢？"

"点火的时候摘了。这门把手这么冷，幸亏有您！"陆令心有余悸，回去戴上手套，这才出去拿报纸。

拿到报纸，陆令在那里引火，曲增敏就在一旁看着，显然是想给陆令一个锻炼的机会。

"为什么咱们不用电暖气呢？"陆令好不容易点着了火，问道。

"这边的电是前年才拉的，没有配电暖气，主要是这个电线拉得太远，用大功率的东西就烧了。"

"啊？这不是从电网拉的线吗？"陆令问完就知道等于没问，最终点了点头，"还是用炉子吧，炉子安全。"

好不容易把炉子弄好，室内温度开始逐渐上升，但这种烧木头的炉子发热确实有点慢，而且陆令操作得不好，屋子里全是烟。

"欸，这热气……"陆令看着曲增敏把门打开，屋子里的热气全都没了。

曲增敏一言不发，烟排干净之后，他关好门，过来用铁棍收拾了一下炉子，也不知道为啥，火立刻大了很多，而且烟也没了。

陆令看着，大概是学到了，就是木头之间一定要留足够的缝隙，让炉子下面能进气，这样才能形成空气流通。

屋里暖和了一点，曲增敏看了看外面，跟陆令说道："这边的林区一般是没啥事，我还负责这周围几个村的人口工作，一会儿出去转转，你去吗？"

"啊？"陆令一时间不知道该怎么回答，不知道该不该去。

来派出所这几天，陆令发现了一个问题，就是派出所的人比普通人心思多很多，他基本上只能看到表象，根本看不出来这些人心里在想啥。

也许陆令自己不会承认，但他真的是非常聪明的人，尤其是因为一些特殊经历，他的心理学成绩一直非常好，最终以年级最高分被保研。

通过大量的实践和研究，对于很多普通人，他稍微接触一下，就知道其大体情况。比如在商店认识的王勇，就是个非常本分热情的人，陆令很喜欢；而王勇找的司机，陆令看了一眼就知道那个人不行，也就没怎么与之交流。

但是，这个技能在派出所不奏效，对于几个老民警，他一个也看不透，这让他有些灰心。他能看懂的，也就是王平这种人，曲增敏他自然也看不透。

如果完全是"萌新"，那别人说啥就干啥，但他偏偏又不能算"萌新"，这开局还是让他有些纠结的。

"要去就一起去，我得开车走，毕竟还是有点距离。要不去就在这儿待着，旁边箱子里有吃的，你烧点水可以煮面吃。"曲增敏还是比较热心的。

"谢谢曲师父，我在这儿待着吧，万一有人过来按门铃我还能听到。"陆令这下听明白曲增敏说的话是什么意思了，一般人说话，后面的那句话最重要。

"行，那你有事给我打电话。"曲增敏拿着车钥匙，穿好衣服就往外走，眼看要出门了，转身说道，"炉子要及时添木头。"

"好。"陆令点了点头。

曲增敏走了，陆令见警务站周围有些脏乱，就想收拾一下。

对陆令来说，这里晚上没人也挺好的，不然里面都是烟味，他现在都能闻到。地上其实就有不少烟头，尤其是炉子附近。

他没什么事，就开始打扫卫生。这地方大家平时就偶尔打扫一下，基本上没人拿拖把拖，水泥地上满是污渍。陆令看着不舒服，想给弄干净一点。这里没有水源，陆令带的两瓶水肯定没法用来拖地。好在有烧水壶，他可以出去挖雪。

手机有电，充电宝也带了，一上午的工作就是烧点雪水收拾一下这个20多平方米的屋子。屋里不算热，但也早已经不冷了，唯一的声音就是炉子里柴火燃烧的噼啪声。从窗户往外看，看不到别的建筑，皑皑白雪中，小屋像是孤舟，惬意非凡。

烧了三四壶水，一上午就过去了，陆令把屋子收拾得很干净，他看着也舒服了很多。

柜子里有派出所买的方便面，都是桶装面，什么味道的都有。这里烧水很方便，吃泡面自然是最方便的。在这种温度下，面包只会冻得跟石头一样硬。事实上，很多值班的人根本不在这里吃，要么在附近找地方吃，要么自己带个铁饭盒在炉子上热一热，但陆令不懂这些，要不是曲增敏提醒他，他水都不知道要带。他往水壶里倒了一瓶矿泉水，接着就开始拆方便面，小日子美着呢！

然而，水还没烧开，就有人按门铃。

第三章　命案

1

　　警务站没有可视系统，按门铃就得出去看看，陆令顾不得别的，戴好手套，穿上外套就出去了。

　　出了房门，陆令看了看门口，一个七八岁的男孩正站在那里，脸冻得红扑扑的，头上的帽子明显不合尺寸，看样子应该是他四五岁时戴的帽子。

　　"你按门铃了？"陆令走到门口，看了看男孩，确定没有其他人，"小朋友，你知道这里是警务站吗？"

　　"知道，叔叔，我……我报警。"男孩有些胆小，这句话说了差不多十秒才说完。

　　"嗯，外面太冷了，来，进屋说。"陆令打开了铁门。

　　"不用不用，叔叔，我……我爸爸和我妈妈打起来了，他们……"

　　小男孩还没说完，六七十米之外，一个中年男子快步走来，大喊了一声："小东，你跑到那里去干吗？！"

　　说着，男子快速往这边走来，被唤作"小东"的男孩吓了一大跳，不知道往哪儿跑，被陆令一把拉过来，藏在了身后。

　　很快，男子喘着粗气过来了，一脸横肉，脸上还沾着血，看着就不是好惹的主儿。看到陆令，男子立刻说道："警官，孩子不懂事，给你们添麻烦了，你把他交给我，我带他回家。"

　　"我不要和你回家。"小东在陆令身后说道。

　　"嘿！你小子也找事啊！"男子伸手要从陆令身后把小东拽出来，被陆令给拦住了。

　　"有话好好说，这是怎么了？"陆令问道。

　　"这孩子和你说什么了？是不是告状了？"男子没回答，反倒是问起了

029

陆令。

"他什么也没说，刚到这里，你就追过来了。"陆令看着男子的状态，心中大概有数了，这男子追出来，不为别的，就是不想丢面子。陆令说不知道，那他就没丢面子。

"这孩子，跑这里来干吗，这不是给你们添麻烦吗？"男子的情绪这才平复了一些。

"你脸上这是咋了？"陆令有些疑惑，"这是被挠的？"

"唉，说来丢人，又和家里的婆娘闹别扭了。这不，孩子都往你们这里跑了。"男子叹气道，"怪我，怪我。"

这男子面相不善，一看就比较擅长算计，而且膘肥体壮，看着不像是什么太好的人，应该就是传说中的"社会人"。他现在看着很给陆令面子，但估计把孩子带走后就该打孩子了。

陆令也没啥事，他刚刚上班，既然看出来事情接下来的发展，自然不能任由此事发生，便说道："你们打得挺厉害的，你这体形，你老婆岂不是被你打坏了？"

"怎么可能？"男子立刻有些急，"她比我还凶！"

"打什么架啊！"陆令边说边转身锁门，"我正好对你们村还不熟悉，就跟着你们去转转吧。"

"啊？"男子本来打算客气客气就带着孩子走，但陆令突然要跟着去村里，他也没办法拒绝。

"走吧。"陆令锁好了门，"外面怪冷的。"

路上，陆令问了一下这家的情况。男子叫岳军，是个杀猪的，据他所说，在这十里八村他也算得上是好手。这让陆令有些担忧，这男子是和老婆打架受的伤，那他老婆怕不是被打残了？

"你和你老婆怎么回事？把孩子都吓得跑出来了，这是你们第一次打架吗？"陆令有些疑惑。

"没啥事，没啥事……警官，你是新来的吗？以前没见过你啊。"岳军岔开话题。

"我们派出所的人你见过和认识的不少嘛，这都知道？"陆令反问道。其实农村很多人一辈子都没见过警察，村里只要不出大案子，派出所的人根本不会来。

"啊，也不是，就是看你年轻，说话还不是本地人口音。"

"哦，来的时间不长。"陆令和他有一搭没一搭地聊着，慢慢走到了村里。小东左顾右盼，好像在担心着什么。

到了家门口，岳军说道："家里乱，陆警官要不您……"

"哦？没事，脏点、乱点没事的。"陆令和岳军聊了这么久，第一次听到"您"这个称呼，这说明岳军算是"有求于他"，看样子岳军不想让他进屋。

都到这里了，陆令不可能真的只是想逛逛村子，自然要看看咋回事。

"好吧。"岳军驳不开面子，只能带着陆令往家里走。刚刚进了院子，陆令就发现了搏斗痕迹，地上的雪被踩得乱七八糟。

这何止是搏斗痕迹啊，简直就像是两只猪在院子里滚了几圈！

看着这些痕迹，陆令的视线往前移，这才看到了这家的女主人——孔凤芝。

孔凤芝身高起码有一米七，体重不会低于二百斤，走起路来肚子都会发颤。看她走路的架势，搁在东汉末年起码能打个华雄。要不是孩子承认这是他家，陆令都差点以为孩子是被拐卖来的。

"你这是干吗去了？找儿子怎么还把警察找来了？"孔凤芝问道。

"这倒霉孩子，不知道怎么去林边那个警务站了，人家警察可能怕出事，就把孩子给咱们送回来了。"岳军说道。

从岳军的这句话，以及现在的形势来看，岳军尿了，这明显是夸警察，顺便推脱自己的责任。

"这臭小子！"孔凤芝还在气头上，但有外人在总不能发脾气，就过来和陆令说了几句话，气势也是降了七八分。

"孩子懂啥，你们俩干吗啊，这都快过年了，把孩子吓到了。我叫陆令，以后每隔几天都会来这边的警务站待着，有啥事说一声就行，警民一家亲嘛！"陆令摸了摸小东的脑袋，把小东交给了孔凤芝。

"让警官见笑了。"岳军这才想起了什么，从口袋里拿出烟，"来，警官，来一根。"

"不会，谢谢！"陆令确定这家不是男子家暴老婆，把老婆打坏了那种剧情，接下来也不会再有啥冲突，就道了声"打扰"离开了。

一个人往回走时，陆令突然发现村口有户人家的门口挂着缟素，于是立刻停下了脚步。

缟素？

2

陆令有些不解。

缟素是丧服，一般是家里有人过世，子女穿戴去送行的，哪有挂在家门口的？

因为下了雪，到处都是白色的，陆令来的时候还真没注意到，这会儿一个人往回走，就看得很清楚。

在冬天，东北地区大街上人很少，不过因为快过年了，所以偶尔也有几个路人。陆令穿着警用多功能服，所以路过的人都会看向他。

一个大爷擦身而过，陆令赶忙顺口问了一句："这家咋回事？为啥把这个挂在外面？"

"你说老张家啊？他们家男人失踪了，派出所说这个事归县里管，但现在人也没找回来。"大爷说道，"唉，村里今年不平静啊！"

"失踪了？那挂这个岂不是在咒……"陆令眉头紧锁。

"谁知道他婆娘怎么想的，咱别在这里聊了，晦气。"大爷说完就走。

晦气？陆令有些纳闷，不就失踪吗？怎么会有人觉得这个人死定了？晦气啥啊？

大爷头也不回地走了，这时前面又走过来一个男孩，看样子10多岁。男孩倒是对警察特别好奇，跑到陆令面前说道："叔叔，我跟你说哟，我们村……"

话还没说完，男孩后面就有个中年妇女冲了过来，给了男孩一巴掌："说个屁，快回家去。"

妇女完全不给陆令一点面子，拉着孩子就走了。这几个人一走，路上也没什么人了，陆令想了想，决定还是先回警务站，外面待久了真的有点冷，肚子也饿坏了。

回到警务站，曲增敏还没回来，一股塑料煳了的味道扑面而来，陆令这才发现水壶里的水早就烧干了，甚至上面的塑料盖都被烤化了一点。幸亏柴火已经烧得差不多了，不然壶底可能都烧漏了，陆令连忙把水壶拿下来，然后给炉子添上了点木头。木头添完之后，水壶的温度也不那么热了。

他现在面临两个选择，又渴又饿，喝的水就剩下一瓶，是煮面还是直接喝？如果加上调料，泡面的水根本就不解渴。不管了，先喝水，泡面用雪水吧，这里环境很好，污染少，雪非常干净，烧开了泡个面应该没问题。

一口气喝了大半瓶矿泉水,陆令感觉舒服多了,想了想,没有选择用雪水泡面,而是直接打开泡面开始啃。

正啃着面,陆令听到了车子的声音,连忙起身,看到是曲师父回来了,便主动出去开门。曲增敏进了屋,看了看周围,有些惊喜地说道:"你打扫的?"

"嗯。"陆令点了点头。

"这么干净啊,真不错,小伙子就是能干,你等会儿,我拍张照片。"说着,曲增敏拿出手机,对着屋子拍了两张照片,并将照片发到了工作群里。很快,就有人发出了"大拇指"的表情。

陆令听到手机响,打开一看,接着看了一眼曲增敏:"曲师父……"

"好事得宣传一下。"曲增敏笑道,"今天一天怎么样?欸,你咋在这里吃干面?"

"刚刚有人报警,我去解决了一下。"陆令没有提泡面的事情。

"报警?什么事?你给我打个电话一起去啊。"

"家庭纠纷,没事。"陆令随口说道。

"家庭纠纷咱们不管,也就是你热心肠。"曲增敏没有多说什么,"你不能吃这个啊,这怎么吃啊,你是不是不会用这个炉子烧水?我教你,这个很简单。"

"我吃啥都行。对了,曲师父,这村子感觉有点怪怪的。"陆令说道。

"这村子确实乱。"曲增敏看着陆令的面,"你等着,我车上有暖壶,还是得吃泡面。"

"好。"陆令只能点头,他想知道村里的事,可曲增敏明显懒得谈,只关心他吃饭的问题。

曲增敏上车拿了暖壶,给陆令泡上面,二人这才又聊起了这个村子。

这个村子叫东坡村,在附近算是大村,前些年可是有些乱。大概二十年前,由于这里靠近长白山,偷猎、偷挖人参的事情时有发生,治安状况非常不好。正因此,县局直接在这里设了警务站,那会儿这里晚上都有警察执勤,直到犯罪率显著下降才取消了夜间值班。

犯罪率显著下降的根本原因是修了路,之前没有公路的时候,警察根本就追不上偷猎者,自从公路网和监控都铺设好了,年轻的村民大多出去打工了,搞歪门邪道的也就少了一点。

因为历史的原因,村子风气不好,今年更是发生了命案,就是曲增敏说的那起县局忙了很久却一直没有破的案子。

今年9月初，村民赵荣凯在上山时发现了一只雄鹿，具体品种他不知道，但它只有一只角。

这里的村民都知道鹿的习性，每年春天，雄鹿的头顶就会生出一对凸起，也就是鹿角，而且每天都会长。刚开始的时候，鹿角里面是软骨，外面是皮肤和绒毛，被称为鹿茸，具有药用价值。长了几个月后，鹿角里的软骨变成硬骨，血管和神经退化，就会让雄鹿失去痛觉。这个时候的鹿角又大又好看，可以用来吸引异性以及提升战斗力。等到繁殖季节结束，也就是秋天，鹿角就会开始脱落，到来年再长出来。

赵荣凯发现那只雄鹿只有一只角，就明白第一只角已经脱落了，这意味着第二只角也快掉了。这些年野鹿越来越少，如果能捡到脱落的鹿角也是能卖点钱的。于是，赵荣凯决定追逐那只雄鹿，迫使雄鹿在跳跃的过程中震落独角，这样他就可以直接拾取了。

然而，赵荣凯没想到的是，他非但没有拾到鹿角，还被带到了一条沟里，闻到了臭味，最终发现了本村村民王守发的尸体。尸体已经残缺不全，且高度腐烂。

村民们都说，那只雄鹿是王守发的魂叫来的，就是为了人发现自己的尸体。而在此之前，王守发已经失踪了三个月左右。

村里现在依然有人去山里采山货，而且有时走远了就直接去别的县城出货，所以一般离家一周不回来都正常。可王守发没回来的时间太长了，所以他的家人在7月份报警了，只是一直没有找到他的人，直到他的尸体被赵荣凯发现。

3

如果说王守发之死让整个村子沸沸扬扬的话，那么接下来的一件事，就彻底让这里谣言四起了。

村里失踪的不止王守发一人，还有老张家的张涛。张涛不干林区的活，他是做木材生意的，经常跑长途，一出去就是一个月。不过他也就是个中间客，没有自己的大车，所以赚得不多。

张涛和王守发失踪的时间接近，王守发死后，警方对张涛的失踪案就更加重视了，加上村里的人，共有数百人加入了搜寻张涛的队伍。

短时间内找不到张涛倒也算正常，毕竟这算是大海捞针，可出乎所有人意料的是，警犬队也发现了一具男尸。而直到现在，这具男尸都没有确定身份。

　　男尸的情况并不复杂，身高一米八五，体重应该在一百八十斤以上，体形魁梧，但高度腐烂，相貌只能做简单的恢复。根据目前的测算，死者应该是北方人，没有衣物，也没有任何能证明身份的东西。

　　一个村子，发现了两具尸体，而且还没有埋在同一个地方，别说县局了，就连省厅都被惊动了，专家都来了两三次。

　　然而，专案组忙了一个月，仍是一点办法也没有，证据太少了。王守发是死于钝器袭击，无名男尸是死于锐器袭击，凶器都没找到，而且因为尸体腐烂严重，没法看出凶手的利手是哪一只。

　　时间过去得太久，再加上夏天下过两三次大雨，现场可以说什么痕迹都没有，无名男尸还好一点，起码是个全尸，王守发就惨了，他的尸体被野生动物破坏了，两条腿被狼啃食过，要不是前半截身子埋得比较深，可能整个身体都被狼刨出来吃了。

　　东坡村确实比较特殊，别的村子发生这种事估计孩子都会吓得不敢出门，但这个村没事，一切似乎都很正常，大家说起来只当是聊天，并没有受到过多的影响。

　　东坡村在历史上有过很乱的一段时期，三十年前这里几乎每家都有猎枪，也出过一些敢惹事闹事的人物。远的不说，在近些年的扫黑除恶过程中，这个村就被抓了四个人。目前这个村起码有七个人在蹲监狱。相应地，这个村的男丁没有出过一个本科生。

　　有这样的历史，村里死了一个人，失踪了一个人，发现了一具无名男尸，村民们讨论了一个多月，热度也就随着警察来的次数越来越少渐渐下降了。

　　唯一闹得凶的，是张涛的妻子李美玉。丈夫刚开始失踪的时候，她还没有多说什么。7月份，王守发失踪，其妻子报警后，李美玉也跟着报警了。9月份，王守发尸体被发现，李美玉慌了神，天天往警方那里跑，但案子一直没有突破，张涛也一直没找到。

　　不知道出于什么原因，可能是为了给警方施加压力，也可能是自己精神压力太大，自从警方没有天天来村里后，李美玉就在自己家门口挂了缟素。刚开始警方确实过来对她进行了心理疏导，但张涛迟迟活不见人，死不见尸，谁也没有办法，缟素就始终挂着。

这是人家李美玉的家，只要不挂反动标语，挂别的谁也管不着。

王守发尸体被发现十几天后，苏营镇派出所就发生了胡指导员牺牲的事情。这件事情之后，苏营镇派出所整体的工作氛围变得非常差，本来所里还在帮助侦查王守发之死的案件，后面因为大家状态太差，案件就交由县局刑侦大队独自处理了。这个案子，目前派出所的办案系统上能看到所有材料。

"这个案子会不会和胡指导遇害的那批人有关系呢？"陆令问道。

"你说呢？"曲增敏边说熟练地检查了一下炉子。

"嗯，应该没关系，那些都是外人，这个案子出事的都是村里人。不过，那具无名男尸就说不准了。"陆令分析道。

"可以啊，老弟，你这说法和现在大家的主流想法是一致的。"曲增敏夸赞道，"到底是研究生。"

"主流想法也是无名男尸和村里人的死亡无关吗？"陆令有些疑惑，"查实了？"

"那当然没有，不过目前是按照两个案子办的，这里靠近边境，死的人是不是中国人都不敢保证。"曲增敏有些不确定。

"那怎么可能？DNA溯源，起码也知道死者大概是哪里人吧。"陆令立刻反驳道。

"有这个技术？烂成那个样子，还能提取DNA吗？"

"肯定能啊！"陆令都不敢看曲增敏了，怕露出"你个文盲"的表情被人家发现。

"哦哦哦，那我就不知道了，这个案子我一直也没参与。后来胡指导牺牲，咱们所根本就没碰这个案子，毕竟命案本来也不是派出所负责。"曲增敏看着陆令，"你脑瓜子灵光，是不是想去办这个案子？年轻人嘛，有这种想法很正常。"

陆令看了一眼曲增敏，看出来这句话是考校他，于是摇了摇头："我一个新人，基础太差了，在咱们组好好学点东西再说吧。"

"嗯，不要急，这就对了。这个案子不少专家都没搞定，说明里面还是很困难的。"曲增敏满意地点了点头。

陆令一直都明白，这世间无缘无故的好实在是太少了。曲增敏目前是对他最好的一个师父，最主要的原因就是他俩一个组，要是陆令说要走，那曲增敏会不会变，谁也不好说。

胡军是三组的老领导，胡军牺牲后，三组缺人，而如果陆令走了，那么很久都不会补充新人。

"嗯。"陆令说道，"就是好奇而已，我又不是警校毕业的，水平哪有那么高？"

"没事，"曲增敏想了想，"我的执法办案号也能看到这个案子，你回去没事可以从电脑里看。"

"好，谢谢曲师父。"陆令没有露出多么喜悦的表情。

曲增敏点点头："咱们派出所其实挺好的，我混了半辈子才副科，你这明年就直接升副科了吧？待遇也不错，一个月……嗯，虽然你警衔到时候才二司，但是也有五六千了！"曲增敏赞叹道。

"嗯。"陆令点了点头，表现得对此非常在意的样子。

4

小城有小城的好，陆令参加工作之前，有不少同学都告诉他警察非常非常忙，最后一定会忙得丧失自我。很显然，苏营镇派出所不会这样。

按照曲增敏的说法，陆令可以在乡镇待上三年，然后再想办法调到局里。这样一来，有三年基层工作经验，到时候再找对象也不迟。

话里话外，其实陆令听得明白，曲增敏也知道在这里压根找不到对象，但还是希望陆令待着。别看这个季节不忙，忙的时候少人可是很受掣肘的。

而且，近日的不忙也不是正常情况，往年这时候，县局早就开始借调和指派了。

曲增敏对陆令比较满意，也就和他聊了很多派出所的事情。由此，陆令对案子、派出所的情况了解得就更多了一些。

下午四点多，二人锁上了警务站的门，开车回到了派出所。明天要值班，到所后曲增敏就走了，陆令去食堂只看到了周新新。

周新新30多岁。据曲增敏说，原本周新新是有机会调到县局的，但他自己不想。

"哎，来来来，坐坐坐，"周新新看到陆令还挺高兴，"来所里这几天咋都没见到你？"

"昨天收拾东西呢，今天跟着曲师父去警务站了。"陆令拿着餐盘，捞了一些炖菜和米饭，接着拿出了自己的秘制酱料。

"看到了,还打扫卫生了,屋子收拾得够干净的,可以。"周新新见陆令拿出了一罐辣椒酱,有点蒙,"你这来这边还带这个?"

"香得很!来点来点!"陆令不由分说,拿自己还没用过的筷子给周新新夹了一块。

"闻着……"周新新感觉到了那种辛辣的香味,也不客气,拿筷子蘸了一点,品了品,发现居然出奇地好吃,就是确实有点辣!

他蘸了一点点,感觉还能接受,于是夹了一块放进嘴里,瞬间就感觉到了来自渝州的问候,脸直接憋红了,夹了一大口米饭吞下去才缓过来一点,但额头上已见汗珠。

"你这玩意怎么吃啊?"咽下米饭,周新新还是有些蒙,"好吃是好吃,但也太辣了!"

"挺好吃的啊。"陆令夹了一大块,把米饭整个拌成了红色,接着吃了一大口,脸上满是幸福的表情,"中午没怎么吃,晚上估计我得多吃点。"

"你真行,那天晚上看你吃烤串,我看着都觉得辣。"周新新吃了点辣椒,感觉和陆令关系拉近了一些,"那天听王所说,你是研究生?研究方向是什么?为啥分到咱们单位了?"

"人格心理学。"陆令说道,"下基层嘛,现在都流行这个。"

"人格心理学?能看出一个人是好人坏人吗?"

"一方面吧,这个专业主要是研究人的行为方式,比如说看一个人是外向还是内向。"

"哦哦哦,明白了,这个简单。"周新新表示自己听懂了,在他看来,研究生学的东西也都挺简单,"那你觉得我是个外向的人还是内向的人?"

"那我看不出来,当警察的人都比较牛,哪有那么容易被看出来?"陆令奉承了一句。

周新新这个人,比一些老民警要简单许多,看得出来,是个内向型的人,容易沉浸在自己的感官世界里,但陆令哪能直接说出来。

人的性格并不全是后天形成的,先天的基因就已经有了重要的影响。有研究表明,在子宫中心跳快的胎儿更容易成为内向、胆怯的儿童。婴儿一出生就不一样,有的婴儿先天性容易与人亲近,有的婴儿则较为排斥与外界接触。

心理学专家通过交流、接触,甚至仅仅是看一眼,就能判断一个人的过往经历及性格特点,但这种能力也很容易导致交不到朋友,所以陆令一般不会评价自己的身边人。

一些江湖术士也有这样的技能，但区别在于他们往往靠的是纯粹的经验，不求甚解。找人算命的，一般也都是非常简单的人，真正有自己思想的人，几乎不可能去找人算命，所以算命的人只需看透普通人即可，并不会研究更深层次的东西。

"也是，要不你们都是大仙了。"周新新说道，"不过，你要是当十年刑警，就差不多有这个眼力了。"

"刑警都这么厉害吗？"陆令有些好奇。

"也不是，好多人当一辈子也没啥出息，但一个刑警大队，总有那么几个厉害的。咱们县局游少华游队长，有机会你见识一下，他看人特别准。我和他办了一个案子，相处不久，他就看出来我是个什么样的人。"周新新说道，"可惜啊，要是胡指导还在，以后可能比游大队还厉害呢。"

第四章　找人

1

"胡指导……那天,你也在对吧?"陆令问道。

"是啊,唉。"提到这个,周新新脸色一下子垮了,"我啊,有时候也挺废物的,我要是枪法准一点,说不定……"

"胡指导有什么遗嘱吗?"陆令试着打断周新新的思绪,他也不想周新新这顿饭吃不下去。

"没有,没来得及说就……"

"你和胡指导认识这么久,他有什么愿望和追求呢?"

"他……"周新新想了想,"我也不知道他想成为什么样的人。说实话,在这个事情之前,我不喜欢他,他对自己要求高,对我们也严,我一直都不知道他图什么。"

俗话说,人至察则无徒,胡军虽然不是这种性格的人,但对自己严格要求的他,必然有些与众不同,再加上指导员这个职位本身就有说教之责,像周新新这样的人,以前大概率是不会喜欢胡军的。不光周新新,估计派出所的年轻辅警也不会喜欢,大家都会觉得"摸鱼"更香。

"舍生取义,"陆令拿着饭勺的手停顿了下来,叹息道,"他这种人,就是光。"

"光?"周新新愣了一下,没有听懂这个字的意思。

两人正说着,有人敲门。"新新,有人报警,你带人去一下。"

"哦哦哦。"周新新立刻问道,"啥事啊?着急不?"

"着急,王庄有个小姑娘上山捡柴火,结果现在还没回家。"

这会儿天都黑了一个小时了,怪不得女孩家人报警!

"什么?"周新新一听,立刻站了起来,"最近这是怎么了?!"

说话间，周新新立刻穿起自己的大衣，边穿边说："赶快和王所报备一下，你通知老石、文成，开两辆车，一起过去。"

"我也去。"陆令说道。

"好，抓紧穿衣服，这事可能要找一阵子，穿厚点，带个手电筒，带枪，有狼。"周新新没有拒绝，上山找人这种事绝对是多一个人多一份力量。

二人其实都吃得差不多了，也不收拾饭了，周新新率先跑了出去，陆令则蒙了，他哪有权限带枪？于是，他只能跟上周新新的脚步。

作为一个没有经验的"萌新"，必须清楚自己的水平，绝对不能盲目行动，这样反而容易成为累赘。晚上上山，他要是走丢了，麻烦就大了。

在前台，周新新给陆令拿了一个坎肩和一件羽绒夹克，还给他找了一条棉裤。

因为太冷，东北地区室内室外温差极大，所以进屋出屋是很麻烦的事情。穿着外面的衣服一进屋就会热得受不了，实在是太厚了，在前台值班的人，不仅要脱下一些外套，还要把厚棉裤也脱掉一条才能舒服一些。周新新给陆令拿的衣服，是前台值班辅警李勇的。

陆令从曲增敏那里听说过李勇，他是个非常老实厚道的人。这个警情，除了李勇，所有人都要去，因此只能先拿李勇的衣服。

多穿了这些衣服，陆令感觉很热，但刚刚出门就瞬间感觉到了寒意，这么多衣服都不能保证暖和，只能勉强算不冷。

这时王所也下了楼，王所带着陆令和石详义，周新新带着李文成，两辆车直奔王庄。路上，李勇通过电台和两辆车的人沟通了最新的进展：村里出动了几十户人家，四五十人已经上山了，还有人带了猎犬。

走丢的这一家，是村里条件非常困难的一家。家里的男人早年在外面打工摔成了残疾，黑心老板直接跑路；家里的女人一直种地，养着受伤的老公和一儿一女。女儿王霞今年13岁，儿子王俊只有6岁。吃完午饭，女儿上山去捡点柴火，按理说两个小时前差不多就回来了。

王庄村距离派出所有20千米，距离林区警务站倒是只有两三千米，可惜陆令和曲增敏已经下班回来了。

不过，这种事情，在农村其实并不是特别依赖警察，更依赖的还是本村的村民。现在村里的年轻人大多出去打工了，没有回来，所以村里的壮劳力不多，上山的多是60岁以上的老人和一些妇女。

这些人对村子和附近山林的熟悉程度远超警察，如果他们找不到，警察基本也没戏，除非动用直升机和红外热像仪，而这种东西在这边压根就没有。

路上，县局的电台找王所问了两次进展。王所给王庄村的村委会打了好几个电话，后面都没人接了，看样子村委会的人都上山了。

这是很奇怪的事情，虽然山林很大，但日常上山捡柴、砍柴的地方就那么几处。这些年林业部门管得严，砍树是不行的，但倒下的大树也不少，这就需要用斧子或者锯子进行分割。

时代一直变化着，一般来说家里条件好的都是买煤，还有的过冬前就买了几吨柴火堆在院子里。报警的这一家也买了一点煤，但闲来无事还是需要上山拾柴火的。

冬天拾柴火的少，断掉的老树枝又多，捆好了在雪地里拖着走就行，唯一的问题就是可能会遇到野猪。

野猪有领地意识，是会伤人的。在村子附近的林子里几乎遇不到野猪，所以说走丢的王霞按理说也不会去很远的地方。

到了村子，周新新、李文成二人直接上了山，王所则带着陆令和石详义去了村委会。村委会就剩下一个大妈了，连书记都上山了。

这边的村委会，周一到周五通常没人，都是锁着大门的，只有有事才会来人。村里出了这种事，村主任过来喊了大喇叭，简单地布置了工作。

大妈腿脚不灵便，跟王所说了最新的进展。

有人在山上找到了一捆柴火，确认捆柴火的绳子是王霞的。

"已经捆好了？"陆令直接问道。

"嗯呢，捆好了。"

"放在什么地方？是山上还是山脚下？是随手扔的还是稍微藏了藏？"陆令继续问道。

"我不知道啊，我给你打电话问，你跟他说。"大妈说着就拿出手机打电话。

电话通了之后，陆令直接接了过来。

王所也没说话，他也不知道陆令要问什么东西。

陆令问了几个问题后，挂掉了电话，跟王所说道："柴火已经捆好了，而且是下山的时候放起来了，不仅放起来了，还稍微隐藏了一下。这意味着小姑娘是把柴火藏在了那里，然后去做别的事情了。"

"哦？"王所一下就明白了陆令的意思，"这么说，小姑娘没在山上？她是有什么事了？"

"嗯，而且看样子是有准备的，只是不知道她干吗去了，我们得去她家问问她妈。"陆令说道，"山上有几十个人了，咱们去了也没啥用。"

"好，"王所点了点头，"那就听你的。"

2

大妈指路，三人很快就到了报警人这里。

报警的孩子妈已经上山了，家里只剩下腿部有残疾的王树丰和儿子王俊。

陆令只问了王树丰几句话，王树丰立刻显得有些着急。"我也不知道她去哪里了，我还嘱咐她，捡多捡少不重要，早点回来就行。除此之外，我还说了好几次'一定不能去远的地方，就……'。"

说着，王树丰的焦急溢于言表，身体都有些颤抖起来。"这外面这天这么冷！唉，都怪我，都怪我！"

陆令见王树丰是真情实感，大概对这个家庭有了些了解。这个家庭虽然困难，但还算是很和谐，也不重男轻女。在农村，13岁孩子上山捡柴火太常见了。

"这是啥？"陆令看着屋子里有几个大簸箕，簸箕里有一些类似螺丝的零件。

"工厂的活，组装两个件，给一分钱。手快的话，一个钟头能组装四五百个。"王树丰简单介绍了一下，"我和我老婆在家没事就组装这个。"

干一小时居然只有两三块钱，陆令心里有些不是滋味。"王霞有没有说想去哪里？这附近的村子有她的同学、朋友吗？她有没有关系不错的男孩什么的？"

陆令说完，还没等王树丰回答，就发现这家的男孩王俊正不断地拨弄头发，缩着身子靠墙一脸畏葸地看着陆令。

"没有啊，她这都放寒假了，周围的村子……"王树丰说了一半，陆令打断了他，直接走到了王俊身边蹲下，问道："你姐姐去哪里了？"

"我……我不知道。"王俊吓坏了，眼睛里满是惊恐，跑到了王树丰的床边。

"你别问我儿子啊,他才6岁,他知道啥啊?"王树丰叹气道。

"不对,"陆令看着王俊,"这么大的孩子已经有自己的想法和意识了,他不是怕警察,他这个样子,分明是在怕这个事。他一定知道是怎么回事。"

"什么?"王树丰倒是相信警察,一把拉过了床头的儿子,"怎么回事?你姐去哪里了?"

王俊吓坏了,哭了起来。谁知道王树丰哪里来的力气,把儿子拽了起来,伸手就要打。"快说,不说我揍你。"

"我,我……我姐说要给我带肉回来吃……"小孩子还是很单纯的,被他爸一吓唬就说了实话。

"带肉?咱们村哪有……"王树丰想了想,骂道,"坏事了!我们村没有杀猪的,但东坡村有,他们村大,有杀猪的!小霞搞不好是去那里了!"

"老石,你在他们家等着。"王所这个时候立刻下了命令,"陆令,你跟我开车走,咱们去东坡村,沿途你多盯着点马路。现在给周新新打个电话,让他别上山找了,山上不缺咱们这点人,让他也往东坡村走。东坡村就一个地方卖肉,走。"

陆令没有多说,立刻跟着王所出去了,顺便打了个电话通知周新新。

王庄村距离东坡村3千米,但这个天气走路是真的不方便,开车倒是很快就能到。王所开车又快又稳,陆令则瞪大了眼睛观察路边的情况。

大概开出2千米,陆令看到了路边有栋房子,立刻跟王所说道:"王所,停一下,过去看看。"

"这里怎么会有房子?"王所减速,有些不解。

"不知道,"陆令说道,"我们往好的方面想,这小姑娘也不是外地人,对村子周围很熟悉,说不定冻得受不了就先找个地方暖和一下。"

"这都闲置多久了……"王所说了几个字,没说完就把车停了下来,怎么说也得过去看一眼。

陆令打开手电筒,下了车,只是看了一眼,就兴奋地说道:"王所,有脚印!"

"好!"王所也有些激动,他已经看出来这栋房子是干吗用的了。

这是收草莓的房子。

每年到了收获草莓的季节,农户自己是没有办法把草莓卖到外地的,一般会有本地人用自家的地盖栋房子,在外面搭个棚收草莓,并且按照规格进行分装。然后,每天都会有外地的商人来这些地方把草莓收走。

这就是那种房子,看样子没啥东西,所以就没锁。

二人快步走了过去,发现这地方也不是没锁,只是外面的铁皮大棚被这几个月的大风吹歪了,有个缝隙能进去人。

陆令看到了有人钻进去的痕迹,地上还有一些柴火碎。

"人肯定在里面!"陆令说着话,把铁皮大棚掰开了一点,然后往里面钻,王所紧随其后,二人直接进了棚里。

大棚是搭在一个砖瓦房旁边的,砖瓦房没锁门,二人打着手电筒往前走,然后往屋里照了一下,看到屋子的一角蜷缩着一个小姑娘。

话不多说,二人迅速进了屋,发现小姑娘是想在屋里取暖,但身上带的柴火太少,还没等暖和起来就烧没了,正蜷缩着身体恢复体力呢。

不过,这个温度,如果二人不赶到,到底是先恢复体力还是先出事,谁也不知道。

"你现在感觉怎么样?我们是警察,来找你的。"王所蹲下说道。

"啊?我……我没事,我能回家。"王霞嘴唇都有些发白了。

"意识清醒,这就太好了。"王所立刻把手电筒收起来,然后脱下最外面的衣服,包住了王霞,随后跟陆令说道:"你去把那个入口再掰开一点,我抱着她出去。"

陆令点点头,立刻往外走。三人很快就离开了这里,回到了车上。

车没有熄火,空调开着,车内温度有25摄氏度,王所这才放心了下来。

"呼,今天这个事我记你头功啊,年轻就是好,脑子反应真快!"王所夸赞道。

"我也是运气好。"陆令客气了一句,说道,"王所,刚刚这女孩家里的情况您也看到了,条件很差。她现在已经有了体温过低的症状,别看她这会儿没事,还是带她到镇上医院看看吧。"

"好。"王所点了点头,立刻拿出电台,跟县局报备,"我是王兴江,我和我所民警在村外两千米的地方找到了走失女孩,目前女孩生命体征平稳,我现在准备带女孩去镇上的医院检查一下,然后再给她送回家去。"

"指挥室收到。"指挥室说话的人明显是认识王所的,"王所,你们速度够快的,找到就太好了。"

"我先回镇上,"王所说道,"最终情况待会儿再汇报。"

3

王所把自己的大衣垫在了后座上,把女孩放在上面,然后将空调温度调高,开车往镇上走,陆令则给周新新和石详义打了电话。

根据王所的安排,他们三个先不必回所,在村里待着,直到所有上山的百姓都回来了再说。

这种天气晚上上山很危险,王所还是比较谨慎的。

"你现在感觉怎么样?"陆令问王霞,"有没有感觉很痒?"

"我没……没事。"王霞说道,"我……我不想去医院。"

"没事,不用你花钱。"陆令看出了王霞的想法,接着说道,"你这怀里焐着的,是给你弟弟买的肉吗?拿出来吧,别焐坏了。"

"好。"小女孩颤抖着手,想去拉拉链,但手就是不听使唤,试了好几次都不行。

"你现在先别乱动了,我来帮你。你不要太担心,你这只是有点失温。"陆令说道,"车上没有热水,你就和我聊聊天。"

说着话,陆令把座椅往后放了放,然后帮王霞把外套里面的肉拿了出来。肉看着不少,有两斤左右,很明显是冻了很久的,然而王霞却把它焐在怀里,难怪她的核心温度降得这么快。

东北这地方,这个季节杀猪,往户外随便放都能冻得梆梆硬,而王霞的肉都已经化冻了一点,这……这得有多疼爱弟弟啊。

陆令是个理科生,不自觉地分析起来:两斤零下20摄氏度的肉,如果要彻底解冻,大约需要65大卡的能量,对一个本身就极度寒冷的人来说,这很致命。

"她没啥事吧?"王所开着车,问道。

"没温度计,没办法给她测口腔温度,我感觉她已经轻度失温了,甚至接近中度失温了。"陆令解释道。

"啥叫轻度失温?"王所还真没听过这个词。

"体温过低,身体的核心区域体温在35摄氏度到37摄氏度,就开始像她这样抖动,手没办法做复杂的动作。如果再往下跌,就开始意识模糊了。"陆令说道,"我必须不断地看着她,和她交流,别让她睡过去。"

核心体温如果在33.88摄氏度到35摄氏度,就是中度失温,会导致人说话含糊、迷糊,甚至做出反常脱衣的举动。反常脱衣现象是由于神志不清产生幻觉，脑部缺血、缺氧导致体温调节中枢麻痹，感觉出现紊乱，误以为很热。

核心体温降到30摄氏度到33.88摄氏度，双手双脚基本上都没办法用了；核心体温跌到31摄氏度左右时……后面的陆令记不清了。总之，再往下跌，人就快死了。

"看不出来，你懂得还挺多。"王所有些意外，今天陆令的表现真是让他刮目相看。

"我……"陆令没接这话，接着和王霞聊了起来。

并不是他懂得多，而是他擅长学习。陆令刚来第一天就冻得够呛，于是专门上网查了一些关于冻伤的资料，然后便基本上记住了。

研究生这几年别的没学会，查文献查资料那叫一个麻利。

他们一路上几乎没遇到别的车，不到半小时就回到了镇上，途中已经联系了医院。

乡镇医院的设备很普通，尤其是大晚上的，连X光机都启动不了，验血都没人，只能做一些简单的急救和姑息疗法。

当地人一旦有什么急症，就是来这里做个基础的缓解、打针之类的，然后坐着镇上唯一的、有供氧设备的救护车去县城。

王霞因为没啥大问题，医生治疗起来也算得心应手。一个地方的医生有一个地方的特色，比如陆令老家渝州那边的医院，肛肠科医术就非常强。而这边哪怕是镇医院，也擅长治疗冻伤。

医生在王霞的腋下、脖子和腹沟处都放了暖水袋，然后给她喝了一些温糖水，让她躺下，为她盖上被子，还在她身下铺上电褥子，整个治疗过程都没用到医疗器械。

"没什么大问题，这种情况送来得够早就行。"医生和王所认识，"这是咋了，大半夜的？"

"这孩子，给弟弟买肉去了，结果冻肉就一直放在怀里，人都冻坏了。"陆令下车的时候，顺便把肉也拿下来了。倒不是他闲得慌，而是王霞一直盯着这点东西，陆令干脆没让这块肉离开王霞的视线了。

"肉？"医生顺手拿过来看了看，"这……这肉不对啊。"

"啊？"陆令有些不懂，连忙问道，"怎么了？坏了啊？"

"这是槽头肉啊，怎么买这个？这肉可不好。"医生倒是了解一些。

陆令一听，立刻气不打一处来！

这谁啊？是白天儿子报警那个杀猪的岳军吗？要是他，卖给这小姑娘不好的肉，陆令回头非得找他去！这也太不是人了！

欸？什么是槽头肉？

王所也拿过袋子看了看，点了点头。"确实是槽头肉，这是谁卖的，够不是人的，这东西吃了对人不好。"

"警官，"盖着被子躺着的王霞这时说话了，"你们不要怪那个卖肉的，这是……这是人家看我可怜，送我的。我一直不好意思要，给他钱，他都没要，他说这个肉不好，不值钱。"

"啊？你知道这是槽头肉啊？那你还吃？"陆令有点不理解，这吃了有害健康，干吗要吃？

"没事的。切开，把淋巴结抠了，再多煮一煮就能吃。我看网上说这个脖子里面有细菌，需要多煮会儿。"王霞有些不好意思，"今年猪肉30多块一斤，实在是……"

陆令不说话了，他刚刚的话，颇有些"何不食肉糜"的感觉。听到这里，他感觉有些羞耻。

今年肉价确实有些夸张，但对陆令影响不是很大，他现在不当家也不知道柴米贵。而王霞家，因为肉涨价，已经很久没吃肉了，弟弟都快馋死了。

"没事，倒也能吃。"医生解释道，"很多谣言，说槽头肉淋巴结多，但淋巴结这东西猪身上好几个地方都有，也没啥大不了的。还有谣言说打针打到这里，药残高，这也不存在。你想啊，婴儿从小就要在胳膊上打疫苗，比动物打的回数多，那胳膊还能药残高吗？只要把腺体、淋巴、淤血清理干净，和其他地方的肉区别不大。说实话，现在这肉价，这槽头肉也有卖的，只是价格相对便宜。我怕的是这姑娘以30多块一斤的价格买了槽头肉，既然是人家送的，那老板还确实是好人呢。"

"嗯嗯！"王霞的眼睛里闪着光亮。

第五章 五境

1

　　医生知道姑娘没事，就暂时去忙别的了。王所把情况报给了县局，也回派出所了。派出所距离医院也就200米，小镇本来也没多大。

　　暂时还不能让王霞回去，肉就放窗台外面冻着就行，明天一早，轮到孙所他们组去林区警务站，到时候再把王霞送回去。大晚上的太冷，能避免出去就尽量避免。

　　王霞的家人来不及感谢石祥义，周新新就带着老石和老李撤了。全村人都平安回家，今天的任务圆满完成。

　　陆令还没走，他自告奋勇，想留在医院陪王霞聊一会儿，监控一下王霞的身体状况。

　　过会儿王所会过来给王霞送点晚饭，估计到时候王霞就彻底康复，能一个人在这里睡觉了。

　　和王霞聊天，陆令有一种和大人聊天的感觉。

　　聊天中，陆令得知，本地的农村低保标准是每人每年5052块钱，她父亲申请了特困人员救助供养，每年是7020块钱。

　　低保发放是补差，不是直接给。比如说她家四个人低保额度是22176块，而她妈妈一个月有1000块钱收入，那么低保就发放10176块。

　　总之，一家四口，一年的所有收入是2.2万块，平均月收入不到2000块。够基本的吃饱穿暖，但是姐姐上学，弟弟马上上学，父亲瘫痪，他们的生活还是很艰难的。

　　王霞说她非常佩服警察，非常感谢政府，要是没有低保，她家是过不下去的，陆令也只能感叹穷人的孩子早当家。

　　以前低保没有办下来的时候，王霞家里更困难，那时她妈妈为了弄一点肉碎，去屠宰场跟人家点头哈腰，这才让她和弟弟能尝点肉味。

十几岁的身体恢复能力还是很强的，等王所拿吃的东西回来了以后，王霞的体温已经恢复正常，可以吃东西了。

"这也太……"王霞看着王所拿来的大饭盒，咽了口唾沫。

"愣着干啥？"王所问道，"怎么，不合你胃口？"

这是一个很大的饭盒，分为三层，下面就是两个大馒头，这馒头陆令一顿饭也只能吃一个。上面两层，一层是刚炒的鸡蛋，另一层是一些切开的火腿肠和咸菜，看样子用微波炉热了热。

这个时间了，食堂也就只有这些东西了，王所还特地加了个炒蛋，绝对是有心了。

"我能给我弟……"王霞说完有些不好意思，"没，谢谢，谢谢叔叔！"

说着，王霞拿起一个大馒头大口吃了起来。

"你吃不完这些菜就得扔了，别光吃馒头。"王所感觉王霞有些不好意思，故作严肃道。

"嗯。"王霞低声呢喃了一句，这才开始吃菜。吃着吃着，眼泪就啪啪地往下掉。

她不会说什么感谢的话，但她知道，要不是这两人她就冻死了。

"慢点吃，我们还有工作，先走，明天早上有人来接你。这馒头你最好只吃一个，别一次吃太多，菜别剩下。"王所看到她这个样子也不舒服，拉着陆令往外走。

车已经搁在派出所院里了，二人直接走着回去就行。

"你看，小镇就是这个样子，是不是也挺有意思？"王所指了指医院。

这医院还没有陆令去过的街道卫生所好。

"嗯。"陆令回想起这些天见到的人，"我发现这边的大部分人其实都挺真实的。"

王所看了眼陆令，点了点头。

陆令说的是心里话，诚然有些人比较复杂，但多数人都是活得很真实的。王所也是个复杂的人，但复杂和善良并不矛盾，与"真实"二字也不矛盾。

这些年，陆令研究人的情商、性格、阅历以及城府，大概把人的社会思维水准分成了五个不同的境界。

注意，是社会思维，不是学术思维。

天真烂漫
成熟老练
胸有丘壑
高深莫测
返璞归真

每个境界可以大体分为初入、了然和资深三个水准。

绝大部分人，工作三年之后，都能达到成熟老练的境界，而有的人在学校时就已经如此。

在学校就成熟老练的人，也各有不同。情商高且人品好的人，能团结同学，赢得老师的青睐，保研、拿奖啥也不耽误。而不会做人的人就会让老师和同学厌烦，被认为市侩。

有一些人懒得想那么多，一直都是天真烂漫的境界，倒是过得轻松。天真烂漫这个境界非常有趣，初入这个境界的小孩子非常可爱。而处于这个阶段的成年人，有的很单纯，人很好，非常适合交朋友；有的就很容易偏执，在自己的世界出不来，还喜欢怀疑一切。

人一旦成熟老练，交朋友就开始变得困难。为什么说人成年了，很难再有新朋友，就是因为大家都复杂了。事实上，这个境界的人幸福感不见得比天真烂漫的人高。

成熟老练，是派出所基层警察出警最低的要求，一些警校生可能工作几个月就能达到这个境界。派出所的老警察，大部分都能达到胸有丘壑的初入水准，见多识广，喜怒不形于色，很难让人看透。周新新还没到此境界，最多是成熟老练的资深水准。王所算是达到了胸有丘壑的了然水准，水平相当高，在不同的环境都能处置好事情。

这次营救小女孩，王所发现陆令有不错的思维，从头到尾都没有打断他，这也是一种格局。

乡镇派出所这种地方，成长到胸有丘壑的初入水准，就已经游刃有余，再想提升非常困难。

一般来说，高一个境界的人，在正常的沟通中能看出低一个境界的人的一些想法——不可能全部看穿，全部能看穿，那是大仙。但是，能看出一部分也足够了。

除此之外，高一个境界的人，往往能看出低一个境界的人是什么境界。

有的人和警察聊天，感觉自己是透明的，也就是这个原因。

为什么算命的人能看出来被算命的人的想法？

一般来说，去算命的人大部分都是天真烂漫的，复杂的人很少去算命。而面对天真烂漫的人，算命的人凭借几十年的经验，聊一聊就能看清对方一大半了。

尤其是本身就很信任算命之人的人，更容易被别人获取信息。

如果本身很抵触，可能就不容易被看透。

2

你工作三五年，看到新来的员工，短时间就能分析出他是个啥样的人。你从小一直到高中，父母很容易看透你的想法，但你工作几年以后回家，往往就会发现父母再也没了这种魔力，而是和你平等交流，甚至有事情要开始问你。

有的父亲，见识广，早早达到了胸有丘壑的境界，能长时间给孩子一种靠得住、有智慧的感觉，孩子工作多年遇到事情也愿意和父亲多沟通、多商量。而有的家长确实就是很普通的人，对于社会上的事情，给不了孩子任何有价值的建议。这种情况，家长不要过多地指手画脚即可。

这事，不分好坏，只是客观陈述。

对陆令来说，通过学习和这几年兼职当心理咨询师，他勉强摸到了高深莫测之境的门槛，现在已经很难再进步了。

需要注意的是，五重境界都只能代表阅历和社会思维水平，与智商没有直接关系。智商超高却情商低的人太多了。而且，五重境界也不关乎人品和道德。比如"胸有丘壑"，和其他境界一样，都是中性词，说明一个人不一般。

一般能做到这一步的，都是行业翘楚。资深业务经理、销售副总监、企业高管、资深警察等等，一般都能到达第三境界，在社会上游刃有余。

有人说，人生分为三个境界：看山是山，看山不是山，看山还是山。

陆令觉得这太难让普通人理解了，就自己搞了个境界出来，只是方便他自己理解。

在这个世界上，想成为能人，有一万条路，但大体分为两个方向：技术向和社会向。

技术向很简单，就是技术至上，别的啥也不需要懂，你甚至可以成为爱因斯坦那样的人物。哪怕你穿裤子都不会，哪怕你连句"你好"都不会说，也不重要。比如说网上很火的数学天才"韦神"，他不需要思考世俗的东西，只需要搞钻研，就能很厉害，大家很尊重他，而且他也能实现自己的人生价值。但纯技术向的路很少很少，现在的医生、程序员等看似是技术向，但还是得一定程度上会做人，这才能在技术上走得更远。医生即便做到了"飞刀"的水平，也要更会做人一点，才能获得更多的尊重。

社会向，是绝大部分人的选择，因为你生活中的一切事情几乎都要接触人。

如何接触人？如何获得别人的好感和信任？如何看出来对方的企图？如何避免自己受损失？等等，不一而足，总之，这全是社会向。

聊到这里，可不是说陆令这种人就比其他人牛。如果自视甚高，就很容易出问题，骄傲自大是绝对不可取的，而且骄傲自大也是社会思维水平低的体现。

除了五重境界，人这种复杂的动物还有很多其他的加成。行业经验、行业地位、社会地位、技术能力、出身背景、身体能力、社会关系、年龄等等，都非常重要，需要时间和经验积累，想速成太难，而这些又都能促进社会思维的提升。

对，即便是年龄本身，也是很重要的。有些人屁本事没有，只是岁数大、资格老，就能倚老卖老，压得你起不来。

你能力强，看人准，事情办得好，为人处世也通透，领导照样可能把你上面的那个"坑"给他的侄子。

社会思维的五重境界绝对不是不可逆的，受潜意识、状态、知识量影响，高境界的人被低境界的骗了也很正常。

比如孩子骗人就很容易，因为大人潜意识里相信孩子；再比如警察审罪犯一般比较难，因为罪犯被审问的时候其心理防线是牢固的，胸有丘壑的警察完全审不了天真烂漫的人也很正常。

所以，还是要辩证地分析问题。

说到这里，其实这些境界的变化是非常累人的。要将自己的见识转化为自己的成长，这是非常痛苦的过程，这期间有无数次三观重塑的过程。

五重境界没有优劣之分，有不少已经高深莫测的大佬，最终厌倦了社会的纷繁复杂，纵情于山水之间，梦想成为一个天真烂漫的人。

越简单，反而越幸福。

不知道有多少成年人，一直在怀念自己的孩童时光。

为什么说六扇门内好修行？主要是见多了人间冷暖。

陆令在苏营镇碰到的婴儿被冻死的案件，老警察们都能平静对待，虽然说大家都疾恶如仇，但不会因这种事愤怒得冲昏了头脑。但这个案件要是让一些天真烂漫的人来处理，估计能得心理疾病。

为什么越来越多的人社恐？因为社会太复杂了，让一群被保护得很好的学生，突然面对一大堆成熟老练的人，是很难受的。也许自己的知识水平更高，但依然被莫名其妙地挤压和欺负。这使得大家对社交没有什么期待感，产生了社交"弊大于利"的本能感觉，自然而然就恐惧社交。

但也不是说低境界的人就一定善良，有的人又蠢又坏。天真烂漫的人，有好人，有坏人；高深莫测的人，也有好人，有坏人。

思维是很复杂的认知过程，是大脑皮质的整体性活动，从学术上来说，是指运用观念、表象、符号、语词、命题、记忆、概念、信念的内隐的认知操作或心智操作。

每个人的社会思维的产生，都是非常复杂的存在。

陆令研究和学习人格心理学这些年，明白每个人都很复杂。

这句话看似简单，但实际上很多人都不明白。

很多年轻人谈恋爱之前，压根没有考虑过一件事：对方也活了二十年了，也经历了无数事情，也是个很复杂的人。

被恋爱冲昏了头脑，社会思维水准直线下降，觉得对方哪里都好，然后在几个月的相处后才发现对方有这样或那样的问题。

心理学很多研究都认为幼年时期会对一个人的性格产生极大的影响，每个成年人，都不是看着那么简单。陆令一直都明白，越是成长，越要低调。

这个世界一直如此，从未变过。

3

"总归今天是做了件警察该干的事,挺好。我以前在县城派出所,非警务活动太多了,来乡镇,感触挺深。"王所说道,"我今天第一天接触你,感觉你比想象中能力更强一些。你为啥来派出所,我知道,你应该也知道。不过,这个不重要,相信我,你很快就能有机会出头。"

"谢谢王所。"陆令点了点头。

在乡镇派出所,所长大多数是股级,王所是正股级,虽然享受副科待遇,但职务够不上副科。当然,别看级别不高,在苏营镇,绝对是大人物。

"这小姑娘,你还打算帮帮她?"王所似乎看出了什么。

"辖区内的嘛,遇到了顺便帮帮,平日里没法帮。能帮他们的就是国家的低保政策了。"陆令说道。

陆令的回答出乎王所的意料。王所刚参加工作的时候,遇到这些非常困难的群众,都特别想主动多帮一帮,工作久了才明白一些道理。帮急不帮穷。遇到紧急的事情,无论是多大的事,能帮就全力帮。比如好兄弟父亲重病,拿出几万块去帮忙也是可以的。但平常帮穷,是没有意义的,完全帮不过来。就这一个派出所辖区,比王霞家里还困难的多了去了。

陆令偶尔带点米、面、肉去看看王霞一家可以,但时常去帮他们家是不现实的。

"你适合当警察。"王所感觉,这已经是他能给出的最高评价了。

"我慢慢学习吧。"陆令突然觉得王所还是挺好相处的。

"不过,一切也有特殊,胡指导的女儿在县城读幼儿园,如果能帮,我们每个人都责无旁贷,希望你也能做到。"王所认真地提醒道。

"一定。"陆令点了点头。

进入公安系统,他是宣过誓的,知道这个集体有多么优秀。这是一个有信仰的团体,这是一个能在危急时刻拿自己的命换别人的命的职业,尤其是来了派出所,听说了胡军的事情之后,陆令更是明白了一些不必言明的大道理。

回到派出所,王所做了一些安排,就让陆令抓紧休息,明天去送王霞的事情不用陆令管。

周新新他们几个都回来了,看到陆令,周新新立刻过来聊天:"老弟厉害啊,咋把人找到的啊?王所说是你的功劳,也没和我具体说。"

"哪有，我就是运气好。"陆令这句话也不是谦虚，今天能快速把人找到，确实有运气成分。如果再拖一个小时，王霞绝对不是现在的状态。

"不管怎么说，没有你就麻烦了。"周新新说道，"这可是救了人命，你这可是当英雄了！"

"英雄？"陆令一愣，他还真的没想过这个词。

"是啊，救了人还不是英雄？至少今天你是！"周新新笑道，"我现在有两个地方佩服你了。"

"另一个是……"陆令看着周新新一脸考校的样子，"吃辣？"

"你这反应真快！"周新新轻轻摇了摇头，表示佩服。

陆令也摇了摇头。"今天也是够惊险的，我进屋那一刻，真怕里面的人已经死了。还好，没有重演前几天的悲剧。"

"每年啊，咱们这边都得冻死几个人，尤其是喝醉的。要是刚入冬那会儿，喝多了在外面睡一觉说不定还死不了，喝了白酒火力壮啊，但要是现在，早上都冻硬了。"周新新表示见多了。

"嗯，确实。"陆令接着和周新新聊了几句。周新新非要听具体过程，陆令就讲了一遍。说完之后，周新新夸了陆令一通，陆令就睡觉去了。

没什么事，这个时间段除了玩手机，也就是睡觉，对陆令来说，这一觉睡得倒是很踏实。

转天是周五，三组值班，也是陆令第一次跟班。今天人来得比较齐，除了石详义没来，其他人都到了。

第一件事还是通过电视看县局的领导讲话，每天讲话都是十几分钟，倒也不长。听着听着，陆令突然来了精神。

"昨天晚上，苏营镇派出所发生了一起女童走失案件，苏营所王所和新入职民警陆令等人迅速赶到了现场，并且在不到半个小时的时间里找到了女孩。找到女孩的时候，女孩奄奄一息，身体已经被冻伤。这两名同志迅速把女孩送往医院治疗，现在女孩已经彻底康复回家。对于这个警情的处置，全局通报表扬一下，这两位同志值得大家学习。"

听到这简短的几句话，陆令心情非常好。

这就是通报表扬吗？真不错啊！

领导在那儿讲话，周新新看着陆令，脸上满是得意，感觉他昨天夸陆令夸对了。

陆令自然明白周新新得意的原因，冲着他笑了笑。

这时，李静静也回头看了眼陆令，但没有什么表情。陆令没看懂李静静这是啥意思。

工作还得继续，上午没有警情，就几个咨询电话，陆令乐得清闲，就用曲增敏的号看起了执法办案系统的资料。

东坡村，两死一失踪，目前立了三起案件。

失踪案目前就挂在那里，线索很少，所有的线索都是和命案共享的。

两起命案里，无名男尸的案卷内容不多，里面有大量的尸检内容和现场报告。

与曲增敏说的情况差不多，死者身高一米八五，体重一百八十斤，北方人，体形魁梧，死于刀具，尸体高度腐烂。

但还有几个细节曲增敏没记住，第一是对死者进行DNA测序发现，其年龄大概是35岁。DNA是没办法具体计算年龄的，只能通过研究端粒、研究DNA的甲基化做一个大体的判断。

第二是在DNA库里没有找到死者的身份。这个倒也正常，我国的DNA库还远远谈不上完善，只有有前科人员的DNA比较全。个体识别一般只需要20个STR即可，目前没有对应上。参考死者年龄，可以说明死者并非有前科的人员。

第三是法医并没有在这具高度腐烂的尸体中发现什么搏斗、绳束痕迹，推测死者是死于偷袭。

这个案子相当难搞，目前死者情况都没有搞清楚。

4

王守发死亡案，则彻底是个大案子，执法办案系统上，光笔录就取了四百多份，有四十多人被取了多次笔录。

这笔录可比文献简单多了，有一大半什么有效信息都没有，有的浏览一下只需一分钟。

从笔录、证据册、侦查情况说明里，陆令把案子拼接了起来，也对王守发在村里多年的人际脉络有了大体的了解。

王守发的老婆叫杨玉，是个老实巴交的农民，长得也不咋样，在村里一直都是没什么存在感的人。杨玉有个妹妹叫杨丽，也嫁到了东坡村。

杨丽今年也40多岁了，也是农民，但她爱捯饬，虽然不是大美女，在村里倒也算可以的。而且，她还是一名网络主播。

现在的东坡村，至少有五六个网络主播，还有几十人偶尔会发一些小视频，他们之间还有个微信群。但是，因为几个主播就是玩，直播一晚上一分钱都没有，所以直播频率非常低。

杨丽和一个叫王丽超的，是东坡村的"知名主播"。

杨丽是"颜值主播"，在抖音强大的滤镜下，看着颜值有六七分，受到了一些中年男性的追捧，粉丝有两千多名。

王丽超是种田主播，家里有两个药材大棚，因为玩得早，有五千多名粉丝，现在冬天偶尔还直播上山捡东西。陆令看到这个，是有点愣的，他实在不明白这个季节上山能捡到啥，柴火吗？

杨丽在村里，颇受几个中老年男人的追捧。村里绝大部分中年男子都在外面打工，留下的都是有地或者有大棚的，娱乐项目少，能凑合看的女人也少，出现这种情况也正常。不仅如此，因为杨丽直播有滤镜，很多人看过她直播，居然觉得杨丽更好看了。

杨丽的风评并不算好，给她制造不好风评的，不单单是女性，也有一些男性。陆令认为，这些男性宣传这样的东西，实际上是对杨丽的PUA（欺骗、洗脑之意），不让杨丽自我感觉良好。对他们来说，这样更容易得手。

每个农村都是一个小社会，东坡村也一样。东坡村60多岁的大叔大爷有很多，现在还有一个微信群，里面有二三百人。在这个微信群里，偶尔有人会发一两块钱的红包，发各种表情包，分享的视频也是应有尽有。

村中看上杨丽的，且目前已经能确定的人里，就有屠户岳军，也就是陆令此前去的那一家。看到这个，陆令大概知道岳军两口子为啥打架了。

失踪的那个张涛，据说也是村里的"花花人物"，和好几个妇女都有花边新闻。有的村民甚至信誓旦旦地和警察保证确有此事。张涛和王凤来、刘英二人应该都有关系，这件事情不止一个人提到。

王凤来和刘英分别是刘忠民、刘忠连的妻子。刘忠民和刘忠连是亲兄弟，他们和死去的王守发是有过节的，尤其是刘忠民还和王守发打过架。王守发死后，警方多次向这两人进行询问，但没发现什么有价值的证据。

这个案子难点就在这里，尸体被发现的时间太晚，现场勘查难度过大，在这种风气不太好的偏远农村，侦办起来特别困难。

王守发的老婆杨玉是个老实巴交的人，王守发死后，她虽然多次找过警方，但没有闹过。与之相比，张涛的老婆李美玉就到处闹，现在还在家门口挂着缟素。

据李美玉说，在张涛失踪前，刘忠民和张涛吵过架，他威胁过张涛，虽然没有打起来，但她觉得刘忠民有犯罪嫌疑。

除此之外，还有一个人也有犯罪嫌疑，即王守发的亲戚王宝泰。他俩算是远房亲戚，但是住在一个村。王宝泰今年7月因为涉嫌恶势力组织犯罪，已经被抓了，主要是他参与了镇上的河沙项目。

苏营镇的河沙其实不是很值钱，沙子的质量不过关，建筑工地一般都不要，但这边的河里能淘金。这伙人长期霸占河道，偷采黄金，还欺压其他人。

王宝泰算是村里的有钱人，开着村里少见的丰田老皇冠汽车，过得比较逍遥。

王宝泰和王守发没什么过节，但和张涛那是死结。去年9月，王宝泰的父亲去世，想弄得风光一点，找张涛弄点好木头，搞个气派点的棺材。张涛确实是做木材生意的，可听说要木材去做棺材，就觉得有些晦气，不过因为能赚钱还是答应了，没人和钱过不去。王宝泰要张涛给他早点把棺材弄出来。

王宝泰脾气大，没有先给钱，张涛就说必须先给钱，王宝泰便给了一半。张涛斗不过王宝泰，拿钱走了以后越想越气，后来就在棺材上做了手脚，用了劣质的木头，刷了油漆，外行也不懂。

这本来没啥事，但王宝泰父亲去世，他的狐朋狗友们都来吊唁。抬棺材的人都是村民，王宝泰和村民的关系不太好，加上抬棺材的人年龄也有点大，不小心摔了，导致棺材也摔了。

因为木材劣质，这个棺材居然裂开了！

知道真相的王宝泰差点把张涛吃了，但因为那个时候他要守孝，加上其他人拦着他，就暂时没打起来，而张涛则跑出去避风头了，两人算是结了大梁子。后来发生了几次冲突，都被村里的人拦了下来。

张涛是6月份左右失踪的，王宝泰是7月底被抓的，后续警方也去看守所提讯了几次王宝泰，王宝泰从头到尾都说不知道。

除了这些冲突，还有很多捕风捉影、空穴来风的事情，村里十个人十个不同说法的情况经常出现。陆令觉得他们的说法都站不住脚。

材料太多，陆令看了个大概，一个上午就过去了。

很多孩子到了大城市以后，觉得大城市好复杂，农村才是民风淳朴的地方。但当他们长大时再问问父母，就会发现农村乱七八糟的事情多了去了。

案子现在处于技术侦查阶段，对于这些，陆令不是很懂，也不想掺和，但他决定等后天再去东坡村，就开始找村民们聊聊。

第六章　警情

1

真是令人难以置信，一上午，警情为零。

看了一上午案卷，陆令发现系统里有"作废文书"一项，就好奇地点进去看了看，赫然发现这里删了一百多份笔录。

他点开看了看，好家伙……

现在天冷了，暖和的时候村里有一大群情报组织成员，普遍都是60岁以上的大娘。这些笔录有一部分是写错了，重复了，还有一部分是这些大娘的揣测。

确实是揣测，一点逻辑都没有，有好几个单独拿出来都能编个短篇故事。

王守发死了，张涛失踪，确实让村里有过一阵子的人心惶惶，但一些看透了生死的大娘并不在意，各有各的想法。

陆令看得脑袋疼，最终决定有时间去采访一下这些大娘。

"你真行。"李静静开始收拾东西，她上午的工作已经做完了，"你居然坐了一上午，看了一上午的案子。"

"啊？"陆令疑惑了一下，"这不也没事，不看案子看啥？"

"休息会儿呗，值班期间说不定啥时候就有事。"李静静站了起来，"你这是中午也在前台吗？"

"中午老梁过来替我，他应该一会儿就到了。"陆令说道，"其实上午也是他值班，这不我正好要在这里看案子，他就歇着了。"

"那他这时候还不过来？这人啊……"李静静看了看表，已经十二点过五分了。

正说着,门开了,开门的人是梁材华,他进门就说:"我抓紧时间把饭吃了,谢了啊,小陆,你歇着吧。"

"没事,别客气。"陆令确实有些累了,这就起身,和李静静一起去食堂吃饭。

中午食堂做的是锅贴,他俩到的时候,曲增敏和苏亮臣都吃完了,还在吃饭的只有李强一个人。

食堂师傅看到他俩来了,说道:"等会儿啊,这一锅马上好。"

陆令和李强不熟,见李静静把碗筷放在了桌子上,就把自己的放在了李静静对面。

李静静看到陆令要坐她对面,眉头一挑,没有说别的。

锅贴很快弄好了,厨房师傅确定这一锅够吃,便开始收拾东西准备走。

"明天就是周末了,你去哪儿啊?"李静静见陆令坐在对面也不说话,便不由自主地问了出来。

"明天估计在镇上吧,后天还得去林区警务站执勤呢。"

"那边周末不用去。"李静静说道,"咱们所没那么多警力,周末去没办法排休。"

"啊?"陆令想了想,周末不去就得周三再过去,"那……我就在派出所吧,也没别的事。"

"话说,你是真的能坐住,也真厉害,昨天晚上还救了个人。搞案子还是比搞户籍要好,我也想搞案子。"李静静叹气道。

"呃……"陆令感觉没法交流下去,不由得直说了,"你并不想搞案子,对吧?"

"嗯?"李静静看了一眼陆令,不知道为啥被看穿了,"这话怎么说?"

"就感觉你对办案也没啥兴趣啊。"陆令耸了耸肩,没有直说。

李静静目前的状态就是很拧巴,她心里知道制度不可对抗,因此就站在违反规定的边缘去对抗这种压力,派出所都没人和她聊天。

"这倒也是。"李静静点了点头,"唉,也不知道……"

"来,尝尝这个。"陆令大概知道李静静要说啥,这姑娘的社会思维退步了。

李静静以前在魔都上班,工作了几年,起码也是个成熟老练的人。考公务员回老家这一年,诸事不顺,社会思维已经退步到浅而易见的状态了。

这么说吧，派出所的老警察基本上都明白李静静在想啥，但没人说，李静静则窝在自己的世界里，试图保护自己。

她原单位的同事，都是和她年龄差不多的年轻人，彼此交流起来非常舒服。这一下来了这里，全是老警察，一个个都不好惹的样子，工作更是没了成就感。

不仅如此，还有一个秘密……

李静静自己觉得是秘密，其实大家都看出来了。李静静想找个对象结婚，她27岁了，考公务员回家就是为了结婚，谁知道分到了这里，找个对象太费劲了。

一开始，王所还想给她介绍个县政府的工作人员，但她只想找辽东市区的，王所也就不掺和这个事了。

李静静的这个秘密，来这边几天的陆令都已经看出来了。

她想了很多办法想调回市局，但目前依然还在这里，她的这种状态也就能理解了。

"这不错啊！"李静静很久没吃到这么正宗的辣椒了，她在魔都倒是吃过。

"是吧。你能吃辣？那我回头让我妈多寄点，给你来一罐。"陆令倒是挺开心。

"啊？"李静静愣了一下，"这不合适吧？"

"客气啥。"陆令说道，"我最近还买了一些东西，不过这边的快递送得有点慢呢。"

"这样，你可以寄到县城，起码快两天，我每天都过去，可以顺便帮你带回来。"

"县城，我没地方寄啊。"

"寄我家就行。"李静静说完自己都有些惊讶，她的住址连王所都不知道！说完，她还有些纠结，真怕陆令说"好"，那就不好意思不答应了。

"没事，我不着急，慢慢寄，省得你搬起来费劲。"陆令摇了摇头，"这边气温低，啥东西也坏不了。"

"也行，你在这边也是外地的，不方便，有啥事跟我说。"李静静感觉陆令还挺懂事，就大包大揽了起来。

怎么说，相比陆令，她也是本地人。

"好，谢谢静静姐！"陆令笑着说道。

锅贴就着辣椒酱，味道真的很不错。这边的锅贴是猪肉三鲜馅的，是厨师自己包的，陆令吃得很习惯。这边的菜，真的比想象中的好吃。

吃得差不多了，陆令手机响了，是曲增敏打来的。"你吃完了吗？"

"吃完了。"陆令说道，"咋了，有事？"

"嗯，刚刚前台接到报警，说咱们镇上有人在家里造了颗原子弹，还说要炸高林水库！你要是吃完了，就一起去看看。"曲增敏说道。

"原子弹？"陆令最后一个锅贴本来都要夹进嘴里了，结果停在了半空。

小小苏营镇，竟有如此强者？

2

"什么原子弹？"李静静有些疑惑。

"说镇上有人在家里造了颗原子弹，真是狠人啊，我和苏师父他们去一趟。"陆令把锅贴塞进嘴里，然后随便清洗了一下餐盘，开始穿衣服。

"精神病吧？"李静静说道，"这种人挺多的，我这边经常接触精神病。"

"估计是，一般人没这么大的脑洞。"陆令听了李静静的话，冷静了八九分，明白确实是这个原因，主要是这个警情第一时间听着确实震撼！

陆令一下子明白为啥叫他去，一般遇到与精神病相关的案子，人多一点安全。

陆令穿好衣服出去，苏亮臣和曲增敏已经下楼了，还带着一根警绳，估计是怕精神病不好控制。

"曲师父，不用带个防暴叉吗？"陆令问道。

"不用，一般没啥事，去看看再说。"曲增敏笑道，"要真是原子弹，带啥去也白搭。"

"天冷了，血压高了，什么人都有。"苏亮臣也是有些无语，"还炸高林水库，炸鱼啊？"

聊着天，三个人也没啥紧张的，就带好了东西，开车去了报警的地方。

苏营镇有四五条街，报警的这一家位于镇子的北边，在供电所附近。

小镇主要是南北走向，派出所和医院都在南边，政府和国土资源所也在南边；北边是小镇最繁华的地方，饭店、旅店、邮局、照相馆、网吧、种子站都在这里；再往北，就是供电所、加油站、小学、幼儿园这些地方。

报警这家的位置算是很靠北了，在镇上属于偏远地区，距离派出所2千米左右，开车三分钟就到了。这边有个小胡同，一共七八排房子，这一排只有四户，报警的是最里面的一户。

院子里没有人，陆令和苏亮臣、曲增敏交流了一下，决定敲门看看是什么情况。这些年，苏亮臣和曲增敏见过的精神病人有几十个了，经验倒是丰富。陆令敲了敲铁门，决定从门缝往里看，只见一个40多岁的妇女从里面出来，应该就是报警人。

从精神状况上来看，这妇女大概率是没有精神病的，这一点陆令还是有一定把握的。没精神病报这种警情？

陆令想到了一种可能，就是屋里可能有人玩危险的东西，比如"白面"什么的，妇女不敢说那个，才报警谎称有原子弹！

一时间，陆令想到了很多事，他想提醒两位师父注意，但看到曲增敏腰上挎着枪，又安定了下来。

一般来说，有枪就不用慌了。

妇女打开门，曲增敏立刻问道："是你报的警吗？"

"是，我大哥在家造原子弹，我让他别弄了，他不听！"妇女言之凿凿。

"真是原子弹？"曲增敏有些疑惑。

"我也不知道，反正就是一个大桶，特别吓人！"妇女一看也是农村人，这么一说，三人倒是有些搞不懂了。

再三确认没有别的事，三人就跟着妇女进了屋里。

屋子倒是不小，但非常乱，随机摆着电线、扳手、螺丝刀等各种乱七八糟的东西。

从主屋进了旁边的屋子，陆令看到了一个直径2米，高大概2.5米的大罐，看着像是存粮食用的东西！

大罐上面是一个1.5米高的圆柱体，顶部顶着天花板，看不到里面是啥，下面是0.5米高的圆锥体，再下面是半米高的支架。这要是装小麦，估计能装七八千斤！

陆令大概判断了一下，大罐里面应该没装满东西，因为下面的支架过于简陋，所以这肯定不是用来装粮食的。

大罐的旁边连着电线，电线连着灯和一个风扇。除此之外，还有几个陆令没看懂的设备，应该是老款的用电设备，不知道是厨具还是其他电器。

"这是啥？原子弹？"苏亮臣表示凭借自己三十多年的从警经验，完全解释不了这个东西。

"我也不知道！但是我哥搞这个，什么都不顾了，我嫂子都要和他离婚了！"妇女说道，"警察，你们快把这个东西搬走吧！他说他要炸高林水库！"

"这……你大哥人呢？"苏亮臣问道。

"他出去买东西了，马上就回来。"妇女的语气听起来倒是有些无所谓。

陆令看得出来，妇女倒是不怕她哥，实际上她哥在这里，她也敢报警，只是她不想看哥哥这么堕落下去。

三个警察围着大罐研究了半天，谁也不知道这到底是啥。

只有一点是可以肯定的，即这绝对不是原子弹。

不多时，正主回来了。

正主的长相很符合陆令的想象：戴着眼镜，头发拉碴，不修边幅，看着有些怪异。

何止是看着怪异，简直就是精神病人。

陆令一眼就能判断出来，这个人精神是有点问题的。

"这是干吗的？这是国家发现了我的发明吗？是不是要收为国有？我愿意，你们快点拿手续出来，我愿意将它献给国家！千万不能让其他国家知道！这可是好东西！"男子看到来了三个穿制服的，兴奋地说道。

"这是啥？"陆令问出了大家都想问的问题。

"雷电机械！凭空发电！它能自动吸收雷电，然后发电，无限发电。只要成功，全中国的电灯都能点亮了！"男子指了指大罐，"但是，我现在就自己一个人，没办法研究下去。"

"这……你启动给我们看看？"苏亮臣有些不确定地问道，他在判断这个大罐的危险性，不知道这里面是不是有大规模杀伤性武器。思考了片刻后，他接着问道："且慢，这里面有什么？"

"你们可以看到，这里面是空的，凭空发电就来自里面，不过里面也有启动设备！"男子从侧面打开了大罐。

说实话，这焊接技术还真可以，要不是他打开，大家真的看不出来这里有扇门。

"行，你打开看看。"苏亮臣没发现什么危险的东西，便示意男子可以打开。

男子点了点头，打开了大罐下面的一个开关。

随着开关打开，连在大罐上的一个小灯泡开始闪烁起来！

陆令直接看蒙了，他虽然本科毕业后很少接触纯理科的知识了，但法拉第、麦克斯韦这样的人他还是知道的。这大哥是要把这两位弄活了吗？

这怎么会亮？

电线是直接接在大罐上的，而这灯确实亮了！

震撼中，陆令过去看了看大罐里面，赫然发现了一个电动车电瓶！

3

"你这玩意原理是啥？"陆令问道。

"知道避雷针吗？这个是引雷舱！雷电会自动进来，凭空法电！大自然的雷电自动收集，你想啊，雷电有前兆吗？没有！雷电都是突然产生的！"男子非常兴奋。

"你这不就是靠电瓶带动灯亮吗？"曲增敏都看不下去了。

"你不懂！这个现在有两个问题：第一个问题，雷电发电也是需要启动能量的！你们知道原子弹不？就是原子弹那个核聚变，现在国家都在搞这个实验！托卡马克！你们知道吗？"男子解释了几句，"托卡马克，都是需要先输入大量的电，制造高温高压的环境，才能开始核聚变！你们知道核聚变研究多少年了吗？很多很多年了！投入了大量的钱！我这个前期也需要投入！这里面先放电，然后才能吸引雷电，同性相吸！"

"那……"报警的妇女都要张口反驳了。

"你不懂。"男子打断了妇女，"现在主要是第二个问题，就是我需要支持，需要更大的启动能量，需要去高林水库那里搞个实验！我看那边的山就很好！"

陆令这回算是明白妇女报警的原因了，这男子还真的提到了原子弹和高林水库。就连陆令都明白，老旧的电动车电瓶电压不够，也就能点亮小灯泡，其他电子设备根本带不动。而且陆令真的很想告诉他原子弹是核裂变发生链式反应的结果,而不是核聚变发生的结果,但如果告诉他,可能要聊上一个小时。

对妇女来说,报警也真的不能怪她。

"你先等等。"陆令确定这个男子有问题,便没有继续和他解释,而是准备和妇女好好聊聊。

苏亮臣也明白和男子交流没有意义,就让他先在屋子里研究一下,然后带着妇女出去了。

从交流中陆令得知,男子本身是个地方企业的工程师,曾经也是很受人尊重的人,但前些年下岗了,就过得很压抑。当年和男子一起的同学,有的进了事业编,以前待遇远不如他,但现在人家的工作很稳定,所以他心里很不平衡。

他本来在县城有房子,后来也不知道怎么了,非要回乡下搞研究,老婆也只能由着他。

这一搞就是好几年,直到现在这个情况。

这……

警察怎么管?

管不了。

陆令想了半天,也不知道这玩意能有啥社会危害性,就是以后注意点,别闹火灾了就行。

只能继续随他研究去。

"这没办法吗?"妇女还是不服,"他这样,我嫂子就不要他了!"

"那能有什么办法?你哥这状态你看不出来吗?"曲增敏说道。

"我哥没啥事,你们得管管!不管的话,就要闹离婚了!"妇女再次强调。

这话直接把曲增敏惹火了。"管什么管?!这怎么管?!他自己现在这个样子,是这几年形成的,谁有办法?!我们警察有办法?怎么可能?!再说了,他这个状态,你嫂子要离婚,不很正常吗!你脑子里就只有你哥,你嫂子人家不过自己的日子了?你怎么这么自私?你要是真的顾你哥,就找个懂科学的,起码拿出几个月的时间,一点点地给他做工作!要不,直接花钱把他送到医院去看看!不过和你说了也是白扯,你又不懂!"

不得不说,妇女绝对吃硬不吃软,曲增敏说了这些,她就不说话了。她不懂那么多理,但也知道曲增敏是对的。她哥属于精神病了,只是人家警察没明说罢了。

这边的百姓还是比较淳朴,妇女低着头不说话,也不知道在想些什么。

苏亮臣咳嗽了一声,他该站出来唱红脸了。"你这个事,真的不能这么解决。你哥啊,当了一辈子工程师,下岗了没有地方消耗精力,现在搞成了这个样子。要我说,你们亲属都或多或少有点责任。我刚刚检查过了,也不是啥危害性很大的东西,但是呢,也得注意安全,这东西倒了砸到人也是很危险的。你作为家属,如果想改变他,得付出很多。"

妇女其实压根没听懂,但频频点头。她是真的啥也不懂,但她现在知道,她哥搞的这个东西不会爆炸。

苏亮臣没有多说,便带着人打道回府,这警情也就这样了。

回到派出所,前台就梁材华一个人,他看到陆令便说道:"你的快递给你送过来了。"

"这么好?"陆令还挺高兴,"不是都得去快递站取吗?"

"估计看到你这个是派出所的,就送过来了吧。"

"嗯,谢谢。"

苏亮臣和曲增敏走了,陆令直接打开了自己的几个快递。

他买了三个车载充电器,准备给两辆警车都安上,另一个他打算留着自己用。到了这里,他发现没有车是万万不行的,所以最近打算买辆车代步。

除了充电器,还有一些日常用品、家里寄来的东西和一箱酒精蜡。他感觉去林区警务站引火太麻烦了,就买了100个20克左右的酒精蜡,一共才花了20块钱。100个酒精蜡可以引火100次,能用20周,不到用完,冬天差不多也就过去了。他上网查了一些资料,这个东西是最方便的,每次只需要拆一个,放在木头下面,用打火机点一下,就不用管了。

收拾完东西,就快到下午上班的时间了,李静静也卡着时间过来了。

"这买的是啥啊?"李静静看着那一箱白色的东西,有些好奇。

"酒精蜡,引火用的。"陆令说道。

"引火?"李静静更疑惑了。

"嗯,林区警务站每次都得用报纸引火,太麻烦了。买一箱搁在那边,谁引火点一块就行。"陆令拿起一个扬了扬。

"你这还私人给公家买东西啊?"李静静有些不解。

"主要是没多少钱,也方便了自己呗,这种东西单位肯定不会给买的。"陆令指着车载充电器，"给警车安上，以后出警也方便。"

"咱们不是只有两辆警车吗？"

"看你也有车，这个送你。"陆令见话都说到这份儿上了，"也不知道你的车上有没有这个。"

"啊？"李静静有些不好意思："你……这是给我买的？"

"你车上有吗？"陆令问道。

"没，我从来不跑长途，最多也就开一个多小时。"

"那就送你了。"陆令随手把一个车载充电器放在了李静静的桌上，然后抱着其他东西，告了个别，就准备往外走。

"你这人还挺细心。"因为这个东西不是很贵重，李静静就收下了，"谢啦。"

"客气啦。"

"对了，你周末……"

"怎么了？"陆令问道。

"呃，没啥事，你要是有啥需要帮忙的，可以找我。"

"好，没问题。"

4

从李静静这边出来，陆令先在院子里把车载充电器安装好，然后把装有酒精蜡的箱子放在了空旷的自行车棚下面。

这季节没人骑自行车，放在这里安全。这玩意易燃，不适合放在室内，它也不怕冷，放室外应该没问题。

车载充电器送给李静静了，陆令倒也无所谓，他觉得自己去买车的话，找销售要个这个应该不难，他打算买辆二手车代步。

说起来，陆令不是很穷，但也就只有几万块存款。他大学和研究生期间都是研究心理学，跟着学长做过心理咨询师，能考的证件也都有。

近些年，类似的证件层出不穷，网上到处都是广告，说考个什么心理咨询师证、消防证，然后就能轻松年入15万，这自然都是忽悠人的。

心理咨询师看似动不动就能一小时赚三五百，但普通人做心理咨询师压根没有客户，而且能力根本就不够。

现代人压力这么大，心理医生就能保证让人放松？这活真的不好干。

陆令有个学长从业多年，刚刚成立了自己的工作室。陆令和他关系不错，去做过兼职。心理咨询师这个职业，目前来说，全国能保证赚大钱的，一个地级市可能都不见得有几个，事实就是这么夸张。行业的资深人物一小时几千块还需要预约，而普通新手免费做咨询都找不到人。

学长曾经和陆令说过，他如果在这个行业干几年，绝对是个人物，或许会具备导师那样的水平，但……

陆令想到这里，看了看北方，轻轻叹了口气，这是多么俗套的故事啊……

要买车，那现在肯定是买二手车更合适，但人生地不熟，自己又是外地人，太容易挨坑。想了想，陆令决定找王所帮忙。

王所这会儿在办公室，陆令敲门进去，直接表明了自己的想法。

"这是好事啊，行，没问题。"王所听到是这种事，他倒是很热心，主要也是喜欢这个新来的，说着话，就拿起了电话，准备拨某个号码。

突然，王所停顿了一下："对了，要个什么样的？什么价位的？"

"没什么钱，能代步，质量皮实一点就行……嗯，燃油车。"陆令想了想，"5万？"

"那行，5万买二手车最合适了。"王所点了点头，拨通了一个电话。

这种事找王所，那真是找对人了，他以前在县局也是个小领导。在这种县城，没人愿意骗警察，更别说骗领导了。

王所一个电话，就把陆令的需求搞定了，那边说这种车有的是，直接去看车，保证不会挨坑。

只打了三十秒，王所就挂了电话，接着拿出一张A4纸，唰唰唰地在上面写了个电话和地址递给陆令。"你今天要值班，明后天去都行。我都说好了，你去了提我的名字就可以。"

"谢谢王所，我就知道这种事找您准没错。"陆令说的可是心里话。

要是来派出所第一天就找王所，估计王所也不会像现在这样。但如今王所很重视陆令，这点忙自然不算什么。

"关心同志们的生活其实也是我们当领导的应该做的事。"王所摆了摆手，"我看你今天一上午都在前台坐着，是在看之前的命案吗？"

"嗯，昨天去了东坡村一趟，总感觉那边的人都怪怪的。案子涉及三个人，当然感兴趣。"和王所说话自然可以说心里话，毕竟人家是一把手，气度是有的。

"你觉得这三个人是一个案子，对吗？"王所问道。

"我看了看咱们镇的情况，最近五年，命案只有四起，从概率上来说，一个村子同一时间不太可能发生三起不相关的案子。"陆令解释道。

"这个思路也正常。"王所点了点头。

"嗯，没事的时候我就看看案子。"

"过几天，新新就被借调走了，县局最近搞了个反电诈的专班，人手不够，他估计能去三个月到半年。除了他，可能还会去一个辅警。不过，因为这个专班抽调人手，重案那边也缺人，他们的游队长和我关系不错，你想去试试吗？"王所笑道。

听王所这么一说，陆令倒是有些惊讶。他看得出来，王所是真的对他很重视。

看着王所的表情，陆令大概明白了什么。

之前听曲增敏说过，王所以前是县局的，现在在苏营镇当所长，也算是怀才不遇。所以，看到陆令是块材料，学历还这么高，知道他为啥来了派出所的王所就觉得这确实不公平。

"王所，"陆令认真地说道，"今天上午出了个警，非常神奇，报警人说自己的哥哥在家研究原子弹，我第一时间非常震惊，而李静静一听就立刻说是精神病。这说明什么问题？李静静在派出所一年，对这些事了如指掌，而我就没有反应过来。东坡村的案子不是突发案件，我是年轻人，没见过这种大案子，肯定是好奇，也感兴趣，但我觉得我真的应该在派出所长长见识，接触一下百姓。不仅如此，在咱们这里，我照样可以看案子的情况。"

"你……"王所愣了一下，叹了口气，他当年要是有陆令这种心态，最开始扎根基层，也许就不用来苏营镇派出所了。他被提拔的时候，就是因为基层工作时间不够，太心急，才没有争过别人，如今陆令这一说，反倒是被教育了一番。

"好！"王所点了点头，"你搞吧，咱们这几个月不算忙，东坡村的案子你需要啥，我给你提供。你要是真的能把案子破了，我们派出所都跟着你沾光。"

陆令摇了摇头："我只是好奇，没那么大本事。"

这大话可不能瞎说，东坡村的案子很多能人搞了这么久，证据不够就是不够，更不要说陆令在现场勘察等方面都是初学者。不过，有了王所这句话，他后续的工作确实好开展一些。

"没事，"王所说道，"过了阳历年，县局会给咱们再配两名辅警。东坡村的案子，自从胡指导的事情之后，咱们所就没关注过。我到时候看看，要是辅警里有机灵点的，我给你配一个。"

第七章　敲诈？

1

其实，王所这么安排是有原因的，陆令虽然是新警，但毕竟25岁了，不是小孩了。而且，这派出所目前谁可堪一用？

要说起来，老苏、曲增敏这些人，都是经验丰富的民警，但搞大的刑事案件，没一个有激情。就东坡村案子的卷宗，几百份笔录，让50岁的老苏从头研究到尾，根本就不现实。

自从胡军牺牲，派出所的精气神直接折损大半，这几个月才恢复了一些。

在这种情况下，王所重视陆令，是唯一的选择。

下午和晚上，警情只有两个，一个是电信诈骗，另一个是镇上有人打架。

打架的警情，等警察到的时候，人就全都跑了，留下了三根破木棍，看情况也没人受伤。

东北地区冬天打架要是拿这么细的木棍，基本上不会有人受伤，穿得都太厚了。

李静静准时下班，开车回市里的家。

陆令值了个夜班，第二天早上，坐着镇上去县城的车看车去了。因为提前说了一声，车贩子非常客气，基本上哪辆车有什么问题都会主动告知。陆令没啥太高的要求，最终选了一辆三年多车龄且车况很好的Polo，车贩子还送了一大堆防滑链之类的东西。

手续啥的要等工作日才能办，交完钱签了合同，陆令就可以把车开走，这几天车贩子去帮他搞定车牌和手续。

陆令是周一值班，周二休息，就约了周二再来一次县城把手续彻底弄好。车暂时还挂着车贩子的牌照。有了自己的车确实非常方便，陆令在县城买了一大堆东西，丝毫不用担心不好拿。

陆令喜欢钓鱼，比较坐得住，在家的时候经常去江边钓鱼。开车往回走，看到路边有一家正在营业的渔具店，他就停下了车。

他有些好奇，这个季节，除了海边都封冻了，渔具店竟然还在营业。

陆令觉得有意思，就进去看了看。

外面太冷了，陆令本来打算不熄火，把车放在门口直接进去，但下了车，又好像想到了什么，叹了口气，上车熄火，锁上了车，才进了店里。

和他以前逛的渔具店不同，这里居然有卖炉子、帐篷和一些机械设备，鱼竿也都是很短小的那种。

"这怎么钓鱼？"陆令拿起一根鱼竿，有些不解地问道。

一般的鱼竿都是2.7米以上，分为3.6米、4.5米、5.4米、6.3米等不同规格，即便是那种手抛的海竿，也有2米左右，而这里卖的，1米都不到。

"怎么钓？"老板像是被问住了，"没钓过鱼？"

"钓过啊。"陆令指了指旁边的长竿，"这些我知道咋用。这个这么短，是站鱼头顶上钓吗？"

"你是哪里人啊？"老板听陆令的口音就知道是外地人，本地人基本不会说普通话，"咱们这边冬天钓鱼，都是冰上打个孔，直接站上面钓。不过直接钓太冷了，一般都是上面弄个隔热垫，再搭个帐篷。"

"这样不会不安全吗？"陆令有些担忧。

"不会啊，冰上开车都没问题。"老板看出来陆令不打算买，兴致也就不高，"你回头去水库看看人家怎么钓的，挺麻烦的，你这外地的估计想打个冰洞都费劲。"

"嗯。"陆令点了点头，看出来老板不是很待见他，"那我回头有需要再来看看，现在先去学学。"

告别了老板，陆令不知道有哪些地方值得一去，正好昨天出警，那个大仙想炸高林水库，而高林水库距离小镇也不远，他便准备去高林水库看看。

高林水库是整个东安县仅有的几个可以随便钓鱼的水库，一年四季都有钓友过来，但每两三年就可能会淹死一两个。

陆令开着车，二十分钟后就到了高林水库，路况还不错，加上几天没下雪，可以直接开车到水库坝上。停好车，可以看到冰面上支起了很多帐篷，还有几个人在冰面上走。

下车，走到水库边上，陆令有点心虚，他对于冰层多少有些不放心，但看到人家直接把拖拉机开到了冰面上，也就胆子大了些，走上去试了试。

刚上冰面不久，远处的拖拉机就朝陆令开了过来，停在了一旁。一个从车上下来穿着劣质貂皮大衣的男子对陆令说道："钓鱼吗？咱们这边可以帮忙打孔，给点油钱就行。"

"不钓，没带装备，第一次来，过来看看。"陆令问道，"这边打孔怎么打？"

司机也是没事做，下了车，指了指后面的一个像是大号钻头一样的东西说道："就这个，能打个直径20厘米的孔，钓鱼就很方便。"

"那要是鱼的直径超过20厘米怎么办呢？"陆令有些好奇。

"哪有那么大的？有的话，这鱼起码也得30斤了，就算冬天鱼没劲，一般的竿子也扯不动。"大哥摆了摆手，示意陆令不要想这些没用的。

"大哥，冬天水下的鱼都是怎么呼吸的啊？氧气够吗？"陆令有些新奇。

"肯定够啊，要不然怎么过冬啊？"这大哥还是比较热情的，但明显有些知其然而不知其所以然，接着说道，"我看你也是开车来的，不钓鱼来这边干吗？"

"来看看啊，没见过。"陆令实话实说。

"没见过？你要是爱钓鱼，抖音上肯定能搜到很多冰钓的视频。"

"我很少看抖音。"陆令不想继续纠结这个事情，"大哥，你那里有地方钓鱼吗？我去看看。"

"行，来吧。"大哥显得很热情，掉头就往回走。对方的车开得很慢，但陆令还是跟不上，他有些过于谨慎了。

冰层非常非常厚，起码有半米厚，拖拉机在上面跑都丝毫造成不了晃动。很快，陆令的胆子也就大了起来，顺利行走了起来。

这大哥也有一个帐篷，还挺大，陆令进去之后，感觉里面很暖和，有个煤气罐接着一个火炉。帐篷的中心位置打了个洞，水非常清澈，考虑水面的折射，冰洞得有半米多深。帐篷下面铺了个隔热垫，旁边放着大的塑料箱，里面已经有三条鱼了，看着都有两三斤重。

2

待了十几分钟后，陆令明白了几个问题，不过大部分是在网上查的。

第一，鱼怎么呼吸？实际上冰层下面也是有光线的，蓝藻等植物能少量造氧。

第二，鱼是变温动物，底层水温只有4摄氏度左右，新陈代谢非常慢。当然，鱼还是缺氧，所以钓鱼的打个洞，鱼就想往这里凑。

第三，这样烧炉子会不安全吗？烤化了咋办？这就是想多了，这点火算不了什么。

第四……

知道得多也没用……

钓鱼者是个年纪比较大的老人，看着有60多岁，慈眉善目，是刚刚那个穿貂皮大衣的男子的父亲。这位大爷一生中最大的爱好就是钓鱼，当然，钓上的鱼也可以卖钱。

"有一回，钓了一条大的，洞口小，鱼拽不出来，我就放了几米线，然后把帐篷拆了，用机器把孔扩了扩，就把鱼拉上来了。"大爷逢人必讲这段故事，绘声绘色地讲了几分钟，陆令听得心驰神往。

看着陆令这个表情，大爷开心了，非要让陆令以后来钓鱼，说可以在这里打两个孔，一人一个一起钓。聊天期间，陆令还加了当地的钓友群，这是个微信大群，足足有三百多人，都是附近的钓友，他们经常组织钓鱼活动。群主是县城的一位老板，而外面这个打孔的，是群里唯一的管理员。

"一般小鱼就直接放了，今天口不太好，这钓得不多，不行就不卖了，回去给老爷子炖鱼汤。"大爷总是乐呵呵的。

"老爷子？您父亲高寿啊？"陆令尊敬地问道。

"90岁了！"大爷很高兴，"身体还很不错呢！有时候也过来钓鱼！"

"这么厉害！"陆令由衷地说道，"90岁了还能钓鱼，真是太幸福了。"

"我父亲20岁的时候参加过志愿军，当兵的人嘛，身体好得很！"大爷笑呵呵地说道。

聊了有半小时，大爷又钓上来两条。陆令和大爷告别，大爷非要给陆令拿条鱼回家炖着吃。陆令没拿，感谢了一番，直接走了。

从帐篷里出来，外面很冷，但因为是中午，有一些附近的大人、孩子过来滑冰，一个个都非常专业，玩得很开心。陆令与他们不熟，就上了车准备离开。

这边的冰层厚度是绝对安全的，这个季节，东北地区几乎不存在冰层碎了淹死人的事故，除非作死开着大汽车上来。当然，就高林水库目前的情况来看，陆令的车开上去一点事也没有。

今天是周六，陆令回到镇上，先去找了个小饭馆。食堂虽然也有饭，但因为周末，值班的人很少，做的饭都是定量的，想吃得提前说一声。陆令今天没提前说，就只能在外面吃，或者吃车上的东西。因为每周都要去一两次林区警务站，午饭要自己解决，总不能每次都吃泡面，陆令便买了一些火腿、面包以及自热类食品。

眼下已经是下午两点左右，过了饭点，就陆令一个人在吃饭，但陆令吃了一半，居然进来一个认识的人，就是商店老板王勇上次给他找的面包车司机。

陆令和这个司机只相处了很短的时间，两人的关系并不熟络，所以陆令当时懒得和他说话。司机觉得不爽便故意在车里抽烟，也不知道为什么，他听说陆令要去派出所就一直想打听点什么。

司机进来看到陆令，也有些愣，不过也一秒钟后就恢复了正常。在他看来，陆令是镇上的人，这小镇这么小，遇到了也很正常，只是他刚刚输了600多块，看到陆令，莫名地觉得有些晦气。

跟在司机之后，陆续又进来了三个人，应该是他的朋友，有两个人嚷嚷着让另一个人请客，说他赢了不少，如何如何。

被簇拥的人今天赢了2000多块，正是春风得意的时候，请客吃顿饭花个100多块还是没问题的，当即大手一挥，说道："我请就我请，但是话可说好了，我点菜啊。"

透过这一句话，陆令明白了，这四个人是赌徒，在镇上赌博了。

镇上有牌局啊？陆令心中有了计较，但没有说什么。

还是那句话，这小镇就这么大，想找还是很容易的。一般来说，家里自己玩没啥大不了的，但在外面专门组局赌博就不一样了。

在聊天、吃饭的过程中，司机看了陆令四次，但陆令一直没有搭理他，很快吃完东西，结完账就走了。

出去之后，陆令直接回了派出所。

苏营镇派出所值班其实不是固定的，因为三天就要值班一次，而且除了周末每三天还得安排人去一趟林区警务站，所以如果有人想外出三四天，就非常困难。为了在冬天案子少的时候能多休息几天，有时会整组换班，一个组连着值班两天，然后休息四天。

出现换班的情况很正常，比如说周四那天，一组和二组就换班了，陆令现在还没搞懂，他只需知道自己几号值班即可。

回到所里，值班的是二组。对于他们组，陆令就没有太熟悉的人。孙所天天没精神，田涛57岁了，基本上就是坐在办公室里看报纸；辅警里面，张本秀又是个老油条，王平人一般，也就苏大华是个老实人，这会儿正在盯前台。

"小陆，行啊，这么快就提车了！"苏大华见陆令将车停到了院子里，便主动过来打招呼。

"买了辆二手车，代步。"陆令倒是觉得没啥。

"不错了，大众的车挺好！"苏大华点头说道，"我听他们说，你这明年就能享受副科待遇，一个月五六千，真厉害。"

"嗯，还行吧。"这话陆令实在不知道该怎么接，这工资也能算高？

"行，挺好，以后没事可以去辽东市区转转，那边好吃好玩的也不少。"苏大华围着车转了一圈，表示这车挺新的。

"这附近有啥好玩的吗？"

"这季节不行，秋天最好，镇上还有表演单鼓的，到时你去海边好吃的可多了。咱们这边有獐岛，还有大湖、大山，吃的有草莓、蓝莓、软枣啥的……"苏大华一口气介绍了一大堆。

"那么说起来，这边经济发展得还行吧？"

"老百姓其实不算穷，但这是对比东北其他地区。要是和你们南方比就完了，这边镇上有车的，都算是过得不错的了。"苏大华说道，"你这车真就可以了。"

两人正聊着天，有警车从外面回来，开车的是孙所，车上坐满了人。

车停好，张本秀先下了车，带下来两个人，王平也跟着下来了。

"谁的车？"张本秀看到门口停了辆车，问道。

"小陆新买的车。"苏大华说道。

"新买的？这不是二手车吗？"张本秀有些疑惑。

"嗯，二手车。"陆令点了点头，"代步就是。"

"这车挺好，好开，省油。"张本秀给了个肯定的评价，接着拉着其中一个人往里面走。

"这是干吗的？"陆令指着被带回来的两人问道。

"昨天下午三个人在镇上打架，有人报警，三个人都跑了，结果今天被打的那个报警了，事情就由我们组办了。被打的住院了，我们刚把打人的给带回来了。"张本秀解释道。

"不是我俩打坏的。"一个人立刻说道。

"你说不是就不是？闭嘴，进屋说！"张本秀大声压了一句，接着就带着人进去了，而孙所全程都没说话。

3

张本秀的话里明显透露出不乐意，这个案子看样子本应昨天由陆令他们组负责，现在要二组负责，他当然不乐意。

陆令听出了言外之意，也没多想，便先往楼上搬车里的东西，搬了三趟才搬完。这季节真的不能在车上乱放东西，火腿肠放在车上很快就能冻得梆梆硬。

搬完东西，陆令在楼上听到楼下发生了争吵，就下楼看了看，结果发现王平和一个人吵起来了。

孙所和张本秀带着一个人在取笔录，王平想从另一个人口中问出点什么来，但没问出啥，反倒吵起来了。

见陆令过来了，王平压了压火，哼唧了两声，没有和那个人接着吵。

"小陆，"苏大华看到陆令，便说道，"你咋下来了？"

"吵什么呢？"陆令问道。

"这小子不老实，说他没打那么重。"苏大华倒是说得很随意，这种事在派出所见多了。

"我真没打那么重！他要是骨折了，当时怎么可能跑那么快？"说话的人瘦瘦高高的，脾气倒是不小。

陆令示意他不要喊，觉得事情有些蹊跷。

两个打一个，都拿了棍子，与其说是棍子，其实也就是拖把杆和树枝。被打的那个跑了，然后打人的也没怎么追，但是被打的人昨天就住院了，今天又把这两人叫了过去。接着，被打的就报警了，而打人的也没逃跑。

总之，这两人承认打人了，但不承认将其打得这么重。

令人意外的是，被打的人确实昨天就因胳膊骨折住院了。

被打的人所住的就是县医院，已经打上了石膏，而且他的诊断报告上写的正是受到棍棒等器物重击导致骨折。

这个季节，摔断胳膊腿是常事，但是摔断和被打断的痕迹完全不同，县医院不至于连这点问题都搞不清楚。

因此，此事有四种可能性：一是这两人在撒谎；二是这两人下手没分寸；三是医院的医生说了谎，现在打了石膏，医生说啥就是啥；四是这事还有其他大家都不知道的情节。

现在最蹊跷的地方在于，这个被打的人现在才报警。这会儿已经是第二天下午三点了，这个时间报警，之前干吗去了？

"你们去医院以后，对方找你们要多少钱？"陆令直接问道。

"要1万。"瘦高男子说道。

"他一开始要多少钱？"陆令再次问道。

"1万。"

"不多啊。"陆令皱眉，"你们知道一般打人，打骨折了想私了，对方开价都不低，这已经很少了。"

"1万，我哪里有啊？！再说，我都没打过他这个位置，怎么可能骨折？这不胡说八道吗。"男子指了指自己的胳膊。

"这个位置？"陆令指了指大臂的位置，愣了一下。

"是啊。"

"你们去医院的时候，对方几个人？"陆令问道。

"就他一个。"

"你们愿意赔多少钱？"

"不赔，他还把我打了一顿呢！"男子拉开衣服，给陆令看了看自己的脖子这里，有一道很浅的红印，"反正我没将他打得那么重，你们非要说是我打的，我不会承认。"

陆令点了点头。

这三个人是因为在网吧打游戏吵架，最后动手打了起来，被老板赶了出去，又在门口随手抄起家伙干了起来。

现场一滴血都没有，倒不是说骨折一定要流血，但从现场的情况、动手的工具来看，确实不像是很严重的样子，而且，被打得骨折了的话，听说路人报警，也不至于跑那么快，应该早就躺在地上哀号了。

081

"你的手机我看看，你解一下密码。"陆令说道。

"哦哦哦。"瘦高男子把手机递给了陆令，压根没密码。

陆令看了看他的一些聊天记录，从昨天到现在，都很正常，就是和朋友的一些闲聊，丝毫没有提过这件事，虽然也有刻意删掉的可能，但从和几个人聊天的字里行间，也能看出来他压根没在意昨天打的这一架。

"你说你没下死手，那你那个哥们儿打得重不重，你能确定吗？"陆令问道。

"我好歹拿了拖把杆，他就拿了树枝，还不如我呢！"男子说道。

"你先在这儿待着。"陆令说完和王平去了隔壁屋。

到了隔壁屋，陆令先和王平了解了一下被打的人的情况。那人是个年轻人，身体还算不错，没有骨质疏松等情况。

"你觉得这情况，这种木棍能打断大臂吗？"陆令向王平问道。

"那就是这两人撒谎了。"

"那他俩为啥不直接不承认自己打人了？"

"昨天不是有路人报警了吗？路人就是证人，他俩不承认也没用啊。"王平在派出所好几年，这点经验还是有的。

"嗯，你说的是对的，但门口这个瘦高个儿，用东北话说其实是个比较愣的人，这种人做事确实可能不顾及后果，但也很难编出符合逻辑的谎言。现场图片我看了，好几根棍子丢在那里，就现在这个季节，在室外穿那么多衣服，棍子断了人的大臂也不会断，起码得用棒球棍或者铁棍才行。"陆令接着说道，"虽然报警人说是没谈妥才报警的，但实际上时间还是有点对不上。"

"那是谁打的？里面那个？"王平觉得陆令说的有点道理，外面那个瘦高个儿确实是个愣种，但这个事说不清，总不能是被打的人为了讹钱刻意打断了自己的胳膊吧！

"外面这个人，他说里面那个人的木棍比自己的还细，这话明显不是推卸责任的说法，而且应该是实话。这两人的关系不过是普通朋友，按理说门口的人不会为里面的人揽责。"陆令说道，"我推测报警人是打完架之后，不知道在哪里又被打了，但后面打他的，他不敢追究，就先住院了。今天下午，医院里有人给他支招，他这才报警。按理说他现在身边应该有人陪着，而这两人去的时候，医院就报警人自己，这就有问题。一般来说，只有报警人的朋友、家属做了一些亏心事才会躲起来。"

"这都是你猜的吧？"王平感觉陆令这么说怪怪的。

"要1万也太少了，不心虚不会这么张口。"陆令看向了王平。

4

这句话倒是让王平警醒了一些，还真是。

东北地区其实打架报警的不多，大部分都是自己解决了，报警多丢人啊！这边的成年男性，大多数都非常要面子，要是一打输了就报警，很没面子。但只要是报警了，到了公安局，一般就不是要讲面子，而是要讲钱了。

社会很现实，越来越多的人觉得钱比脸面重要，这种将人打骨折的案子，尤其是致人大臂骨折，能够成刑事案件，绝对不是张口1万块就能搞定的。

故意伤害构成轻伤及以上，可立为刑事案件，轻微伤和无明显伤情的可立为治安案件。

"那你说怎么办？"王平问道。

"不急，等会儿孙所他们，他们要是能审出不一样的东西，那再议。要是里面的人，在囚徒困境的情况下，还是和外面的人一种说法，那就值得去找报警人查一查了。"

"有道理。"王平一听，点了点头，表示了认可。

其实之前的分析，王平都没怎么听懂，但胳膊断了，只要1万，确实太少了。要是他胳膊被人打断了，起码要10万，所以陆令这么一说，他就明白了。

人的暴力行为往往并不简单，成年男子在精神、认知方面没有太大问题的情况下，下手一般都是有分寸的。

犯罪心理学中对"攻击模型"的最新研究表明，攻击行为分为三个步骤，第一是某个诱因触发了攻击行为过程，第二是多重复杂的风险因素相关联促使或者削弱了攻击行为，第三是行为的推动力量和抑制力量的博弈。

推动力量很简单，过度的仇恨，理智的降低，对自己行为控制能力的自信，对自己处置后续情况能力的自信，他人的怂恿，荷尔蒙等其他激素的分泌，等等，都能推动暴力升级。

抑制力量则是指仇恨的释放，理智的回归，对自己所造成的后果的恐

083

慌，对血液等的畏惧，等等。

这两人的攻击行为都是外显性、主动性的，从愤怒程度、事后处置方式、事情的发展来看，都不像是严重暴力行为。

这些，用文字来表达其实是很抽象的，主要还是看人。

陆令看得很清楚，外面的瘦高男子确实是理直气壮地在喊冤。

看出一个人是撒谎还是喊冤，其实是作为警察最应该有的能力。当然，现在越来越不强调这种能力了，因为一切都讲证据、讲事实。

规范化能力和非规范化能力并不矛盾，但确实存在巨大差异。

现在一切都讲究规范，因为可以建立制度，可以分级，比如说西医，大量仪器使得学习的内容非常专业、规范，也就有了足够多的制度和规则。

非规范化能力，比如说中医的部分内容。中医其实非常规范，但绝大部分人入门都费劲。中医是一症一方，对于发烧，中医分了很多种不同的情况，涉及阴阳、虚盛等，每次都按照同一个方子治疗肯定不行，而西医，开治对应病症的药就行。

在治疗感冒方面，很多中医都会直接开西药，因为中医想达到一定水平实在是太难了。

警察也一样，现在的调取监控、痕迹勘查、规范执法等等，全是规范化能力，任何一个本科毕业生，通过几个月的学习都能入门。

非规范化能力就太难了，审讯、逻辑分析、犯罪心理学画像等，绝大部分警察一辈子也达不到较高的水平。

以此类推，为什么只有火锅、自助餐等容易开连锁店？那些炒菜一绝的饭店，为什么很少能开成全国连锁？就是因为规范化问题。火锅、自助餐，不需要厨师，只需要规范的食材供应和管理，然后有切菜、洗菜的师傅就行。而炒菜一绝的饭店，开个分店，找不到合适的厨师就干不起来。厨师虽然有规范化的培训，但想保持一致性太过困难，人与人差距太大，这就使得不同分店的质量很难把控。

以上这些，陆令压根就不会和王平多说一句。

事实证明，如陆令所料，孙所和张本秀聊了半天，里面的那个人完全不承认自己动手那么狠。

这会儿，张本秀从里面出来，就要找外面的瘦高男子过过招，被王平拦下了，叫到了屋里。

"陆警官说，这事情有蹊跷。你想啊，被打的那个，这里都断了，"王平指了指自己的胳膊，"才张口要1万，看样子还能还价，这咋可能啊？要你，你会这么整吗？"

"欸？"张本秀看了眼王平，接着微微抬头，看了看陆令，"你们的意思是，医院配合那小子骗咱们？"

"这倒不是，县医院为了这么点钱制造伪证，我是不信的。"陆令摇了摇头，"而且那个人昨天就住院了，如果和医院有关，那他一定会在昨天报警。"

"嗯。"张本秀点了点头，觉得陆令的分析没毛病。

"所以，那个人应该是被打后又挨了打，但是对后面打他的人，他不敢吱声，今天有人给他支招了，他就想找前面的这两人赖点医药费。"陆令接着说道，"事情很简单，我们现在再去一趟县医院，看看支招的人在不在，如果不在，调一下监控，看看谁去医院看望他了。"

张本秀本想反驳陆令几句，但听到陆令的对策，觉得确实有道理且简单有效，再回想他和孙所刚刚问了这么久里面的人都死不承认，就放弃了反驳的念头。

"好，我这就去找孙所说这个事。"张本秀认真看了陆令一眼，接着就转身走了。

王平看着陆令，说道："陆哥厉害啊！我一直觉得你们刚毕业的大学生，都和那个李静静那样臭屁，没想到你还真有一手！"

在王平眼里，本科生、研究生统称大学生，他之前虽然知道陆令是正式警察，但也只是简单客气一下，这回才对陆令有了一点尊重。

"这个案子小心点，如果我说的是真的，那后面有人打断了他的胳膊，他都不敢报警，一定不是小事。一会儿你们去医院，记得带上两份尿检板。"陆令再次嘱咐了一句。

"嗯？"王平一下子缓过神来，连忙点头，"有道理！"

第八章　集合行动

1

所里简单处理了这个案子，陆令也没多管。今天和明天都是二组值班，二组有的是时间搞案子，他也就只是搭把手，后续靠他也不现实。

可能孙所也被说服了，两个打人的先留在了派出所，由苏大华看着。孙所派张本秀带着王平和老民警田涛一起去县医院了。

陆令回到屋子里，是真的没事做，他现在开始理解为啥李静静周末一定要去辽东市区了。回到了市区，李静静就是李静静；在这里，她就是个螺丝钉。

年纪大的本地人和陆令这些人是不一样的。本地人在这儿有家，也习惯了这里的生活，而陆令和李静静，如果每天都住在乡镇派出所，晚上就只剩下玩手机了。

好在陆令比较喜欢看书，今天买了几本，下午还和姐姐打了个电话。陆令的姐姐是个很普通的人，学历普通，长相普通，工作普通，嫁给了同样很普通的姐夫，两个人加起来工资才7000多块，但因为有一套不用还贷款的小房子，生活过得一直有滋有味。

姐姐有个女儿，已经上小学了。要说姐姐唯一的毛病，就是太关心陆令了，天天就怕陆令过得不好。当然，她只是关心，并不干涉。

活动室的香还烧着，陆令也不方便去运动，就在屋里简单地运动了一下，然后下了楼。

陆令没啥爱好，决定花一段时间把小镇几家餐厅的所有菜吃一遍，再往县城跑一跑。在陆令看来，东北菜确实不错，应该把它列为第九大菜系。

下午五点多，天已经黑了，中午因为碰到了不喜欢的人，所以没吃多少就直接走了，导致这会儿又有点饿。

他下了楼，前台还是苏大华和那两个打架的人。

"田师父他们人呢？"陆令看了看周围的屋子，一个人都没有。

"孙所带着老田、老王、本秀，还有王平出去抓人了。"苏大华说道，"我也不知道要抓什么人，竟然去这么多人。"

二组一共有六个人，算是所里战斗力最强的一个组了，五人出去就是全员出动。看样子陆令猜中了，打断人胳膊的不是普通人。

"那我明白了。"陆令点了点头，小声和苏大华说道，"那估计前台的这两人很快会被放了。"

"啊？"苏大华愣了一下，没人跟他说案情，他确实不知道进展情况，只能点了点头，"那就等孙所回来吧。"

没在前台逗留，陆令决定去镇北边吃烧烤。自从有了车，这点距离，他也不愿意走了，天太冷了！

在这地方吃烧烤真的是吃了这一顿想下一顿，陆令今天来得早，老板还烤了一些鸡架，闻着是真香。今天虽然来得比较早，但是客人已经不少，而且几乎都点了烤鸡架。鸡架烤得黄而不焦、香而不柴，那香味闻着蹿鼻子，让人自动开始分泌口水。

"这烤鸡架多少钱一个？"陆令问道。

"7块一个，20块三个。"女老板说道。

"这一整个7块？"陆令有些惊讶，这在渝州起码要两倍价钱。

"嗯。"

"来一个。"陆令觉得真便宜，点了个烤鸡架，点了一些烤串，接着要了两个烧饼。

陆令其实不知道，这边烤鸡架卖得比烤串好，是因为前几天下雪路不方便，卖完了没上货。乡镇嘛，老百姓也不是那么富裕，两个人过来点点烤鸡架和小凉菜，然后喝点小酒，是最美的事情了。

现在正在烤的几个鸡架都已经被预订了，需要等一阵子。陆令百无聊赖，在网上看起了冰钓的视频。

看着看着，门口有闪烁着警灯的警车经过。陆令抬头看了一眼，什么也没看到。

冬天的东北，餐馆的门口不光装有简单的带玻璃的铁门，打开铁门进来，还有一层很厚的毡布棉毯子挂着。这种棉毯子非常厚重，能避免铁门和室内温度快速对流，上面一般会有几个30厘米见方的孔洞，孔洞上面是比较厚的透光软塑料。这样一来，外面的人就可以透过这个软塑料看到屋里是否营业。

陆令刚刚看到的就是警灯闪烁，具体是不是派出所的车他不知道，于是他出门看了一下，发现确实是两辆警车，正在往派出所方向行驶。

看样子人已经抓到了。陆令心中有了计较，接着回了屋。

他想，一切顺利就好。

欸？去县城，好像不路过这条街吧？

陆令仔细地想了想，确定从县城回来的话，无论如何也不会走这条街。

这就奇了怪了，跑这边干吗来了？

陆令闻着鸡架的香味，心思又被勾走了，接着去看老板烤鸡架了。

吃完饭，擦好嘴，陆令开车回到了派出所。院子里居然停了五辆警车和几辆不认识的车，而且王所的车也在，显然今天他是来加班了。

进了屋，大厅里相当热闹，烟雾缭绕，站着十多个人，地上还蹲着十多个人。陆令这一推门进来，蹲着的人有一半抬头看向了他。

环顾四周，陆令就认识张本秀，其他站着的，应该都是别的单位的。

"哎，小陆，你回来了。"王所从好几个人的后面钻了出来，陆令进来都没看到他。

"王所。"陆令打了个招呼，"这是咋回事？"

"这不都……哦，就是端了个赌局。"王所本来想说是陆令的功劳，但没开口，倒不是王所不想在分局同事面前夸奖陆令，而是地上蹲了十多个人，他张口就是"都是你的功劳"，那这些人得多恨陆令？

"这么厉害！"陆令听出了王所的言外之意，"你们抓了这么多人！"

陆令一听就大体明白了是怎么回事，他原本以为那个被打断胳膊的人是因为涉毒，结果是因为涉赌，看样子是欠了钱了。欠钱被打，就此扯平？

"嗯。"王所对陆令的装糊涂很满意，"你也不值班，上楼歇着吧。"

"谢谢领导。"陆令很乖巧地往里走。

刚准备上二楼，陆令瞥到了一个熟悉的面孔，地上蹲着今天中午吃饭遇到的那个司机！

2

这人看到陆令,那表情要多"精彩"有多"精彩"。

他第一次见陆令,以为陆令是要去派出所办户口,毕竟那天是周一,他压根就没往陆令是警察这方面想。他赚了20块车钱后,去玩牌了,竟然输了100多块。今天输得更多,中午又碰到陆令,就感觉真的晦气!说实话,他中午吃饭的时候,都想找碴骂两句,只是陆令不抬头看他,他就一直没有与之对视的机会。

这会儿,他俩有对视的机会了。

对视了几秒钟,这人的表情从羞愧,到恍然,再到有一丝微不易察觉的愤怒。

"你叫什么名字?"陆令面无表情地问道。

"王金鹏。"形势比人强,王金鹏知道这时候不能梗脖子。

"身份证号码是多少?"陆令接着问道。

"我背不下来,身份证被你们拿走了。"王金鹏说这句话时有些气不忿儿。

陆令能看出来,王金鹏想对抗他。

"王所,"陆令转身走了几步,"这个人的身份证我要看一下。"

"看他身份证?"王所虽然这么说,但还是示意张本秀把王金鹏的身份证给陆令。

"他叫啥名?"张本秀拿着一沓身份证朝陆令走来。

"王金鹏。"

"嗯。"张本秀扒拉了一会儿,递给陆令一张身份证。

"你跟我过来。"陆令说着,把王金鹏叫进了隔壁的一间屋子。

王金鹏开始有点心虚,他不知道陆令为啥单独叫他进一个屋。张本秀怕出什么事,也跟了进来,他以为陆令有私仇,要打人。

"小陆,换个没监控的屋子。"张本秀进了屋就和陆令说道。

"欸?"陆令愣了一下。

王金鹏一听这话,吓坏了,他可是知道这句话代表着什么!

"放心,我不打人。"陆令冲着张本秀摆摆手,和王金鹏说道:"你的身份证号码是2……家庭住址是……东安县苏营镇玉河村,对吧?"

"对。"王金鹏彻底慌了。

089

"没什么事。"陆令轻轻摇了摇头,"给你解释个误会,省得你作死犯傻事。你刚刚看我的表情,先是很羞愧,这是因为你被抓,你觉得丢人;接着有些恍然,后来有些愤怒,这是因为你以为中午吃饭时你们聊的东西被我知道了,是我找人去抓的你,对吧?"

王金鹏听到这里有一种完全被看透了的感觉,就好像被人扒光了一样!

"你被抓跟我没关系,如果是我去抓你,下午三点就去了。我单独和你说这些,不为别的,当警察还能怕你报复不成?跟你解释,是救你一命,怕你出来以后想不开,做什么鸡蛋碰石头的傻事。"陆令露出了和煦的微笑,直接转身就走了。

王金鹏站在原地,直冒汗。报复陆令?他刚刚确实有这个想法!现在,给他三个胆子他都不敢!人家警察说得真对啊!自己要是想不开,这不是找死吗?有时候人最怕钻牛角尖!

陆令走了,张本秀有点蒙,他没看懂这是唱的哪一出。但他看着王金鹏的样子,也知道陆令的话肯定是震慑到王金鹏了。

陆令根本就不是怕王金鹏,只是认准王金鹏一定会想不开,会和所有人说是他导致大家被抓的,那样就很麻烦。

倒不是说陆令会有多么不安全,主要是作为刚到这里的年轻警察,不要随便惹没意义的麻烦。陆令的行事准则就是这样,该沾惹的麻烦,拿枪上也不怕;不该沾惹的,非要扛就是傻。他可没有那么多主角光环,说出事也就是出事了。

囚徒悖论的关键就在于制造不信任,而越大、越松散的团伙,不信任程度越高。陆令单独把王金鹏叫出去半分钟,到底说了啥谁也不知道,虽然王金鹏会和大家一起被治安拘留,但谁都会觉得王金鹏这个人不靠谱。和警察走得越近的人,离他们就越远。

这个时候,王金鹏要是不说陆令的坏话还好,毕竟大家还只是被初步怀疑。但是,如果王金鹏没有听劝,坚持说陆令的坏话,称是因为陆令他们才被抓,那么他就会被认为是先咬一口,贼喊捉贼,更没人会相信他了。

"有事吗?"王所看到陆令很快出来了,还是没忍住喊了一句。

"没啥事。"陆令随意说了一句。

"那就好。"王所看陆令没走,就跟身边的老朋友介绍了一下陆令。

简单地说,"研究生"这个词就足以让大家惊叹了。

也许在大城市,研究生如过江之鲫,但是在东安县公安局,陆令是唯

——一个研究生。

王所赚了点面子，手下牛，他也与有荣焉，于是顺便讲了讲前几天陆令找到王霞被局长通报表扬的事情。接着，王所又说道："现在拘留还得做核酸，也辛苦各位了，我们所就要三个打处数，剩下都给治安大队就行。咱们抓紧吧。"

"没问题。"有个看着应该是领导的人说道。

陆令没多掺和，上了二楼，看到老田在二楼楼道里正和王平嘱咐事情。

看到陆令，田涛拍了拍王平的肩膀，说道："你先下去忙吧。"接着，他又和陆令说道："你回来了，孙所找你，说看到你就和你说一声。"

"他在办公室吗？"

"在一楼办案区呢。"

"行，我知道了。"陆令点了点头，下了一楼，进了办案区。

苏营镇派出所的办案区非常小，只有两间讯问室，陆令进去之后发现有个胳膊打着绷带的人正在其中一间屋子，孙所和王三牛也在，另一间屋子是空的。

孙所看到陆令，就从屋子里走了出来，把陆令叫到了另一间屋子。

"这人在办案区，没有一个人知道。"孙所看到陆令，说道，"我得专门嘱咐一下你，这个案子虽然是你的功劳，但不要明着揽功劳。"

"孙所，您有话直说。"陆令看着孙所的表情，知道事情肯定不是表面看到的这么简单，尤其是孙所的前半句话，颇有一些深意。

"年轻人，还要历练一下。"孙所思索了一秒钟后说道。

"孙所，我并不想反驳您什么，但是，这里面一定有很重要的事情。而且，您一定是为了我的安全考虑。我不是小孩子，我希望您能告诉我。"陆令发现孙所说谎了。

孙所，绝对不是要抢功劳。而且，王所居然只要三个打处数，这里面一定有问题。

"欸？"孙所看着陆令，恍惚间好像看到了另一个人，他思索了几秒钟，和陆令认真地说道，"我查了很久。"

孙所顿了顿，看向外面，说道："外面被抓的赌徒里，有一个，是当时的报警人。"

"当时？"陆令点了点头，明白了。

看来，胡军死亡的那个案子并不简单啊。

3

胡指导的事，陆令一直以为是有群众报警说有人越境，于是派出所出警，后来双方发生冲突，警察全歼对手，胡指导牺牲。这个案子从头到尾没什么毛病，而且胡指导牺牲绝对是意外。但是，从孙所的行为来看，这件事并没有那么简单。

"孙所，接下来的话，您都是猜想，不方便和我说，对吗？"陆令知道这个时候没必要藏着掖着。

"嗯。"孙所看陆令的眼神明显有些奇怪，他确实是这么想的。

"别的事我可以不在意，虽然我没见过胡指导，但我看过他的笔录，看过他整理的案卷，也听过他的一些故事。"陆令挺起了胸膛，"虽然我不是警校生，但我也是一名警察！"

"唉。"孙所看了看陆令，"你和他年轻的时候很像……"

"您见过胡指导刚参加工作时的样子吗？"陆令有些好奇。

"可能。"孙所看了看陆令，表情没什么变化，转身就走了。

孙所找陆令沟通的目的已经达成了，因此故意不出现，由王所过来主持这个工作，不能让报警人看到他，也不能把陆令推到风口浪尖。

办案区里胳膊断了的人，关于他赌博的事情很难认定。赌博这种事不抓现行很难处理，现在抓他是处理他被敲诈勒索的事情。

派出所要处理敲诈勒索案，自然没有太多精力处置赌博案。为什么王所只要三个打处数？还是人力的问题。

陆令和孙所说完话，思索了几秒便往外走，结果刚要走出办案区就又被叫住了。

王三牛，陆令见过这位民警，他也是二组的人，人如其名，是个憨厚老实的人。陆令甚至觉得王三牛是个天真烂漫的警察。世间事无绝对，王三牛在工作方面做得不错。他参加过1998年抗洪，算是英雄人物，转业后回了原籍，在这里当起了警察。有时候让本地人处理某些工作是真的有好处，王三牛认识好几个村里当兵的，所以一些案子别人解决不了，他倒是能找办法解决。

"王师父，什么事？"陆令的心情不自觉好了一些。

"我明天值完班休息几天，怕回头看不到你。是这样，我们村一个老乡的儿子，叫石青山，小名就叫青山，下周一，也就是后天，就被分到咱们派出所当辅警了。我今天和王所说这个事，王所说打算将他分到三组，交给你来带。"王三牛脸上露出笑容，"你是文化人，交给你我放心，你多费心。这孩子老实憨厚，他爸是当年逃荒过来的，靠自己的双手在我们村建房子、娶老婆，30多岁才有这么一个儿子。"

"您说的人，我肯定是放心的。"陆令一听这个还挺高兴，"我不会让他受欺负。"

一般过于憨厚的人容易受人欺负，比如王平、石详义、张本秀这样的人，就可能动不动欺负一下老实人。

"好，他读过大专，在学校就受欺负，这孩子……"王三牛叹气道，"不过，我看得出来，你是个好孩子，你带带他啊。"

"您放心就是了。"陆令微笑着点了点头。

王三牛也点了点头，回到了办案区。

陆令从办案区出来，大厅里就剩下苏大华一个人正拿着扫帚扫地，地上有一些烟头、烟灰。

"小陆。"苏大华看到陆令，打了个招呼。

"人都走了？"

"嗯，被治安大队带走了。王所也跟着过去了。"苏大华说着，指了指楼上，"现在所里就剩下老田、我、你，还有办案区的人了。"

"够麻利的。"陆令和苏大华接着聊了几句没营养的话，就上楼休息去了。

第二天，陆令直接跑到县城去玩了。这季节县城也没啥好玩的，不过好吃的真的多，陆令吃了点好吃的，还看了一部电影——《金刚川》。

看完之后，陆令感觉拍得不咋样，题材很好，导演展现的能力真不咋行。

对于那段历史，陆令其实了解得不少，本来他是满怀期待来看大片的，结果却光看到了几个士兵之间的私人恩怨。

看完一肚子不爽，他又去吃了点好吃的，心情这才愉快起来。

周末过去，周一早上，陆令早早地到了办公室，却没有等到新被分配来的辅警。王所早上开会讲了这件事，说大概十点钟分局会送人过来。

分局送陆令那一次，算是派了专车，只不过没将陆令送到。一般送辅警会派一辆大车，在每个派出所门口放下人就直接开走。

今天是陆令他们值班，陆令又跑到前台研究起了案子。

每周一，都是李静静最忙的时候，而值班民警一般也会有案子要办。

镇上的百姓比县城里的单纯许多，有人遇到简单的案子都不打110报警，而是赶着周一来镇上的派出所报警。

苏营镇每五天有一次集市贸易，每隔两个集市就有一次大集。今天是冬至，适逢大集，起码有上千人来赶集，大集的南头一口气到了派出所门口。镇子上呈现出久违的热闹气氛。

冬天，五天一次的常规集市上所售卖的主要就是肉、菜、杂货，只能吸引周围七八个村子的人过来。大集就不一样了，周围乡镇的人都可能会过来，有很多商贩只参加这种大集，每天奔波于不同的乡镇间，哪个乡赶大集就去哪个乡。

在这种大集上，光卖海鲜的就有好几家，还有搭棚子卖羊肉汤、烤肉、烤鸡架、烤鱼的，应有尽有。

第九章 石青山

1

　　一早上，三组处理了两起诈骗案以及一起由夫妻矛盾引发的家庭纠纷案，县局的车才到派出所。

　　王所接到电话，下楼来接，前台的陆令倒是先看到了新来的两个辅警，一个高大威猛，另一个看起来只有第一个人的一半大小，对比非常鲜明。

　　陆令觉得，既然石青山在学校受欺负，那自然是矮小的那一个。可王所下来之后，大家一打招呼，陆令才知道那个高大威猛的才是石青山，真是人如其名！

　　高个子的是石青山，矮个子的是王尧。石青山身高有一米九，体重达一百零五公斤，而王尧的身高则只有一米六多，体重六十公斤都不到。

　　陆令看着石青山憨憨的样子，有些不能理解，就这身材，在学校被欺负，这得是什么性格？不过，聊了聊后，他还是发现了问题。

　　石青山因为是外地人，从小就受欺负。他妈生他的时候因难产去世，只剩下他和父亲相依为命。

　　石青山从小就不太爱说话，总是给人一种缩着的感觉，学习成绩一直普普通通，最终考了个大专，结果还是被人欺负。他爸实在是看不过，让他好好努力，考个辅警，振作起来。

　　作为派出所的领导，王所非常喜欢这种高大威猛的下属，看着就舒服，这带出去多有面子！

　　两个辅警来之前，王所问了分局他们两人哪个比较机灵，那边说王尧更机灵，王所就决定把石青山分到陆令这个组。

　　一般来说，辅警机灵一点，能迅速进入成熟老练的境界，以后自己都可以办一些简单的案子。作为派出所领导，谁都喜欢机灵的，这是必然的。但这只是常规情况，身体素质达到石青山这个水平，办案能力强不强已经不重要了，带着出去抓人，让人感觉十拿九稳！

王所没有说，昨天之所以只要三个打处数，有一个原因就是他带的人手不够！昨天要是石青山在，按照他这体格，一只手按一个，他起码多要两打处数！

陆令来了之后，一组和三组都是五个人，只有二组是六个人，这样分配倒是没毛病。本来，对于这二人，王所可以先挑，但他昨天已经和王三牛说了，把这个石青山给三组，现在看到这个情况，他有点后悔了。

"陆令，"王所咳嗽了一声，"你觉得你的公安工作经验如何？"

"王所，我还太年轻，见识浅薄，也没啥本事，我看这个石青山比较憨厚，我应该能带他。那个王尧看着就很聪明，我带起来可能比较费劲。"陆令说道。

王所心里都骂人了，你见识浅薄？你没啥本事？

平复了一下自己的心情，王所也不至于和陆令较劲，说道："行吧，那你好好带他，我听老王说这孩子比较老实。"

陆令点了点头，一个字没有多说，不给王所反悔的机会。

当然，陆令也知道，人家是一把手所长，哪个组的兵都是人家的兵，人家都能指挥，不会真的和陆令去抢，只不过搁在自己组用起来更加顺手。

"王所，"陆令看出王所有些不开心，"周哥估计马上就被借调到县局了，您又那么忙，您组里就您和周哥两名警察。石青山这个样子您也能看出来，是个老实孩子，搁您组里容易被……"

"行了行了，我知道。"王所摆摆手，他组里的几个人啥情况他最了解，"你好好带。"

陆令见王所面色缓和，这才挥挥手，对石青山说道："你跟我来。"

王尧在一旁有些不开心，他明显看出来王所和陆令都在抢石青山，但他也不至于怨恨，毕竟石青山看着是真的威猛，他完全比不了，他再聪敏，在石青山面前也心里发怵。

这拳头看着都让人觉得有生命危险啊！

嫉妒这种心理往往不会存在于刚认识的、差距悬殊的两个人之间。

石青山跟着陆令走，走了几步，突然说道："我爸让我来这边先找我王叔。"

"是你王三牛叔叔吗？你王叔让你跟着我。"陆令说道。

"好。"石青山跟上了陆令。

陆令回头看了一眼，真是压迫感十足。石青山虽然人高马大，但真不怎么胖，肩膀非常宽广。

石青山被带到了办公室，脱了外套，给人的感觉就更直接了，陆令这身板估计不够人家一屁股坐的，就其上肢力量而言，他不参加奥运会都可惜了。

石青山虽然只有21岁，但皮肤已经有点粗糙了，而且晒得很黑。他不是那种体脂率很低的专业健身人士的样子，也有一点小肚子，但力量和耐力一看就非常非常好。

"你以前是练过吗？"陆令没忍住问道。

"没。"

"那你这身材怎么这么好？"

"我……干活干的。"

"农活？"

"不是……工地的活。"

"青山，"陆令看着石青山的样子，伸出双手按住他的一只胳膊，"来，你用力。"

"啊？"石青山没明白，用力干吗？

"你用力，挣脱我的手。"陆令说这话都心虚，他两只手按对方一只手都感觉无法按住。

"别……"石青山说道，"别伤到你。"

"没事。"陆令说道。

"那好吧。"石青山用了一点力，就轻松地摆脱了陆令的束缚。

陆令感觉自己是按在了挖掘机的液压缸上，丝毫没有按住的可能。

"你以前是不是把人打坏过？"陆令甩了甩自己的胳膊，刚刚差点被拧坏了。

"是。你怎么知道？"石青山低着头有些不好意思。

"你这体格，还这个样子，明显就是吃过亏，不敢随便动手啊。"陆令说道，"当警察以后，不能随便打人，但遇到紧急情况，还是要上，明白吗？"

"我……我是辅警，不是警察。"石青山看着陆令，不知道该不该纠正这句话。

"没啥区别,"陆令摇了摇头,"该执法还是要执法,该抓人还是要抓人。你放心,我们抓的都是坏人,你听我的就行。"

"我爸让我听我王叔的,王叔让我跟你,那我肯定听你的。"石青山点了点头。

"好。"陆令一阵惊喜,他在这里人生地不熟,去东坡村办案都觉得底气不足。现在,横着走,他都不怕!

"你之前一直在工地打工吗?没事,这边就我们两个,你叔说了你的一些情况,你和我说话不用太扭捏,有啥说啥。"陆令特地用了"扭捏"这个词。

石青山听到这个词有些不开心,便话多了起来:"我上初三时就跟着我爸上工地了,每周末都去,有时候傍晚下课了,不上晚自习,也要去帮我爸。我们大学就在辽东市区,也没啥课,我有时候在工地待一周。毕业以后也在工地,干了几个月,我爸不让我干了,让我回来考辅警。"

2

和石青山聊了差不多二十分钟,陆令对他的了解已经非常透彻了。

石青山觉得纳闷,他平时很少说话,刚刚这二十分钟说了平时一周的话。不知道为啥,陆令总是能激起他说话的欲望,让他能接着聊下去。

陆令明白,石青山就是缺乏交际能力和自信,从小到大几乎没有朋友。这与"社恐"倒不是一类问题,石青山并不恐惧社交,只是没有兴趣。

害怕和不喜欢,是两个概念。

"走吧,上午警情也处理得差不多了,我带你到大集上巡逻一下。"陆令说道,"把制服外套穿上。"

"啊?赶集啊?"石青山有点不解。

"嗯。"陆令站起来,看着石青山,"我现在给你提一个要求,你必须做到,听到了吗?"

"听到了!"石青山回答的声音有点大,但也算是表达了一点决心。他能分出好赖,他觉得陆令人不错,再加上是王叔推荐的,第一个要求无论是啥都得听。

"以后,挺直了腰走路。你有一米九,但因为有点弯腰,看着就一米八五。虽然还是很高,却不精神。听我的,把腰杆挺起来!"陆令伸手纠正石青山的站姿。

一米八以上的男生、一米七以上的女生，都容易驼背，身高越高越如此。一方面，是因为和身边的人说话经常低头；另一方面，是因为个子高确实更容易脊柱弯曲。

石青山没有自信，但陆令以命令的方式提出，他也就听了，挺直腰就显得更加高大威猛了，整个人的状态也好了三分。

"走，"陆令说道，"巡逻去。"

在乡镇派出所，按理说是没有巡逻任务的。这地方这么小，就这么几个人，巡什么逻？

但赶大集的时候，就不一样了。如果集上有"三只手"，看到警察，估计就跑了。快过年了，农村的大集很容易引来小偷。现在移动支付，把小偷"压迫"得都快没办法了，盗窃手段再进步也不行。小偷一般分为文偷和武偷。武偷的人身体一般比较壮，如果偷东西被发现，还敢吓唬对方从而跑掉。农村的大集已经普及移动支付了，但还是有人带现金，再加上冬天是扒窃的高发期，衣服穿得厚被偷了不容易察觉，所以这种大集，还是需要巡逻转转的。

带着石青山赶大集，颇有一种诸葛亮出门带个张飞的感觉，心里就是踏实。别说警察的这身衣服多厉害，真遇到事情了，还得靠身体。

石青山其实以前来过这里的大集，但他前段时间入职培训的时候，学过警容风纪，其中之一就是不能穿制服干私事。穿制服去买东西、吃饭，被人拍视频发网上就说不清，这一定得避免。所以，石青山也有些身份转变的感觉，跟在陆令的身后，不知道该干些啥。

走了十几米，陆令回头看石青山，石青山愣了一下不知道自己哪里有问题。

被陆令看了四五秒，石青山这才发现是自己没有挺直腰板。

他刚刚思索事情的时候，又想把自己藏起来，藏在陆令的身后。从物理上说，他肯定藏不住，但从心理上说，他感觉这样舒服。

陆令看他挺直了腰板，便继续往前走。

走的时候，陆令就好像背后长了眼睛似的，每当石青山想弯腰时，陆令就回头看，导致石青山一直挺着腰跟着陆令。

两个穿制服的人，尤其有一个身材这么威猛的，还是引起了不少人的关注。

本省一米九的壮汉虽然不多，但也不少见，所以大家就是看看，并不至于太稀奇。因为特殊的地理环境，本省人口流动量不小，各民族交融，大家的身体素质在全国都是非常好的。

陆令一米七八的身高，在渝州那边算是中上等水平，在这边，也就是中下等水平。

陆令边巡逻边观察大集里的人。如果有小偷，陆令感觉自己应该能看出来。他从来没有抓过小偷，但有一种直觉，就是小偷和买东西的人不一样。

大集上到处都是烧火用大锅炖菜、炖鱼的，一片雾气腾腾，好不热闹。除了吃吃喝喝的摊位，游戏类的摊位也吸引了不少人，主要是套圈、扔球、射击之类的。大家穿得都很厚，白天户外活动一点问题都没有。

正溜达着，一个摊位闹起了矛盾。这是个砸金蛋送大奖的摊位，有个顾客有些上头，砸了十几个金蛋都没有中大奖，便和老板吵了起来。老板说，六十个金蛋里，有一个奖品是32英寸液晶电视。除此之外，还有一些小奖品，每个看着都很有趣。每砸一个金蛋的价格是10块钱，如果一次性砸十个，可以打9折。这位顾客先是砸了三个，然后又砸了十个，都没有中奖，他就开始闹了，说这个摊位肯定是骗人的。

虽然这顾客没嚷嚷报警，但有围观的群众看到陆令二人，便招呼着说警察来了。顾客看到陆令，立刻跟陆令说这个摊位老板搞诈骗。

老板看到警察来了，反倒是很大气地站在一旁。"他非说我诈骗，这怎么可能呢？我说这里面一定有电视，他不信啊。"

说着，老板指了指自己的面包车。"你看，我说的电视就在这里。我这儿有三台电视，有本事全给我拿走都行。"

陆令看着老板自信的样子，心中有了大概的判断，这老板没骗人。

一种很容易验证的东西，在警察来了之后还这个样子，那大概率没什么问题。这老板一看就是走江湖的，做事一般有分寸。

"这……"可石青山一看就觉得老板是骗子，准备说话，被陆令拦住了。

顾客和老板顶牛起来了。老板就一句话："你要是全买了，抽不到电视，我把三台都送你，警察在这儿呢，你还怕我骗你？"

3

  这个顾客一听，火就上来了，直接就掏出手机，扫码支付了90块，接着拿出锤子，当当当又砸了十个金蛋。

  还是没有中。

  "警官，这个人绝对是骗子！"这顾客憋着的火有些收不住了，和陆令告状。

  "是啊，你这不骗人的吗？他砸了二十多个，连个手机都没抽到。"周围有群众开始闹。

  "就是就是，当着警察的面骗人！"

  尽管群情激愤，但老板倒是一点都不慌，挥挥双手，说道："诸位，诸位，听我一句，这里面，我保证有电视！刚刚这位，已经砸了二十多个空的了。在此之前，也有人砸了十几个空的！现在，就剩下二十多个金蛋，他要是不砸，大家就可以包圆儿，保证有电视！"

  本来大家还和顾客站在一条线上，听老板这么一说，立刻有人跃跃欲试。

  这么多人，还有警察在，这老板还敢保证，那应该没啥问题。前面有人垫了，后面自然有人敢上。

  那个顾客一看这个情况，也不顾着别的了，立刻喊道："我先来的，我包圆儿！"说着，他和老板核了核价格，"一共220块，都是我的。先说好，要是没有，我把你的摊砸了！"

  顾客咬了咬牙，又扫码支付了220块，然后恶狠狠地开始砸。结果砸到第七个，真的中了！这下，周围人都沸腾了，然后老板也是不含糊，把电视拿了出来，递给了顾客。

  顾客也不知道该不该高兴，早知道他就一个个砸了，现在220块都付了，还有十七个金蛋。剩下的肯定没有电视了，他觉得亏了！老板不可能退他钱！

  不过，这里面还有手机！想到这里，顾客拿出锤子，泄愤式地全砸了，结果还真的有一台手机。不过是那种劣质的老人机，也就几十块钱一台，电视看着倒像是那么回事，但顾客还是一脸不爽，总觉得自己吃了大亏。

  人群见大奖被抽掉了，也就看够了热闹，见老板正在摆新的，有三五个人还想试试，剩下的人都走了。

看完这里的闹剧，陆令就带着石青山走了。

"他这个怎么赚钱啊？"石青山有些不理解。

"一共六十个蛋，他会提前砸开几个，让别人觉得已经有人参与了，而且没中奖，那么大奖就在后头。这六十个蛋里，只有一台电视和一台手机，剩下的都是些不值钱的小玩意，而且如果有人砸了几个走了，他就会继续补上新的蛋。新的蛋肯定是没有电视的，这样抽中电视的概率就一直很低。"陆令说道，"很多人觉得32英寸液晶电视很贵，实际上，你去电商平台上看看，一些不知名的品牌，这么大的液晶电视才卖100多块钱。"

"这么便宜？"石青山有些不解。

"质量和画质差，成本就可以一直往下降。"

"陆哥，你是怎么知道他这么操作的啊？"

"看出来的。"

"啊？"石青山有些摸不着头脑懂。

"这老板有他的生意经，这种人不算骗子，所以看到咱们警察过来，也是丝毫不慌的。"

"那……那要是有人第一下就砸出了电视，老板岂不是亏了？"石青山还是不理解。

"做生意嘛，这种事自然能遇到，那就是运气不好呗。而且，他还能趁机拿着喇叭宣传一番。"陆令说道，"这么一个大集，他要是运气好，能赚个五六百块呢。"

一天赚五六百块，这在当地，绝对是高收入了。

"那他好坑人啊，这比彩票还坑！"石青山有些愤愤不平。

"彩票？这可比彩票真实多了。"陆令看着石青山笑道。

陆令没有过多解释，正走着，突然发现有人在东张西望，而且他看到陆令的时候，明显多停顿了一会儿。这哥们儿还是有点嫩，陆令就算没抓过扒手，也知道他有问题，便主动走了过去。

也不知道是不是这人胆子真的太小，看到警察径直走向他，他就撒腿跑了。

陆令喊了句"石青山，跟我拦住他！"就一马当先地冲了上去，他已经默认这个人是小偷了。

小偷明显对周围比较熟悉，几个闪身便蹿出去很远，但陆令身体素质也不差，还是跟了上去，反倒是石青山有些愣，过了三四秒才知道跟着追。

陆令对小镇还不太熟悉，但他知道小偷跑向了国土资源所的院子。

国土资源所不是什么知名的单位，所里没几个人，甚至没有保安，这里有一个大院子，院子里的屋子也只有一小部分是办公用的，剩下的全闲置了。

这种单位在这边比较常见，二三十年前可能还比较热闹，现在一个单位就四五个人。公家单位的屋子也不能外租，很多屋子里就全是杂物。

不过，所有地方都清扫得很干净。陆令从没来过这里，院子里没有积雪，跑起来倒不必担心摔倒。

别看距离上次下雪快一周了，没清理的地方照样还是有雪。燕京以南的地方虽然也下雪，但几天雪就化了。而东北这边，雪下到地上没人管，就能踏踏实实待到明年开春。

这个小偷跑得实在是太快了，陆令进来的时候，他已经不见人影了，而两个人最多只差了十五秒钟。

这……

陆令看了看周围，这里起码有三十间屋子，都是存在了三十年以上的建筑。

屋子比较老，但作为公家单位的建筑物，定期的修理维护还是有的，而且大部分门都换成了铝合金门。这种门其实不贵，好处是不会生锈，缺点就是没有任何保暖作用。

院子是U字形的，确切地说像是口字形，有一侧有大门，大门两侧还是屋子。屋子是全联排，没有任何其他出口，而且墙也比较高，上面有瓦，想徒手攀爬可不容易。

有人办公和居住的几间屋子，门里都有饭店里见到的那种厚毡布，而没人的屋子就是铝合金门，都关着。

陆令看了看最近的一间屋子，扭动了一下，发现锁着门，再看看周围，院子空旷得很，小偷到底去哪里了？

4

陆令思考着，石青山这才追了上来。"陆哥，我……我没反应过来。"

"没事。"陆令摆摆手，"你在这里等着，要是有人往外跑就拦住，我进他们单位里面问问。"

103

石青山认真地点了点头，显然还在为自己刚才的表现自责。

这里还在使用的屋子，一共有六间，都在左手边。这种老式的屋子，不是我们熟悉的一处独立空间为一间，而是以房梁为计算单位，每隔几米算一间。

因为大办公室占用了三间屋，所以这六间屋一共只有四个门。陆令敲门进入办公室，看到里面就两个妇女，一个在追剧，另一个在收拾文件。

看到警察进来，门口的妇女有些纳闷："您好，有什么事吗？"

"你们这里有人刚刚突然跑进来吗？"陆令问道。

"没，就你进来了。"门口的妇女放下手中的文件，摆弄了一下自己的毛衣；里面坐着的那位还在追剧，压根没搭理陆令。

看这两妇女不太重视他的话，陆令便说道："我们在追一个犯罪嫌疑人，他躲进咱们院子里面了。"

两妇女一听"犯罪嫌疑人"就吓坏了，立刻都站了起来，说道："我们得跟领导汇报一下。"

"你们领导在隔壁吗？"陆令问道。

"没，这边就我俩。"门口的妇女有些担忧地说道。她刚开始没重视，但听陆令说有犯罪嫌疑人进来，就立刻重视了起来。这满大院就她俩，真有歹徒可就麻烦了！太吓人了！

"那就别找什么领导了，抓紧给我讲一下这里的情况，我看看这小子藏在哪里去了。"陆令说道。

"藏院子里了？"门口的妇女冷静了下来，"这不可能，这院子里所有的屋子都锁着，今天赶大集，怕外人往里跑，这里的厕所都是锁着的。"

"除了你们的屋子，所有的门都锁着？"陆令有点吃惊。

"那是肯定的，咱们这地方管理可是非常严格的，是机关单位，不锁门怎么行？"这妇女理所当然地说道，显然是又回到了习惯性思维的状态。

"我亲眼看到犯罪嫌疑人进了咱们院子。"陆令说完，便有些不太在意，"算了，这要是进了民宅，我怎么也得把人找出来，不然太危险了。既然你们这儿是机关单位，那应该自己能处理，我们撤了，有事给所里打电话。"

说着，陆令就要往外走。

两妇女一听，立刻慌了神。"警官等一下，我去拿钥匙，还是看看的好！"门口的妇女说着就要穿外套，另一位一看这个情况，也放下手机开始穿外套。虽然她一言不发，但她知道这种情况一个人留在屋子里不安全。万一警察出去之后歹徒跑进来了，她就是人质了。

门口的妇女高一点，她拿了两个大盘钥匙，先跟着陆令出了门。

陆令出来之后，冲着远处的石青山扬了扬下巴。石青山没看懂啥意思，但他感觉陆令是在问他有没有看到小偷。他顿了几秒钟，立刻摇了摇头。

"人还在院子里，我现在还是觉得有门没锁，咱们从右边开始一排排看看吧。"陆令说道。

本来高个子妇女还想反驳，但看到门口站着的石青山，就意识到还是别反驳了，有这样的警察在，把情况查清楚是最安全的。

他们先是去了第一间屋子，陆令试了试，门是锁着的，里面堆着几张桌子，从外面可以看得很清楚，桌子底下没有藏人。

就这样，一口气找了七八间屋子，门都是锁着的，后面两妇女也不紧张了，她们就想看看陆令他们要怎么收场。

这个时候，陆令突然觉得有些不对劲。

他晚进来十几秒，左边是办公区域，右边都是空屋子，小偷大概率会往右跑，但这右边都锁着门，那么真相就只有一个：小偷有高超的开锁技能！

用短暂的几秒钟开锁进门，然后在里面把门锁死。

对于铝合金门，将里面的把手按一下，就能锁死，看来这还是个"开锁专业人士"！

招呼两妇女退到第一间屋子那里后，陆令说道："把这个门打开看一下。"

随即，陆令便把石青山喊了过来，顺便还打开了身上随身戴着的执法记录仪。

虽然陆令是见习警察，但除了枪不能带，其他办案工具都能带。出去巡逻要带单警装备，有手铐、警绳、喷雾、手电等，很方便，但也限制奔跑的速度，这也是为啥陆令会落下小偷那么远。

高个子妇女不太情愿地打开了门，陆令开门看了看，没有任何有人进入的痕迹。这里面有一层薄薄的落灰，人进来不可能没有痕迹。

一直到打开第三间屋子，陆令终于看到了地上斑驳的脚印。就连两妇女也看到了，她们都明白这是啥意思，立刻开始往后退。

这间屋子里是一些农用机械，堆得很满，连拖拉机的斗子都直接放在了里面，也不知道怎么抬进来的。

陆令看着地上的痕迹，很确定小偷就在这间屋子里，他直接用脚踹了踹一个老旧的机械，声音还挺大。"知道你在这里，快出来。"

这些机械之间有一些缝隙，陆令是肯定钻不进去的，但小偷还是厉害，居然钻进去了。

小偷见没法藏了，就从里面慢慢地钻了出来。

让陆令没想到的是，小偷起码50岁了，而且看到陆令一点也不羞愧。"嘿。警官，您追我有什么事啊？"

"看到我们你跑什么？！"石青山先是问了一句。

"我……我以前当过小偷，有盗窃前科，被抓过，看到警察，我就下意识地害怕，所以开始跑，刚刚这才冷静下来。哎呀……"这个年龄有点大的小偷说话非常淡定，显然和警察打交道的经验非常丰富，"我……这地方……我这不算私闯民宅吧？"

陆令看着这个年龄是自己两倍的人，轻轻叹了口气。他就是典型的老浑蛋，一辈子偷窃，脸不值一分钱。他现在有恃无恐，肯定是因为赃物被转移了，而赃物自然是藏在这间屋子里了，毕竟这里很安全。

"你反正也不怕蹲'号子'了，早点把偷的东西交出来，我算你坦白，能处罚得轻一点。"见小偷有恃无恐，陆令更加淡定了。

"警官，您别瞎说，不信您搜身。我身上真的啥也没有。"小偷还是一脸无辜。

"石青山，"陆令喊了一声，"帮个忙，把这个车斗子先抬起来，咱们把屋里的东西都搬出去。我就不信找不着！"

"好嘞！"石青山终于要做自己擅长的事了，只见他握拳后往里面吹了两口气，轻轻活动了一下筋骨，便一个人双手抓在车斗子的边缘上，略一用力，起码五百斤重的车斗子的一端就被抬了起来！

数年没人动过的车斗子与水泥地摩擦，发出了刺耳的声音。车斗子上的铁板被绷直，铁锈哗啦啦地往下掉。石青山抬起来一边，觉得不算很重，便轻松地往外拖了拖，打算一个人把车斗子搬出去。此情此景，直接把身材瘦小的小偷看傻了！

第十章　挺直腰杆

1

　　别说小偷了，陆令都看傻了。

　　外面的两名妇女，在小偷爬出来的时候，是很惊讶的。她们虽然看到了脚印，但真不敢相信这里面有人。小偷爬出来之后，她们就凑了过来。里面有两个警察，就这么个小个子小偷，没啥可怕的。但是，当她们看到石青山一个人把车斗子抬起一边要往外拖时，也是吓坏了。

　　她们在这个地方工作了二十年了。当初，这车斗子是六个人抬进去的，都好几年没人动过了，现在被一个人这样抬起，她们都觉得单位的男同志不算男人了。

　　石青山非常懂得干活，他并不打算把车斗子拖出去，也没必要。车斗子本来是趴在地上的，他把车斗子往外拖了一米多，接着就把它撑起大半斜着靠在了墙上。这样一来，里面腾出了几平方米的空间，其他机械挪一挪，就能找到小偷之前的藏身之处了。

　　小偷愣了几秒钟，明白这个警察能轻松找到他藏起来的东西，立刻说道："警官，别别别，不用这么费劲，我配合……"

　　说着，小偷主动钻了进去，在里面拿出了两个手机和一个钱包，钱包里有四五百块钱。

　　"就这些？"陆令见小偷要说话，摇了摇头，做了个"嘘"的动作，从容地说道，"你先不用表态。一会儿跟我们去派出所。带走你之后，我会多带几个人，把这里仔细地找一遍。到时候，你认罪态度良好与否，我就明白了。"

　　"我再找找……"小偷一听，知道躲不开了，接着又钻了进去，从里面拿出来一个金戒指。

"来，现场指认一下，"陆令说道，"当着我这执法记录仪的面，先把你怎么偷的说清楚了。"

"好。我今天上午来赶集，先是……"

这小偷绝对是个惯犯，属于不见棺材不落泪，见了棺材立刻跪的那种，知道被警察人赃俱获是没有办法逃避的。他本身就是累犯，前前后后在监狱里待了七八年，对盗窃方面的法律的理解比陆令还深。他现在掐指一算，都能算出来自己偷这几样能判多久。

这种惯犯，只要知道躲不掉，就非常配合，毕竟坦白确实能少判点。

"行，你拿上东西，跟我走。"陆令拿出手铐给小偷铐上，接着跟门口的妇女说道："先把门锁上，一会儿我们的人可能会过来把这里面再翻一遍。"

陆令说这话的时候，顺便观察了一下小偷，发现他的表情没变，还是那种有些难过的样子，就明白这里面应该是没东西了。不过，该说的话还是要说。

带人回去的路上，石青山有话想说，但因为有外人在，一直也没说什么。陆令全程开着执法记录仪，一回去就找了曲增敏。

"啥？你抓了个小偷？"曲增敏从楼上下来，有些吃惊，"你从哪儿抓的？"

"石青山不是新来的嘛，我看他对这里不熟，就带着他在大集上转转，顺便抓了一个。"陆令无所谓地说道。

"他不熟？你不也才参加工作一周吗？"曲增敏有些无奈了，"真厉害啊！"

这个"从业时间"比陆令年龄还要大一点的小偷一听，整个人都不好了，栽在两个新兵蛋子手里了。

不过，他回忆了一下，最关键的问题，还是陆令看他的那一眼。

这个小偷经验是真的丰富，陆令看他那一眼，他就莫名感觉自己被看穿了！

只是他没想到，陆令身边还带着一个"活张飞"！

"这些东西怎么办？"陆令指了指小偷手里拿的东西。这些东西陆令没碰过，一直让小偷自己拿着。

"这事好说！这可是长脸的事情。等着，我和老苏说一声，让他找镇政府拿大喇叭喊一喊，谁丢的过来登记一下。等咱们案子办完，证据都搞清楚了，再返还群众。"曲增敏看了一眼小偷，本来笑呵呵的表情立刻板了起来，一把揪起他的衣领子拽着他往里屋走。

陆令知道这是一个学习办案程序的好机会，也跟了上去。

他的法律水平一般，本科阶段学过《思想道德修养与法律基础》，除此之外，也就是考警察公务员时，学了一些《公安基础知识》。入警培训的那段时间里，他没怎么学习办案程序。这是他的短板。

说实话，他现在知道治安传唤、刑事传唤的时间，也知道刑事拘留、取保候审和逮捕这些名词的意思，但具体在什么情况下应该刑拘，什么时候应该取保候审，什么时候要监视居住他还搞不明白。他最近买了几本法律相关的书，打算再补一补短板。学历高的人一般学习能力也是比较强的，这些书陆令看起来非常轻松，但要是让一个小学毕业的人来看就很困难了。

"陆哥。"石青山见有人把小偷领了进去，便喊住了陆令。

"欸？什么事？"陆令停住脚步，问道。

"陆哥，对不起，刚刚你让我和你一起追人，我没反应过来。"石青山对这件事依旧耿耿于怀。

"这有啥，我反应也比较慢，要不然也不能让他跑那么远。"陆令微笑着说道，"你刚来参加工作，虽然是辅警，但也要配合警察执法，对吧？你第一天来，已经做得很好了！而且带你出去，真的很有安全感！"

陆令这一番发自内心的话，石青山听着感觉很舒服，他能听出来陆令说的是真心话。

石青山明白，见到小偷，陆令没有让他冲锋，而是自己带头上，这样的人值得跟！这是最简单的社会法则！

"嗯。"石青山点了点头。

"我虽然这么说，但如果有下次，你也不能太莽撞，还是要尽量听我的。"陆令看着石青山这个样子，大约猜到了他是怎么想的，"我来之前的两三个月，咱们所里有个非常优秀的指导员牺牲了。公安工作不同于在工地干活，还是有危险的，遇事多动脑，千万不能蛮干。对了，说你好几遍了，又忘了，把腰杆挺直了！"

2

石青山自然是能挺直腰杆的，他活这么大，从来没有做过亏心事，凭什么站不直呢？

他现在这样，其实还有一个重要原因，那就是他的名字。他生于1999年，但他上了小学之后，有个叫《地下交通站》的电视剧热播，里面的安丘城武工队队长就叫这个名字。

在剧中，石队长善于伪装，有时候扮成老太太，有时候装成大姑娘，有"百变金刚"的称号，而且身法矫健，枪法如神。

这剧的热播，对石青山来说，可不是好事，因为总有人拿他调侃。

实际上，这种事很常见。有时候，同学里有和明星重名的，就会被调侃，还会轻易"出圈"，传到其他班级。

要是一般大大咧咧的孩子也就算了，但石青山就受不了，觉得大家都笑话他。而事情一旦变火了，也就开始变味了。

无论是什么事，只要引起了足够的关注，就一定会有人站出来说难听的话。于是，有坏孩子让他也装扮成大姑娘，还有人直接说他没有妈扮不了大姑娘。

因为这件事，石青山把人打坏了，后来他爸爸借钱赔偿，才把事情处理好。

"啊，对了，"陆令走到楼梯间，突然想起了什么，"你们什么时候发工资啊？要是手里没钱，我可以暂时借你一千。"

"不用不用，陆哥，我在工地的那段日子比在这里赚得多。"石青山立刻摇头。

陆令一想也是，就他这体格……

"咱们派出所吃得咋样？"石青山突然想起了什么，问道。

"还行，只要不太过分，你想吃啥，让师傅提前给你做就行。估计你吃得比较多。"陆令笑道，"你现在的工资虽然不如在工地那会儿，但包吃包住，放心吧。"

"这新来的感觉挺好的。你得提前和食堂说说，他估计能吃着呢！"李静静在一旁说道。

"啊？也是！"陆令点了点头，就这小伙子，一顿不得干三碗饭？

说着，陆令也不急着去办公室了，先去食堂和做饭的师傅说了一声。

小偷的案子办得很顺利，他都知道警察要问啥，反正就是伸出脖子让人砍那种。其实，他这样做是对的，反倒是有些没经验的犯罪嫌疑人，总想避重就轻，一小时能说清楚的事情，非要拖成十小时的审讯。

遇到这种这么配合的，陆令啥忙也帮不上，他学习办案程序就行。证据要固定、保全；受害者要找到，并且取笔录；案件从受理到立案，要去市里对盗窃物品进行物价鉴定；然后，置办传唤手续，给县局打电话说明案子情况，再呈报拘留，等等。

虽然说执法办案系统可以上传所有材料，但要报拘留的话，一般还得值班所长打电话给县局法制部门说一声。

这个案子目前是按照刑事案件处理的，那个金戒指挺大，价格不菲，加上小偷是累犯，肯定要将其送去看守所。看守所是羁押刑事案件嫌疑人的地方，是通往监狱的中转站；拘留所是治安案件的羁押单位，是治安处罚的终点。

累犯很容易就批准拘留，如果是初犯，则很可能取保候审。现在是特殊时期，进去就得做核酸，很多能取保的都取保了。

法律追求公平正义，这是排在第一位的，效率是排在第二位的。这个案子看似非常简单，但从头到尾搞下来，陆令感觉还是很长经验的。

苏营镇派出所确实不忙，但警员们办案子的积极性还是蛮高的，只是这两个月稍微差一点，打处数都是零，大家谁都没有工作积极性。陆令过来，新人新气象，最近这才开始办案。

给嫌疑人做完核酸等结果，再将其送进看守所，回派出所已经是夜里十二点多了，陆令抓紧时间睡觉，明天还得去市里做物价鉴定。

辽东市区靠海，去市区就会路过县城。陆令和曲师父商量了一下，明天早点出发，他开自己的车，跟在警车后面，到县城后他先把车、身份证啥的都交给车贩子，然后再坐警车去市区。这样从市里办完事之后，他自己的车也就过户完了。

按理说，明天是休息时间，能休息就休息，但派出所的工作比较复杂，休息不了的时候一般也没办法较真。

石青山也想去。他想回市区一趟，给父亲看看自己穿制服的样子。不得不说，虽然是辅警制服，但石青山这么一穿，还真是有气势！尤其是他现在挺着腰杆，与一些特警相比也丝毫不差！

警察，是不分档次的。特警、刑警、巡警、派出所民警，只是工作不同，其实大家都是警察。

111

我国的警察，是人民警察。

现在是冬天，县城里是几乎没有工作的，想打点零工只能去市区，还有的干脆跑到了沈州、滨城，想赚更多的，就跑到燕京、天华这些大城市。

石青山的父亲现在还在辽东市区打零工。这季节工地已经停工了，想找活都得是那种零工。

这趟去市里，就是去做物价鉴定，石青山的请求自然是能被满足的，这也属于关怀新来的同志嘛！

第二天一大早，一行三人开着两辆车出发了，陆令特地给石青山的父亲带了两瓶酒。

一路上很顺利，上午九点多，三人就到了市区。

3

这里是万里海岸线的最北城，夏秋季节风景绝美，居民的幸福指数往往比一线城市还高。

陆令来辽东市，算上培训和工作时间，也才不到一个月，但已经开始适应这边的生活了。在这个地方，一个月收入5000块钱，那真叫一个滋润。

路过断桥，曲增敏指着上面的弹孔聊了聊历史，又聊了聊对岸的现状。

听着曲增敏的细致讲解，石青山有些不解："怎么能那么苦啊？！"

石青山觉得自己够苦了，但听听曲增敏说的，他发现自己已经过得很好了。从小到大，他父亲无论多难，都不会让他饿肚子，如果可以就会给他买肉吃。他知识面不广，没人给他讲述各种新奇的故事，所以很多事都不知道，但他内心还是很善良的。

一般来说，父母对孩子的成长能起到决定性的作用，石青山虽然受到了同学和社会的不良影响，但得到的父爱很足，心理健康。

"你看过一本叫《悲惨世界》的书吗？"陆令问道。

"没看过，我看书不多。"石青山摇了摇头。

"书里，女主角芳汀为了攒够给女儿柯塞特看病的钱，先是卖掉了自己的头发，后来又卖掉了自己的牙齿。"陆令叹气道，"那种社会，普通人连自己的牙齿都保不住。"

"牙有啥值钱的？"曲增敏开着车，看了陆令一眼。

"时代不一样,那个时候用得起金牙的人太少,烤瓷牙又没有出现。一些岁数大的人牙掉了,就会买真人的牙。二百多年前,滑铁卢战役之后,好几万年轻士兵死亡,当时就有商人把士兵的牙拔下来卖。那个年代的技术不好,死人的牙又很紧,容易拔坏了,而活人的牙因为血液还通畅,拔起来简单一些,还很完整。所以,穷人没办法了就会卖牙。"陆令说道,"在《悲惨世界》这本书里,芳汀的牙就卖给了牙医。"

"真可怜。"曲增敏伸手摸了摸自己的胡子。他听陆令的话,听得自己都牙疼。

"那些贵族老爷,为啥牙掉了不把掉的牙再镶上去,非要买别人的?"石青山不解道。

"都烂完了才会掉啊。"陆令看着石青山,觉得他问的这个问题确实是有点幼稚了。

"小时候,我爸跟我说国外都是很发达的,说去国外赚钱赚得比咱们多好几倍……他们居然这样……"石青山表示三观受到了影响。

"这算啥?你知道'铁塔国'吧,他们之所以擅长制造香水,是因为他们不洗澡,身上太臭了。"陆令决定掰一掰石青山的三观,"还有,你大概不知道,欧洲人把埃及的大部分木乃伊都吃光了。"

"吃光了?"石青山瞪大了眼睛,表示不能接受!

"他们认为吃木乃伊能壮阳。很多人笑话中国人迷信吃韭菜和腰子壮阳,和人家一比,咱们这充其量算是饮食偏好,他们那是癖好。"

"这玩意口味真重。"曲增敏都觉得过于恶心了,"你说得我中午都没胃口了。"

"这有啥,咱们吃顿好的。"陆令说道。

"嗯。"曲增敏点了点头,当了这么多年警察,承受能力还是很强的。

"中午在哪儿吃?"陆令问道。

"开警车穿制服,别在外面吃了。有机会你们自己来玩,可以去老街尝尝,真的还可以。"曲增敏说道,"早点办完事早点回去。"

"行,那就到县城,把制服脱了,换乘我的车,我请客!这毕竟买车了!"今天是加班,陆令趁机请曲师父和石青山吃个饭,"涮羊肉!"

曲增敏连忙说道:"你还没拿到工资呢,我请。"

"您别管了,我工资不低,我以前当心理咨询师也赚钱,这次是我买车请客,您下回再说。"陆令这就把曲增敏的口封死了。

"那行，下次我请。"曲增敏点了点头。

物价鉴定不是什么难事，找到物价局，把材料交上去，剩下的就是等待。等鉴定结果下来，也不用过来取，人家会直接把东西寄回派出所，邮费到付。

上午十点就把工作忙完了，三人接着开车去了石青山父亲上班的地方。

石青山的父亲叫石成进，他今天在快递分拣中心打零工，工资日结，一天100~150块。这种工作并不好找，一般人很难体会到东北地区冬天找工作有多难。石成进的运气还不错，这份工作可以连续干半个月。他的同乡是工头，会给他介绍工作。今年过年晚，距离过年还有五十天左右，所以石成进忙完估计还会再找一份工作。这次因为手头的工作干了一周了，离岗一小会儿也没啥事，所以接到儿子的电话，他就跑了出来。

不光石成进出来看石青山，他的几个老哥们儿也出来了，看到石青山这个样子，几个人都露出了羡慕的表情。

"老石，你有个好儿子啊！"

"是啊，你看，多精神！这吃上了国家饭，腰杆就是直！"

"这衣服就是好看！"

几个老哥们儿，看石成进的儿子有出息了，也跟着高兴。

打零工的，谁不羡慕吃国家饭的？虽说辅警不是正式警察，待遇也只有正式警察的一半，但也是无数人挤破脑袋想干的工作！

石青山傻傻笑着，看到父亲高兴他就高兴。

十几分钟后，石成进听石青山说，王叔把他托付给了陆令，就专门拜托了陆令几句。当听说陆令是研究生时，他非常激动，连忙交代儿子跟着陆令好好学。

陆令算是石青山的师父，还给石成进带了两瓶酒，给石成进搞得很不好意思，但他真的高兴，像是儿子娶媳妇了似的。

聊完，石成进等人又回去工作了，石青山则跟着曲增敏和陆令回县城。

经过这一趟，石青山的状态比之前好了不少。陆令很支持石青山来看看父亲的原因就在于此，他知道石青山一定会受益。

从市里忙完，回到了县城，陆令开上了自己挂临牌的车，带着曲增敏和石青山去吃涮羊肉去了。带着石青山吃涮羊肉是有压力的，这是个一看就能干几斤肉的主，好在这边物价低，陆令倒也能消费得起。

陆令直接点了十盘肉，其他好吃的也点了一大堆！曲增敏很满意，这边的人点菜就怕点少了。冬天这么冷，大家都能吃，点少了别人都不好意思动筷子！

聊着天，陆令和曲增敏商议，明天他带石青山去林区警务站，顺便去东坡村查一查案子，曲增敏欣然应允。

这一天，过得挺好！

第十一章　那是他的命！

1

周三，风又有点大，过了冬至之后，气温开始进一步下降。

这边的寒冷是有很多原因的，这个星球上，同纬度少有地区比东北冷。中纬度地区一般受到西风带影响，欧洲很多纬度比东北高的地方都比东北暖和，甚至在北极圈内都有不冻港。辽东这个地方，冬天最冷的时候，都可能达到零下30摄氏度。

警务站一如往常的宁静。

今年是双闰年，阳历的2月有二十九天，农历则有两个四月。也正因为农历有闰月，所以过年的时间有点晚，明年的2月11日才过年。

往年冬至的时候，打工的都该回来了，今年还早，村里还是那些人。

陆令开着车，早早地带着石青山来了林区警务站，顺便把买的酒精蜡带了过来。

有了这个小玩意，点火变得容易很多，他很快把炉子烧热，屋内就不再是冰窖了。

"陆哥，在警务站咱们要干什么？砍柴吗？"石青山转了一圈，看到门口堆了不少木柴，问道。

"砍柴？"陆令心想这孩子脑洞真大，"处理警情啊。"

"哦。"石青山有些失望，要是能砍柴，这一天也不算无聊。

"在这里待会儿，一般有报警的，他们都是早上过来。如果上午十点没人过来，我就带你去下面的村子转转。"

几天没过来，这边又有点脏乱，不过比上次好得多，陆令和石青山一起收拾了一下，又聊了一会儿天。没有一个群众来报警，于是他们就步行去了村里。

石青山全程不说话，就是跟着陆令。这边离他家也不算太远，他几年前来过，但是不太熟。

张涛家门口还挂着缟素，村子的主干路上还是只有几个人。

陆令今天要去的，是岳军家。岳军是杀猪的，虽然他不是案子的主要人物，但陆令接触过他，就决定先从他这里切入。

不过，让陆令没想到的是，刚刚走进岳军家那条胡同，他就看到岳军的邻居家门口停了一辆奔驰。这是2019款的奔驰E300L，立标。

在这边，奔驰可是不多见的车，人们一般更偏爱越野车，有买这车的钱都买霸道之类的车了。当然，东安县能买得起这种车的确实也很少。

车附近没人，陆令便敲了敲岳军家的门。

岳军不在家，到隔壁乡赶大集卖肉去了，他老婆孔凤芝和孩子在家。孔凤芝问陆令有什么事。

"没什么事，你们村我也没熟人，路过，找他聊聊天。"陆令说道。

"哦哦哦，他下午两点估计就回来了。那边的大集时间短，过了晌就没人了。"孔凤芝说道，"你要是找他，可以晚点再过来。"

"那没事，回头再说。"陆令没有直接答应，他不想做出一副专门来找岳军的样子。

和孔凤芝在门口聊着，陆令看到隔壁那家出来几个人。这几个人聊得非常客气，其中一个一直在说："小马啊，一定帮叔这个忙啊！"

"得嘞，叔，等我回沈州，有啥事让弟弟找我就成！"被唤作"小马"的人应道。

陆令有些疑惑，他看得出来这回复是在敷衍。明明不想帮忙，敷衍啥啊？

嘱咐的人自然没看出敷衍，在门口继续自顾自说着。

"你们邻居这家是干吗的？"陆令向孔凤芝问道。

"种地的，以前是村里的会计。"孔凤芝的语气明显有些不屑，前三个字的语气比后面八个字都要重。不过，她很快看到了邻居家门口的车，愣了一下，庞大的身躯往外侧了侧，盯着看了三四秒，确定是奔驰车，便冲着隔壁那家喊道："老滕，儿子回家了？出息啦！"

被唤作老滕的男人压根没搭理孔凤芝。孔凤芝嘴里不知道嘟囔了句什么，没有再喊啥，和陆令地打了个招呼就转身回屋了。

117

旁边这一家，小马和老滕这时开始目送两个访客离开。访客离开之后，小马围着自己的车子转了一圈，确定没被剐蹭到，这才放下心来。

"你好，我是这边辖区派出所的，你也是这个村的？"在回警务站的路上，陆令正好和小马面对面，便开口问道。

陆令想把村子的情况了解得更深入一些，遇到村民多聊几句总没坏处。

"啊，警官，我是。"小马说道，"您找我什么事？"

"你姓马？"陆令有些疑惑。这些天里，他看完了村里人的笔录，虽然他记不住所有人的名字，但他可以肯定，没有姓马的留过笔录。

"嗯，警官，我叫马思裕，您叫我小马就成。"这小马一看就是在外面混迹的人，说话办事还是蛮客气的。

"哦哦哦，这位是您父亲？"陆令指了指门口站着的人。

"嗯，我爸。"马思裕点了点头。

"正好，我有点事想问问，外面怪冷的，去你们家坐坐，行吗？"在陆令看来，老滕是老会计，他对村子的事情应该知道得不少。

"您请。"马思裕是真的客气，招呼着陆令二人进了院子。

马思裕家里非常整洁，看得出来是讲究人，只是所有的东西都很陈旧，看样子起码五年没有添置新家具了。马思裕有一个弟弟，十二三岁的样子，正盘腿坐着，腿上盖着被子，在炕上玩游戏。

"你父亲干吗去了？"陆令二人跟马思裕进了屋，老滕就不见了踪影。

"应该是去烧水了，您坐着等会儿。"马思裕看了眼正在玩游戏的弟弟，没有说别的。

马思裕家有四个主要的房间，最左边的一间是厨房，有两个火炕。厨房往外延展出了一个小卧室，小卧室只有一个火炕，三四平方米大。左数第二间是卧室，有一个大火炕，也就是大家现在待的地方。在农村家庭中，最暖和的地方就是卧室，烧着火炕，室内温度能有十六七摄氏度。右边的两间是客厅，现在里面的温度大概和冰箱冷藏室差不多。

2

"你父亲叫啥名字？"陆令问道，"是做啥的？"

"我爸叫马腾，是村里的老会计。"马思裕给陆令简单介绍了一下父亲。

"马腾？"陆令吓了一跳，这名字厉害啊。

"哈，这可不是和企鹅那位攀亲戚。"马思裕笑道。

"这跟企鹅没啥关系，东汉末年有个军阀叫马腾，他有个儿子叫马超。"陆令说道，"所以你厉害了。"

"啊？马超？"

马超这个人自然是家喻户晓，不过马思裕还真不知道这一层关系，有些惭愧。"我这还是读书太少了。"

"马超？"炕上玩游戏的马思裕弟弟听到这个也来了兴趣，"我爸和马超的爸一个名字啊？"

"警官说的，我也是刚知道。"马思裕和弟弟说道。

"真是，那爸为啥不给我起名叫马超，我玩马超贼厉害！"弟弟扬了扬手机，正在玩某款游戏。

陆令看出来马思裕弟弟还啥事都不懂，便没搭理他，继续说道："你这不错啊，事业有成，都开上这么好的车了。"

"还行还行。"马思裕面露得意之色，但得意得不够彻底，陆令从他的表情中感觉到他说话底气不是很足。

"为什么你父亲不当会计了？我看他年龄也不是很大啊。"陆令问道。

"唉，这不是生我弟，被罚钱了，会计也干不成了。我爸40岁才有的我弟。"马思裕看了看弟弟，有些无奈。这孩子太不懂事了，家里来客人了，都不正眼瞧一下。

"原来是这么回事，那能理解。"陆令点了点头。

陆令在大城市待过，各种各样的人也见识过不少，他看得出来，别看马思裕穿得风光，但都不是什么好料子。

除了面相，人的穿着、发型、装饰品，都是能体现一个人状态的东西，这些陆令也专门学过。眼光这种东西，需要庞大的知识量、足够的阅历和经历才能形成。

接着聊了几句，陆令没扯乱七八糟的，但马思裕总觉得陆令很重视他，这种重视让他有些不舒服，因为这有点被捧着的感觉了。

"跟您我就说实话了，"马思裕不想端着架子，凑到陆令身边小声说道，"您别给我到处说就是。我爸啊，非要让我考乡镇公务员，我不想，这不，租辆车回来，显摆一下，让大家觉得我在外面过得还不错。谁知道好几家人找我，想让我帮他们孩子介绍工作啥的，唉。我现在就是个'苦逼'的

119

项目经理，我能帮啥？"

马思裕说话时，他弟弟正在兴头上，完全没有听到一旁的窃窃私语。

"经理？那不是很大的官吗？"石青山倒是听到了。根据他过往的打工经历，在他看来，主管就已经是不小的官了，而经理是主管的头头，绝对是大官。

"你在工地，没见过项目经理吗？"陆令问道。

"没，我们就是跟工头干，工头听主管的。"石青山想得比较简单。

"他这是一个岗……"陆令说了一半，马腾拿着洗好的杯子和暖壶过来了，陆令就没继续说下去。

马思裕大专毕业三年了，在外面闯荡。因为学历不算高，市里的公务员都考不了，只能考乡镇公务员。马思裕不想回老家，就进了机械公司，担任项目经理，全国各地到处跑。说起来，收入还可以，但太累太苦，这临近年关，他父亲催他找女朋友，还希望他回乡考公务员。无奈之下，他就趁着现在租车不太贵，租了一天奔驰，回来跟父亲说这是项目部的车，他可以随便开。总之，就是证明自己过得不错，还年轻，需要奋斗几年再说。

陆令感觉马思裕这个人还不错，不过他的目标是马腾。

"叔，我就开门见山了。"陆令知道越是绕圈子越没意义，"我是咱们苏营镇派出所新来的警察，最近想查一下咱们村之前的命案，也就是王守发那个案子，有些事情想跟您了解一下，行吗？"

"你看看人家，"马腾没有理会陆令，看着自己的儿子说道，"你看人家这不都考上了咱们镇上的公务员了？这多好？守家守业的，不比你在外面强？你要是能考上镇上的派出所，我都不知道有多高兴！"

马腾并不明白，派出所的警察不属于乡镇公务员，乡镇公务员考试竞争到底有多大他也并不清楚。

"爸，人家问你问题，你说我干吗？"马思裕立刻反驳道。

"说你有什么不对的，抓紧回来，找你叔给你介绍个好点的对象，早点给我生个孙……"马腾说到这里，突然脸色有些发红，接着咳嗽了两声，很不舒服的样子，便把东西放下去了厨房继续咳。

马思裕一看，连忙起身去关心父亲，也去了厨房，只剩下陆令二人面面相觑，也不好意思起身过去。

大概过了两分钟，马思裕才从厨房过来，面露难色地说道："警官，我爸也不知道咋了，可能是身体不舒服，估计你要问他事情得等下次了。"

"你要带他去医院吗？"陆令问道。

"他说老毛病了，不去医院。"马思裕叹了口气。

"哦，那就不急，让老爷子休息会儿，咱俩聊。"陆令更感兴趣了。马腾越是不想说，那就越有问题。此前警方在村里问了好几轮了，居然漏掉了这么一个人。

和马思裕聊了差不多二十分钟，便快到午饭点了，这时马腾又过来了，直接说道："两位在这里吃饭吗？吃的话，我多做点。"

这话就是赶客了，陆令却像是没听出来似的。"嗯，麻烦了，我们在这儿吃，不过早饭吃得多，不用做太多。"

马腾一听这话，也是有点愣，心想这个警察咋还不要脸了呢？

趁着马腾愣神的工夫，陆令没有再废话，直接起身，示意石青山在这间屋子待着就行，他则一个人去了厨房。

"我是所里新来的警察，你们村这个案子，我是真的很有想法。"这种情况下，不适合绕弯子，"这事涉及三条人命，我希望您能配合我。"

"张涛死了？"马腾抬起了头，无精打采地问道。

"你身体怎么了？"陆令看着马腾的样子，觉得这件事没那么简单。马腾总是在咬牙忍受着什么痛苦。

"我刚刚咳嗽是假的，但肝癌是真的，"马腾没有叹息，而是很平静地说道，"晚期了。"

"马思裕不知道？"陆令微微转头，看向了马思裕那边。

马腾摇了摇头。

"所以你是放心不下你小儿子？现在还没放寒假，你这孩子是不读书了，还是惹祸回家了？你是觉得，你二儿子以后在乡里无依无靠，出去更是没办法，于是想让大儿子回家能帮帮他，好有个照应？"陆令算是看明白了。

"算是吧。"马腾被陆令看穿，但表情还是没变化。

"这对大儿子公平吗？"陆令多说了一句。

"那是他的命！"马腾道。

"但我觉得马思裕不会听你的，他在沈州会发展得更好。"

"那是他的命。"马腾第一次叹息道。

陆令听明白了，马腾说的是小儿子。马腾命不久矣，该说的都和大儿子说了，剩下的他就不管了，儿孙自有儿孙福了。

121

3

两人正说着，女主人廖淑红回家了。

今天上午九点多，大儿子突然回家，家里也没准备啥东西，当妈的就骑上电三轮，去隔壁乡赶大集买东西了。

本来马思裕是买了一些东西带回来的，但当妈的觉得必须得炖条江鱼才行，因为大儿子说了，今年过年不回来了，那这会儿就是提前吃年夜饭了。

马思裕本来要开车带妈妈去买，但家里很快来了客人，他就出不去了。他开这么好的车，是想让爸妈享受享受，但他爸妈都没上车坐过一次。

肉什么的家里都有，廖淑红就买了一条大鱼，进了厨房把外套和各种保暖的护具一脱，看到陆令，便向马腾问道："家里来客人了？你不早说，我多买点。"

东西是够多了，只不过这么一说显得更重视一些。

"没事，你先做饭，我和警官聊几句。"马腾说罢，示意陆令去客厅。

于是，二人走到了客厅。客厅有点冷，陆令穿上了外套。

"村里的案子，我不是不配合，你也知道我身体不好。我老婆去做了两次笔录，我不知道你看没看。"马腾看了看门，确定关好了。

"她叫什么名字？"

"廖淑红。"

"你们村姓廖的多吗？"

"就她一个。"

"那我就是看过。我记得取笔录的人里有姓廖的，但具体说了啥我对不上号。"陆令记忆力还可以。

"我们家知道的事情不多，所以她也没说什么。"马腾摇了摇头。

"这事过去这么久了，你应该有什么想法吧？"陆令问道。

"这件事，你们知道村里都怎么说吗？都说是张涛杀了王守发，然后跑了。"马腾说着，面色有些紧肃。

"你这病，医生怎么说？"陆令看马腾的状态实在不对。

"做手术可能能多坚持一阵子，不做手术估计一年吧。"说这话时，马腾的语气显露出一丝无奈。

"嗯。"

陆令没有点破马腾的话，肝癌晚期，而且已经开始疼痛，不治疗的话，存活期一般也就是三个月，超过半年都很罕见。马腾既然看过医生，那他不会不知道这个。

既然如此，马腾如此告知陆令，就是不希望陆令觉得他是快要辞世才要求大儿子早点回来。老会计是个要脸的人，他不想陆令因为他得病而可怜他。

"你说的张涛杀了王守发的这种猜想，我知道，目前这也是侦办思路之一。"陆令点了点头，他想听"但是"。

"这个村子，比你们想的可能还要复杂一点，但其实每个人也都挺简单的，都自私。"马腾看着陆令，"三十多年前，村里搞承包的时候，刘忠民、刘忠连是关系最硬的，搞到了最好的地方，那可是挣了不少。可惜，这哥俩赚了钱就开始吃喝嫖赌，啥也没攒下。村里当时管事的更黑，不过他已经去世了，我就不多说了。时至今日，村里人之间的有些矛盾，还和三十年前有关。"

"有什么三十年前就一直存在的矛盾吗？你的意思是，王守发的死、张涛的失踪，都和多年前的矛盾相关？"

"这个村，三十几年前就很乱，当年种下的因，现在有什么果都正常，因果轮回啊。"

陆令倒是没想到这个老会计还是个文化人，但这样拽词意义不大，一点有用的证据都没说，他本以为马腾会给他讲一个古老的故事。不过看着马腾的样子，陆令也不好多说什么。谁承想，这老会计话锋一转："车船店脚牙，无罪也该杀！"

三十几年前的东坡村，可算是风光。1985年前后，这里开始有自主承包土地，也不知道是出于什么原因，全村的地都被刘忠民、刘忠连承包了，他们一年就赚了好几万。

大家知道搞承包这么赚钱后，就开始和村委会闹，甚至爆发了好几次大冲突。此后，村民们才开始陆续分到自己的地，每家每户都有。这样一来，刘氏兄弟就赚不到大钱了，不过他们还是分到了最好的地方，总归是过得还可以。

村子平静了几年，这两人把钱都造光了，也去了不少地方，了解了不少外面的事情，再后来就欠了一些债，还被人追到过村里。那时候，谁都笑话他俩，之前觉得不公平的人也不说啥了。

不过，这两人的运气也确实好，几年后，他们居然在山上找到了一处

123

硼矿。辽东的硼矿产量一直不小，那个年代管得也不严，他们就偷偷挖偷偷卖。虽然这处出产的硼产量不大、丰度不高，但架不住只有两人分。很快，他们兄弟俩就什么都有了，甚至开上了小汽车。

20世纪90年代中期，有小汽车的可都不是一般家庭，在农村就更厉害了。于是，给刘氏兄弟说媒的人踏破了门槛。原本，王凤来是要跟张涛的，但王凤来的老妈不同意，硬是把她说给了刘忠民。而刘忠连，也娶到了漂亮媳妇刘英。

又过了一年多，硼矿挖得太深，塌陷了，死了两个工人，刘氏兄弟为了防止事情闹大，赔了很多钱，之前赚的钱赔进去了大半。于是，兄弟二人又开始在外面跑车，尽管和之前的状态不能比，但总归是比一般人过得强。

这么多年，不知道多少人幸灾乐祸，希望刘氏兄弟完蛋，但人家几经起伏，还是好模好样的，都在县城买了房。

马腾讲的这些历史，案件报告里都有一定的记录，但远没有亲历者娓娓道来更让陆令有感觉。

"车船店脚牙，无罪也该杀"，这是一句古语了。古代因为通信不便，法律也不健全，出行是非常危险的事情。车夫、船夫谋财害命，开客栈的店家害客人，脚夫侵吞客人的财产，牙婆贩卖人口……在现在看来，只有牙婆这种类似的行当才是十恶不赦，其他的都是正经体力工作，但这些其实都归功于法律的健全和科技的进步。

以《水浒传》为例，车夫王英，拉客人时见财起意，抢劫杀人；船夫张横，差点在河中间弄死宋江；开店的孙二娘已经不必多说，很多影视作品里都有"黑店"的设定。

"你说车船店脚牙，'车''船'好理解，指的是刘氏兄弟，'脚夫'则指的是张涛，那'店'和'牙'，指的是谁？"陆令感觉老会计确实知道一些不为人知的故事。

"'牙'已经死了，是村里以前的管事的，他做了好多坏事。"马腾看着陆令，不知道为何居然有些自嘲，"'店'……那就是我吧。"

4

这就不得不提这些年来发生在马腾身上的事。马腾为什么要生二胎？

要知道那可是春风吹满地的年代,村里不是只有刘氏兄弟搞得好,马腾也搞到钱了,甚至在县城与人合伙搞了个招待所。关于这些事,马腾避而不谈,不过正因为搞了一些钱,他才内心膨胀了,生了二胎,哪怕要交罚款。很显然,他的这些钱也不是那么干净。

在自己的事情上,马腾不会也不可能和陆令聊得深,但陆令听得出来,马腾至少给两儿子留下了可以在县城买房成家的钱。这笔钱如果拿去治病,马腾也就多活一两年,所以他放弃了。

村里表面上和和气气,背后男盗女娼的事情真的太多了。马腾说,主播杨丽的老公是理发师王成。当年杨丽是要跟刘忠连的,但被刘英抢了先,而且刘英还在外面秘密传播了杨丽的桃色新闻。这事甚至不是谣言,但本来只有几个人知道,传开了就是大事,在那个年代非常丢人。一般来说,出现这种事,也就不嫁到这个村,而是去别的地方了,但王成不在乎这个,主动追求了杨丽,把杨丽搞感动了。事实上,村里的风气不正,这种事多了也就逐渐没啥人说这些了。

"这么说,你们村绝大部分矛盾是和男女关系有关?"陆令做了总结。

"可以这么说。"马腾没有给正面评价,也没有给负面评价。

马腾知道自己的身体状况,所以难得说了些实话。这些话对办案来说没有直接用处,但意义重大。即便大部分信息陆令都已经掌握,大部分历史陆令也都知道,但有马腾这么一说,陆令就可以判断谁在避重就轻,谁在含糊其词。

可以肯定的是,杨丽一定还知道些什么,但是没有说出来。作为现在村里的一朵花,杨丽算得上是办案绕不过去的一个点。

陆令决定先去找杀猪的岳军,他想知道岳军是怎么回事,为啥和杨丽扯上了不清不楚的关系。

"我跟你说这些,也不知道对你有没有用。"马腾有些无奈。

"很有用,真的感谢了。"陆令知道老会计这么说应该是有所求,"虽然你状态不好,但我能看得出来,你还有话要和我说,是你二儿子的事情吗?"

"嗯。"马腾点了点头,"我这些年,接触的人也不少。你和我大儿子说话,我贴着门也听了大半。你这人,不简单。我这小儿子,是闯祸的命,如果哪天搁在你手里,方便的话,帮我教育一二。"

"好。"陆令也不含糊,叫上石青山就要往外走。

"欸，警官，留在这里吃饭吧。"马思裕挽留道。

"不吃了，还有事。"陆令拿出手机，"加个微信，有啥事随时沟通。"

"好。"马思裕立刻拿出自己的手机。

廖淑红从厨房推门过来，说道："不在这里吃午饭了？大鱼都炖上了！"

"我们这个工作确实是没办法。"陆令说道，"对了，婶，您刚刚去哪个乡赶的大集？"

"沙头镇，怎么了？"廖淑红有些疑惑。

"哦哦哦，没事，顺便问问，我们这就走。"

从这边告别，陆令拿出手机，捂着看了看手机地图。去沙头镇只有一条路，陆令准备在路上堵一下岳军。

岳军和孔凤芝之间还是有很大的矛盾，如果孔凤芝在家，问岳军关于杨丽的事情，估计陆令走了之后，这村子就得多一起命案。

看了看时间，还早，陆令决定先带石青山回警务站吃点东西，然后再去堵岳军。

回到警务站，石青山和陆令说道："陆哥，你玩游戏吗？"

"很少玩，偶尔打打《LOL》，之前同学拉着我玩《原神》，试了试太费时间，也就放弃了。"陆令说道，"你咋想起来问这个了？你喜欢玩游戏吗？"

"不是，我看刚刚炕上那个小孩，玩游戏好入迷啊，不知道有啥好玩的。"石青山摇了摇头。

"网瘾少年挺多的。"陆令笑道，"抓紧吃点东西，咱们过会儿去找岳军。"

下午一点左右，陆令收拾了一下屋子，就开车带着石青山去了岳军回来的必经之路。等了大概半个小时，岳军开着一辆昌河面包车经过了，陆令按了按喇叭。

岳军本来对在这儿看到警车就有些不解，听到喇叭声便停了车，然后倒车停到了警车旁边。

当了这么多年屠夫，岳军胆子非常大，但并不傻，他还以为是交警，结果看到是陆令，就好奇地问道："警官，什么事？您这是？"

"问你个事，前几天你们隔壁村有个小姑娘来买肉，是你送了人家两斤槽头肉？"陆令问道。

"啊？"岳军吓了一跳，"怎么了？我听说隔壁村有个小女孩跑丢了，全村上山找，最后被警察找到了，就是这个小姑娘？她没事吧？"

"你先回答我的问题啊。"陆令真诚地问道。

"是我送的，警官。那个肉能吃，不瞒你说，本来我是打算留着自己吃的。"岳军坦荡地说道。

"看不出来你这人还真不错。"陆令感觉岳军说的是实话，"就是那肉太冰了，小姑娘她笨，把肉焐在怀里，结果走了一半，体温过低，差点出事，还好我们发现得早。"

"啊？这事闹的！这傻孩子！"岳军叹息，"还好警官你们办事快，把她给救了。"

"没啥，是我们的职责。"陆令摇了摇头，"不过，那事倒是让我对你刮目相看啊。"

"这差点闹出大事，不怪我就不错了。"岳军憨厚地笑了笑。

"怎么会。"陆令笑道，"开窗说话太冷，进我车聊。"

岳军本以为陆令就是打个招呼，顺便问问小女孩的事情，但听陆令这么一说，觉得还有事，也就顾不上疑惑进了警车。

"我找你，是想了解一些关于杨丽的事情。"陆令说道，"你跟我说啥，我都不会告诉你老婆的，但不能瞒我。"

村子现在的情况太复杂，陆令不需要太多信息，他宁可要三条真信息，也不要一百条模棱两可的信息。刚刚简单考察了一番岳军，觉得岳军应该问题不大，是个不错的突破口。

"啊？杨丽？"岳军这杀猪的汉子，居然脸色有些发红，也不知道是不是车里太暖和给热的。

127

第十二章　情种

1

陆令想到过很多可能，就是没想到岳军会脸红。

好大个杀猪匠，脸红个屁啊！

"警官，您别听人瞎说，我和杨丽没什么的……"足足想了半分钟，岳军才憋出这么一句话。

"我说岳军啊，咱不至于。"陆令感觉岳军是个心直口快的人，说话也就比较直，"要不这样，你先给我说说你和你媳妇的事情。"

"我和我媳妇……"岳军恢复了一下情绪，"现在我在村里算是年轻这一辈的了，我结婚十来年了。当年我媳妇可没这么胖，不过我干这个的，家里不缺肉，她才渐渐变成这个样子了，我们家日子过得挺好的。"

"就这么简单？"陆令看着岳军，"你俩结婚十来年，就一句话概括了？"

"啊？这有啥可说的？"岳军感觉理所当然，"我和我媳妇……这……这有啥可说的啊？"

"也行，那就聊聊杨丽。"陆令点了点头。

"呃……"岳军抬头看了看陆令，咬了咬下唇，脸上露出为难的神色。

他想反驳陆令，或者找话题岔开，但是陆令不再说话，就这么看着他，让他无从开口。

人有时候说完一句话会后悔，因为说的时候没有多加思考。所以，有准备的说话和没准备的说话是不一样的。

岳军刚听到"聊聊杨丽"这句话时，他不知道该如何作答，但现在他已经准备好了，只要陆令再张口，他就说"其实我和杨丽真的不熟"之类的打哈哈的话。

然而，陆令就是不说话，只是看着他。

两个人对视了一分钟，岳军明白，得说，不说不行。

当时警方找岳军取笔录的时候，他只说自己和杨丽是村民关系，没有其他关系，但现在不太好蒙混过关了。

"我……"岳军都要哭了，他心想陆令你别这么看着我啊！

"是不是因为你比她小七八岁，有些不好意思？"石青山试探性地问了一句，他憋了好几分钟都憋不住了。

石青山并不知道案子的情况，但是之前他和陆令聊起过。

"呃……这个，不能这么说，我和她真的没……没什么。哎呀，怎么都这么说，真没什么。"岳军有些扭捏了起来。

"你没事吧？"陆令伸手摸了摸岳军的脑袋，他还真没想到岳军居然是这种人！

"我……"岳军红着脸，可怜巴巴地看着陆令，"村里人都怎么说我？"

"岳军你怎么回事？你这情况，当初你是怎么配合警方取笔录的？"陆令板起了脸。

"那段时间……"岳军皱了皱眉，"没事……"

"你的意思是，最近俩月你俩睡在一起了？"陆令单刀直入，"这有啥不能说的？大老爷们还嫌丢人啊？我不给你往外说。"

"没有没有！别瞎说！"岳军面露苦色，用力地摆了摆手，"一起吃过饭。"

"就这？"陆令都不知道该说啥了，这岳军还是个情种呢。

"就……其实……我看上杨丽了！"岳军鼓足勇气把这句话说了出来。

说完之后，他看了看陆令，又看了看旁边这个陌生的年轻人，这两人表情都没有变化，丝毫没有吃惊。尤其这个年轻人，那表情木得像是听到有人跟他说"你真壮"一样。

"刚刚吃午饭的时候和你说过的。"陆令看向石青山，"就是他上次被媳妇打了，打得还挺重。"

"该打。"石青山丝毫没有迟疑地点了点头。

这岳军，就是典型的社会思维从成熟老练变成了天真烂漫。他居然觉得自己和杨丽之间有爱情。

"方便给我看看你的抖音吗？"陆令问道。

"啊？方便。"岳军有些疑惑地掏出手机，指纹解锁后打开抖音，递给了陆令，"我在抖音上从来不发东西。"

陆令接过手机，随便进了一个直播间，看到了岳军的等级，28级。接着，陆令拿出手机在网上搜了一下，跟岳军说道："你的等级都28级了，这都刷了三四千了，你别告诉我你都刷给杨丽了。"

"啊！"岳军的秘密被发现了，连忙把手机夺了回来，"警官，你！"那表情，要多委屈有多委屈。

"行了，最大的秘密我都知道了。"陆令安慰道，"你俩现在到底到哪一步了？就吃了个饭？"

"也不是……"听陆令这么问，岳军从委屈又变回了扭捏。

"牵手了？"陆令问完，然后看了看石青山："你脸红啥？"

"就……"岳军终于说出来了。

"你觉得杨丽喜欢你？"陆令有些疑惑。

"没……没……没……"岳军连忙摆手，他可不敢这么说。

"唉。"陆令叹了口气，这岳军已经被杨丽耍糊涂了。

别看岳军快40岁了，但是感情经验和杨丽比……估计杨丽梦游的时候都能吃定岳军。

"杨丽其实一点都不喜欢你。"陆令说道，"不过，你现在可能不信。你们村发生这么多大事，你居然以为你在圈子外面。"

"我……"岳军有些不服气，但是没反驳什么。

"村里的命案，你都不当回事吗？"陆令换了个话题。

"都是他们老一辈的恩怨。"岳军摇了摇头。

"那，杨丽不也是老一辈的人吗？"石青山疑惑地问了一句。

陆令看了眼石青山，他发现自己小瞧石青山了！石青山看着憨，但是真的不笨啊！

"呃……"岳军哑口无言，他看了看石青山，心想这个大个子怎么回事，虽然这是实话，但也不能这么说啊！

"村里的命案，我确实知道的东西不多。"岳军尝试着整理了一下语言，"但是肯定和杨丽没有关系，张涛和王守发关系也不好，肯定是张涛杀了人跑了。"

"岳军啊，"陆令放松地笑了笑，"你猜猜，你这会儿这样回家，能不能瞒过你老婆？"

"什么！"岳军吓了一跳，"警官，您可不能把我刷抖音给主播送礼物的事情告诉她！她能砍了我！"

就在一瞬间，岳军脑门上居然出汗了。

2

"放心，我这人说一不二，说给你保密的事情，不会拿来吓唬你。只不过你拿镜子照照你自己，还有点理智吗？我本来觉得，你一个杀猪的，不能说胆大包天，起码也是个有点男子汉气概的，但是……"陆令没有说完，只是摆弄了一下后视镜，虽然不知道能不能让后排的岳军看到镜子里的自己，但这个动作本身就足以让岳军意识到问题。

岳军有些羞愧。他明白，陆令是对的。不用陆令跟孔凤芝说啥，就他此时此刻这个状态，回家孔凤芝也能看出来他有问题。女人在这方面的直觉往往非常准。

岳军长这么大，没谈过恋爱。当年，别的村子的人给他介绍了孔凤芝，两人条件差不多，就结婚了。结婚之后，两口子感情一直不错，还有个可爱的儿子，总的来说，是挺幸福的。

然而，很多中年男人都有一个通病，就是觉得自己还有不俗的魅力。他们看待年轻人时，往往都有一种莫名的阅历上的优越感。岳军就有点这种感觉。

杨丽能说会道，有着农村人少有的温柔——无论是真的还是装的。

陆令明白，仅仅靠他几句话，想让岳军对杨丽改变观感是不现实的，除非他把关于杨丽的猜想和盘托出，但这显然不可能。

"我还以为有什么了不起的事情呢，搞了半天，就是想搞婚外情？"

"我不是。"岳军立刻反驳，他觉得自己没有越线。

"不是你怕什么？慌得要死！"陆令毫不留情。

"我……"岳军憋住了，他反驳也只是下意识地反驳，但这不就是想搞婚外情吗？

"我错了。"岳军自知是自己的问题，恢复了一点作为中年男人的理智，"我以后和杨丽断绝关系！"

"岳军，你这个人真的可以，我对你印象很好，你知道是什么原因吗？"陆令批评了半天，又给塞了个甜枣。

"嗯？"岳军本来一脸沮丧，听到这个又精神了一些。

"两件事，第一件事是我接触过你儿子，我觉得你教育了一个乖巧的孩子。在你们村这种环境下，小东那个样子，实属不易。我不知道他学习怎么样，但他确实是个好孩子。第二件事是你送了肉给那个小姑娘，这种事你们村能做到的没有几个。"

"我……"岳军听完，实在有些不好意思。他一直觉得自己是个好人，而且还很讨厌和一些人同流合污！他们家根本都瞧不起马腾这种人！

"杨丽这个事，其实不是你的错。你现在情绪正常了，我可以负责任地告诉你，她在利用你。你和她不是一路人，我现在找你，是想知道她找你办过哪些事情，哪怕是很小的事情，"陆令看着岳军，"告诉我。"

"她……也没找我办过什么事。她来我这边的胡同找过我好几次……上次我和媳妇吵架，就是因为她来我们胡同……她这个人在村里的谣言比较多，到哪儿都有人关注。"岳军又有些扭捏。

"就这？没让你做过别的事情吗？"陆令问道，"包括几个月之前的事情，你想想。"

"她找我借过一个喷枪，算吗？"岳军想了半天，说道。

"什么喷枪？"

"杀猪的都用那种，就是那种汽油喷枪，用来烧猪毛的。我家里有好几个，就给了她一个，她那会儿在我这边买了个猪头，"岳军说道，"可能是她比较细致。"

"这喷枪能用多久？"陆令问道，"能把肉烧成灰吗？"

"烧成灰？那我不知道，我没试过，不过烧久了应该没问题。这东西是烧汽油的，只要有汽油，就能一直烧。"接着，岳军给陆令大体介绍了一下汽油喷枪。

现在在城市里，卖猪肉的基本上用的都是更安全、杂质更少的丁烷喷枪等，类似于大号的防风火机。但是那玩意又贵又不持久，火力还不够大，所以农村用的都是烧汽油的，持久、耐用，燃料易得，有几公斤重，火力杠杠的！

"她有没有找你要过杀猪刀之类的东西？或者斧子、锤子之类的东西？"陆令再次问道。

"那没有，就要了个喷枪，一直没还我，我也没往回要，没多少钱的东西。"岳军仔细想了想，"就这个，我保证。"

"具体是什么时候要的喷枪，还记得吗？"陆令问道。

"挺久了，大概是今年开春那会儿。"岳军想了想说道。

"嗯，我知道了。你也不必多想，你家庭挺幸福的，不过你俩都有点超重，这样肝肾都受不了，以后多注意点饮食吧。别的没有了，忙你的去，回家晚了你老婆该说了。"陆令嘱咐了一句，就让岳军走了，剩下的不用说，岳军肯定能保密。

岳军下了车，寒风一吹，打了个寒战。和陆令聊完，他心里有些乱，琢磨起了很多事，上了自己的车还是心事重重。他看了看时间，下午两点多一点，还好，不算太晚，于是边思考边往家里驶回去。

不知为何，在回去的路上，岳军看着前面自己生活了三十多年的村子，感觉到了一丝陌生。

从岳军这里得到一个重要的线索，陆令对杨丽的怀疑又增加了几分。作为案件的重点，杨丽被警方查了很多次，但喷枪的事情是没有记录的。

可以这么说，如果查清楚杨丽的所有事情，案子就能彻底查清。

和岳军聊完，陆令打算回去和王所沟通一下，或者去刑侦大队交流一下。他当警察的经验还是太少，多沟通总是有好处的。

"石青山，我发现你说话挺能抓住重点的。"在回警务站的路上，陆令和石青山聊道。

"其实我胆子并不小，"石青山想了想，"我就是不太敢动手。以前在学校的时候，有同学说我我就说回去。"

"这挺好，好好看，好好学，你是有前途的。"陆令鼓励道。

回到警务站，陆令发现门口站了一个人，估计是来报警的，便把车停在了门口，下车问询了一下。

来报警的是个老人，他儿子在隔壁的沙头镇派出所被警察抓了。他接到电话，也不知道该怎么办，就过来找警务站的人帮忙。

3

"警察同志，"老人看到陆令二人，脸上似乎泛着泪花，弓着腰，吸了吸并不存在的鼻涕，"我儿子……特别老实，他腿还有一点残疾，不可能动手打人的，这一定是有什么误会。你们能不能帮我问问，是不是弄错……"

"进屋说，这儿太冷了。"陆令先把门打开，招呼老人进屋。

吃午饭时添的木头，这会儿还有点火，屋里还算暖和。

进了屋，老人把帽子什么的都摘掉。这就是个非常老实巴交的人，脸上满是褶皱，腰已经重度弯曲。这一脱下外套，他的手就有些无所适从，还微微发颤。

"沙头镇派出所我也不熟悉，甚至在哪儿都不知道。"陆令说道，"不过，你是咱们辖区的。这样，你拨通电话，我帮你问问啥情况。"

"好，谢谢警察同志！"老人说着，拿出手机，然后颤颤巍巍地操作了半天，屏幕上都是超大的字体。陆令看着他的手机，主动拿过来，将刚刚接的座机号码回拨了过去。

石青山给老人搬了个椅子，让他先坐着。

电话接通后，难免先寒暄了几句。陆令提了一下所里的王所、孙所，那边也都认识，说话就更直接了一些。只不过，沙头所那边似乎很忙很吵，所以接电话的刘警官说话很干脆。

两年前，老人带着儿子在集上卖鸡鸭，有一个人买了一只鸡，见出摊的是一老一残，就拿着鸡没给钱就跑了。老人的儿子腿脚不好，没追上。今天老人的儿子开着带篷的三轮车去沙头镇的大集上卖鸡蛋，结果又碰到了当初买鸡不给钱的无赖，就上前把人拉住，和对方厮打了起来。老人的儿子心里有火，下手重了一些，那无赖就摔了一跤，这一摔把老人的儿子也带倒了。无赖先倒地，老人的儿子倒在了无赖身上，直接把对方的肋骨砸断了。说实话，无赖的身子骨已经算硬朗的，这季节摔一跤没把大胯摔坏都不错了。

"刘警官，那对方这个情况算是轻伤吗？"陆令问道。

"还不知道呢，人在镇医院，我问了大夫，说伤得不重，镇医院能处理。要是就断了一根，那就是轻微伤。"刘警官说道。

"感谢，非常感谢，那我明白了，我和家属说一声吧。"陆令表示明白，又问了一点细节，就挂掉了电话。

挂掉电话，陆令跟老人说道："你这手机的声音大，你刚刚也听清楚了，你儿子把对方肋骨弄断了一根，这个是……"

说着，陆令有些不太确定，他拿出自己的手机搜了搜，发现《人体损伤程度鉴定标准》里规定，肋骨一处骨折是轻微伤，肋骨两处骨折才能构成轻伤二级。

业务知识还是有欠缺，陆令大体看了看，肯定地说道："如果确定是一根肋骨被弄断，那确实是轻微伤，可以调解，但估计要赔钱了。"

"要赔多少钱？"老人有些担忧。

"这个我不清楚，看医药费花了多少，而且现在还不确定，毕竟镇医院水平有限，万一是断了两处，就麻烦了，不能调解。"

"谢谢，那我明白了，我……我想想办法，想想办法……"老人满面愁容，突如其来的变故让他有些不知所措，但他还是很明白事理，知道这种事自己儿子有责任。

就在这时，陆令手机响了，是王所打来的。

"我刚刚接到沙头所赵所电话，你刚刚找人家那边打听案子了？"王所问道。

"嗯。"陆令问道，"怎么了？"

公安之间日常不允许打探案情，比如说苏营镇派出所抓赌博的人，隔壁所的人打电话问案情，按规定就应该保密。

当然，陆令问的这种情况不属于打探案情，这部分信息应该向家属公开。

"没啥，咱们两个所比较近，互相都认识，听说这儿来新人了，刚刚赵所给我打电话寒暄了一下。"王所说道，"这个事你打算怎么处理？"

"这……"陆令有些纳闷，"王所，咱们所没管辖吧？"

"肯定没管辖啊，我问你打算怎么处理？"

"我想着，帮忙把老人送过去。他儿子在气头上，事情可能解决不好。"陆令不知道王所啥意思。

没有管辖的情况下，他也不能插手人家派出所的案件，过会儿帮忙把老人送过去，就已经是很尽力了。

"行，你们带老人过去吧。一会儿我也过去。"王所说道。

"啥？"陆令怀疑自己听错了，"您过去干吗？为了这个事？"

"去了再说。"王所调侃道，似乎心情不错。

陆令看着石青山，石青山也看着陆令，二人都一脸困惑。

"大爷，您儿子这个事，我啊，希望您赔偿对方医药费。我知道那个人该打，但骨折不是小事，您这边经济状况怎么样？"陆令问道。

"我……我有钱，有钱，我出来把存折都带上了，去沙头那边的信用社能取出来。警察同志，我儿子这次，这……我所有的钱，就只有3万……够不够啊？我这么多年，也就这么多钱了。"老人把存折从抱着的外套里取了出来。

"用不了这么多，看情况吧，估计几千？反正您懂怎么回事就行，这个事没办法。这样，咱们去那边看看再说。"陆令说完，看了看炉子，确定没什么安全隐患，就招呼二人上车。

老人有点存款自然是最好的，虽然只是把对方打骨折了，但确实不占理，警察谈一谈，赔个三五千的医药费应该就能解决。当然，如果对方狮子大开口，或者不接受调解，那也只能依法处理。

至于两年前买鸡不给钱的事，从法律上来说，已经过了追诉期。

刑事案件有五年、十年、十五年、二十年四个不同的追诉期。如果二十年以后认为必须追诉的，必须报请最高人民检察院核准。治安案件则是半年。

这并不是说你犯了错，跑了一段时间就不能抓你了，《中华人民共和国刑法》规定，在人民检察院、公安机关、国家安全机关立案侦查或在人民法院受理案件以后，逃避侦查或者审判的，不受追诉期的限制。

老人当初的事情，没有报警，而且他没报警并非受到不可抗力因素影响，现在追诉期就过了。如此，便不能就当初买鸡不给钱的事情对对方进行行政处罚。

4

按照导航，陆令开着警车去了沙头镇派出所。途中他心生疑惑，这个老人是王所的亲戚吗？王所怎么这么重视？

疑问归疑问，去还是得去。林区警务站、苏营镇派出所、沙头镇派出所之间距离差不多，陆令到的时候，王所的车也已经到了。

下了车，三人一起进了派出所，只见所里全是人。沙头镇派出所没有苏营镇派出所那种接案大厅，就一个窗口，办户籍的在耳房。

进了三层小楼，右边有个类似传达室的窗口就是报警窗口，此时此刻，一楼楼道里全是人，蹲着的、站着的，警察和辅警只有四五个。

"这些人是干吗的？"陆令找到一个警察问道，"我是苏营镇派出所的，你们看到我们王所了吗？"

"哦哦，你们王所上楼了。今天赶大集，有伙人像是搞传销的，在集上搞活动，闹得有点大。有人报警，我们就去了。这不，全带过来了。人太多了，处理不了。"说话的是派出所的一名老警察。

"哦哦哦，明白了。"陆令看向石青山，"先陪老人在这儿待会儿，我先去找王所一趟。"

陆令大概明白了，王所过来并不是为了老人的事情，而是沙头镇派出所处理不了这么大的传销案，估计是报给分局了，王所也是带人过来帮忙的。

这种事情在乡镇所很常见，因为人手不够，偶尔遇到大案子就忙不过来。上次苏营镇派出所抓赌，就是找的县局治安大队帮忙，这回估计需要好几个派出所帮忙了。

沙头镇派出所不大，陆令上了楼很快找到了王所。

"来，赵所，给你介绍一下，我们所新来的研究生，陆令。上次我们所通报表扬，找到小女孩的事情，就是他的功劳。"王所和老朋友介绍道，显然自己的下属有本事他脸上也有光。

"你们这都是精兵强将啊！县局领导偏心了！"赵所顺着王所的话往下说。

"没办法，我们所靠近江边，还有林区，大棚也多，我倒想像赵所一样清闲呢！"王所很是得意。

"清闲啥啊，这赶个大集，就这么多事，过会儿估计游队得过来。"赵所说道。

"游队？这个案子，重案的人过来干吗？"王所倒是一愣。

"刑警队总共才多少人，什么重案不重案的。"赵所叹气道，"游队今年也不好过啊，你们所的命案破不了，年底了，他压力多大啊。"

从行政级别上，游少华级别并不高。县局刑警大队长算是高配，副科级，和副局长平级，副大队长就是正股级，而且排序上还不如派出所的一把手，毕竟有的会议各所一把手能去，刑警副大队长不能去。但就个人能力来说，游少华绝对是东安县局台柱子的级别，市局都来挖过人，局长死活不放。

陆令已经不止一次听到游少华的名字，今天就能见到了，有点小激动。

"欸，对了，石青山呢？"王所看着陆令，问道。

"楼下陪着那个老爷子呢。"

"哦，刚刚我还和赵所聊了两句，这个案子抓紧调解了吧，你去帮忙做做大爷的工作，别让他想不开，骨头断了这种事该赔钱还是要赔一些的。"王所想了想，"你下去协助一下，他们所现在太忙。对了，让石青山上楼找我。"

陆令点了点头,他知道王所的心思,这炫耀完研究生新警还没完,还得炫耀一下石青山。

下了楼,陆令问了一下,就带着老人去了调解室。调解室一个警察都没有,就老人的儿子在里面待着,坐在椅子上,失魂落魄。

陆令大概能猜出两个人接下来要说啥,就把老人留在调解室,接着去找刘明刘警官说明了情况。

"那就简单了,就怕这家不愿意赔钱。所里今天也忙,没空管这个打架的案子,我给医院打电话问问啥情况。"刘明拨通了医院的电话。

被打的人其实也很难堪,倒不是说上次买鸡不给钱的事,主要是被一个残疾人撂倒了实在是太丢人,被刘警官在电话里批了一顿之后,同意以3000块钱解决这个事。

到这里,这个案子就算是解决了九成,剩下的就是老人取钱,然后双方签字同意调解。

"这事还真得感谢你们,我刚刚和打人的这个聊了聊,他是有理,但再有理对方骨头断了一根,不赔钱肯定得进去。而且进去了,对方还是能要钱,不值当。幸亏你们把他爸带过来了。"刘明感激道。

今天太忙了,这种事耽误时间就太亏了。

"没事,应该的。"老人的事情忙完,陆令便开始上网查传销的相关法律。

《中华人民共和国刑法》第二百二十四条之一 【组织、领导传销活动罪】组织、领导以推销商品、提供服务等经营活动为名,要求参加者以缴纳费用或者购买商品、服务等方式获得加入资格,并按照一定顺序组成层级,直接或者间接以发展人员的数量作为计酬或者返利依据,引诱、胁迫参加者继续发展他人参加,骗取财物,扰乱经济社会秩序的传销活动的,处五年以下有期徒刑或者拘役,并处罚金;情节严重的,处五年以上有期徒刑,并处罚金。

今天沙头镇派出所办的这个案子,虽然现在抓到的人就有三十多个,但毕竟是传销组织,还有人在外面,刑警队过来也是很正常的事情。

就在陆令还在琢磨的时候,刑警队的游少华游队长推门而入,他打着发胶,头发锃亮,面部轮廓分明,身高大概一米七五,步伐非常稳健,身穿一件夹领风衣，十分威风。进了派出所后，游少华扫视了一下四周，眼神停留在陆令这边。从陆令的警衔上，能看出来是新警，但游少华知道，陆令那个眼神，绝不是新警应该有的眼神。

陆令看到游少华，也是有些吃惊，游少华虽然只有30多岁，但给人一种深不可测的感觉，起码是进入了高深莫测境界的强者！陆令自己，应该还介于胸有丘壑和高深莫测之间。

游少华没办法看透陆令这个新警，一时间竟有些时间静止的感觉，似乎这个派出所里就只有这两个人，其他人不过是背景板。

"游队。"游少华身后的刑警轻轻碰了一下他。

"嗯。"游少华没有回头看后面的人，而是笑着向陆令点了点头，接着目光移向楼道，带着队伍上了楼。

第十三章 传销案

1

"赵所，咱们所里目前是什么样的思路？"游少华拿着本子准备做记录。

"游队，你来了直接拿主意不就是了？"赵所看游少华那么认真，便要将案子直接交给游少华侦办，"你搞案子还是比我们经验丰富一些。"

"哪有的事，赵所当年在山上一天一夜追击毒贩的故事，我刚参加工作就听过。"游少华摇摇头，这个传销案可以肯定是比较复杂的案子，需要通力合作。

"游队，你看你这话说的，那都多久的事了。"赵所脸上露出了笑容，"我们啊，说心里话，刑事办案，差点意思。这样，派出所人手不够，我这边亲自带队，然后让刘明和王宗福放下手里的活，专门搞这个案子。呃……我再加三个辅警，我过会儿开个会，这些人游队你都可以调配。"

"赵所，我有一件事想请教一下，你们是怎么把这么多人带回来的？"游少华没有接赵所的话，反而主动问道。

"还不是王宗福嗓门大，他在所里二十多年了，大集上没有不认识他的，他喊了一声，小商小贩就站出来二三十个。"赵所笑得很开心。

"果然啊，群众工作做得真好。"游少华连连点头，不着痕迹地把赵所最想听的夸完了，后续开展工作就顺利太多了。

"王所，"游少华接着看向王所，"我听说前几天县局分了俩警察，其中一个在你们所，楼下的那位该不会就是？我刚刚看了一下，这新警有点意思。"

"怎么个有意思法？"王所有些好奇，他真想听听游少华怎么评价。

"哈，这怎么说，就见了一面。"游少华没有接茬，"王所，你们来得早,人也多,这个事案子还得多支持支持。"

"好说,好说,这种案子我办过一次,还算有点经验。"王所说道,"我刚刚在楼下大体看了看,大部分都不是主要人员和积极参与者,而是被骗的,还有部分是在主动向民警求助。这么多人,要今天就往上查可不简单。我同意游队负责,我这边安排人帮忙就是。"

"那就抓紧工作,先取笔录,争取三个小时内楼下的人先放掉一大半,留下十个人就行。估计这几个能处理的也不多,固定证据后,本地有固定住所的先放,外地的先留一下。"游少华说完,看了看赵所和王所,"不过,要放人的时候,恳请二位和我说一声,我把把关。"

"那是当然。"赵所对游少华的敬佩之情油然而生。

这是好事吗?这是责任啊!沉甸甸的责任!万一放错了,把师长当小兵放了,这责任可是不小,也就游少华敢这么说!

简简单单的几句话,在这个案子上,游少华就基本上确立了领导地位,而且两位所长都愿意给予配合。

王所已经从苏营镇派出所往这边调人了,所里现在不忙,明天是陆令所在的三组值班,所以没有调曲增敏和苏亮臣,而是让今天值班的王三牛、张本秀以及一组的周新新、李勇过来。

这个案子其实很好查,楼下的人并不是一条心,起码有十几个是想跑的,很容易就能审出来。这批人中能够被刑事处罚的,估计不超过五个人,还有几个要治安拘留,剩下的就都要放掉。这就不用闲着了,先开始基础工作——分层,然后给底层取笔录,接着是放人,再然后处理剩下的人,最后开始抓上线。

楼上的人简单开了个会,楼下这边,陆令和刘明已经把老人儿子致人骨折的案子结了。

"陆令,过来。"王所下了楼,招呼了陆令一声,"打架的案子咋样了?"

"解决完了,王所。"陆令往王所的方向走了几步,"您这边还有什么安排?"

"这边不需要太多领导,我在这里,他们工作起来还麻烦,事事都得找我说。"王所和陆令说道,"我一会儿先回去,三牛、新新会带两个辅警过来,你们一共是六个人,你有事听新新的。新新后天要去反诈专班,办完这个案子就走了,你们多聊聊。"

"明白。"陆令大概知道王所的用意。

"嗯,游队刚刚说,你挺有意思。"王所拍了拍陆令的肩膀,"好好跟人家学,对你有好处。"说完,王所就走了。

王所刚走不久,周新新等四人就到了,游少华给取笔录的警察单独开了个会,讲了一下取笔录的具体要求和注意事项。

取笔录可不是简单地记录时间、地点、人物,每个嫌疑人都会刻意避重就轻,如果问不到点子上,取笔录的效果就会大打折扣。举个例子,若为纵火案,需要讯问纵火者当时的气候条件。虽然客观上还要去气象局调取当天的气候情况,但纵火者对气候的了解,能够证明他是否知道自己的行为可能造成的后果。

游少华讲的内容都是关键点,每一个点都直指传销案的本质,陆令受益匪浅,对游少华也有了初步的了解。在办案经验上,他们就是白纸和字典的区别。

游少华说了很多有价值的东西,接着大家就开始具体工作了。

别想找办案区了,有个独立空间取笔录就不错了,二楼的宿舍都腾出来三间用来取笔录,用执法记录仪录像就行。现在检察院要求越来越严格了,笔录都得配有录像。

经过初步的工作,楼下发现了三个组织者,五个积极参与、协助组织者,六个普通成员和十八个被胁迫、欺骗的成员。陆令跟着周新新给一个被欺骗的成员取了笔录。除这些人外,今天赶大集的一些目击证人也要取笔录,工作量很大。

随着警方工作进行,传销组织在县城的"据点"很快就被找到了,县城那边的派出所已经过去将之查封了。

目前看来,这个组织就是想利用各地赶大集的时间搞一些宣传抽奖活动,卖高价保健品,同时发展下线人员。这种特殊的传销形式,需要比较多的人证,只是陆令没有想到,他居然连着取了三份人证的笔录了。

2

可不要觉得取笔录很简单,这都快要天黑了,有多少老百姓愿意过来取笔录?案子跟人家又没有什么直接的关系。陆令也有些无奈,毕竟他也不好意思硬要别人过来做人证。

好在沙头镇派出所的王宗福警官,不仅人缘好,嗓门大,还写得一手好毛笔字。他许诺了不少人,来做人证就送一副对联。现在距离过年还有一个多月,大部分家庭都还没买对联,在镇上,王宗福的字是有点名气的,所以很快就来了不少证人。

陆令先前加入的钓鱼群里,有一个老哥今天也来派出所做人证了,而且还在群里发了他今天得到的对联的照片。这位老哥,昨天和前天都没有钓到鱼,今天来赶大集,到了晚上还带了副对联回去,就很高兴,在群里吸引了众多羡慕的目光。

大家吃的都是盒饭,根据游少华的指挥,到了晚上七点多,案子就捋得很顺了,放了十九个,留下十三个。有一个普通成员是本地人,还处在哺乳期,所里做了拘留不予执行的决定后,也将其放了。

案子到这里是很顺利的,但接下来就困难了很多。

今天中午时分,这些人从大集上被带到派出所,上线就全部跑了,隔壁县的据点也是人去楼空。当然,这不是问题,目前也能审出来不少东西,只是抓那些上线还需要一些时间而已。

陆令和石青山忙得差不多了,正在一间宿舍吃盒饭,听到有人敲门。

"游队,"陆令打开门,"有什么事?"

"案子办得差不多了,三个主犯我们带回去,剩下的就交给派出所。"游少华说道,"我刚刚和新新聊了聊,他说你最近在查王守发的案子。"

"是。"陆令站得直了一些。

"这个案子一直是我在负责,目前进展非常缓慢,我想听听你的想法。"游少华开门见山。

"我?"陆令疑惑地指了指自己。为啥找他啊?他只是一个新警而已。

"我看人不会错的。"游少华微微一笑。

"呃……游队,这个案子,我就是好奇,您也知道,我是新人,刚把案子了解完,还没怎么开展工作呢。"陆令哪敢随便说。

关于这个案子,虽然现在执法办案系统里的东西不少,但是刑警大队那边获得的新进展,并不一定全部录进去了,尤其是一些方案和猜想,而这些才是和案件侦办息息相关的东西,陆令并不认为自己比游少华想得多。陆令发现,游少华刚进派出所那一刻,有一种深不可测的感觉,现在却像一个普通的刑警，丝毫不露锋芒。

"你来有一周多了，这个案子你也和新新聊过。新新这个人吧，我接触过好几次，他自己也承认，不是当刑警的料子，他没那个劲儿。我看你有，我这个人工作上比较心急，有事就直说，私底下倒是比较随意。"游少华说话很直。

"那我就说了。"陆令组织了一下语言，"案子目前的关键人物一定有杨丽，但关键人物可能不止一个。我主要找了两个人进行询问，一个是村里的老会计马腾，他跟我说了一些村里的矛盾，讲了很多三十年前的事情，比如说……我还找了岳军，岳军曾经给过杨丽一个汽油喷枪……"

陆令没藏着掖着，基本上把自己获得的情报都说了。

"你找的这两个人……"游少华沉思了几秒，这两人他都没有太大印象。马腾压根就没出现过，而岳军并不是什么关键人物。

"马腾最近查出肝癌晚期，大儿子不愿意回老家，二儿子可能是个会闯祸的主儿，所以他对我们公安客气很多。我觉得这个村子的历史很关键，从目前的情况来看，张涛不一定是凶手，可能也死了，甚至尸体都不好找了。"陆令说道。

"我还真是幸运，找你聊聊果然没错。"游少华颇为惊喜，"要知道这些线索刑警队都没有。"

"我也算是运气好，找岳军，是因为他儿子向我报过警，而马腾纯粹是凑巧碰上了。"陆令说道。

"所以，你有没有察觉到蹊跷？"游少华想考校一下陆令。

"嗯？"陆令有些纳闷，随即想到了什么，瞬间感觉有点冷。

难不成这个村子的每一个人都是关键人物？如果是这样，这也太可怕了，这样的村子……

"东坡村人口不少，但这么多年没有出过一个本科生，倒是有不少人进了监狱。说起来一年全国考上本科的有几百万人，监狱里才有多少人？"游少华叹了口气，"你见到的那个马腾的大儿子，恐怕是为数不多的大专生了。"

"那如您所说，这个村的事情还没有暴露完？"陆令像是听出了什么。

"嗯。"游少华点了点头，"旋涡中心的几个人，杨丽、刘氏兄弟、张涛、王宝泰等，这些是明面上的人，实际上有很多人，像是马腾、岳军这种，都知道些什么，而且这样的人可能超过一百个，都是逻辑点，每一个人都是罪犯。"

陆令大概知道游少华说的"每一个人都是罪犯"的意义，但石青山就彻底听不懂了，他不由得说道："那个岳军，我觉得他没杀人。"

"但他被杨丽利用了。"陆令没有看石青山，像是自言自语一般说道，"游队，我想到了一个关键问题。"

"你说。"游少华面色严肃起来。

"人物线是捋不出来的。这个村子有三十年的历史，人和人之间的关系盘根错节，很多人之间都有矛盾，而且是复杂的多重矛盾。人性是复杂的，办案的主要思路不应该是'为什么发生命案'，而应该是'为什么命案在这个时间发生'。"

"好！"游少华面上露出笑容，"这样，你最近有时间，来一趟刑警队。这个案子其实和你现在了解的已经不一样了。有些话不在这里说了，你自己来一趟，得签个保密协议。"

"明白。"陆令点了点头，听到最后一句，他才明白为啥游少华没有和他交流，而是一直在问他。

陆令看着游少华的表情，知道他的这些猜想，其实都在验证和调查中，并不是说游少华不知道。只不过受客观因素影响，目前还没有结果，但可能已经接近结果了。

"好。"游少华感觉没有看走眼，便起身离开了。

3

忙完这边的事情，回到苏营镇派出所已经是晚上十一点，王所让陆令明天上午休息一上午，下午再跟着值班，陆令也就趁机和王所说了一下游少华的事情。

"后天周五，你们组休息，你去县局看看。"王所倒是答应得很痛快。

领导基本上都喜欢捂着人不放，其实王所也是这种人，谁也不愿意手底下的人全跑了，但王所这个人牛的地方就在于他眼光卓越。他明白，有些鸟儿是关不住的，它们的羽毛太鲜亮了。①一个注定关不住的人，就没必要关。

---

① 引自《肖申克的救赎》。

第二天值班，陆令还是早起参加了早会。他精力还算旺盛，晚上十二点睡觉，七点多就自然醒了，不耽误第二天工作。

早会对昨天沙头镇派出所办的传销案的相关人员进行了通报表扬。前几天，陆令被通报表扬了一次，他还觉得很开心，现在这才明白，通报表扬属于最常规的奖励，并不少见。尤其是对于领导层，这样的奖励基本上没用，对新来的还有点用处。简单来说，新人经验少，得到通报表扬还有点用；领导要想升职，他们需要的是三等功之类的东西。当然，这些都是身外之物，真的要进步，还得靠成绩和……

早会后，陆令去了前台，李静静见了他便问道："刚刚于局说咱们所昨天也去沙头镇帮忙了，王所没带你吗？"

"带了，在那边忙到十一点多才回来。"陆令说道。

"果然啊，王所现在去哪儿都想带着你。"

"咋了？你也想去啊？"陆令听着李静静这话感觉有点酸。

"我去干吗，我只是想说，你昨天晚上忙到那么晚，今天也不让你休息一天。"陆令听出了李静静的意思，她并不是单纯地关心陆令，而是她很忙很烦，想找个人和她一起吐槽制度和领导。

"领导让我休息，但是我……起床早啊。你自己说，咱们所，在这儿待着能干吗？所以就过来坐着呗。"陆令既不想骂领导，也不想说自己多么热爱工作。

"倒也是，你在这儿确实也没事，唉。"李静静不知道接下来该怎么聊了。

她在这儿一整年了，她明白，虽然这个季节不太忙，但其他季节办案民警比她要忙得多。她的忙，是均匀的，其他人的忙则是不固定的。

"别叹气，这不今天都周四了，你这儿也不忙，马上就周末了，过完周末就快元旦了。"

"也是，这是个好消息。嗯，今天晚上可以买个小蛋糕。"李静静像是自言自语，说完才想到陆令在一旁，"你想吃啥？明天一早我给你带。"

"明天早上我得去一趟县局，你大清早的别忙活了。对了，我前天去了一趟辽东市区，江边那里真的挺漂亮的。"

"是吧！"李静静听到这里很开心，"我家就在江边，哎，要是下次周末你去市里，记得给我打电话。"

"没问题。"陆令点了点头。

"还没问，你明天去县局干吗？"李静静突然想到了什么。

"咱们所的命案，我昨天和游队聊了聊，明天打算去刑警队看看案子。"陆令实话实说。

"啊？哪个游队？游少华？"李静静脸色变得有些不好看。

"嗯，你也认识？"陆令有些好奇。

"怎么找他了……你这……行吧。"李静静欲言又止。

陆令不知道李静静这是咋了，也就没多问，正好这会儿有人来办户口，李静静要忙，他就和旁边的曲师父聊了起来，聊了几句，就开始拿电脑看案子。

一上午没啥事，中午吃饭的时候，李静静卡着点离开了前台。

曲增敏问陆令："你明天要去县局搞那个案子吗？"

"游队邀请我过去看看。那个案子毕竟也是咱们所的案子，看完我就回来。"

"游少华邀请你？"曲增敏有点惊讶，"你可以啊，有两把刷子！对了，这事和王所说了吗？虽然明天你休息，但是……"

曲增敏有些想说教。陆令点了点头，说道："昨天回来我就说了，王所也答应了，这种事肯定得和领导先说啊。昨天晚上回来，十一点多了，王所让我今天上午休息，然后我就告诉他了。我还想着今天午饭的时候和苏师父、您也说一下。"

"嗯。"曲增敏没想到陆令办事还挺周到，而且不藏着掖着，这让他有些不舒服。倒不是因为这孩子懂事而不舒服，主要是一拳打在棉花上让他很难受。这就好像你知道了一个秘密，你兴奋地告诉别人，结果飞快地说了一半，对方跟你说他知道，这就让人很不爽。前几天一起吃了顿火锅，曲增敏和陆令关系还是亲近了不少的。

想了想，曲增敏接着说道："你知道为啥李静静提起游少华那个态度吗？"

"这我确实不知道，咋回事啊？"陆令其实心里想说"我并不想知道"，但还是保持着认真的表情。

看到陆令这个表情，曲增敏才觉得舒服了一些。"她家里人，和游队沾点亲戚，她不想在派出所，就找了人，想麻烦游队给她调到县局去。"

"啊？"

"但她犯了两个错。第一呢，游少华这个人本身就比较直爽，不爱找人，更不爱找局长，他以前就欠局长的人情，想去市里都去不成，为李静静的事去找局长，局长肯定会同意，但他自己就更走不了了。第二呢，李静静没和王所打个招呼，这王所的脸往哪儿搁啊？"曲增敏娓娓道来，"她现在还怪人家游队不帮忙呢！"

"怪不得。"陆令叹了口气。

李静静这事干的，着实是有问题。最关键的问题是，她找的中间人有问题，这个事居然传出来了。

曲增敏都知道，那意味着派出所所有人都知道了，就李静静自以为还是秘密。曲增敏能知道，这就说明不可能是王所说的，王所这个人不会乱说话，那么一定是李静静找的联系游少华的中间人出问题了，把这件事泄露了。在这种情况下，游少华更不可能帮她办了。

第十四章 《现代侦查学》

1

"曲师父,这种事我肯定干不出来,您放心就是。"陆令听出来曲增敏是顺便敲打一下他,便主动保证道。

"你和她比啥?和她比你也够没出息的。不过,别的先不说,游少华业务能力确实行,我们这岁数啥也完了,你这么年轻,跟人家好好学学,没啥坏处。"曲增敏夸赞了一句。

曲增敏看出来了,陆令虽然只有25岁,但说话办事已经不比王所差,加上学历这么高,这么早就被王所、游少华赏识,几年后搞不好就是他的领导。

这会儿的曲增敏和上周不一样了,他前天去辽东市区的时候,就已经感觉陆令不是一般人,现在更是明白,和陆令这种人,还是应该处理好关系。

周四值班一天,周五早上,陆令开车直奔县城。昨天听苏亮臣师父说,这边有一家早点铺非常好吃,于是陆令早早过来,七点多到这边,天还没亮。

陆令是个爱生活的人,美食、运动、钓鱼、读书算是他的四大爱好。派出所的活动室不能用,他都是在自己的宿舍运动运动,室外实在太冷了。

在渝州那边,陆令的身体素质算是不错的,毕竟现在大部分人都疏于锻炼,他这种水平就算中游偏上了。可自从来了辽东,情况急转直下,这边的人又高又壮,比如那个赌客王金鹏,陆令就肯定打不过。不过,他现在一点都不慌,毕竟有石青山老弟,让你们一起上也不怕!

"老板,两个酱肉包子,一碗粥!"陆令到的时候,这边人还不算多,很快就排到了他。

"好嘞，10块钱！"老板喊道。

"那我扫码了。"陆令拿出手机，扫码支付了10块钱。

酱肉包子4.5块一个，粥1块钱一碗。很快，里面的人就给陆令端出来一个餐盘。那酱肉包子，比他伸开的手还大！那一碗粥，碗比他的脸还大！

这？陆令陷入了沉思，猪肉不是说要30块钱一斤吗？这老板不赚钱的吗？

但是，想那些实在是没意义，毕竟昨天晚上他还处理了警情，这会儿都要饿死了，于是拿起大包子就一口咬了下去。包子里面不全是肉，还有粉条和白菜，肉是单独酱卤过的，再做成包子这么一蒸，酱肉的香味和粉条完美结合，太香了！

陆令三下五除二吃掉一个，又喝了小半碗粥，开始怀疑人生，他已经快要饱了。

再吃第二个的时候，他发现这包子只能说"好吃"，绝对达不到"非常好吃"的地步。

米其林三星的划分标准是值得跑多远来吃，按照这个标准，这家饭店值得附近的居民来吃，还到不了值得这个县城的人都过来吃的地步。

陆令明白了，并不是因为这家早点铺特别好吃，而是因为它特别实惠。

东北地区为什么菜量大？还不是因为气候冷形成的内卷！

都菜量巨大，你们家少一点，都没人来吃！

互相卷！一家比一家菜量大！谁家餐盘更大，谁家客源就多！

这一家的这一大碗粥，1块钱，这要是搁在渝州算一盆粥，起码要你12块！

到最后，陆令也没喝完，包子是吃完了，他已经吃撑了。

如果再来，不太饿的情况下，就要一个包子、半碗粥，就行。

吃完饭，陆令看了看时间，休息了一小会儿，就去了刑侦大队。到了之后，他给游少华发了信息。

游少华还在开早会，便让陆令去传达室等一会儿。陆令现在还没有警官证，他来这边没开警车，也没穿警服，肯定是需要人出来接的。等了二十分钟，游少华亲自出来，把陆令接了进去。

刑侦大队和县局是邻居，两个单位之间有门，食堂是共享的，不过大门是独立的。

这边院子挺大，而且房屋都是新翻修的，看着很漂亮。游少华带着陆令去了办公室，这里有一间屋子，是专门用来放东坡村命案的材料的。

"你先签个字。"游少华拿出一份保密协议。

这个案子目前已经挂密了，虽然密级不高，但为了防止侦查线索外泄，还是要签保密协议。陆令看都没看内容，直接签字，这不是商业合作，游少华不可能骗他。

"这是这个案子目前整理的证据册，你已经有一定的了解了，你看完证据册，我再和你聊聊案子。"游少华看了看手表，"早上吃饭了吧？"

"吃了，吃得很饱。"

"那行，你在这个屋子慢慢看，我上午还有个案子要去趟局里研判一下，估计忙完得十一点了。你就在这儿看，厕所在门口，别乱跑，外人不认识你，看到你还得问你事情。"

"明白。"陆令拿出证据册翻了起来，他倒是很喜欢这种安静的环境。

开篇是十几页的案件报告，陆令从头到尾看了一遍。案件报告的后面，是证据册的分类和人物关系图。在人物关系图上，大概有50个人物，涉及21个家庭，陆令只认识其中不到一半的人。证据分为物证、书证、证人证言、被害人陈述（空）、犯罪嫌疑人的供述和辩解（空）、鉴定结论及勘验与检查笔录、视听资料、电子数据八大类。除了空的两项，其他证据均按照证据册有序存放。屋里还有三摞已经订好的纸质案卷，每一摞都有一尺厚。除此之外，还有几个证据盒，里面是光盘等存储设备。村里没有监控录像，但本案依然大量调取了周边马路的录像，而且每一份有证据力的笔录及取笔录的录像均在这里。

因篇幅限制，不摘录司法条文和相关格式，只截取与本案相关的内容：

一、案件来源

2020年9月3日14时58分，东安县公安局刑侦大队接市局110指令，村民赵荣凯在我县苏营镇东坡村北部山区发现一名男子尸体，经查为该村村民王守发。我大队与辖区派出所迅速赶往现场，经核查，现场还发现一具无名尸体，且村民张涛失踪。

二、现场勘查情况

死者一：王守发，男，52岁，农民，非正常死亡，死因为被钝器击打头部，尸体被发现在东坡村西北方向2.1千米山沟内，无法判定是否为第一现

151

场,尸体高度腐烂,双腿被野生动物大量啃食。

死者二:无名,男,35岁左右,身高1.85米,体重85—92公斤,无衣物,死因为被锐器袭击心脏,失血过多而死,高度腐烂,现场确定为第一现场,在尸体附近发现大量血液喷射痕迹。

三、现场访问调查情况

目前主要涉及家庭21户(以下节选其中13户内容)

1. 王守发,52岁。妻子杨玉,51岁。育有一女,已外嫁,常年在外。王守发是王宝泰族兄,杨玉是杨丽姐姐。经查,2020年6月16日早上9时许,王守发告诉杨玉称上山采山货,背上装有干粮、饮用水的背包离开,后失去音信。其手机于6月16日12时许在村北部山区丢失信号,至今未开机。杨玉于7月3日13时35分报警,后称王守发与刘忠民6月初有矛盾,曾发生肢体冲突。

2. 张涛,49岁。妻子李美玉,52岁。有一子常年在外打工。失踪时间是2020年6月18日至6月20日,具体时间不详,因附近基站信号问题,无法获取张涛具体位置,最后一次信号为6月18日,村庄附近。6月16日早上9时至6月23日16时,李美玉回到位于沙头镇的娘家,6月23日18时回到家中,7月3日听闻杨玉报警后,于14时许报警。李美玉称,张涛与王宝泰有矛盾,张涛2019年曾给王宝泰已故父亲制作过劣质棺材,王宝泰曾多次扬言要弄死张涛。

3. 陶万宇,47岁。妻子李美莱,46岁。女儿陶雅文,15岁。陶万宇种植草莓,有三个草莓大棚。其自称与杨丽存在暧昧关系(杨丽不承认),且李美莱也知晓此事。2020年6月18日,陶万宇在村口见到张涛,张涛称要出去拉货,可能时间略久一些,后其见到张涛步行离开村庄。陶雅文称于2020年春季见到张涛与其父亲陶万宇互骂,但陶万宇不承认此事。

4. 王洪宝(村主任),男,62岁。其自述今年年初,王守发和刘忠民产生矛盾,矛盾的根源是耕地问题。因刘忠民大部分时间在外跑车,家中土地被王守发占用一部分;张涛与王宝泰存在矛盾,与刘忠民、刘忠连存在矛盾,与刘忠民、刘忠连妻子牵扯不清,与杨丽有暧昧关系;赵荣凯与刘忠民私交很好,其怀疑刘忠民土地被占后系赵荣凯通知。

5. 王洪玉(村主任的弟弟),58岁。其自述刘忠民、刘忠连均不是好人,多年前便霸占土地、霸占矿产,现在在县城有其他暧昧关系;刘忠民、刘忠连的妻子王凤来和刘英在村中口碑很差,私人关系混乱,与张涛、陶万宇均存在暧昧关系。

6. 刘忠民，53岁。妻子王凤来，49岁。女儿常年在外读书。其自述王守发占用其土地，与王守发确实发生过矛盾，但矛盾未升级。其自称对村庄其他事情不了解，常年在外。王凤来称王洪玉常年对其进行滋扰，不承认与张涛存在暧昧关系。

7. 刘忠连，51岁。妻子刘英，46岁。儿子常年在外读书。其自称常年在外，对村庄其他事情不了解。刘英不承认与张涛存在暧昧关系。

8. 赵荣凯，男，59岁，务农。9月3日发现尸体后立刻回村，将此事告诉村主任后立刻报警。

9. 王宝泰，男，42岁，无业。2020年7月27日因涉嫌强迫交易罪被东安县公安局刑侦大队拘留，现被逮捕。王宝泰承认其与张涛存在矛盾，并称2019年11月曾在镇上打过张涛，矛盾已经淡化，只是在村中碍于面子必须维持矛盾的现状。

10. 王成，44岁。妻子杨丽，45岁。杨丽自称其与村中丈夫以外的男性均无暧昧关系，其现在的主业是直播，且每月都有一定的直播收入。对其他事情，杨丽表示自己并不关心，一概不知。

11. 王丽超，男，55岁。其自称和杨丽关系很好，经常直播互动；称村民陶万宇与岳军存在矛盾，且陶万宇和杨丽有暧昧关系；称陶万宇与王宝泰关系良好。

12. 岳军，38岁。妻子孔凤芝，37岁。经苏营镇派出所陆令工作得知，岳军曾于2020年春季被杨丽要走一台汽油喷枪，目前下落不明。

13. 马腾，54岁。妻子廖淑红，53岁。长子马思裕，24岁；次子马思臻，14岁。

经苏营镇派出所陆令工作得知，前期其他工作中获取的村民关系基本无误。

其他情况：略。

四、鉴定情况

尸体检验1：尸体为男性腐败尸体，全身有大量蛆虫附着，双腿有大量组织缺失，系食肉目犬科动物撕咬所致；口鼻处、面部皮肤大量磨损，系雨后尸体滑动与沙石摩擦所致；双眼眼眶、鼻孔、口腔、双腿及尸体皮肤溃烂处有大量蛆虫聚集，后头骨外漏，见骨折；对头皮出人工缺血后进行分层解剖……
　　尸体检验2:……
　　五、立案情况
　　……
　　六、侦查计划
　　本案目前主要侦查计划：第一，针对张涛失踪案件，已报至省相关部门，正在开展全省筛查，与全国男性无名尸进行核查登记；第二，年后对村内51名村民进行下一轮笔录，寻找几次笔录中存在冲突的内容；第三，对杨丽、杨玉、刘忠民、刘忠连等人开展技术侦查……

　　大体看完，陆令对案件有了进一步的了解，但很多人名还是对不上号，需要看着报告，对着关系图，再重新认真看一遍。

　　不过，陆令还没开始仔细看第二遍，桌子上几本甚是惹眼的书便把他的注意力吸引了去，其中一本叫《现代侦查学》，这本书明显被翻过好几次。

　　陆令拿了起来，看了看封面。"侦查学"三个大字上面，有"现代"两个略小一号的字，下面写着"白松　著"。

2

　　陆令看了这个报告，对村里的情况了解得更深入了一些。

　　现在东坡村的线索不是太少，而是太多了。从案卷可以看出来，案子的相关材料非常多，难度并不是如何找线索，而是如何去伪存真、化繁为简。

　　鸡毛蒜皮的事太多，陆令看着看着自己都乱了。这一个村子，几百人，三十年的历史，如果要……

　　陆令想到这里，看着那三摞案卷，也是有些无语。

　　本来一个名不见经传的村子，因为离奇的命案，县局几乎给他们编了一部《东坡村近代史》。

　　看了这些，陆令翻开了那本《现代侦查学》，作为非警校生，他考公务员的时候看过某大学出版社出版的《侦查学》。现在的很多教材，干货没有想象中的多，基础知识和框架知识比较多，陆令看完那本书后感觉书中并没有提到太多的技巧，而这本居然被翻了这么多次……

　　打开书，陆令先看了序，这才发现这本书虽然编著者只有一个人，但创作过程却有马东来、王亮等多人参与，而这些人，无一例外都是专家，都是从基层出来的、实实在在办了多年案件的优秀刑警。

这是很少见的。一般这类书籍，都是研究者、教授写的，少有基层人员参与创作。

而再翻下去，陆令感觉像是打开了新的大门，这……这还能这么干？

十一点多，游少华回来了，看到陆令，有些好奇地问道："你咋看起这个书了？"

陆令赶紧合上书，站了起来。"这书写得真不错，我记了些笔记。"

"等着，前阵子跟局里报了，这本书去内部采购了，估计年前就有了，到时候送你一本。"游少华边说边不露声色地把陆令桌上的书夹到了腋下。

"游队，"陆令把桌上写了大半页的A4纸折了折，放在了自己口袋里，"东坡村的案子，您说的，时间节点，相应的东西我没看到。"

"你在侦查报告里看到的那部分内容，要么基本上可以证实，要么存在明显争议。"游少华说道，"时间节点目前还在猜测。王守发信号失踪的地方不是死亡的地方，所以目前也不能说清楚他和张涛谁先死。"

"所以，您觉得张涛肯定死了？"陆令还在纠结这个点。

这就像做数独题，每个格子都有好几个可能性，必须从具有唯一性的那里填起，如果乱填，前面的能满足，后面的却不行。

"有一份笔录。"游少华熟练地从一大堆案卷中拿出一本，翻开，"这个人是张涛的合伙人，他说有一次和张涛喝酒，张涛说他前阵子差点被车撞死，而且张涛感觉那个司机是故意的。"

陆令没看到这里，这会儿仔细看了看，证人说的时间大概是5月份。证人还说，当初张涛说这个的时候，他觉得就是意外，二人还争论了一番，但张涛咬死了此事，称自己绝对不会看错。当时二人都已经喝酒了，证人的酒量更好一些，记忆比较深刻。

"不仅如此，张涛喝酒之后，只是和这个证人说过，并没有和他的妻子说过。"游少华接着说道，"当然，这并不能证明张涛死了，只是我们通过技术手段，已经找了他好几个月了，杳无音信，而且他没有和老婆、朋友通过任何方式联系过。他只是个普通的村民，我不认为他反侦查意识这么强。除此之外，他的微信钱包、支付宝里的钱，从失踪那天起，就再也没有动过。"

"那肯定死了。"陆令点了点头,"毕竟也不是啥特工,就是个村民而已。"

"所以,这事情才蹊跷。把事情建立在张涛已经死了的基础上,你会发现,这个村子在短期内死了三个人。这种情况,你觉得最大的可能是什么?"游少华说道。

"一般这种情况,问题就很严重了,要同时杀掉王守发和张涛,有可能是这两人知道了什么不该知道的秘密。"陆令说道,"从逻辑上来说,那个壮汉可能是杀手,杀完人被人灭口了。"

"如果说凶手有杀掉那个杀手的胆识,他完全没必要雇杀手,而且杀手一般都很警觉,在深山老林里被偷袭杀掉的概率并不大。"游少华提醒了一句。

"那不一定,如果凶手是杨丽,再用点女人的手段,杀手就不一定有戒心。"

"所以目光都聚焦在杨丽身上了。"游少华也想到了这里,"这女人现在切入点太多,以至于相当于没有切入点。"

"现在有了,我想搞清楚她找岳军到底是为了啥。我先声明,也许在侦查学上我这样预设不准确,但没有预设点也难以往下开展。先假设岳军说的话都是真的,那么杨丽其实没必要总去找岳军,毕竟单纯是想让岳军给她打赏的话难度其实很小,而且那个喷枪是年初要的。"

"岳军?"游少华倒是和岳军接触得少。

"嗯,我接触过他三次,第一次是他儿子报警的事情,第二次是因为别的村子女孩走丢的案件,第三次就是专门聊了大概半小时……"陆令讲了一下这个过程。

与岳军的三次接触,有两次是与案件无关的无意间的接触,再加上陆令对人心理的把控,他是比较信任岳军的。

陆令真的是运气不错,岳军也好,马腾也罢,虽然不是关键人物,但起码他们大概率都说的是实话。

前几天和游少华聊天的时候,游少华的意思其实比较明确,就是这个村每个节点上的人,都是切入点,可其他人不见得说的是实话。

要说其他人都在说谎,也不至于。

命案,说谎是要负责的。

但是,很多人都是"我听说""我估摸着""上回听谁说""我也不大肯定"这样的表达方式，警察能有什么办法？而且，一些文化水平比较低的，每一句话都言之凿凿的，有的甚至都不识字，就敢大言不惭地说村里的群里有人互相……

"你这路走得对，从外延，稳扎稳打。"游少华点了点头，"你下一步准备找谁？"

"李美玉。"陆令眼里泛着光芒。

游少华没说话，看着陆令的样子不禁心生一些感慨。他参与这个案子太久了，没有陆令这样从头分析的机会了，而陆令选择这条路——在他们的基础上最可能取得突破的路，就好比一团毛线，找一个头慢慢查是可行的，真要是全搞乱了，再想找一个头就费劲了。

3

陆令要去先询问张涛的老婆，游少华一下明白了缘由，内心不禁赞叹，这条路走得没错。

内行看门道，李美玉找了太多次警察，也被问了太多次，但因为她有点神志错乱，警方很难从她这里得到什么有价值的线索。

陆令从这里切入，算是毛线团最死结的一个地方，但这里有一个好处，就是不容易获得错误信息。而且，警察已经有日子没有主动找过李美玉了，她冷静了这么久，说不定能提供有用的新线索。

中午，陆令本来准备走，可游少华要请他吃个饭，他也就答应了。他已经明白，在这边，到了饭点，朋友邀请吃饭就直接去，不用不好意思。在东北，寒冷反而能增进人与人之间的感情，甚至于吃着饭，两桌不认识的人都能拼到一起吃，这要是搁南方基本上不可能。

本来陆令以为，游少华说的是去食堂吃，但他还是太小看这边的饮食文化了。这里请朋友吃饭，一定要下馆子或者在家招待，这才算请客，在食堂肯定不行。

"坐我的车走吧。"游少华说道，"把衣服都穿好了。"

"啊？好。"陆令不太明白为啥坐车要把衣服穿好，但还是穿好了外套，把拉链都拉上了。他现在也有那种很厚的大外套，进屋脱掉就行，如果要坐车，只需要披着，上车等车暖和了就将衣服放在后座上。

衣服穿好，陆令这才发现游少华手里提了俩头盔，看样子是坐摩托车。

这是一辆非常霸气、造型十分经典的大哈雷。作为渝州人，陆令不可能不认识摩托车的品牌，但他只知道这是哈雷，具体是哪一款还真不清楚。主要是随便一辆哈雷，都比他的汽车贵，这不是他能消费得起的东西。

"游队，你开的是大哈雷啊！"陆令赞叹了一句。

"哈哈，是。"游少华爽朗地笑着，"我攒了好几年的钱，才买了一辆二手的陆王，这是2014年款的，新车要30多万，我可买不起。"

"30多万，"陆令有些咋舌，"这玩意真帅！"

"一般冬天很少有骑的，不过也好，冬天在东北买这个，好砍价！"游少华刚入手不久，新鲜劲儿还没过去，"戴上头盔，上车。"

车子是绝对的经典款，虽然不是新车，但那种酷炫味还是很重，陆令莫名觉得这车和游少华很搭，很符合游少华的气质！他在刑警队很少见到游少华这种天天都收拾发型的男人，要是夏天戴墨镜骑这个摩托，别提有多帅了。

车前面加装了大的风挡，车把手那里有纯黑色的大车把套，经典大哈雷和东北风混搭，有点别样的感觉。车发动之后，发动机的轰鸣非常低沉，陆令不由得问道："游队，这多大排量啊？"

"和你那个车差不多。"

"和我的车差不多？"陆令愣了一下，他没记错的话，他的车是1.6升排量的。在汽车里，1.6升排量属于小排量，但摩托车就算超大排量了。

家用摩托车排量125毫升就可以了，陆令以前骑过"土豪"同学的宝马公升级摩托（排量为1000毫升），但没想到这辆的排量居然有1600毫升！

"嗯，比你的大一点。"游少华说着话，车平稳地行驶了出去。

游少华找的地方是一个炒菜馆，这个时间去人已经不少了。

没问陆令，游少华直接点了两个肉菜，两人就又聊起了案子。不过游少华没聊东坡村的案子，而是自己曾经办过的一些案子，这方面他的经验非常丰富。陆令认真听着，中午吃的啥都没怎么注意。

"你是学心理学的？"聊下来，游少华对陆令的过往很感兴趣，"具体是学什么的？"

"Personality，人格，研究不同的人面对同一情况会产生什么样的不同反应。"陆令大体说了一下，"简单来说，每个人都与众不同，但在社会化的过程中，每个'自我'的特色和特点又概括出来。"

"就是从个性中寻找共性，从而研究，是吗？"游少华觉得挺有趣。

"嗯，还在共性中分析个性。"陆令不想用专业名词来介绍，说到底是研究人的性格、信念、思维、自我意识。

"这学科不错，我觉得警察应该学一学这些，"游少华顿了顿，"嗯，刑警。"

"知识这东西只是前人的概括，很多基层工作者就是在自然而然地遵循知识工作，或者说他们本身都是知识的一部分。"陆令说道，"比如说您那本《现代侦查学》，作者他们也不是学院派的。"

"这倒也是。"游少华点了点头，"所以说，知识本身是一方面，个人总结是另一方面。那你呢，有什么学习方面独特的见解和总结吗？"

"自己独特的？"陆令想了想，"您别笑话我就行，我以前和学长、老师交流过。主要也是当心理咨询师的一些经验。我觉得，人的社会思维……"

陆令和游少华讲了一下他自己对社会思维之五境的分析。

"确实有道理。"游少华夹起一块鹅肉，边吃边笑道，"不过我倒是觉得，天真烂漫下面还有一个境界。"

"啥？"陆令有些好奇。

"虎了吧唧！"游少华哈哈笑道。

笑完，游少华连忙说道："可不是说你，我是说很多时候办的案子，那嫌疑人绝对是虎啊！一般正常脑子都干不出那种事。"

"我知道不是说我……不过……'虎'是啥意思？"陆令有些不解。

今天陆令来县城，除了来刑侦大队外，他还有一个重要的任务，就是去幼儿园看一下胡指导的女儿胡雪雯。这是苏营镇派出所特定的任务，没有任何明文规定，但大家只要工作日期间休息去县城，有时间都会去看望一下胡雪雯。

这种看望不是面对面的，一般都不让孩子知道，否则孩子会很难过，而是会去找老师沟通交流一下情况，别让老师觉得孩子没家长了。

159

4

回到刑警队，和游少华告别，陆令简单地买了几个苹果就去了幼儿园，说明了一下情况，见到了雪雯的老师。也不找老师办事，拿点水果就够了。

雪雯的老师是很负责的人，之前的老师不行，局里一位领导找人把雪雯换到了这个班。正因为如此，陆令和老师的沟通很顺利。老师说雪雯最近还不错，陆令就在监控里看了看雪雯。

幼儿园的教室里都有监控，也是为了孩子的安全，这会儿都在做活动——捏橡皮泥。从监控里面，陆令感觉雪雯好像有什么心事，闷闷不乐，这让陆令皱起了眉头。

老师见状，想了想："她最近应该是和她的好朋友闹矛盾了。"

"具体什么情况呢？老师，您有话直说就是。您也知道我们的身份，都是体制内的人，做事有分寸，不可能和孩子置气，不过有啥事，我还是得知道。"陆令说道。

"唉。现在的小孩子啊，真的挺不省心的。这件事，说实话……"老师叹了口气，给陆令讲起了前几天发生的一件事。

三天前，老师给让大家回家把积木都带过来，然后比赛看谁堆的房子好看。孩子们可以回家和父母商量怎么搭，但必须在学校亲自动手。

搭房子太简单了，简单地说，两根木棒加一个三角形的木头就可以搭，但要说复杂，那就没边了。

第二天，雪雯搭的房子非常好，引来了好几个同学的赞叹，老师也给了她小红花，还专门夸奖了她一顿。但老师转身在黑板上写东西的时候，有人直接把雪雯搭的房子给按倒了。这是类似于乐高的那种可以拼接的积木，虽然质量没有乐高好，但能直接全部按倒，也是需要很大的力气的，绝不是不小心碰了一下那么简单。

老师转身问大家是怎么回事，没人说。雪雯说是另一个小朋友使坏，可那个小女孩就是不承认。那个小女孩还不知道这屋子里有监控。

老师当然知道是谁干的，但没人说，她不能直接批评，就先安慰了一下雪雯，下课后单独找那个小女孩说了说。

可小女孩就是死不承认。

昨天晚上，老师拿着监控视频，和小女孩的父母聊了聊。小女孩的父母觉得没啥，还说凭什么老师不夸奖他们的孩子。

这样的事情，老师这边真的是很头疼，但也只能把孩子先调开。在这个过程中，老师找雪雯了解过，这两孩子之前一直是好朋友。

"老师，你把之前的监控调给我看看。等放学的时候，我找那女孩的父母聊聊天。"陆令再次强调了一句，"我会注意分寸。"

"这倒是没啥，你们的情况我都清楚，也都算是孩子的家长。只不过，那孩子的父母有点……反正很难相处就是。"老师手机里倒是存了监控视频，给陆令看了看。

陆令看完就明白了，那小女孩已经有一定的反社会人格，这种情况是受到了基因和家庭的双重影响。小孩子哪懂道理，如果放任不管，就会为了获得舒适而不注意自己的行为，稍微长大长一点就容易闯祸。

"这件事交给我处理吧。"陆令点了点头。

说完，陆令就离开了。老师没想到陆令就这么走了，想了半天也不知道陆令打算干吗，就接着忙她的事情了。

陆令在幼儿园门口，坐在车上等了一个多小时，一直等到孩子放学，有人把那个小女孩接走。

父母来接孩子放学的这段时间，基本上都是很急的，要么急着回家做饭，要么就是送完孩子回家还得跑单位一趟，这个时间找他们交流是没有意义的。幼儿园放学的时间是四点多，很多家长都是偷偷跑出来把孩子送回家接着再回单位。

陆令看着小女孩母亲的样子，知道她肯定是还有事，就没有上前，而是开车跟了上去。结果这位妇女把孩子放到小区门口就开车走了，看样子应该是去单位了。

县城特别小，这一来一回，加上还没到下班点，车并不多，也就是十几分钟的时间。很快妇女就到了单位，是一家公交公司。

这时，陆令上前打了招呼。

"我不是听说那谁家的爸爸都没了吗，你是谁？"妇女的表情有些怀疑，"你是干吗的？"

"我是孩子的叔叔。"陆令看对方，面无表情地压了压手，"我不是你们东北人，但我听说东北人最讲面子。我远道而来，总不能不给我说几句话的机会。"

"说吧，咋回事。"妇女听到这里，也不好说啥，"总不能说因为孩子之间的小事，这么老远来找我吧。"

161

"不瞒你说，我也是刚来东安不久，就听说了这件事。事情当然不大，我在渝州、燕京、魔都都待过，今年刚刚研究生毕业，不算什么见识很多的人，但就我个人来说，这不是小事。我们成年人做损人利己的事都要思考后果，小孩子不懂后果，咱们做家长的，应该看清楚。"陆令态度很平和，每一句话似乎都没有带情绪，但妇女还是有些不为所动。

　　不过，这已经达到了陆令想要的效果，至少妇女不反驳了，说明妇女也知道这件事大概是怎么样的。

　　"我想知道你希望孩子成为一个什么样的人？"陆令问道。

　　"小女孩嘛，怎么样不行？以后反正都能嫁出去。"妇女无所谓地说道，脸上已经有些烦了。

　　陆令明白了，这种人就属于游少华说的"虎了吧唧"的人，和她讲道理是不太现实的，继续交流也没有意义，于是，他直接换用警察的语气说道："我明白了，你不在乎。孩子反社会人格也无所谓，怎么发展也无所谓。我基本上看清了你孩子为什么会如此，就是因为你。你记住了，这可能是你这辈子唯一一次改变孩子的机会，但被你当作垃圾一样放弃了！以后，你孩子如果有了不可控的问题，不要为你今天的无知而后悔。"

　　陆令说完，妇女先是愣了一下，接着就要发火，但她还没来得及说啥，陆令就已经转身往外走了，动作很决绝。

　　她不由得喃喃，这辈子唯一一次改变孩子的机会……

　　离开了这边，陆令给胡指导的妻子打了个电话，把今天的情况原原本本地说了一下。

　　"谢谢，谢谢你们。"胡指导的妻子听懂了陆令想说什么，"我懂得怎么和孩子说。"

　　"嗯。"陆令表示明白，没有再多打扰。

第十五章　圣诞节

1

　　陆令基本上没想过能改变那个妇女。研究心理学就会发现，人这种动物不光会有生理上的绝症，还会有心理上的绝症。比如一些迷信的人，你就算杀了他，也不能改变他丝毫。心理患绝症的人，远比生理患绝症的人多。

　　陆令做这些，主要也是给胡军的爱人一些建议。在成长过程中，孩子不可避免地会遇到这种人，如何应对需要父母好好指导。

　　游少华吃完饭回到队里，感觉今天是有收获的，他不断地思考陆令所说的五重境界，开始一个个给东坡村的人划分境界。后来他发现，东坡村的环境比较特殊。

　　因为人数和人员水平的限制，东坡村并没有出现第三境界的人。这些村民几乎全部卡在了初入成熟老练的境界，而且在这个境界上出现了"满级心态"。一般在这个阶段的人，都已经对社会有比较恰当的认知，知道自己还是"萌新"，需要韬光养晦。可东坡村的人不是，大部分村民都感觉自己已经无敌了，那种自信是嵌在骨子里的，都觉得自己了不起。

　　实际上，不光东坡村，社会上这种心态的人也挺多。

　　游少华想着，突然想问一下，自己是个什么样的境界？思考了一阵子，他轻轻摇了摇头，回想起那天和陆令见面的状态，脸上露出了笑容。

　　想着想着，游少华突然发现，自己主侦的这个案子，办了这么久，居然有一个大漏洞！想到这里，他知道事不宜迟，立刻开始了行动。

　　陆令回到所里，在前台看到了石青山。

　　两个小年轻正在吵架，石青山站在两人中间，也不知道该做什么。

石详义坐在电脑旁，默不作声，李静静已经下班回家，陆令在回来的路上还看到了李静静的车。

"石青山，你在干吗？"陆令直接问道。

石青山还没说话，石详义就在一旁说道："新新调去县局了，我们组人太少，还有两人出警去了，有个纠纷，石青山帮个忙。"

一组本来是两个警察、三个辅警的配置，现在周新新被借调，辅警又来了个王尧，就成了王所带着四个辅警的配置。也就是说，如果一组有两个辅警出警去了，那么所里起码还有两个辅警，凭啥让石青山帮忙调解纠纷？

石青山这身板，站在这两人中间，唯一能做的就是不让两人打起来，但他哪里懂得如何处理这种事？

"你们组没人了？"陆令就有些不客气了，"新来的那个王尧呢？"

"这不是正好看到石青山下班要走，就顺便叫他帮个忙。"石详义有些底气不足。

陆令这个组，昨天晚上是陆令、曲增敏和梁材华值的夜班，今天大家休息。老苏今天上班，到了下班点就走了，而石青山出来得晚，就被石详义拉来做"壮丁"了。

"要是你们组没人了，别说石青山，找我帮忙也没问题。你们要是有人……"陆令就把话说到这里，难听的话没有继续说。

陆令今天去县城，遇到那个妇女本身就有点气，这会儿看到石详义欺负石青山，就一把拉开石青山，说道："你走，下班回家去。"

石青山有点蒙，不知道陆令为啥发火，他没觉得被欺负了。

那对吵架的小情侣，看着陆令的眼神，不知道为啥尿了，本来还在吵架，瞬间闭嘴了。

石青山不走，场面有些尴尬。

石青山其实是好心，他知道陆令是对他好，但他觉得他走了，就让陆令得罪人了。他并不明白，他走了也就走了，不走，尬在这里反而麻烦。

"你俩因为什么事闹纠纷报警了？"陆令也不好批评谁，他让石青山走石青山都不走，总不能再怪石详义，只能介入解决这个纠纷。

"我俩没啥事。"男的被陆令的气场吓蒙了，直接忘了他俩为啥吵架。

"石哥，他俩是因为啥事报警的？"陆令接着看向石详义。

石详义也有点气，他觉得陆令不给他面子。他在派出所都好几年了，别看他是辅警，但来得早就是前辈，于是直接说道："男女朋友之间能有啥事？"

这一下把问题推给了陆令。陆令要是直接让这对情侣走，万一他俩有案子没解决，石详义说不许走，那陆令就丢大面子了。而且石青山现在还没反应过来应该干吗，这对情侣又愣着不说话，石详义还憋着坏……

陆令盯着石青山。石青山看到陆令的眼神，感受到了巨大的压力，但他还是强迫自己冷静下来，在短暂的几秒钟后说道："他俩因为圣诞节礼物的事情吵起来了，没别的什么事。"

"圣诞节礼物？"陆令看了看手表上的日期，可不是嘛，今天周五，是圣诞节。

"嗯。"石青山点点头，他也不知道为啥，说出来之后反倒舒服了很多。

"这都能吵到派出所来？"陆令感觉石青山刚说完，这对情侣又要发作，直接打断了"施法前摇"，和石青山说道："你先回家，今天我正好心情不好，他俩乐意在这里吵，我就陪他俩在这儿过夜。"

"我们没事了，没事了。"男子听陆令这么说，脑子也就恢复正常了。还真是，大过节的在派出所待这么久干吗？随即他就拉着女友往外面跑。女的也没反抗，跟着出去了。

这对情侣一走，陆令就向石青山问道："你今天怎么走这么晚？"

"我……王叔……"石青山简单地做了解释。石青山现在没有自己的车，所以不是每天都回家，有时候住在所里。他日常想回家的话，有两个方案，一个是坐公交车，另一个就是跟王三牛一起回去。公交车早上上班时有，但回去的那趟是下午三点多，还是上班时间。所以石青山来所里容易，回家难。今天王三牛他们组在林区警务站那边，一会儿就回来，王三牛今晚要回家，石青山明天休息，就打算跟着王三牛回去。

下午五点多，石青山接到王三牛电话，说那边有警情，晚回来一会儿，于是石青山就下班后跑到了前台等着，结果被石详义拉来做"壮丁"。

"不是你让我走我不走……是……"石青山有些不好意思。

王三牛没回来，石青山走不了。陆令明白了，心情也缓和了一些，感觉自己确实有点着急了。他想了想，今天是圣诞节，虽然不是啥重要节日，但还是在"美了么"平台上订了两个蛋糕，一个给姐姐送了过去，另一个给雪雯家送了过去。

订完之后，陆令和石青山又聊了会儿天，但王三牛还是没有回来。

165

2

　　一组的几个辅警里，石详义心眼算是小的，不过他想了想，陆令刚刚还喊他"石哥"，就是给他台阶下，是他在气头上没好好回答。

　　这会儿王所从楼上下来了，穿好了衣服，看样子要出去。

　　"欸？回来了？今天去那边收获大吗？"王所见到陆令，问道。

　　"还行，学到不少东西。"陆令点了点头。

　　"你们聊啥了，为啥刑警队今天午饭后跑东坡村把陶万宇带走了？"王所有些不解，可人家刑警队办案他又不好过问。

　　"啥？刑警队把陶万宇带走了？"陆令不知道这件事，今天中午吃饭的时候游少华没提，"几点的事啊？"

　　"下午三点多吧。"

　　"那我不知道了，我下午一点半就走了，然后去幼儿园看了看雪雯。"陆令摇了摇头。

　　"哦哦哦，你去看雪雯了啊。"王所面色温柔了不少，"雪雯怎么样了？"

　　"没啥大事，就是有个小女孩使坏欺负她。我去小女孩妈妈的单位找了她一趟，不过那个家长有点油盐不进，我说了两句就走了，然后给雪雯妈妈打了个电话。"陆令如实说道。

　　"小孩的家长油盐不进？她是哪个单位的啊？"王所面露不悦。

　　"县里公交公司的，叫啥名我不知道，是坐办公室的人。"陆令说完，有些疑惑，"王所您问这个干吗？"

　　"这种人你还跟她讲什么道理，他们单位领导我认识。这样，这个事你就不用管了，交给我。"王所轻轻哼了一声。

　　"好。"陆令已经能脑补接下来要发生什么事了。这让他感慨万分，心理学学得再好，不如当官的说话好使……

　　"你要是不知道啥原因，这个事就有点蹊跷了。刑警队的人，下午来把陶万宇带走了，什么原因也没说。这陶万宇一被带走，村里就谣言四起，下午他老婆李美莱去找村主任要说法。她去，张涛的老婆李美玉也跟着去了，结果后来不知道咋回事，一伙人就打起来了。现在三牛和本秀在那边，我让李勇和文成过去了。现在还没处理完，我就想着过去一趟，让三牛和本秀先走。"王所算是给陆令解释了一下。

看样子事情不简单,那边就王三牛一个民警,人家今天还不值班,所以王所就得过去一趟。

"东坡村的事情啊,那我跟您过去一趟吧。"陆令主动请缨。

石详义听陆令这么说,连忙把头歪到了一边。

"行,正好你在研究他们村的案子。"王所点了点头,又问道,"石青山咋还在这儿呢?"

石详义把头歪得更远了。

"没啥事,"陆令不是个得理不饶人的人,"他等牛哥回来接他一起回家呢。"

"哦哦哦,那不用等了,一起走吧,顺便把他放在他们村口。"王所挥了挥手,把二人都带走了。

在路上,陆令和王所详细地聊了聊,还给王三牛打了个电话。

具体来说,是因为李美玉、李美莱是同一个村嫁过来的,虽然不是亲戚,但关系还可以。李美莱想找村主任问事情,就去张涛家找了李美玉,打算约她一起去村主任家。

二人快要到村主任家的时候,正好遇到了刘英,也就是刘忠连的老婆。李美玉本来就精神不太好,就骂刘英勾引她丈夫张涛,刘英也反过来骂她,然后二人就动手了。

李美玉状态不太对,下手也胆大,刘英很快就吃亏了,但好在大家穿得都很厚,倒是没受伤。刘英看对方是两个人,虽然李美莱暂时作壁上观,但一旦刘英占优势,李美莱说不定就会动手。

刘英聪明,她说李美莱的丈夫陶万宇被警方带走,肯定和张涛的失踪有关系,说李美玉还不知道谁是仇人呢!

陶万宇被警察带走这件事,在村里是藏不住的。别看现在冬天大家都不出门,但村里有微信群。东坡村有一个微信大群,还有不下五十个小群,比大学宿舍复杂多了,八卦信息传播都非常快。刘英这一挑拨,直接乱套了。李美玉觉得真有问题,便问李美莱咋回事,接着就也动起了手。这个时候,村里看热闹不嫌事大的来了好几个,后面就更乱了。

这村里,人和人之间有点矛盾太正常了,真要挑拨,谁喝多了都能打起来,所以后来逐渐就成了十几人的混战。

倒不都是打架,大部分人是上去拉架的,但太乱了,拉架的也有被人偷偷泄私愤揍两下的。后来村主任来了,但也解决不了,毕竟李美玉的状态不太对,就报警了,到现在也没解决完。

"这也是个好事。"陆令说道,"本来案子已经没什么切入点了,这样一来,又重新可以开展一轮侦查了。"

"确实。"王所说道,"东坡村的案子要是破了,可就立大功了。这可是于局亲口说的。"

"我还是先给游队打个电话问问吧。"陆令想了想,"您打电话问不合适,我今天刚和游队聊了半天,我打吧。"

"嗯。"王所开着车,点了点头。

陆令拨通了游少华的电话,游少华那边听了陆令的话,直接说道:"这个事是这样的,今天你给我提的那些,我有点感触。我分析,这个村岁数大的人,都是成熟老练的人,但是一种病态的成熟老练。之前为了方便,我们询问都是在村里进行的,他们在村里一个个天不怕地不怕的,有一种莫名其妙的安全感。所以,我要改一下策略,把他们都带到县城询问。陶万宇现在还走不了,我感觉他还有东西没说。"

游少华说这番话时有些兴奋,他找到了案子的新突破口。

县城距离东坡村有点远,之前倒也不是没带人去过县城,但带第一批人去县城之后,对于剩下的人,都是在村里问的。因为村庄里的人,在村里都是这种特殊的"满级"社会思维,询问起来非常困难。

现在,过去这么久,突然把人带到县城询问,就一下子打破了平衡。

很多在农村混得好的,到了大城市立刻感觉低人一头,这就是一种常见的心理状态。游少华甚至在想,把人带到辽东市局,甚至省厅,会不会效果更好一些。

陆令倒是没想到游少华的方案出得这么快,便说道:"那您加油吧,您这确实打破了平衡,这村里都干仗了。我和王所要去一趟,看看具体什么情况。"

"哈哈哈,行行行。"游少华心情不错,"你这东北话学得挺快,都会说'干仗'了!"

3

中途把石青山放下,到东坡村已经是六点半了,王三牛和张本秀还在这边没走。

苏营镇一般的村里打架都很好处理，村主任就给解决了，或者村里其他人糊弄两句也就差不多了。但今天这事有点麻烦，就是矛盾不容易调和。尤其是李美玉，看样子她已经有点精神问题了。

现在大家都在村里的大队，这边有个大屋子，插了一个电暖气，虽然差不多有三十人，但室内温度估计也就0摄氏度。

这么多人，王三牛和张本秀是很难下班的。

"陆令听说你们俩明天值班，忙到这么晚，就主动申请过来。"王所说道，"三牛，你带着老张先回去吧。"

"好。"王三牛一愣，他看到陆令过来有些不理解，但王所这么说了，他也就点了点头，立刻喊张本秀往外走。当兵多年，王三牛在服从命令这一块，从来是不打折扣的。张本秀往外走时看了陆令一眼，也没说啥。

陆令心里叹了口气，看人家这领导当的，不着痕迹，王三牛和张本秀要领陆令的情，而陆令要领王所的情。

别看现在东坡村很乱，但问题其实并不复杂，陶万宇被警察带走一事就是今天所有矛盾的根源。

王所没说别的，要先把李美玉单独带到了一个屋子里。见状，李美莱和刘英都不干了，不让王所单独把李美玉带走，说这件事必须当着大家的面说，带走了就说不清楚了。此前，王三牛他们也想把李美玉单独带走，但没有成功。

屋子里这么多人，关系乱七八糟的，大家形成了一种状态，就在这儿僵着，不让警察把李美玉带走。

"哦。"王所看出了问题的关键，这个李美莱和刘英别看被打了，却都不占理，一个丈夫被带走不知道咋回事，另一个刻意挑拨离间才出的这个事。

王所半眯着眼，但很快眼前一亮，双手抱胸，露出了一丝笑容："你们报警，这是要解决事情，还是要和警察作对？怎么，你们村现在硬气了？觉得我在这个村，带不走人了？"

王所这话说得那叫一个硬气，别看他这边没几个人，但硬是说出了千军万马在身后的气势。

"怎么不说话了？三十七年前，不是有过这样的事吗？"王所意有所

169

指,"啊,我说得对吗?"

现场的人陷入沉思,都明白了咋回事,也就不敢说话了。

这帮人都不傻不笨,王所把话都说到这个份儿上,谁敢反驳呢?他们之前的那种状态,那种集体形成的压力,对一般人来说,还是有些头疼的。

但,王所怕这个?在乡镇所当一把手好几年了,这点震慑力还没有?

僵局一破,王所把李美玉单独带到了一个屋子里,这个时候没有一个人主动说话。

李美玉一走,这边虽有这么多人,但是闹不起来。

陆令看了看李勇和李文成,也没有指挥他俩,而是进一步把刘英和李美莱拆开了。

"村里出了这么大的事,这快要过年了,我想,没有一家人敢说今年这个事对过年有啥好处。"陆令跟大家说道,"所以,村里的案子,是一定要查出来的。"

陆令说了一句废话,自然没人反驳。这是心理学上的一个小技巧,在陌生环境下发言,第一句话最容易被人反驳,所以第一句话不能明确表达观点,这样才容易把话说下去。

接着,陆令直接针对刘英:"陶万宇有什么事,你真的清楚吗?"

"我哪里清楚,我啥也不知道。"刘英立刻反驳道。

"如果有一天,有人怀疑你丈夫,你会怎么想?"陆令看刘英又要反驳,直接喊了一声,"闭嘴!"

陆令凶起来还是挺吓人的,尤其是这个认真的气势,可刘英终究还是没说出来。陆令又说道:"那你就敢说陶万宇的事?今天李美玉要是带了家伙,把李美莱搞出事了,你以为你没责任吗?!"

这话刘英没办法反驳,村里这么多人,李美莱的人缘比她好,这句话她要是敢反驳,立刻会有一堆人骂她。

陆令得理不饶人,接着看向李美莱:"还有你,李美玉和你一个村的,都说你们关系好,她现在什么状态你看不到吗?她闹矛盾你就不能拉一拉?"

"哎,你这个警察,你到底帮谁啊?"李美莱刚看到陆令怼刘英,正爽着呢,这下看陆令还要批评她,立刻就不愿意了。

"你丈夫现在被刑警队喊走了,你在这里和我置气?你不明白我的意思?你不知道我说得对不对?你是去找村主任解决事情的,可你这是解决事情，还是给你丈夫添乱？"陆令这段话一气呵成，前面的话李美莱都想反驳，但听到最后一句她就直接偃旗息鼓了。丈夫被人带走了，她其实很脆弱。

陆令看解决了两个，环顾周围，还想找个人训一训，结果大家看到他的眼神，都不自觉地往后退。

"谁是王洪宝？"陆令问了一句。

"我，我是。"村主任从人群后面站了出来。

"嗯。"陆令见王洪宝有些老眼昏花的样子，心中不禁感慨，这是个真正的老狐狸啊！

其他人在村里最多算是初入第二境界，而王洪宝绝对是第二境界大圆满了。在这种环境下，陆令不可能说得过王洪宝，因为王洪宝在这里待了六十二年了。

"行了，这个事就这样，安排大家散了吧，要是还需要我们解决，再说。"陆令说道。

"哦，好。"王洪宝点了点头。

围观群众大失所望，还想看看巅峰对决，结果就这？一群人刚开始还在兴头上，这会儿也就冷静了下来。

第十六章　案件的新思路

1

这次纠纷其实好解决，难的就是解决三角关系。王所把三角关系的支点带走，其他的就简单了，但必须快刀斩乱麻。

不过，快刀也不能乱砍。刘英那是色厉内荏，她一个人在村里，老公常年在外，说话并不是真的有底，唯一的底气就是家庭条件还行，所以在这里，她的朋友不可能比李美莱多。陆令直接针对她的问题压制住她就行。别看李美莱朋友多，那可都是靠她老公的关系。她老公有三个大棚，而且敢主动承认和杨丽有关系，所以她的家庭地位不必多说，她的命门就在老公这里。

王所在隔壁屋子见外面的混乱解决了，心中大悦，接着稳住李美玉的心态。

村里的事，没了那根弦绷着，谁也闹不大，大家纷纷往外走，这屋里哪有家里暖和。

李勇和李文成看服了，虽然他们也知道王三牛给陆令打电话说了一下这边的情况，但陆令到了这里就能迅速掌控并解决，真不是一般人！他俩境界还不够，没有看出来把李美玉带走的王所是关键，反而觉得陆令发挥神勇。怪不得陆令主动请缨，真有两下子啊！

大屋里的人走得差不多了，就剩下王洪宝一位，陆令便说道："您先走吧，这边我走的时候会把电暖气拔了，把灯关了，最后把门锁了的。"

"行，辛苦警官。"王洪宝点了点头直接走了。

陆令准备到隔壁屋子找李美玉，但这时他的手机响了。他看了看，是游少华打来的，于是他先到一旁去接电话。

"你说话方便吗?"游少华问道。

"方便,刚把村里的纠纷处理完,这屋里都是自己人。"陆令说道。

"好,陶万宇我们准备留12小时,他的问题倒是不大,不是凶手,但我们还是问到了一些新线索。这意味着其他人也有新线索,所以不能随便放走陶万宇,得制造点紧张氛围。"游少华和陆令说话非常直接了。

"12小时?直接24小时不就是了?"陆令问道。

"你这法律怎么学的?"游少华吐槽了一句,"你还得抓紧学啊。"

"哦哦哦,那12小时,不就是到凌晨了?"

"我们晚上十一二点就不问了,给他安排休息的地方。他今天坐我们车来的,肯定是明天早上再回去了,我这边晚饭、早饭都给他准备好了。"游少华说道,"有两个有价值的新线索,和你共享一下。一是陶万宇和张涛确实有点小矛盾,但并没有和张涛互骂,这一点他就是不承认。二是陶万宇提到,他女儿陶雅文和村里的一些小混混走得比较近,言外之意是她女儿的证词不可信。她女儿是未成年人,当时询问的时候,她母亲在场陪同,所以她女儿的证词他也应该知道。"

"那我明白了。"陆令点了点头,"这个事情,既然是发生在今年,说不定和这些小屁孩都有关联。"

"这个不好说。"游少华说道,"我们明天再去带一个人过来。"

"明白。"陆令说道。

挂了电话,陆令手很冷,但还是第一时间上网查了一下。

他这才明白:

《中华人民共和国刑事诉讼法》规定,询问证人不得超过12小时。侦查人员询问证人,可以在现场进行,也可以到证人所在单位、住处或者证人提出的地点进行。在必要的时候,可以通知证人到人民检察院或者公安机关提供证言。

询问证人和传唤嫌疑人是两个不同的概念,陆令又记混了,他以为询问证人也可以24小时。不过,根据这个法条,陆令终于明白为啥之前都是在村里询问了。

陆令感觉自己必须快速学习法律了,起码要把《中华人民共和国刑法》《中华人民共和国刑事诉讼法》《中华人民共和国治安管理处罚法》搞清楚。

琢磨了半分钟,陆令搓了搓手,去了隔壁屋子。

173

"有事？"王所问了一句。

"没事。"陆令摇了摇头。

这个屋子比较小，陆令想了想，又到门口让李勇和李文成把电暖气搬到这个屋子，让大家一起过来坐着，还能暖和点。李勇二人立刻照办。

李美玉之前状态不太好，被王所开导了这么久，也就好了一些。陆令打算直接在这儿开始问，回到李美玉的家里再问也不见得是好事。

陆令想问的问题只有一个：你是怎么知道丈夫死了的？

李美玉家门口挂着缟素，无人不知，无人不晓。

关于这个问题，李美玉其实回答过很多次，但这次她状态特殊，说道："我也不知道，但我从娘家回来之后，就感觉不对劲，那个李美莱、刘英，她们看我的表情都不对。"

"你以前不是这么说的。"陆令感觉李美玉这会儿状态不太对，这算什么话？

"啊，不对不对，不是她俩，是……"李美玉双手按在了太阳穴上，显得很痛苦。

大家都没有说话，给李美玉时间冷静冷静。

现在，李美玉是一个人在家住着，精神状态越来越有问题。陆令这是第一次和她接触，已经有了新的打算。既然游少华那边有了新的侦查思路，他也就有了新的想法，他准备先去问问孩子们。他第一次来东坡村的时候，走到李美玉家门口，就有小孩想和陆令说点啥，被家长拦住了，说明一些流言蜚语在孩子间里传播着。这些东西往往都是孩子从大人那里听说的，不太可能是孩子原创的，所以是个好的消息源头。

除此之外，陆令还打算找李美玉的儿子聊聊。李美玉的儿子常年在外打工，只有案子刚开始侦办的时候被警察找过一次，这么长时间过去了，他应该有一些新的消息。

"我想起来了，我想……不是……不是……不是……是杨玉，杨玉，杨玉！"李美玉突然神神道道地说了这么一句。

"确定是杨玉，不是杨丽？"陆令问道，杨玉是王守发的老婆。

"对对对，就是她，就是她……她后来报警说她丈夫失踪了，我就也跟着报警了！"李美玉说道。

陆令和王所互相看了一眼，觉得这件事确有可能！

2

对李美玉的询问还是非常困难，她玉已经出现精神失常的征兆，陆令不得不停止询问，给她做了下心理辅导，她这才恢复了一些。最终，大家把李美玉送回了家。

回去的路上，王所有点佩服陆令，一方面是陆令在外面处置得快、准、狠，另一方面是最后对李美玉的心理辅导也是很有效的。面对这类精神不太好的当事人，警察多数时候也是很头疼的，这年头，谁不怕出事？

总之，陆令没有灰心，他觉得今天只是一个很好的开始，他甚至觉得，2020年就能把这个案子破了。

但他没想到，今天竟然是2020年的巅峰。

孩子们的话是没有充分证明力的，一般来说，年龄越小，证明力越弱，但这个案子目前需要的不是证明力，而是找到线头。

可事情并不顺心，陆令试着融入孩子们，但遇到了很大的困难。作为"95后"，陆令感觉自己是年轻人，但他认为的年轻人和"05后""10后"完全不是一个概念。

在接下来的半个月里，陆令尝试了好几次加入"05后"群体，都非常困难，唯一能聊的话题就是《王者荣耀》《和平精英》《原神》等游戏。

冬季的东北农村，孩子们的娱乐能有啥？还不就是手机！

可以这么说，东北地区冬季人们的手机使用时长，在全国都是遥遥领先的，农村更长。起码有三分之一的孩子，都梦想成为大网红和游戏主播。

陆令用了几天时间，大体学会了某款游戏该怎么玩。好在派出所也有人玩，王平、王尧、苏大华等都玩了挺久，尤其是王尧玩得还很不错，陆令便跟着学了学。

一转眼，就到了2021年。

1月11日，周一。

陆令和游少华都想着在2020年把案子破了，可惜命运的车轮不遂人愿。

游少华单独把人叫走的策略效果越来越差，前三个人还能问出点东西来，后面却彻底没用了，村民都知道是咋回事了。

陆令呢，这段时间反倒是对某款游戏研究得深了，当然，都是王尧带的。

王尧玩该款游戏的水平很高,还很舍得花钱,在游戏中的等级已经是VIP8。

相比石青山,王尧属于家庭条件好的,家就在县城,上学的时候家里一个月给3000块钱生活费,很多时候他都将钱充到了游戏里。现在当辅警,一个月才赚2000多块,不过花销也少了。大家大概都明白,王尧在这里待不久,他家里早晚会想办法把他调到县里去。

"陆哥,陆哥!"王尧看到陆令,连忙跑了过来。

王尧现在特别佩服陆令,因为陆令啥都懂!而且,王尧逐渐发现,所里很多老师父都对陆令印象不错,因此他认为和陆令搞好关系,在所里就能过得不错。

王尧知道陆令玩游戏是为了办案子,但他就是投其所好,陆令问啥他就说啥。

"嗯,啥事情这么高兴?"陆令捏了捏自己的太阳穴。昨天是三组值班,事情还不少,陆令睡眠不太够。

"大后天游戏有大更新了!"王尧说道。

"哦,有就有吧。"听到这个,陆令更头疼了。这个版本他还没玩明白呢,下个版本……更新这么快干吗?

"不是,你不知道,是开放了新的VIP等级!这事元旦前就有人说了,我一直没注意,昨天晚上我在网上仔细地研究了一下,以前花费5000块钱以上,统一是VIP8,现在不是了!花费1万,就是VIP9,花费18888块钱,就是VIP10!"王尧越说越激动。

"所以你能到VIP10了?呃,你到底花了多少钱?"陆令感慨道。

"嘿。其实我也没咋花钱,就是每次有限定皮肤我就买,玩了五年,每个月三四百,正好花了一万八九!正好是VIP10!"王尧说着,还有些得意。

"嗯,挺好的。"陆令点了点头,他实在不明白,这个有这么值得开心的吗?

"陆哥,我没说关键的!就是你不是一直想和东坡村那边的小孩搞好关系吗?这次绝对是个机会!新版本,VIP10有个很厉害的特权,我的皮肤可以共享给队友,我的所有皮肤都可以!他们村那些小孩,肯定会疯抢着和我组队!"王尧道。

"还有这种功能？"陆令一下子来了精神。

想什么，来什么！

他玩了几天，知道一些痴迷的人有多想要限定皮肤，但限定皮肤几乎没有体验卡！

"这个有什么限制？"陆令接着问道。

"没有皮肤限制，我的所有皮肤都可以共享！我一周可以分享无限次，但其他用户一周只能体验八次！也就是说，我组四个人，玩一天，第二天就可以换四个！"王尧道。

"这可真牛……"陆令苦了十几天的事情，在这里看到了曙光！

"而且！他们还必须加我好友才能共享！所以我们能加全村小孩的微信，到时候，就有的问了！"

"这个案子要是因为这个有什么突破，王尧，你能立功啊！"陆令一瞬间就明白了所有的路，开始期待起游戏的更新来。

同时，陆令还去找了王所，申请允许王尧上班期间玩游戏。

要不是认识陆令快一个月了，王所差点以为这孩子不正常。没啥事的时候，上班玩游戏的也有，但这样直接跟他申请上班玩游戏的，倒是第一次见！

"你确定这个东西对破案有用？"王所再次确认道。

3

"确定！他们村从六七岁的小孩，到十六七岁的，没有不玩的！估计到时候得排着队过来组队！能一起玩，就能交流，他们这帮小孩为了能够获得一起玩的机会，可能还会内卷！我会尽可能地去获得线索，帮助我们！只要线索足够多，总有真实的！"陆令和王所说道。

"好吧。你们试试吧。不过，我就不和其他民警说了，你们还是躲着点，别在前台玩，要玩回宿舍玩。"王所最终还是答应了此事，"等等，什么叫内卷？"

"内卷啊，"陆令想了想，"就是比如说哈，镇上赶大集，有人在台上演戏，大家都坐着看。这个时候，第一排的人不嫌累，就站起来看了。第一排的人站起来，那第二排的人就必须站起来，要不然看不见啊！第二排的人站起来，第三排的人就也不得不站起来，最后所有人都站起来了。本来大家都可以坐着看，结果都得站着看了。"

"大体明白你的意思了。"王所点了点头，"就是自己人折腾自己人。不过，你说这个例子在东北不对，在咱们这边，一般第一排的人站起来了，第二排的人会薅着第一排的人的头发把他们按下来坐着。"

陆令无言以对，因为王所说的真有道理！

今天是周一，陆令休息，他和王所说完，接着去找王尧交代了一些话，就开车出门了。

原来陆令是和雷大爷约定了钓鱼。这半个月，他也融入了钓鱼圈子，这些东北的钓鱼圈里也都是人才。

和渝州那边拿根竿子就能钓不同，这边冬天想钓鱼在难度上要高很多，除了辽东市区入海口附近不结冰，其他地区全都需要先开凿钓洞。

陆令现在没这个本事，就蹭人家的，所以钓到的鱼基本上也都会送给人家。他这半个月去钓了三次，钓到了五六条，基本都送人了，就拿回来一条两三斤的鲤鱼，让食堂帮忙给烹饪了。

陆令这种性格，在哪儿都招人喜欢。他和大爷比较熟了，大爷儿子帮忙打钓洞，总是不要他的钱，所以他也就找各种理由不要鱼。

今天不去水库了，他和雷大爷约定去江河里钓，当然不是去鸭蓝江，而是去本地另外一条比较有名的河。冬季在河里冰钓一般都得中午前后过去，去太早了，鱼没有一点精神，不吃食。

陆令提前吃了午饭，就开车到了目的地。去的时候，大爷刚到一会儿。

"小陆，你快过来，今天运气不错！"雷大爷喊道。

"来了，来了。"陆令拿起钓具包，就跑上了冰面。他早就习惯了，这种一点都不透明、厚重的冰面，随便踩。

上了冰面后，他走得也很快，但突然发现了冰上有一道大裂缝！这应该是河水流动拉扯造成的！

"叔，这个不行吧？你看这儿都有裂缝了！不安全啊！"陆令一阵心惊。

"这啥季节啊，现在可是三九天！你还以为这个冰层能碎？车上来都没事！这是河水流动弄的！这种裂缝能透进去一点空气，一般这附近鲫鱼多！"雷大爷说道，"我看这个位置最好，咱们早点把地方占上。"

"呃，好。"陆令还是听了专业人士的，但内心真是有点含糊，这帮人胆子是真大。不过考虑到大家都是钓鱼佬，倒也正常。

今天雷大爷的儿子没来，雷大爷带了一个手持的大钻头，陆令看到这个就自告奋勇，可惜他不太会用，最终打了两个洞，他和雷大爷几乎出了一样的力。

"今天咱们就别客气了，我今天就想钓点鲫鱼回去熬汤，各凭本事啊！"雷大爷说着就开始搭帐篷。

"好！"陆令也就没客气。

接下来的几个小时里，两人收获颇丰，陆令钓到了将近20条鲫鱼，放了一些小的，也有十几条，雷大爷也差不多。

下午四点多，陆令带着鱼回了派出所，并顺路去镇上买了一把芹菜。

作为渝州人，陆令对渝州的美食还是有研究的，他准备给大家做一道地道的邮亭鲫鱼。

这道菜需要很多佐料，基本上食堂都有，唯一麻烦的就是泡椒，这个陆令自己备着。他日常喜欢吃泡椒，就托老家的朋友给他寄过一些。

食堂厨师听了陆令的要求，还挺高兴，立刻让出一个灶台给陆令，不过陆令只在家做过饭，没用过大灶台，还得请厨师指导一下。

不光如此，清理鲫鱼这个活他也不行，他在市场买的时候鱼都是加工好的。好在食堂的厨师啥都会，帮他处理了一下。

邮亭鲫鱼的做法有几个关键点，第一是要用混合油，就是菜油里加上一大勺猪油，第二是调料一定要够，第三是火候要好。

和食堂厨师一起，这个菜做得还是很成功，陆令就给王所打了个电话。

不多时，王所在派出所的喇叭里喊了一下，说陆令做了一些渝州风味的鲫鱼，不急着下班回家的，可以去食堂尝尝。

今天是周一，除了陆令他们组昨晚值班的人不在所里，其他人都在。不多时，食堂就有十个人了，李静静也过来了，倒是真难得。

小单位就这点好，哪怕大家之间有点小小的过节，整体氛围也是不错的。自从胡军牺牲，这也是大家第一次在食堂聚餐。

厨师一看人还不少，就又加了个葱花炒鸡蛋，还打了电话让镇上再送几张大饼过来。

总之，所里就算是变相地聚了聚。陆令做得也不是很辣，除了泡椒就没怎么放辣椒，所以味道非常好。他直接把大锅搬了出来，一人先来一条！

这次食堂聚餐，可比陆令刚来的时候在烧烤店那一次要热闹得多，王所

179

看大家状态不错，也是很高兴，就又夸了陆令几句。

陆令是幸运的，目前他是所里普通男性民警中唯一一个40岁以下的，而且前途无量，所以王所怎么夸，也不会有人嫉妒，他们压根就不是一个年代的人。

"在这儿，我顺便说个事。"王所说道，"也不是谈工作哈，就是东坡村的案子，虽然都2021年了，但还没过年，年前啊，咱们还是多上上心，有什么线索，多找我汇报一下。如果有同志在办这个案子，大家也多多给予支持！"

王所这次倒是没指名道姓。

第十七章　陆令的人设开始"崩塌"

1

　　王尧在东坡村的人设，是马思裕的朋友。

　　要加入这个村孩子们的圈子，陆令只能通过马腾的二儿子马思臻。但他和马思臻也不熟，就找了马思裕，马思裕自然是同意的。而且，马思裕还帮陆令保密，连弟弟都不告诉。

　　马思裕工作好几年了，是一个低调、成熟老练的项目经理，人情练达，这种事还是靠得住的。

　　与之相对，小孩子保密意识太差，如果告诉了马思臻，谁也不能保证他能保密。

　　王尧是东北口音，说话不容易露怯，吹起牛来还算可以，这次有了游戏的更新，顺利地和孩子们打成了一片。其实这个圈子的孩子本来就十几个人，但自从王尧进来，并且展示了VIP10贵族特权后，就有不少人加入，最终达到了四十多人。为了防止竞争过大，王尧建议别让其他村的人加入，自然是得到了大家的一致同意。

　　1月14日这天，是一组值班，陆令和王尧在宿舍玩游戏。

　　因为马思臻听过陆令说话，再加上陆令的普通话在这边实在是很少听到，所以陆令基本上就不说话，全让王尧说。王尧真的很机灵，基本上陆令小声提醒或者给个眼神，就明白该说啥。

　　"欸，我还没去过农村呢，上次你们说村里都没暖气，那你们平常都干吗？"王尧就和孩子们聊了起来。

　　"还能干吗，玩手机、看直播。"有人说道。

　　"全玩手机？这要是没手机咋整啊？"王尧接着问道。

"打扑克！"

"抽冰猴、雪爬犁……"

"抓兔子、逮家雀！"

"还有噶了哈！"

"噶了哈是啥？"这个都触及王尧的知识盲区了。

"猪身上的一块骨头，有时候小东他们家杀猪，谁去得早就能要过来！盘它！"

"还有这种事……"王尧说道，"要是这么说，也怪没意思的，你们村里没啥有意思的事情啊。在沈州，我们还能出去打台球、看电影。"

"那肯定没沈州好啊。"

"就是啊，沈州据说可好玩了！"

"不对！咱们村也可厉害了！"这会儿就有不服的了。

"就是，村里好多事，可厉害了！沈州的也不一定就见过！"

…………

王尧没怎么费劲，就开始听起了村里的秘闻。这些秘闻，在孩子们嘴里，不算秘密，反正也不需要证明来源，更不需要为自己的话担责任。总之，谁知道得多，谁就不一般！

接下来的几天里，在陆令的引导下，王尧从未主动问过村里命案的事情，但孩子们为了证明自己知道的东西多，自告奋勇，各种各样的故事层出不穷。

为了让自己的话有说服力，很多孩子还会主动说："你们说得都不对！我是从哪儿哪儿哪儿某个厉害的人那里听说的，可信度很高！"

信息量一如既往地非常大，汇总起来，让一旁听着的陆令有些心惊。这些孩子真是啥都敢说！

只是，陆令没想到的是，为了证明自己厉害，很多孩子会主动想办法获取证据，并在和王尧玩游戏的过程中吹嘘。是不是吹牛，陆令大概听得出来，孩子们吹牛不太会顾忌村里的逻辑。

1月18日这一天，陆令接着找到了王尧，又是周一。

共享皮肤的次数，每周一更新，所以周一村里就有大批孩子想要这个特权，真正地卷了起来。

这几天，陆令在单位神神秘秘的，每天一上班，就待在宿舍，和王尧不知道捣鼓什么。

小地方年味还是比较重，1月13日就是腊月初一。在这边，一般到了这个时候，矛盾都少了很多。一句"大过年的"，能解决一大半的事情，毕竟谁也不想将矛盾带到明年去，不吉利。

正因为如此，苏营镇派出所进入了每年最清闲的阶段。这个阶段能持续到农历二月二龙抬头，毕竟，没出正月还是年。

派出所不忙，一开始也没人管陆令和王尧在干吗，但后来有人发现他们在宿舍打游戏，而且是王尧在那里打，陆令就在一边看。

大家都知道陆令最近在玩这个游戏，那这是咋了？自己不玩，天天看别人玩？

一天两天没人说，天天这样，大家都认为有点问题了。

这个陆令，是不是有啥特殊的喜好？

陆令倒是没听到别人背后说他，每天上班都是带着王尧研究案子。这个侦查方式过于特殊，没法和别人说，说了一般人也不信。

正因为大家都不信，如果讨论一下，传出去，这件事就没意义了。有时候年龄大的人都是有偏见的，哪怕是警察。

总之，若不是陆令前期给大家的印象都很好，最近几天的"作死行为"肯定是难以为继。

开完早会，陆令又带着王尧待在了宿舍，苏亮臣过来敲了敲门。

王尧是一组的，一组现在没有普通民警，王所不管他，自然是没人说啥，但陆令在三组，苏亮臣是三组负责人。

"在。"陆令应了一声，主动打开了门。

"在忙呢？"苏亮臣问了一句。

陆令一下子听出了火药味，虽然这话非常平淡。

"苏师父，前几天跟您说了，想通过游戏获取点案件线索。"陆令和苏亮臣大概说了一些内情。

"有什么进展？"苏亮臣斜着看了一眼开始玩游戏的王尧。

"现在已经有了不少可疑的证据了。"陆令把自己的笔记拿了出来递给了苏亮臣。

苏亮臣疑惑地看了看陆令的笔记，说道："这是你整理的？"

陆令的笔记都是即时性的记录，写得很乱，而且很多线条，谁看着都

183

晕，不过苏亮臣还是大体认可了。"周五那次去警务站，是老曲带着石青山去的，今天该轮到咱俩去了。"

"您就不用管了，我带着王尧去就行。"陆令一听，立刻开始收拾东西。

"王尧是一组的。"苏亮臣有些不悦，心想这个陆令咋不懂事呢，王所再宠你，你也不能带着一组的人去干三组的活吧！

"我知道，没问题的，今天是二组值班。王尧昨天值班，他今天本应休息的，跟我去警务站没问题。"陆令说着，已经开始帮王尧收拾东西了。

"行吧。"苏亮臣也不好说什么。在他看来，陆令有点不懂事了，但他又不是陆令的爸妈，也就不打算管了。

嗯，让他吃点苦也好。

2

陆令大概明白苏亮臣怎么想，无非年长者看年轻人的那股"过来人"的劲儿，但他不想反驳，反驳是没有意义的，只会徒增矛盾。

陆令开着警车，带着王尧一起去林区警务站。因为车子减震问题，王尧好不容易打完一把，就跟其他人说让他们先玩，自己得过会儿。

"陆哥，咱们现在线索已经不少了吧？"王尧问道，"要不咱们停一阵子，我看所里……"

"现在关键的地方还在那四五个孩子身上，这几个人咱们标注过，明显是知道些什么的。接下来就尽量不要搞五排（五个人一起玩）了，单独找这几个人玩，然后开组队语音，一个个问。下一步就是去伪存真了。"

"嗯，应该搞一搞。"王尧想了想，还是说道，"只不过老师父们……"

"你就放心玩，有事轮不到你扛，而且，我感觉这个事也快有结果了。"

"快有结果了？"王尧一愣，心里一下子激动起来。如果这个案子破了，他也有功劳吧！

别以为玩游戏就这么简单！要从孩子这里，每次都装作不经意地套话，还不被人发现他刻意有所图，不是容易的事情！不要以为这些孩子好骗!

陆令没说话,一路开着车,到了林区警务站。把车停好,他突然发现了一个问题。警务站路边还是有雪,这些雪一直到来年春天才能化,而旁边的院墙那里,有很多攀爬过的痕迹!

为了防盗,警务站里几乎没有任何财物,只有点木头。说起来,前阵子确实补充过一次木头,但这能值几个钱,竟然会有人冒险来偷木头?

"小心点,进去看看。"陆令没有带枪,但还是拿出了警棍,把警用喷雾器递给了王尧。

王尧也看出来了,有人爬墙进去了!这可不是好事,一时间,王尧有些紧张。

陆令打开铁门,小心翼翼地往里走。

刚走了几步,就听到了屋里的欢声笑语,再从玻璃往里面一看,居然是一堆小孩!

警务站的锁,就是那种仿铜挂锁,也就是最老的那种,8块钱一把,但凡有个会开锁的,基本上都能用铁丝弄开。因为屋里没有涉密材料,也没有值钱东西,所以这锁是防君子不防小人的。

十几个孩子在警务站里面玩手机,玩得不亦乐乎,还有三四个人边充电边玩!

陆令一下子明白了,最近这帮孩子玩游戏玩得太疯了,再加上很多人已经放了寒假,相聚在一起玩太困难,谁家父母看着都会往外赶,于是某个大聪明发现这两天警务站没人,就过来偷偷开了锁,叫大家过来玩。

农村的孩子,翻墙、生炉子,比陆令熟练多了!

警务站秒变游戏厅!

陆令有些无语,都是未成年的孩子,也没必要处罚,轰出去就是,但他突然想到了一个更好的方案。

"都是一群玩游戏的,别让他们跑了,我得看看谁是谁的孩子。"陆令怎么会错过这种机会?

说着话,陆令直接推门进了屋。

这帮孩子真不知道这里今天会有人,他们觉得腊月和正月警察过年都不会过来了,这才放心大胆地进来了。前天就三个人在这里,昨天有七八个,今天就十几个了。

这屋子有地方充电,能生炉子,还没有家长管,绝对算得上是神仙地点!

陆令开着门,冷风呼呼地往屋里灌,所有孩子都傻眼了。

警务站就这一个门,陆令站在门口,谁也出不去,一时间十几人都蒙了。

"谁让你们进来的?这是什么地方,不知道吗?"陆令板着脸问道,示意王尧不要说话。

这帮孩子挺团结,没有出卖领头者。但孩子们那个眼神,陆令一眼就看出来谁是头儿了,是个十四五岁的小孩,看着就不是好孩子,和马思臻的气质差不多。

"都把手机放下,一个一个跟我出来!反了你们了,下次再来,我一个个打电话让你们的父母过来!"陆令指了指门口的一个,"出来!"

这孩子吓坏了,他从来没接触过警察。警察让他先出来,他又不敢反抗,看了看其他人,那表情要多可怜有多可怜,但这个时候没人敢站出来为他说话。

陆令把这个小孩叫了出来,看了看他的游戏ID,然后问了一下他父母的情况,就让他先走了。小孩一听可以走了,立马撒丫子跑了。

陆续地,孩子们一个个被陆令叫了出来。陆令发现了好几个重要人物的孩子,但都没有留,一个个全放走了,他知道一会儿该让王尧去找谁了。

最后一个是领头者,一问,陆令乐了,居然是王宝泰的儿子。

王宝泰因为涉及恶势力案件,已经被判刑了。老子英雄儿好汉,这孩子胆子确实大,以后是个和公检法监打交道的人!

"你也是真的心大,你知道不知道,今天这个事,你要是岁数大一点,就会被拘留。"就剩一个了,陆令也就不急了,开始探口风。

"拘留怕什么,我才不怕。等我18岁,我保证不会被你们抓到。"王凯有些骄傲地说道。

陆令真是没忍住笑了出来。"今天这个事是你领的头吧?我进门一眼就看出来是你干的,不然为啥留你到最后一个?就你这水平……"

王凯不说话了,他之前还抱有侥幸,现在才知道人家警察确实看出来他是领头的。这是咋看出来的?除非……

"你是不是觉得有人通风报信了?"陆令看出了王凯在想啥,"然后还在那里琢磨是谁谁谁?"

陆令盯着王凯,接着说道:"你现在是不是在想,这警察有病吧,猜的是些什么啊？我就不承认，你能把我怎么样？"

王凯有些震惊地看了陆令一眼。

陆令继续说道："你现在是不是在想，真的假的啊？这傻子真有这个本事？"

王凯蒙了，真蒙了，这个警察会读心术啊，语气助词都出来了！

他诽谤我啊！

3

陆令如果玩不转王凯，也就别混了。不多时，王凯就变得灰心丧气。"大哥，你要杀要剐……"

"叫我陆警官。"陆令微微一笑。

"陆警官，"王凯说道，"您到底留我干吗啊，我保证以后再也不来这里了。我是真的以为这边没人来了……"

"来几天了？"陆令问道。

"一天，今天是第一天！"

"王凯，你是不是已经到了那种说谎成性的地步了？"陆令伸出手，摆出个弹脑瓜的姿势。

"别别别，"王凯躲了一下，"两……三天！"

"嗯，你们烧了多少木头，我大概也知道，一天肯定不会烧这么多。反正我也知道你家在哪儿，门锁你们是用铁丝开的，倒是没坏，木头给我补上。"陆令说道，"这个要求不过分吧？"

"不过分，只是，也不是我一个人……"王凯有些头疼。他在游戏中的等级是VIP7，不是说他现在有钱，而是以前他爸没进去的时候家里条件好。后来他爸进去了，法院判处的罚金，他家里都是借钱交的。

"这些木头也没多少钱，我不管你想什么办法，给我补上。补上我就不上报了。记住，我要一样的木头，你上山捡的那些我不要。明天我们所长过来，他看到那些树枝可不认。"陆令故意为难王凯。

山上枯树枝有的是，但警务站都是那种劈好的柴，村里一般没人用这个。现在禁止随便砍伐乔木，村民自家的柴没有警务站这规整。

"我……"王凯有些着急。

"没事，你先回去弄，你要是搬不动，下午我开车去你家找你。"陆令说道。

"啊？来我家……"王凯还是很怕他妈的。自从他爸进去后，王凯在村里也吃了一些亏，但好在他脑子还算反应快，认清现实的能力还算强，靠自己的手段结识了一帮朋友。这也是他爸的生存智慧。这次放寒假回来，他就想带着这帮朋友在自己家玩。他家房子大，但他妈不允许，他就想了这个主意。这要是警察找到他家了，他妈还不打死他？

想到这里，王凯突然感觉今天的事情不像想象中的那么简单！他今天可是让所有同伴都被警察抓了，如果他真的去找其他人一起解决这件事，他的形象就全毁了！

在警察这边，哭啊闹啊，就连下跪都没事！反正没人知道！但如果传出去，他找其他人才拼凑了一些木柴送过来，那就……对，社会性死亡！

陆令看着王凯的表情不断变化，基本上王凯在想啥就全都明白了。

"陆警官，我……我真的知道错了，你就饶了我这一次吧，我保证以后再也不敢了……"王凯有些想哭。

陆令伸出手，摸了摸王凯的眼角。"给你十秒钟，你要是真的能流出泪来，我就相信你真的知道错了，你就可以走了。"

"啊？"王凯立刻开始酝酿情绪，但努力了足足半分钟，才憋出来一点水汽。

"行了，不和你闹了。你回去吧。"陆令挥了挥手。

"啊？我没事了？"王凯一下子有些惊喜。

"没事啊，刚刚不是说了吗？下午去你家拿木头就行。"陆令一脸理所当然。

王凯大喜又大悲，自己彻底凉了，完了。14岁的他，从一开始倔强地说"等我18岁以后谁也别想抓到我"，到现在知道自己被几根木头拿捏得死死的，这心态变化确实是有点大。

"可以给你一次机会，看你能不能将功补过。"陆令说道，"不要和我耍花招，只要有一句话是假的，你就没有接着说话的机会了。"

陆令没有给王凯思考的时间。"你们村的李美玉，家门口为什么挂着缟素？"

"这件事真的和我爸没关系！"王凯脱口而出。他爸王宝泰已经进监狱了，村里有不少人却说他爸是凶手，所以他首先也是担心这个。看不出来，他还算有点孝心。

"那跟谁有关系？"陆令打蛇随棍上。

"我爸这几年低调多了，他和我说过，要是几年前，早就找人在村里把张涛给打了！现在年代不一样了！不过，他前些年犯的事还是多，这不还是被抓了。要我说，张涛这件事，他老婆最清楚。"王凯说得头头是道。

"你这话我信，但没有一句有用的。"陆令摇了摇头。

"别的……我也不知道啊。"王凯有些无奈，他现在真是不太敢说谎了。

"你不是你们村的孩子王吗？我看他们都听你的。"陆令有些疑惑，他本以为抓到这个王凯能问出点有价值的东西。这也不算是询问，就是堵着一个闯祸的孩子问几句话，问完就让他走。

"我才不是，这村里最厉害的是马思臻！"王凯恨恨地说道，"他胆子最大！"

"马思臻？"陆令若有所思。

像王凯这种孩子，一般都不愿意承认别人比自己强，但这种情况下他这么说肯定是有一定道理的。

"行吧，你走吧，以后别到处闯祸了。木头不用你赔了。"陆令挥挥手，让王凯走。

"真的？"王凯有些兴奋，"谢谢陆警官！等着，我要是有什么消息，一准告诉您！"

"那行，我加你微信。"

其实王凯说得有道理，张涛的老婆李美玉，指定是知道些什么，只是她精神状态实在太差，现在没办法询问。

王守发的尸体被发现后，李美玉挂上缟素，这就好像在告诉大家张涛死了，这是非常不祥的代表。陆令研究了一下本地风俗，大致明白这个道理。

一开始，大家都觉得李美玉的做法是在倒逼警察查案，但后来警察找她，也没见她多配合，这里面就有问题了。

李美玉暂时没办法询问，但陆令对于王凯的这句话很感兴趣。

马思臻，居然是村子的孩子王？他接触过一阵子……

第十八章　重要线索

1

中午时分，陆令和王尧在警务站吃了泡面，陆令让王尧专门找一个13岁的小孩玩。

陆令查了很久，这个小孩是杨丽邻居的孩子，13岁，因为胆小懦弱，上周都没加入大家一起玩，他也是今天早上被堵在警务站的孩子之一。这个小孩很快就告诉了王尧一个非常有价值的线索。

小孩听说王尧是沈州人，说话也就不那么顾忌，他说了一件事：村里杀猪的人，曾经跑到隔壁大姨家不知道干吗，后来还被这家的男人堵在了家里，但最终他还是跑出来了。

陆令在一旁听得直发愣！

如果小孩骗人，面对王尧这种外人，没必要提"杀猪的"这样的词，直接说村里有人去隔壁大姨家偷情，被人家男人抓了不就是了。小孩的关注点不在偷情上面，而在隔壁家的丈夫把杀猪的堵在院子里闹了起来，说明这是个老实孩子。

王尧还不明白这个信息有什么用，但在陆令的指示下他还是说道："这种事还是不少见吧。再说了，这种事最容易误会人了，说不定你看错人了。"

"才不是！杀猪的我能不认识吗？你不知道，他儿子小东，我可熟了！再说，我还爬墙头看了呢！不过，没人见过我！"小孩还挺得意。

"不是我说你啊，这种事过去太久了，估计你都记混了。"王尧的语气有些无所谓。

"哪有，这事情也就过去两月！"小孩着急了。

"看给你厉害的，这种事，可别到处说，说了你容易挨揍。"王尧笑道。

"肯定不能到处说，杀猪的可凶了！也就能和你说说，你不是我们村的，说了没事。对了，你可不能告诉臻哥他哥啊！这件事要是让臻哥知道了，全村人就都知道了！那我就麻烦了！"小孩这才有点慌。

"你放心吧，不会有人知道的。"王尧说道，"这件事跟我也没啥关系。我给你讲一件我们这边有意思的事……你先过来支援一下我……"

陆令决定去找岳军。他和岳军比较熟，他没想到，岳军居然隐瞒了这么重要的线索。这意味着，和这个线索相关联的事有很多！

今天没有带石青山过来，陆令等着王尧打完一把游戏，就带着王尧去找岳军了。

周一，买卖稀。岳军今天在家。再次被陆令找到，岳军有些不解，但还是跟着陆令上了车。陆令直接把他带到了警务站，让王尧开启了录像。

"不是，陆警官，您找我什么事？"岳军有点疑惑。

"找你过来喝茶。"陆令打开屋里的柜子，上周他来这边放了一箱矿泉水。他拿出两瓶，发现已经冻得鼓鼓的，现在刚刚化了一点。

"呃……"陆令没想到这边晚上这么冷，随即拿了几瓶水，放在了炉子边，"不废话了，直接问你事。上次你和我说的，我本来都信了，但查了半天，发现你和我说谎了。这件事情搞得我很别扭，我原本以为咱俩可以交交心的。"

听陆令说这句话，岳军心肝都颤了一下。

"也不是我诈你，你两个月之前去杨丽家里的事情，你是不是以为我查不到？你是不是以为王成（杨丽老公）和杨丽都对你特好？"陆令刻意转移矛盾。

"不可能，他俩不可能告……"岳军急了，但说完就发现了问题，这等于变相承认了。

岳军瞬间紧张至极，甚至动起了对陆令、王尧二人动手的念头。这次石青山不在，王尧看着也有些瘦弱……但这种念头只持续了一瞬间，岳军还是陷入了痛苦的挣扎。

陆令给了他充足的挣扎时间。

岳军虽然不明白为啥会暴露，但已经知道必须说实话了。这个陆令，上次就给了他极大的压力，太难糊弄了！这根本就不是他一个杀猪匠能面对的人！

"我……我真不是坏人。"岳军轻轻"啊"了一下，表情痛苦，双手张开，按在了自己的脸上。被陆令这么一说，他没辙了。他怎么也没想到，陆令居然知道这件事，而且他自己慌了神，变相承认了此事。

三个人沉默了足足一刻钟。

王尧早都着急了，陆令却一直沉得住气。他不急，稳得很。

岳军还在做心理斗争，他在考虑什么该说，什么不该说。

"给你十五分钟了。"陆令说道，"我见过小东，他是很可爱的一个孩子。你们村，我见识了几十个孩子，没有比小东更乖巧的。"

"跟我儿子没关系！"岳军猛地抬起头。

这一幕，似曾相识。

陆令也不说话，把选择权交给了岳军。毕竟两个人都知道这件事和小东没关系，只是岳军现在脑子乱了。

"其实也没有那么复杂，唉……我就是鬼迷心窍，我就是没有经得起诱惑。这件事只要一公开，我家就完了……"岳军没办法再捂着了，"我都坦白，警官，您看我态度不错，如果能帮我保密就好了……"

"你说吧，你们村的事情，还得从你开始。"陆令说道，"我至今都认为，你是一个好人。"

"我是……"岳军还是有点感动的。对他来说，之前隐瞒已经很难受了。他深吸一口气，继续说道："我和杨丽，其实……就是你说的这个事，她叫我去她家，但我俩都……反正就是还没开始，就正好遇到她老公回来。然后王成要打我，我没办法躲，但杨丽她还帮我，和她老公吵起来了，然后我就跑了……"

陆令看了王尧一眼，王尧扶着额头有些无语，这谁都能看出来是仙人跳，就岳军还痴情呢。

"杨丽，到底找你办过什么事？"陆令问道，"王成又是个什么角色？"

"今年6月22日，农历五月十三，我去沙头镇赶小集卖肉。我们村，一般情况，没有人会去沙头镇赶小集。我一般也不去，我都是赶大集才去。但因为头天是小东生日，我给忘了，孩子吵着想吃鱼，我老婆又说孩子吃鱼聪明，我就想着去沙头镇赶集卖肉，顺便买条鱼回来给孩子吃。但是，我当时赶集，正好碰到了张涛、李美玉和王成。当时我就打了个招呼，但他们三人没搭理我就走开了。后来，7月份，他老婆报警说张涛失踪，6月18号就失踪了。"岳军开始讲述这段故事。

192

2

已经是2021年了，不过还没过年，农村人习惯说"今年"，陆令就认真听着。

6月16日，是个节点，是王守发失踪的日子。

6月16日早上，李美玉回到沙头镇的老家，6月23日回来，7月3日报警说老公张涛失踪，没有提过在沙头镇和老公在一起。

6月22日，岳军在沙头镇恰巧碰到了张涛、李美玉还有王成。

"这个事当时我也没多想，结果过了一阵子，王守发他老婆报警说老公失踪了。当时全村也没怎么在意这个事。农村失踪个人，也没法查，反正谁也不知道王守发去哪儿了。后来，村里荣凯在山上发现了王守发死了，警察才开始全村排查。那段时间，杨丽过来找我了，跟我说，如果警察问我，不要提当初去沙头镇碰到张涛的事情。"

"我那会儿这个事都忘得差不多了，她要不提醒我，我也想不起来具体是几号看到张涛的。她这一说，我回家算了算小东的生日，发现不对劲。但杨丽找我，我就答应了。不过，你们警方也没问我这个问题，就问了我一些别的事，我也都照实说了。后来，警察查得越来越严，我也有点含糊，就想去查查这个事。"

"我去找杨丽，其实也不光为了……就是去找她了解一下情况，结果杨丽……唉，她也喜欢我，她……反正就这个事刚刚也说了，要不是她后来帮我压着她老公，这个事要是传出来，我就完了……"岳军把话说到这里，转而问道："是不是王成和你们说啥了？"

"这事不是你该问的。"陆令摇了摇头，"这么说，杨丽和李美玉关系不错？"

"那我不知道，那个事发生之后，我就慌了神，一天到晚也不知道在想啥，生怕那个事闹出来……"岳军表示自己还没有恢复理智。

"你和陶万宇有什么问题？"陆令记得，种田主播王丽超说陶万宇和岳军有矛盾。

"陶万宇这个人特别嘚瑟，他有钱，今年草莓特别贵，他家起码赚了十几万，可能更多。他经常来我这边买肉。有一次，他和王丽超一起过来买肉，应该是中午喝多了，我们聊天聊到杨丽，他跟我说了一些杨丽的坏话，说杨丽这个人乱得很，然后我怼了他几句，后来我俩打起来了。从那以后，他就不来找我买肉了，我也懒得搭理他！有几个臭钱嘚瑟的！"岳军道，"对了，他还和那个进去的王宝泰关系不错！"

"王守发和张涛之间是什么关系？"陆令问道。

"不咋样吧，反正我感觉他们之间关系不好，但具体啥原因我也不知道。"岳军说道。

"你这次确定没有什么隐瞒我的了？"陆令问道，"如果你现在所说的都是真的，那你没什么大事。如果有问题，下次我再找你，就不这样了。"

"我其实也感觉到杨丽可能是在利用我。"岳军叹了口气，"但我没办法……"

接着聊了几句，陆令对这个案子的感觉清晰了很多。这里面的一部分不太重要的内容和前阵子游少华询问陶万宇的笔录是一致的。

目前可以确定，杨丽、王成、李美玉一定知道些什么。

突破口，应该在王成这里。这个人看似没有任何存在感，是村里的绿帽王，但此时此刻他成了重要人物。

"你对王成这个人有什么看法？"陆令问道。

"王成是村里的理发师，感觉这些年过得挺不如意的，他老婆和他都分屋睡。"岳军说道，"这是杨丽告诉我的。"

"行吧。"陆令无力吐槽，"你有没有想过，为啥那个时候，王成会和张涛夫妇在一起？"

"当时我没想到，我还以为是一起去赶集的，别的事我是真的不知道。后来想去问杨丽，杨丽……"岳军叹了口气。

和上次其实差不多，陆令对岳军的看法没啥变化，只不过岳军隐瞒的这个消息确实很关键。至于岳军的感情方面……呵呵……

从法律上说，这可能构成包庇，但包庇罪一般需要为罪犯提供真正意义上的帮助，不是说"知道了不说"就是包庇，所以陆令直接让岳军走了。

陆令直接给游少华打了电话，把情况说了一下，接着准备找王成。

"竟有此事！王成……我还真是低估了他。这么说，他一定是参与者了！"游少华因陆令找到了新线索而感到激动，当即拍板，"他们村情况复杂，你一个人不要行动，等我过去。"

"行。"陆令想了想，"还有一个事。"

"你说。"游少华已经开始穿衣服了，但听到陆令这句话，还是停下了所有的动作，认真地听他说。

194

"我们这边俩人,中午就吃了泡面……给我带俩肉包子过来,行吗?"陆令问道。

"呃……"游少华还以为是什么大事,"行!"

"谢谢了。我给您微信发红包。"陆令还是很讲究的。

"屁的红包!我给你食堂拿点吃的就是!"游少华问道,"对了,你给他取笔录了吗?"

"没有,我在林区警务站,这边现在没有取笔录的条件,而且我怕取笔录的时候,岳军再害怕,啥也不敢说。不过,我都录像了。"

"那一样的,算是证据。他既然指认这个情况,王成就是嫌疑人。今天王成要是敢不说,我直接刑拘他!"游少华说话底气十足。

这个案子办到现在,游少华心里那叫一个憋屈!能力越大,责任越大,基本上每周局长都要过问一下案件进展,他的脑袋都大了!

之前的笔录里,针对王成获取的内容非常少,因为就前期的事情来说,没有一个线索指向王成,反倒都指向了杨丽。

游少华喊了几个人,开了两辆警车,准备出发。

"小王,"游少华指示,"你,快点去一趟县局院里。"

"什么事啊,游队?"小王立刻问道。

"去,去食堂,拿几个肉包子去!"

3

陆令和王尧啃着肉包子,心想县局就是县局,这食堂包子里的肉都比派出所的肉多!说实话,今年猪肉真有点奢侈品的味道,30多块钱一斤,连带着鸡肉价格也上涨,这样肉多的包子,吃着就格外香!今年的鸡架都比往年贵!

王成哪儿见过这个架势。每次警察来他家,基本上都是冲着杨丽来的,这次不一样了,冲着他来了。而且,让王成没有想到的是,警察直接把他单独叫到了林区警务站。

没有任何人与王成提了岳军指认他的事情,他打算全都说不知道。

不知道能行吗?这么大的事情,你说不知道就让你跑了?

这是命案,张涛目前生死不知,而王成刻意隐瞒此事,并且还配合妻子

195

杨丽要求岳军隐瞒此事。

在警务站问了半天，王成确实啥都说不知道。

接着，王成就收到了一张传唤证，去刑侦大队接受调查。

刑事传唤的时效是24小时，王成已经是嫌疑人了，但他依然不慌，他知道警察不会把他怎么样。可情况和他想的完全不一样。

有了岳军的指认，和王成的不承认，分局副局长在看了岳军的询问录像后，直接批准对王成进行刑事拘留。因为这是命案，要是个盗窃案子，这点证据怎么也不会拘留人的。

当看到眼前的拘留证时，王成整个人都有点蒙，不知道什么叫拘留。

根据《中华人民共和国刑事诉讼法》第八十条第五项之规定，兹决定对犯罪嫌疑人王成（个人情况略）执行拘留，送东安县看守所羁押。

与之一起的，还有拘留通知书。

根据法律规定，拘留要在24小时内通知家属。一般来说，明天早上去通知就行，但游少华决定亲自去找杨丽送拘留通知书。晚上八点多，他带了人，穿着制服开了两辆警车去了杨丽家！一般刑警只有开会的时候才穿制服！

今天晚上不审讯王成了，让他好好休息一下，在看守所里住一夜，明天再说。

游少华带着人，开着执法记录仪，把拘留通知书当面送到了杨丽手里，并且给杨丽解释了一下这是什么。

可能是警车太显眼，村里有一些不怕冷的居然在周围观望。

"我老公怎么了？凭什么拘留他？"杨丽有些不服气。

"刑事拘留只是刑事强制措施，你老公只是犯罪嫌疑人，并不是被告，更不是已决犯。我们并没有说他怎么了，也没有权力给他定罪，只是通知你，他暂时被刑事拘留了。"游少华满口的法言法语。

"你们警察了不起啊，凭什么？他什么事也没有！"杨丽有些急。

"有没有事，我会给您答复，如果我们违反了刑事诉讼法相关规定对你丈夫进行了非法羁押，那么我们会按照国家赔偿法给你赔偿，相应的警官也会被追责。"游少华说道，"如果没有其他事，我们就先走了。哦，对了，这里面有地址，你可以前往东安县看守所给你老公送简单的衣物，也可以通过支付宝给他充钱。"

说着，游少华完成了任务，转身往回走。

杨丽平日里真是在村里蛮横惯了，是什么也不怕的主儿，村里有太多男人追捧她。也不知道她咋想的，上去就一把拽住了游少华的脖领子，喊道："你等会儿走，你还没给我说清楚呢！"

游少华本来正在踏踏实实地往前走，被杨丽一拽，直接仰面摔倒在地，结结实实地摔了个屁股蹲儿。

冬天摔一下可疼了！游少华缓了缓，还有点不太好动弹，接着和旁边的两人说道："还愣着干啥？这个人阻碍执行职务，带走！"

一般袭警有两个档次：如果不严重，就按照治安案件处理，拘留十五天，案由是阻碍执行职务；如果严重，就按照刑事案件处理，能判刑，罪名是妨害公务罪。

杨丽见两个刑警抓她，就开始撒泼道："警察打人了！快来人啊！警察打人了！"

杨丽闹着，围观的六七人也靠了过来。天还是太冷了，这大晚上，能出来这几个人已经不少了。

然而，就在这时，从第二辆警车上又下来三个警察。

围观的群众没有一个再敢往前一步，游少华这才缓缓站了起来，揉着自己的腰和屁股，说道："走，不行，我得去一趟医院。抓紧带走，把人送到派出所处理。"

杨丽夫妇都被带走的事情，在东坡村的微信群引起了热烈讨论。

现场的这些村民，没有一个能复述警察说的话，他们啥也没听清，也没记住，就知道警察把这两人带走了。

村里的微信群，紧急成立了案件分析小组，十几个中年男人在群里分析案情的经过。这村里的人，素质真是参差不齐，怎么猜的都有，绝大部分人还是幸灾乐祸。

但是，第二天早上，这两人都没回来，大家的想法就变了。尤其是，杨玉收到了杨丽的拘留通知书。杨玉是杨丽的亲姐妹，派出所过来送拘留通知书的人是王所。

今天是王所来林区警务站，王所还嘱咐了杨玉，杨丽和王成短时间内出不来了，他们在外读高中的孩子过几天放寒假回家，让杨玉帮忙照顾一二。

197

高中放假晚，现在是1月19日，腊月初七，高中一般得腊月二十才放假。而王所这句嘱咐，基本上就是告诉杨玉，杨丽和王成十天内出不来。

杨玉哪儿懂拘留通知书是啥，就把这玩意放在了家里，村里其他人来问，她就说警察说得关很久了。

如果有懂行的，从杨玉收到的拘留通知书上，看看上面写的案由是"阻碍执行职务"，估计也就能明白杨丽为什么被抓。但除了杨玉没有人看到拘留通知书，村里就谣言四起了。

岳军表示他慌得很！只不过还好，没有人关注他！

而陆令这边，通过让王尧带村里的小孩玩游戏，可以实时掌握村里一切新的、有意思的事情！

王成的24小时笔录算是很敷衍，警察进来随便问了两句，就让他回去休息了。

游少华准备第四天再说，让王成先休息一下。

现在并不急，两口子都进来了，如果可以，李美玉也要抓。

4

之所以要等到第四天，有两个原因，第一是让王成的心先稳一稳，别上来就咬牙切齿地对抗警察。看守所这个地方，既来之则安之。一般刑拘都是七天，且不说结伙作案可以延长至三十天，就算只有七天，也够了。实际上，一天就够了，所以晚一点问，让王成面对现实，放弃幻想，也是好事。第二呢，游少华打算给陆令多一点时间，让陆令通过这帮小孩摸一摸村里的动向。

团结？

团结只能是表面上的，在面临掉脑袋的事情时，团结并不是稳固的。

村里再有一个岳军这样的人露怯，这个案子就稳了。

1月19日下午，李静静表示很不爽。昨天晚上，她被叫回来加班了。因为派出所拘留了一个女嫌疑人，她作为所里唯一的女警，被王所叫回来加班，一直忙到凌晨三点多。

王所说了，让她休息一上午，下午再上班。

李静静表示凭什么！熬夜这么晚，值班民警都可以休息一天，我凭什么只休息半天？

王所很平静地告诉她，没办法，明天赶大集。

苏营镇半个月一次大集，并不是完全固定的十五天一次，而是按照农历计算，每个月初七、二十二赶大集。同样的道理，沙头镇是农历的初九、二十四赶大集。大集的时间相对固定，小集的设定就比较混乱了，暂且不提。

石青山刚来那天，是2020年12月21日，冬至，冬月初七。

今天是1月19日，腊月初七。

赶大集的日子，除非是周末，否则李静静的事情很多，因为很多人都要赶着这一天来办事。李静静这个岗位很重要，明天要是休息一天，肯定是不行的。

李静静也没办法，只能下午上班，并且告诉王所，后天要休息半天，王所也答应了。

虽然王所还算讲道理，但李静静就是不爽。"凭什么啊？按照劳动法，我上一个夜班，起码要休息两天才是！"她以前在魔都的时候，怎么可能加班到凌晨三四点？！

而且，李静静还知道，陆令在屋里和王尧玩游戏，这都玩几天了？

凭什么啊？

一肚子的火的李静静早上八点多就起床了。她昨天晚上没回家，住在所里。因为她是唯一的女生，所以她是所里唯一拥有单间宿舍的人，就连王所和孙所，也都是办公室里放一张床，没有独立的宿舍。

起床早，靠墙还能听到隔壁宿舍陆令在玩游戏，李静静索性不出门，在屋子里吃了些零食，追剧追到十一点半，这才下楼吃了点东西，回来睡了个午觉。

李静静定闹钟，下午一点多起床，听到隔壁还在玩游戏，虽然声音不大，但靠着墙能听出来。接着，她去前台，看到等着她办业务的人有几十个，都是上午赶了大集在这儿等她的。李静静有些崩溃，但她还是坚持着，开始工作，至于心里在想什么，只有她自己知道。

陆令这边继续进行着之前的方案。还是杨丽邻居的孩子，今天找王尧玩游戏，希望王尧能带他上分。

"哥，跟你说个有意思的事情，我们隔壁那家，也不知道怎么了，昨天都被警察抓走了！"

"抓走了？因为啥啊？你们村这么乱吗？"王尧适当地表现出了好奇心。

"谁知道呢？不过，我们村都在聊，今天还有两三拨人来我家问我爸知道不知道咋回事，毕竟我们是邻居，隔得近。"

"这不闲的嘛，那能有啥原因，肯定是犯事了呗。"

"估计是，今天来我们家的一个叔叔说，我们邻居之前还和一个外乡人在一起待过，反正他们说得可玄了，我也听不懂。"小孩想了想，"反正村里肯定有好多厉害的事。"

"前几天和你们村其他孩子一块玩，他们都说了自认为厉害的事，可我没觉得有啥。"王尧说道，"这回该不会又是那个杀猪的去你家了吧？"

"才不是，村主任都来了！"

王尧看了眼陆令，陆令立刻小声跟他说："跟他说村主任又能怎么样，你们村说是死了人了，咋案子一直也破不了。"

王尧说完，又和小孩聊了几句，意思比较明确，就是这事还挺有意思，你回头搞清楚了再说，咱说事就说事，可别糊弄人。

此时此刻，看守所也是别有一番风景。

"你也是狠角色啊！我看你的证明上写着呢，杀人犯，就你这样还敢杀人？"号长过来调侃了几句。

一般来说，送往看守所之后，一间屋子几十个人，里面有一个号长。号长基本上都是听话且比较有经验的人。所谓有经验，就是进来好几次还能镇得住人。

王成涉嫌故意杀人罪，自然是被关到了重案的屋子里，这里面全是社会上的大哥，一个比一个狠，可能会判死刑的都有两个。

号长估计以后能判个无期徒刑，但他不慌，在哪儿都吃得开。在这边，他和管教的关系还是不错的。

"跟你说话，你不理我？"号长瞪直了眼睛，把王成吓了个够呛。他是真的怕了，第一次进看守所，没有不怕的。

四扇阴冷厚重的大铁门，肃杀冷寂的环境，和二三十个陌生人一起睡大通铺……

"我，我没有……"王成说道。

"你完了！你这是故意杀人啊，这不明摆着完了吗？我还以为你有种呢！"

"我，我没杀人！"

"没杀人？哈哈哈，没杀人你更惨，这不替别人进来了？替死鬼啊？很正常，我见多了！这里面大家都没犯罪！都是好人！"号长笑得很夸张。

"都没犯罪？"王成没理解这肖申克式的幽默，真正意义上感到了害怕。

就在这时，管教过来喊人："张三，出来，签字。"

不多时，一个人站了起来，去了门口，跟着管教走了。

"他怎么了？"王成没忍住问了一句。

"好事……你也快了。"号长拍了拍王成的肩膀，便回到自己的位置坐了下来。

"啊？"

不多时，张三回来了，手里还拿着一张逮捕通知书。

第十九章　案情再次突破

1

游少华和陆令都知道，王成已经开始怕了，但王成始终没有坦白，也没向公安提出要合作。这意味着，这个人一定有大问题。

王成邻居的小孩提供的线索非常重要。1月20日这天早上，游少华直接带着陆令等人到了王成家附近，把周围的几户人家通通带走询问。目标其实只有杨丽邻居这一户，带多点人是为了掩人耳目。

"我们得到可靠消息，杨丽被我们带走的第二天早上，有几户人去你家询问过相关情况，其中都有谁？"游少华没有绕圈子，直接向杨丽邻居问道。

"我记不清了。"杨丽邻居吓得够呛。

"这事和你们村的命案线索有关，我知道有谁，我提醒一下你，比如说，王洪宝？"游少华知道可以从这个人这里取得突破，便没含糊。

"呃……"杨丽邻居有些慌神。

"我之所以把你们几家都叫来，就是为了防止有人知道你说了什么。你最好快点配合我们，我们肯定给你保密。等你出去之后，说自己啥也不知道就行了。"游少华看了一眼手表，"越快对你越好。"

杨丽邻居权衡了几秒钟，最终还是告诉游少华，是种田主播王丽超说的王成曾和外乡人待一起过。

这个王丽超其实是挺配合警方的，但这么重要的线索却没有和警察提，游少华把杨丽邻居放走之后，直接去找了王丽超。

王丽超是个光棍，被警察一问起这事，他就承认了，是陶万宇让他不要提的。他和陶万宇都是种田大户，但他远远没有陶万宇有钱，有时候为了直播效果，他还会去陶万宇的大棚直播。网上很多主播家里看起来很有钱，其实大多数都是蹭朋友的。

王丽超和和陶万宇关系好，他和陶万宇提到这事时，陶万宇就告诉他，不要节外生枝，不要和警察说，所以他也就没说。

根据岳军之前的供述，陶万宇和王丽超一起去他那里买过猪肉，岳军和陶万宇还有点冲突。这也能从侧面证明，陶万宇和王丽超的关系是可以的。

"是这个人吗？"游少华给王丽超出示了无名死尸的照片。

这个死者的相貌，经过法医多次努力，还是做了一个简单的恢复，虽然还不能进行人相比对，但让人肉眼进行判断已经足够了。

"有点像，我记得那个人比王成高一个头，所以印象深刻。后来我听说村里有个没名的死人，也是个大高个，当时我还怀疑过，不过也就是那么一想，毕竟那个死人我没见过。"王丽超说道。

"好。"游少华又问了王丽超几句就放他走了。

因为没有外乡人的具体信息和照片，制作辨认笔录比较困难，但有了王丽超的指认，大家还是清楚了侦查方向。

案子能在这里产生突破，已经说明了一个问题。陶万宇、王成夫妇、张涛的妻子李美玉，都一定有问题，都是可以刑拘的，只是不用操之过急。

有了这些额外的线索，再去找王成讯问的时候，游少华和陆令心中的底气是很足的。

1月20日晚上，看守所。

"王成，过来签字！"管教在羁押王成的监室门口喊了一句。

"王成，快去！"号长立刻站了起来，督促王成去配合警察。

看守所比监狱要令人难受得多！

因为都是处于侦查阶段的未决犯，所以同一案件的不同嫌疑人必须关押在不同的监室，各个监室之间禁止这些人之间有所接触，所以看守所是没有公共的"放风"的时间的。

春、夏、秋三个季节，看守所允许每个监室每天户外放风一小时，冬天压根就不允许。

进来两天两夜，王成除了吃饭和上厕所，就几乎没动过。

上午起床、吃饭，学习监规和法律，下午坐着听课，到了晚上也不能乱动，只能在自己不到一平方米的区域里待着，不允许和别人交头接耳。

当然，这些规矩不怎么能限制号长，号长有一点可以到处溜达的特权。

别小看这个特权,有这种特权的人在监室里是非常舒服的。

总的来说,看守所一定比监狱苦。监狱有活干!即便是缝纫,也比天天坐着强!而且,监狱还有自己的床铺,人每天能到处溜达,放风时间也长。最关键的是监狱可以聊天,而在看守所,聊天受限!

这两天王成听到的话,让他逐渐地意识到他已经完了。

"无论什么事,早点'下队'是最好的。"这是看守所的人的共识。

根据《中华人民共和国刑事诉讼法》之规定,在看守所羁押的时间,在最后判决的时候是会从刑期里扣除的。比如说在看守所待了1年,最后判了7年,那么就直接减掉1年,进监狱6年(不考虑减刑)。

"啊?签字?"王成浑浑噩噩地站起来,跟着号长来到门口。

很快,王成就签完字回来了。

"我要被关在这里多久?"王成向号长问道。

"就你?杀人犯,都不坦白,关多久有啥区别,结局都差不多。"号长说道,"要我说,你这种事情,坦白还可能判个死缓,就死不了了。"

2

死缓,是死刑,缓期两年执行。两年内只要在监狱表现良好,就可以转为无期徒刑。司法实践中,虽然死缓属于死刑,但是更接近无期徒刑。

而号长这种角色,就是和监管关系搞得比较好的,如果他们能劝服嫌疑人坦白或者自首、揭发,他们自己本身也是有好处的。即便是已经被羁押的嫌疑人,也可以自首,将公安机关尚未掌握的犯罪事实坦白。

1月21日上午,游少华和陆令姗姗来迟,提讯王成。

从拥挤的监室出来,王成坐在审讯椅上,向四周张望。提讯室比监室要舒服很多,有把椅子可以坐着,还是单人单间。

提讯室大概有15平方米,里面嫌疑人待的空间有6平方米,外面提讯的空间有9平方米,中间是一处一米高的墙,墙上面是直接房顶的钢筋围栏,没有任何死角。而且,钢筋上面贴满了透明塑料板,塑料板的接触缝隙也用胶水封上了。

上午九点半,王成坐了半个小时,结果收到通知:"提讯暂时取消,先回监室。"

"啊?"王成有些纳闷,但还是乖乖地跟着管教回了监室,他已经开始习惯服从命令，不多问了。

他本来还准备咬牙死撑呢，结果警察就压根不想问他。这是……坦白的机会都不想给他，有了足够的证据想直接毙了他吗？王成心中有些悲凉。

在这个案子里，王成的角色还是很重要的，他这几天情绪一直在变化，整个人彻底抑郁了。今天警察来提讯他，结果又走了，他的心态彻底崩了。

监室外，游少华和陆令有些无语。

"得了，没辙了，下午两点再讯问吧。"游少华叹了口气，"是我考虑不周，没提前问。"

"这种事谁也没办法，只能下午了。"陆令说道，"咱们先去吃饭吧。"

自从去年开始，为了监所的安全，提讯室全部加装了塑料板，防止内外空气流通，也防止病毒传播。加装全密封的塑料板后，提讯难度其实是变大了的，虽然这个板子不厚，但还能挡光、挡声音，提讯就得大点声。

这个可以克服。但临近过年，制度要求更加严格了，几乎不允许这样面对面的提讯，而是改成了视频提讯。

在监所的外围，有三个铁皮房子，里面有电脑，可以视频提讯。但是，视频提讯难度明显加大，很多时候一些事压根问不出来，使用讯问技巧也没什么作用。双方不面对面的话，很多事情的交流就困难许多。

王成的24小时内讯问笔录，就是游少华安排下面的人通过视频方式获取的。取完笔录后，笔录打印完，监所的人会把笔录放在紫外线消毒机里消毒，进而拿进去签字，签完字再送出来，再消毒，以保证病毒绝对不会传播。

游少华和陆令当然不想选择这种视频提讯，他们想面对面提讯王成，结果早上到的时候被告知想面对面提讯就得提供24小时内核酸检测报告，这样方可进入监所生活区。

对于这种政策，游少华就算是副局长也不敢左右，只能乖乖带着陆令做了加急核酸检测，等待下午出结果。

阴差阳错，浪费了半天时间，把王成的心态搞崩溃了。

下午两点多，王成再次被管教带到了提讯室。这次来，他发现两个警察坐在了对面。

灯光很亮，15平方米的房间有两个灯，唯一的问题就是塑料板偶尔会反射光线。

"陆令,把咱们这个屋的灯关了。"游少华说道。

"好。"陆令关掉了外面的灯,只剩里面的灯亮着,屋子的光线瞬间就舒服多了。

王成看陆令他们可能看不太清楚,但是陆令他们看他,洞若观火。

"王成,事到如今,你还有什么想狡辩的吗?"游少华随口问了一句。

"我没有错,我没有错……"王成晃了晃手上的铐子,失魂落魄地说道。

"你没错,那错的是杨丽是吗?"陆令接了一句。

能不能成就看今天了!

"杨丽也没有错,错的是王守发!这个疯子!"王成的声音略微有些低。

"王成,我给你一次机会。"游少华叹了口气,轻轻摇了摇头,"这个事,你有不知道的部分,我不强求,把你知道的,说出来。"

"我……"王成叹了口气,"好。"

陆令和游少华都没有想到王成招得这么痛快。

"王守发是村里的老实人,他老婆杨玉也是。最早的时候,张涛就和王守发有矛盾,倒也不是大事,这里面有些事我也不清楚。王宝泰他爹死了以后,王宝泰和张涛结了仇。王守发以前在村里一直受气,王宝泰长大成家以后,倒是没人欺负王守发了,毕竟他俩是沾亲带故的。张涛这个事,王宝泰没急,王守发倒是急了,几次仗着王宝泰的名号,说要弄死张涛。张涛也气,但不知道怎么解决的这个事,只知道这个事之后,王守发去占了刘忠民家的地。

"后来,刘忠民回来,把王守发赶走,王守发就过来找了我,说张涛和我老婆有不明不白的事情,问我想不想弄死张涛。我说我不敢,结果他又找了我老婆。后来我才知道,这个张涛还真的对我老婆下过手,我也就气坏了。这个时候,王守发也不知道怎么弄的,找了刘忠民、刘忠连、陶万宇好几个人,大家都对张涛有很大的意见。总之,村里有好几个人一致认为要杀了张涛。

"我没这个胆子,这帮人也都没有,结果就商量着找个杀手。陶万宇、刘忠民、刘忠连、王守发出钱,负责找杀手杀人,我们两口子负责中间协调。结果,找来的杀手也是个蠢蛋,好几次,都没办成……"

3

王成如此干脆利落地招供,是游少华和陆令没有想到的。这也是游少华第一次听到完整的案件过程。

简单来说,王守发、刘氏兄弟、陶万宇,找了杀手杀张涛,结果失败了。

杀手就一个人,一开始想开车撞死张涛,但没撞着,后来杀手不知为何放弃这个单了。当时,大家一起聚在陶万宇家中。陶万宇家就在村口附近,在他家议事不容易被村民发现。陶万宇说可以给杀手加价,但杀手就是不想干了。

不仅如此,王守发、陶万宇等人还和杀手谈崩了,杀手往外走,王成赶紧跟着出来当和事佬,一直跟到村口,杀手才停下脚步,和王成沟通了一番。

也就是这个时候,几个人恰巧被王丽超碰到。见到有外人路过,杀手就走了。

之后,这几个人的意见就有了分歧。也不知道什么原因,王守发想要退出了。这件事是他组织的,但他现在想退出……杀人,可不是闹着玩,现在事情不成,王守发要退出,大家也没办法。

有人觉得这件事要么算了吧,可这个时候刘忠民不干了。刘忠民说愿意多掏2万块钱,让杀手接着杀人。

王守发一听,心想:"你们要杀人,可别带着我,我跑到隔壁县待几天,你们这边干吗,我都当不知道。最后警察要是来村里问,我在隔壁县有不在场证明,一问三不知就是。"

几个人都同意了。

于是6月16号那天,王守发就上山了。

王守发走了之后,事情依然不顺利,杀手没有找到张涛落单的机会。这个时候,杨丽表示,这件事其实还是得通过张涛的老婆李美玉去办。

张涛在村里风流成性,李美玉和张涛闹过几次离婚,打过架,但张涛最终都较为合理地解决了。主要还是因为张涛走南闯北,嘴巴会说,还能赚到一些钱。

杨丽也很会说,并没有提到村里人要对张涛不利,说的是"听说外面的人有人要对张涛不利",以此来探李美玉的口风。

李美玉和丈夫关系是很差,但是离开丈夫她也过不好,肯定还没有要杀丈夫的想法。听说此事，她就和张涛商量，让张涛出去躲一躲。

于是，李美玉跑到沙头镇的老家租了个小房子，并给张涛准备好了一堆吃的喝的。6月18日那天，张涛过去了。

张涛前阵子被人开车撞了，也是有点惊慌，因此他相信老婆的话，去了沙头镇之后，就在屋子里一步都不出来。

6月22日，李美玉去沙头镇赶集，顺便给丈夫买点东西。但这是小集，沙头镇也不繁华，就只有吃的喝的和常见的生活用品，别的东西几乎都没有。

沙头镇不是县城，出租的房子很多都是荒废的，基本上只能作为仓库使用，如果想居住，那得修整一下，不然基本上没法住。张涛那两天都是睡在硬邦邦的土炕上，没有席子，也没有蚊帐，每天都要喷大量的花露水。两口子商议了一下，暂住半个月躲一躲，看看村里的风声再说，但这里的条件实在是太艰苦了。

张涛是倒腾木材的，只要给他几根木板，他就能搭个床出来，所以他想要些基本的生活物资。这些没有倒也无妨，主要是没有手机。他第一次被车差点撞到，并不知道对方是怎么找到自己。他从网上听说手机能定位，所以离开村子之后手机就没敢开机。

在这个屋子那几天，可把他无聊死了！他想让他老婆给他弄一个新手机，搞张无限流量的卡，这样在这边多待一阵子也无所谓。

李美玉没办法，便想着去哪儿弄新手机，想了半天，也不知道和谁商量，就打电话问杨丽。在她看来，杨丽是值得信任的，毕竟是杨丽告诉她丈夫的事情。

杨丽说，别买了，正好我孩子上高中，现在是关键时期，手机就搁在家里，直接拿过去给张涛用一阵子就行，流量不够，但看小说没问题。

李美玉一听，千恩万谢，把地址告诉了杨丽。

杨丽不会开车，就让王成开着车去了沙头镇，把手机给了张涛夫妇，顺便还带了张席子过去。张涛有些感动，非要请王成在镇上吃饭，说这里距离村里那么远，应该没事，结果恰好遇到了岳军。

回村后，王成这才知道，杨丽已经去陶万宇家里把这件事告诉了陶万宇，陶万宇通知了杀手。后来过了一阵子，杀手说已经处理好了，张涛死了。在这段等待的时间里，所有人都很害怕，但又撑着装作没事发生。

杀手说张涛死了，大家也没确认，就抓紧给了杀手钱，让杀手走，还让杀手不要从大路走，翻山越岭走。

于是，杀手就走了。

再后来，就是7月3日，王守发的老婆杨玉报警，李美玉也报了警。

接着，就是9月3日，赵荣凯发现王守发的尸体，然后警方全面介入。

至于王守发和杀手是怎么死的，没人知道。

"刘氏兄弟、陶万宇为什么这么想杀了张涛？"陆令问道。

"张涛太花花了，据说姓刘的兄弟俩的老婆都和张涛钻过一个被窝。至于陶万宇，我就不清楚了，可能也是类似的事情？这个事一开始是王守发组织的。"王成叹了口气，"后来王守发死了，杀手也死了，我们这帮人都吓坏了，谁也不敢乱说话。而且，我们也不知道为啥，李美玉有点疯了，怪吓人的……"

对王成的讯问，比想象中顺利得多。王成在村里就是个可怜人，大家都说他不知道戴了多少顶绿帽子，但他自己不知道。

可实际上，杨丽只是风言风语多，真有谁说"我和杨丽睡过"吗？好像只有陶万宇这么说过，但杨丽说陶万宇是在吹牛扯淡。

作为本案的"工具人"，王成算是从犯，知道的也就这么多，但根据王成提供的线索，已经可以刑拘很多人了。

扣子从这里打开，自然而然就全开了。

游少华有些兴奋，但没有表现出来。他想跟陆令说不要太高兴，却发现陆令并没有多么高兴，反而是皱着眉头。

4

陆令和游少华当然不一样，心态就不一样。

对于这个案子，游少华的压力很大。村里发生的案子，在物证缺乏、现场勘查困难、监控资料基本没有的情况下，每一步进展都很困难。而陆令没有任何压力，办案思路也就多了些。尤其是通过玩游戏找孩子们了解村里的新鲜事，可以算神来之笔。

村民们大多对这个案子并不了解，提供了海量的无用证据，把这个案子搞得非常乱，而实际上参与的人又都不说话，案子办得真是别扭。村里特殊的文化氛围，对破案造成了极大的阻力。

现在，通过对一个嫌疑人的突破，虽然还不知道王守发和杀手是怎么死的，但案件已经彻底捋顺了。

王成说完，反倒是轻松了很多："你们可以去问其他人，我承认我很讨厌张涛，村里还有他和我老婆的风言风语，他真的很招人厌……"

王成想了想，没有接着说话，脸上满是悔恨。他这话倒是有道理，只要招了，其他人一抓，他有没有说谎很容易验证，现在要是想求个坦白从宽，就必须全招。

张涛在村里，也算是帅哥一个，再加上能说会道，吸引一些中年妇女在所难免，但也因此遭到了很多人的嫉恨。

"你家里的汽油喷枪，你解释一下。"陆令看着王成，问道。

"汽油喷枪？"王成明显愣了一下，"哦哦哦，那好早了，我老婆直播用的。她开直播，为了说明她什么都会，有时候还用这个燂猪毛，看的人不少。你们可以看看她的抖音账号，她发过小视频。不过，她都发了上千个小视频，不太好找。你知道那个……吗？"

"嗯。"陆令点了点头。

很多网红为了吸引眼球，强化人设，确实是啥都干。这也是警方侦查时的遗漏线索，确实没有人把杨丽在抖音上发的所有视频都看一遍，因为她发的视频什么内容都有。

上千个？王成还是说得少了，陆令记得起码得有两三千个，什么都发，谁看上一百个都想吐。

陆令心中还有很多疑惑，但不方便现在问王成。

王成所说，看似逻辑严密，但绕不开一个人，就是李美玉。

李美玉为什么不跟警察说清楚这些事情？如果说清楚了，这个案子绝对不是现在这样的情况，难不成这帮人把李美玉搞疯了？

要知道，李美玉7月初就报警了，那个时候的李美玉还比较正常啊。

从看守所出来，游少华心情不错。"陆令，你们这回算是立大功了！等回头把刘氏兄弟、陶万宇一抓，再审讯一下，案子可能就破了。"

"游队，这是不是太顺利了？"陆令有些纳闷。

"顺利？这还顺利啊，我们都忙了几个月了，这条线索也是来之不易。"游少华说道，"你别看小说，现实中命案往往很简单。"

"可是，你看这个王成，他表现得也太配合了。"

"这你不明白,看守所那个环境,他在里面待了几天出来坦白也很正常。"游少华说道,"而且,最关键的不是纠结这个问题,而是要抓紧带警犬去一趟沙头镇,看看能不能找到张涛的尸体。"

"这倒是。"陆令点了点头。

无论如何,王成都提供了大量新线索,到底是真是假,去查一查便知。至于其他的,有了开头就不怕没有后续,游少华是有经验的。

游少华直接给刑侦大队的黄队打了电话,那边立刻同意了游少华的申请,派人去找张涛。

陆令看了看时间,已经是下午五点了。

"游队,今天我还值班,白天还好,所里人多,晚上我们组人太少,我一会儿就先回去了。"陆令说道。

"没事,我给你们王所打过电话了,今天你陪我就行。"

"我还是不去了……"说实话,高腐现场,陆令还是有些抵触。他不是没见过死人,但那都是在医院,高腐现场他是一次也没经历过。

"总得经历,走吧。这大冬天的,再烂的部位也冻得很硬了,不用慌。"游少华看出了陆令的心思,但还是决定带他去。以后要当刑警的人,这种场面不经历一下怎么行?

陆令无奈,只能点了点头。

按照王成说的位置,杀手应该是在张涛租住的屋子里实施的谋杀,这种情况下一般不会把人送到太远的地方,因为杀手是外地人,在本地没有自己的车。

那时正值夏天,要是把尸体运送得太远,很容易被人看到。

游少华叫上了现场勘查、法医,又带上了警犬,直奔沙头镇。

陆令这两天一直跟游少华在一起,游少华还总是夸他,而且今天案子就已经有了突破性进展,不少人看到陆令,都有些好奇。

"天天跟着游队的那个人是谁啊?"刑警队的一辆车上有人问道。

"我听说是苏营镇派出所来的新警,有几把刷子。"司机说道。

"啊?你咋知道的?你认识啊?"

"没,我听反诈那边借调的小周说的,说这是个研究生,搞什么心理学。"

"有点意思,我看游队那个样子,像是要搞接班人了。"

"游队想调走可不是得培养个接班人?不过这也太年轻了吧,怎么也得

211

从刑警队找个有五六年工作经验的吧？"旁边的法医插话道。

"有志不在年高，你看游队年龄大吗？搞起案子是真不含糊。"

车队很快抵达了张涛租住的屋子，天已经黑了，两只警犬却依然兴奋。

警犬的兴奋期是比较短暂的，最佳搜寻时间甚至只有十五分钟，所以需要合理利用这段时间。当然，不是说过了十五分钟就完蛋了，只是说警犬无法始终保持最兴奋的状态。

屋子现在是空置的。东北地区冬天空置的小房子有很多，荒废的大院也有很多。从门口贴的"出租"的纸上，大家找到了房东的联系方式。房东也在镇上，说马上过来。房东来了之后，配合警方打开了门。

只是，任谁也没有想到，两只警犬一进院子，就立刻兴奋了起来，直奔一个位置，然后站在墙根那里，汪汪地叫了起来。

陆令的眉头皱在了一起。

第二十章　挖掘尸骨

1

陆令还是被骗了。

气温是低，是能把肉冻得邦邦硬，但前提是把人放在地面上。经过了一个夏天和一个秋天，埋在地下一米深的尸体，已经烂得不像样子，短袖和短裤根本兜不住糜烂的肉身。

夏季将尸体埋入土内，十天左右就会全面腐烂，形成"巨人观"现象。由于土的压力大，氧气少，并不会像裸露在空气中的尸体那样鼓成球，而是会形成多处区域化的"巨人观"现象，不同区域陆续开始腐烂。由于消化道菌群最多，一般来说，腹腔腐败速度最快。

尸体已经看不出来组织的存在，全是烂肉和骨骼。一般来说，尸体要经过三四年才会彻底白骨化。辽东地区年积温低，白骨化可能需要五六年。

可无论如何，这具尸体的味道都是有些难闻的。

院子里这个区域是泥土，表层的二三十厘米已经冻得很硬，用工具刨开土，大家很快看到了尸骨。

因为环境温度是零下20多摄氏度，味道并不是特别大，基本上土层只要翻开就会冻上，血水和组织液也一样。

"这没办法判断是谁，只能取样回去做DNA鉴定。"游少华有些头疼，"尸骨需要全部运走。"

两条警犬此时已经上车休息了，陆令待在游少华的旁边，干呕了几次，什么也没有吐出来。幸亏没吃晚饭。

"大概率是张涛，法医说死亡时间应该是今年夏天。"游少华说道，"因为无名男尸的事情，咱们县我特别关注了那几个月，没有张涛之外的男性失踪人口。"

"嗯。"陆令艰难地点了点头，他也大概能判断出来这是男性。

"感觉怎么样？"

"法医们太不容易了。"陆令感慨道。他实在是太佩服在前面收拾尸体的法医了，这活要是花钱雇人来做，少不了大几千，但法医们的日薪都不到200块。

"这帮兄弟挺不错的，都是老法医了，你以后有机会会接触到的。"游少华对现场的情况没什么太大的感觉，"就是收拾起来麻烦。咱们运气不错，赶上这个月份，要是在夏天搞这个，能熏得你鼻子好几天嗅觉失灵，身上起码要洗三次才能洗干净异味。"

"我……"陆令没有接话。

游少华说得都对，但陆令觉得他还是要逐渐适应，不吐出来是他最后的底线。

这边收拾着，房东整个人都不好了。

这边的房租非常便宜，像这种窗户漏风的房子，一年租金也就是1000块，按月租的话，每个月给100块就成。对房东来说，100块钱也不少了，能拿到就比没有强。可让他没想到的是，屋子好不容易租出去了，他8月过来看时，却已经人去屋空，屋里就多了张凉席和一堆生活垃圾。扔了垃圾，锁上门，这屋子一直到现在就再也没人租了。乡镇的房子是这样，出租难度确实大，但他怎么也没想到，好家伙，上个租客这是一直没走啊……

收拾完，用专门的工具把尸骨全部打包，已经是晚上八点多，房东早就提前回家了，走的时候一句话都没留下，估计警察把房子拆了他都不会管。

这么多人，没人注意房东走掉了，游少华不得不又去了一趟房东家里，让他做了份笔录。

笔录的情况与王成所说的基本上吻合，就是李美玉过来租了屋子，说暂时用一两个月，给了200块钱，约定一个月租金100块。

在镇上，如果是能住的房子，基本上年租金也能到两三千，而这种荒废的房子有人租就不错了。没签协议，房东就欣然答应，后面的事情他没怎么在意，只知道这里是一个男人在住。刚开始他还见过，后来就再也没见过。

房东辨认了一下照片，确认了张涛和李美玉的身份。

回县城的路上，游少华问道："李美玉真的精神不太正常了吗？怎么回事啊？"

"嗯，估计需要进行一段时间的药物治疗。"陆令说道，"典型的PTSD。"

"你是说应激障碍？"游少华想了想说，"倒是真有可能，她给老公专门找了个地方避难，结果张涛还是失踪了……"

"欸，"陆令捋了捋，"这不对啊，按理说，李美玉在杨玉报警之后，联系丈夫联系不到，去沙头镇找也找不到，后来报警称丈夫失踪……那，她应该明白一件事，就是她丈夫在这里居住，只有王成夫妇知道啊，那她不会怀疑是王成夫妇杀了她老公吗？"

"她哪有这样的逻辑思维？"游少华反问道。

"也不能这么说……"陆令自己推翻了自己的想法，"不过，也可能张涛在这里，不止王成知道。比如说，6月22日王成、张涛、李美玉在这里赶集那天，还碰上了岳军，她们在外面一起吃过饭……"

"倒也是，估计王成去送手机那天，是李美玉觉得麻烦了王成，才决定出来吃个饭，结果碰上了岳军，还碰到了很多不认识的人。这种情况下，张涛出事了，李美玉自责，倒也正常。"

"嗯，这么理解也符合逻辑。"陆令说道，"游队，一会儿我先回所里了，今天是我值班，如果我明天休息，再过来帮您接着解决这个案子。"

派出所近期不忙，今天是周四，陆令回去如果能值个夜班，明天就能休息，后天周六还休息，周末再值班。

"你这回去还值班啊？要我说你休息一阵子。"游少华说道。

"你们回去估计也休息不了吧……"陆令知道游少华是对自己好，只是他现在明白，他是派出所的人，出来帮忙得注意分寸，不能把本职工作丢了。

幸亏前阵子陆令在所里整体的口碑还不错，不然近日天天带着王尧玩游戏，早就被人当面批评了。王所目前还算支持，孙所天天啥也不管，苏师父算是独善其身，不咋搭理陆令。陆令积攒的好感度基本上都快耗没了，接下来可不能这样了。

陆令回到刑警队开上自己的车，再回到苏营镇派出所，已经是晚上十点了。担心派出所晚上会有事情，结果回去一看，所里一个警情也没有。陆令和苏亮臣打了下招呼，苏亮臣让他先休息。

没事干，陆令就值不了夜班，那么明天也就不能休班。陆令没说啥，收

215

拾了一下东西，晚饭是没胃口吃了，便迷迷糊糊地睡了。

2

早上起床，开会，昨晚值班的三组的苏亮臣、曲增敏和李强就都回家了，剩下陆令、石青山以及梁材华。

一组值班，二组派人去了林区警务站，三组这三位就在所里待着，收拾一下材料。

每当这个时候，陆令都不敢去前台，他闲啊！

这么闲的时候，被李静静看到，李静静就会心里不爽。虽然李静静不说，但是陆令能感觉出来。

于是乎，他带着石青山在宿舍刷抖音，看杨丽发的视频。

2020年春天至今，杨丽一共发了上千个视频，陆令从头往后刷，石青山从后往前刷，就是为了看看有没有汽油喷枪出现。

这一刷，一个多小时就过去了。

有人敲门。

"王所。"陆令看到王所，心中有一点担忧。他怕王所对他有啥意见，有时给领导解释是最麻烦的事情，解释就像是掩饰。

"你们在查案子吗？"王所问得非常直接。

"嗯，想从抖音上找点有关杨丽的线索。"陆令直接把手机给王所看了一下。

"我听说昨天找到了张涛的尸体了？突破够快的！"王所说道。

"忙了这么久……"陆令挠了挠头，"对了，尸体确认是张涛了吗？"

"确认了。刚刚开完早会，于局专门给我打了个电话，把我都夸了一顿。这个案子还没破，不方便开大会通报表扬。但无论怎么说，现在都是因为你有了突破，你抓紧时间写个报告给我。"王所说道。

"啊？"陆令倒是没想到王所会这么说，"昨天和游队聊天，他说今天要去村里把陶万宇那几个人都抓了。这个案子的报告，是不是应该等案子完结了再写？"

"这么大一个案子……"王所说了一半，拍了拍陆令的肩膀，"让你写你就写。"

"嗯，明白了。"陆令点了点头。案子很大，很复杂，现在也只是取得了阶段性成果，整体的事情，得最后再考虑。有什么先报什么，不然等最后破案，可能就把他给忘了，王所可不允许这种事发生。

"我顺便再问问你的想法。你要是想去办这个案子，我就答应游队那边，让你去刑警队待一个月，或者更久一点，等这个案子办完再回来。"王所说道。

"不去，之前说了不去。"陆令说得很直接，"反正咱们所也有侦查权，您要是不嫌弃，就让我在所里负责侦办这个案子。"

王所面露笑容："不是一直都让你负责的吗？"

"谢谢王所。"陆令笑着点了点头。

案子已经有了突破，现在再去肯定是能拿好处，但那样的话，就是陆令一个人的好处，而在所里侦办，最后肯定整个单位都有荣誉。

陆令看着王所的背影，心中若有所思。从王所的话里，陆令感觉到，王所对这个案子的整体侦破并没有太大的信心。确切地说，是对案子短时间内整体侦破没有信心，所以才让陆令抓紧把自己的阶段性成果报上去。

王所没有参与昨天的侦查，估计是接完于局电话后，和其他人谈了一下，看样子是已经联系游少华了。

陆令自从昨晚回来，就一直没联系游少华，这会儿也不打算联系，而是先和石青山看杨丽的视频，确定杨丽使用了几次汽油喷枪拍，做了记录。

接着，陆令去前台找了台电脑，写了份案件报告，详细记录了自己的侦查思路和工作进展。

在这个案子的侦办中，石青山、王尧都做出了一些贡献，尤其是王尧。

陆令以前没写过这些，但这个案子在执法办案系统上有很多报告，他照着格式直接写了一份，中午之前给王所发了过去。

忙完这些，陆令看了看时间，联系了游少华。

"案子果然如你所料，没有那么顺利。"游少华说道，"昨天晚上我们就去问杨丽了，杨丽倒是招了，说的和他丈夫一模一样，对王守发、杀手的死一点都不了解。今天早上我们去抓了刘忠民、刘忠连以及陶万宇，他们三个到现在一句都不承认。我看得出来，他们三个确实是有问题，王成说的也应该是实话，但谁知道后续的问题，现在还是不得而知。"

"张涛之死已经能把这五个人的罪定了，对吧？"陆令说道。

"难说，现在陶万宇和刘氏兄弟都不承认，虽然有两个同犯指认，但还是不够。"游少华说道，"关键是，张涛死亡的事情已经基本上能确定，

217

而另外两人怎么死的一点影都没有。现在把这些人一抓，案子可能会卡一阵子。"

"嗯，他们三个人，其中两人常年在外闯荡，另一个也算是有钱，经历得也多，不那么容易审出来。"陆令说道，"接下来，就只能看看通过陶万宇的妻女以及李美玉那边能不能有所突破了。李美玉的精神问题，需要对症下药。"

"这些都在做。"游少华说道，"你这办案思路倒是很清晰。对了，我正好有个事跟你说，你不是当过心理咨询师吗？李美玉的精神问题，你参与一下是不是会更好？"

"倒也不是不行，明天吧。"陆令说道，"但我觉得这个案子的突破点不在这里。"

"不在这里？"游少华想了想，"你觉得在陶万宇那边吗？这次找杀手，陶万宇应该是出钱比较多的，他应该知道杀手的真实身份。但是，因为前阵子把陶万宇叫过来询问了一晚上，现在对办案反而构成了阻碍，陶万宇不太怕被关押了。"

"也不在陶万宇身上，我觉得是人都有弱点……"陆令说道，"我们得针对人性的弱点去考虑问题。"

"你有话就直说吧。"游少华听得有点别扭。

"我之前说的一个问题，您还记得吗？"陆令说道，"这个案子，发生在东坡村，一点都不稀奇。这样的村子，即便不出现命案，各种矛盾堆在一起，也必然会引发其他的问题。所以我们应该换个思路，不考虑为什么村里会发生命案，而是考虑为什么命案会发生在那个时间段。老一辈的人彼此关系都已经很稳定了，矛盾也不是一天两天了。那么不稳定的，肯定是新一辈的人之间的关系。我觉得，我们需要把精力放在年轻人的矛盾纠葛上。"

游少华不说话了，他发现陆令的办案思路比他要高一个层次！

这就是学心理学的吗？

3

和孩子们玩游戏的时候，陆令只能让王尧适当表现出自己对农村生活、农村趣事的好奇，直接问也不方便。所以他们对年轻人之间的纠葛，知道得并不多。

陆令刷了杨丽发的几百个视频，虽然抖音有极强的滤镜，但他还是能看出来杨丽是个很虚伪、心眼很坏的人。如果村里的命案都和杨丽有关联，那她可能在2020年春季就已经开始谋划了。以此来推算的话，上一个寒假可能是矛盾的关键。

对于陆令的这个说法，游少华是支持的，只不过就是难查，今年的事情就已经够难查了，何况去年？

"你有什么想法吗？"游少华问道。

"杨丽和王成的闺女不是在外面读高中吗？等她放假，我要去询问一下她。"陆令说道，"杨玉也是当事人之一，询问杨丽和王成的闺女时，不方便让杨玉给她当监护人，我们得另给她找个亲戚配合询问。"

"有道理。"游少华思考了一阵子，发现自己的思维一直被陆令带着走，这种感觉让他既轻松又头疼。难道自己已经老了吗？

"今天是腊月初十，王成的女儿上高二，高二的学生一般都是小年之前才放假，可能要等十天。"游少华提醒了一句，"不如就去学校问，找个老师当监护人就行。"

"那更好。"陆令立刻表示了同意。他办案的思维还是比较被动，遇到事情喜欢等待时机，而游少华办案雷厉风行，有线索绝不等待。

"好，我派人去查一下，今天就去，你过来吗？"游少华问道。

"您要是能今天去就再好不过了，我就不去了，我上班，下午我再去一趟村里。"

游少华今天是挺忙的，但还是决定亲自去找王成的女儿。陆令则打算去找一趟王凯，也就是王宝泰的儿子，前几天被堵在林区警务站的那个。

陆令和王所说了一声，便开着警车，带着石青山去了东坡村。

所里的警车修好了，现在有三辆车，陆令出去办案可以随便开。

到了东坡村，陆令远远地看到警务站那边停着一辆警车，这说明二组的人还在那里，他也没去打招呼，而是直接去了王宝泰家。

王宝泰的老婆确实不太喜欢警察，毕竟她老公就是被警察抓走的，听说警察要来找自己儿子，第一反应是儿子闯了大祸了："我儿子才14岁，他怎么了？"

"他没什么错，只是我前阵子接触过一次他，感觉这个小伙子头脑很清晰。有些村里的事，我过来找他了解一下，您也可以陪同。如果您知道一些事，也可以告诉我。"陆令还是很客气。

"我们家什么也不知道，他一个小孩知道啥？"妇女有些不乐意，站在门口，言外之意是警察别往里走。

"王宝泰如果在这里，都会比你客气很多，你信吗？他现在在里面，是他自己的问题，还是我们的问题？"陆令语气有点重，算是提点了她一句。

听了这番话，王宝泰的老婆不再反驳。老公还在里面，得罪警察这不是有毛病吗？想了想这里的利害关系，她叹了口气，示意二人进屋："孩子还小，别指望他知道什么。"

"我和他聊的时候，您别总是打断他就行。"陆令接着说道，"我和您儿子打过交道，说实话，孩子现在贪玩，这不是大问题，但他要是想走他父亲的老路，你们做家长的还是要管管。"

"你们上次和他聊了？"妇女说到这里，也有些头疼，她当然不希望儿子走丈夫的老路。时代不同了，这条路走不通的。

"嗯，聊了，他跟我说了一些社会人的话，被我教育了几句，好多了，他把这个世界想得太简单了。"陆令没有提具体的事情。

"唉——"王宝泰的老婆还算讲理，比陆令之前在县城公交公司遇到的妇女好很多，"这孩子没跟他爸学啥好，他爸进去之后，倒是老实多了，但还是不好管。正好，你们来了，帮我管管。"

"进屋说。"陆令说道。

王凯听说警察来了，吓了一跳，心想自己最近应该没闯祸啊。

看到是陆令，王凯连忙说道："刘警官！"

"陆。"陆令指点了一句。

"哦哦哦，陆警官，您来……该不会是……"王凯以为陆令找他要木头。

"上次你走的时候，还加了我微信，说有什么消息一准告诉我，等了好久也没消息啊。"陆令说道。

"啊？"王凯傻眼了，那不就是客气话嘛，这警察怎么还当真了？

"你是不是想说那就是客气话。这可不行，做不到的事情不能随便答应。"陆令笑眯眯地说道。

王凯一看到陆令笑，就有些害怕，这警察会读心术，能不让人害怕吗？

"妈，你先去隔壁屋，我有话单独和人家说。"王凯也算是支棱起来了。

"行，你们说。"王凯妈妈也算是给警察面子，去了隔壁屋子。

"我还真知道点事，但你们必须帮我保密！"王凯说道，"你……你得对着灯发誓！"

"嗯，行，我对着灯发誓，你说的话，我保证不告诉你们村任何一个人。"陆令认真地举起了手。

因为李美玉在家门口挂缟素，前阵子陆令研究了一下当地的祭祀文化。东北地区的一些通古斯语系民族，如鄂伦春族、满族等，最早的时候崇尚火焰和光明，因此对灯发誓也是比较庄重的。当然，近年来已经成了玩笑，只是王凯说得认真，陆令也就认真了些。

陆令发现，王凯有点传统，对于白事以及古代的文化比一般小孩懂得多一些，这种社会人的后代，往往更重视这些。

"你知道不知道，我们村那个马思臻现在为啥都不上学了？我是放了寒假才回来的，刚回来，不知道你们警务站还用着，所以才被你们堵了，但那个马思臻，他中途就休学了！"王凯说着，还看了看左右，生怕别人知道这件事。

马思臻是马腾的二儿子，陆令上次去的时候就看到他在炕上也玩王尧所玩的游戏。后来王尧组队玩游戏，却很少组到他。

4

马思臻休学，以东坡村的村风，这压根就不叫事。如果村里每个月出一版新闻，这件事想写在第四版都得贿赂编辑。

和王凯聊天，陆令才知道，马思臻退学是因为在学校打架，而且还叫来了学校外面的成年人，其中就有张涛的儿子张进修。张涛的儿子在外打工，常年不回村，实际上陆令从来没见过他。

"怎么听你这个意思，你在学校还受到了他的欺负？"陆令问道，"为啥感觉你有点怕他？"

"村里人都说，我爸在镇上收拾了张进修他爸，但那都是传闻，我爸跟我说就是吓唬他爸了一顿。但是，张进修在我们学校，打了好几个小孩，而且当时有人报警，也没抓住他，好像是说什么证据不够，没有监控。"王凯说道，"我倒是没受欺负，但我也不愿意招惹马思臻，他家好像挺有钱的。前几天我听说他哥开着奔驰回村了。"

"马思臻和张进修打了谁？是你们村的人吗？"陆令问道，这件事情和张涛的儿子联系上了，可能对办案有推动作用。

"那倒不是，我只是知道这个事，马思臻的事情可多了，而且我知道，陶雅文还喜欢马思臻。"王凯说道，"陶雅文在学校可乱了！"

"要照你这么说，马思臻和张进修关系应该不错？"陆令有些疑惑地问道。

"不知道，他俩之间的事情谁知道？"王凯说道，"我就知道这些，这还是我最近去偷偷打听的，也不知道是真的假的。"

"你从哪儿打听的？"陆令问道。

"学校有人偷偷传，这种事哪里知道来源，估计是被打的人说出来的。"王凯说道，"这个事最好别查，一查我就露馅了。"

"你们初中都放假了，我不会去随便查的。"陆令点了点头。

从王凯这里走了之后，陆令接着去找了陶雅文。陶万宇已经被刑拘，陶万宇的妻子李美莱和女儿陶雅文还在家。陶雅文比王凯大一岁，15周岁，16虚岁，今年上初三。

"警官，我老公他到底怎么了啊，为什么？今天有人跟我说他被拘留了，就是抓起来了吗？"李美莱看到陆令，有些慌乱，像是抓住了救命的稻草。

"正好，我还得问问你，今年夏天的时候，你丈夫有没有叫刘忠民这些人在家里聊天什么的？"陆令问道。

"我夏天的时候，都是天天住在大棚里的，我们家大棚那里也有个房子，能住两个人。夏天怕东西被偷，我和我丈夫要么都在要么一个人在那里住。"李美莱说道，"我丈夫他到底怎么了啊？"

"你先把你女儿叫过来。"陆令说道，"我有话问她。"

陶雅文在家看电视剧，被叫下来有些生气："什么事找我啊？"

"你在学校有没有被人欺负过？"陆令见陶雅文有些不耐烦，直接问道。

"什么啊，谁欺负我啊？"陶雅文停顿了一秒钟，随即脱口而出。

陆令看得出来陶雅文在撒谎，但想让陶雅文说实话就更难了，他只能和李美莱说道："你丈夫的事情不是小事情，如果最终被证实他有罪，你们希望与被害人的家属和解，可能需要一大笔钱。这个钱我们不要，被害人家属要不要我不确定。总之，你得明白这个事。"

"我……我知道。"李美莱听着还是有些虚，她收到的《拘留通知书》上写得很清楚，"涉嫌故意杀人罪"，她今天也去找人打听了，要是真的，最后多赔些钱，可能就能保命！

"我需要找……找那个什么……律师吗？"李美莱问道。

"可以找，但大概率会花冤枉钱。这个案子最终怎么判，主要看两点。第一，你丈夫是否坦白，或者你们家属能不能提供一些有用的线索，协助破案；第二，是能不能取得被害人的谅解。当然，我说的这些，都是在事实能认定的前提下。"陆令说道。

"好好，我知道了。"李美莱是典型的围着丈夫转的那种农村妇女，对丈夫言听计从。她现在还是有些急，看了看女儿说道："今年答应给你买的衣服啥的，就先不买了。"

"啊？"陶雅文瞬间就炸毛了，"凭什么！"

"你爸今天被抓了，你知道吗？你爸那是什么，你爸他……他可能杀了人！你这孩子怎么这么不懂事？"李美莱气坏了。

"什么我不懂事，问题是，我都和同学说好了我开学要穿貂！你不给我买我就丢大人了！"

"我有一件，你穿我的，我送你。"

"我不要！你的太老了，我怎么穿啊？！再说，你都有，凭什么不给我买？！"

"你！"李美莱气坏了，当着警察的面也不知道该怎么办。

"我不管！别的我可以不要，这个是说好的！你要是不买，我就不活了！"陶雅文瞬间放出了大招。

"行行行，先等人家警察走了之后再说。"李美莱瞬间苍老了几岁。

"哼！"陶雅文直接就回了自己的屋子。

陆令原本想通过和李美莱说这番话，让李美莱收紧在陶雅文身上的支出，从而让陶雅文老实配合警察询问，结果没想到这姑娘反而彻底不讲理了。

"唉——"李美莱和陆令叹了口气，"我以前给她买过一个貂皮的领子，两三千，被她弄丢了。"

"嗯。"陆令点了点头,他知道这姑娘肯定是把领子给卖了,"孩子在学校,有没有被人欺负过?"

"没。"李美莱感觉不想说,但想了想女儿刚刚的样子,终于还是说道,"唉……好像,我听老陶说,张涛的儿子欺负过雅文,但我也不知道具体的情况,这些事情都不是我去管的。"

"行,我知道了。"陆令点了点头,思路清晰了许多。

总的来说,今天的收获很大,村里的事情,果然和这群孩子有关系,只是陆令没有搞明白,马思臻在案子里到底是个什么角色。从马腾那个角色来看,案子似乎和他们家不沾边。

从陶万宇家中出来,陆令脑海中浮现出这个村子的地图,他好像明白了些什么,这件事情,必须得和游少华商议一下!

第二十一章　王一雯

1

在陆令看来，岳军确实有点单纯。杀猪这个行业，和人打交道不是很多，白刀子进，红刀子出，按重称肉，童叟无欺。

让人感到讽刺的是，这个村里，30岁以上的成年男性，杀气最重的岳军反而是最善良简单的。

但是，岳军，凭什么？

杨丽压根就没看上他，为啥频频找岳军？而且，杨丽来找他这么多次，直到陆令第一次出警，他老婆才和他闹了起来。

陆令突然觉得，杨丽不见得是来找岳军的，还有一个地方她也会去，也就是马腾家。

如果杨丽是以找岳军为借口，来找马思臻，那么这个案子就有意思了。

就连王凯都说马思臻不一般，在村里是孩子王，那陆令还真不能小看他。

岳军是工具人"石锤"了。

炸弹和导火线，缺一不可。

东坡村多年的积怨就像是火药桶，但没有引火线。

年轻人的恩怨才是真正的导火索，引爆了村里的积怨。

想到这里，陆令给游少华打了个电话。

游少华这边还算顺利，王成的女儿王一雯比较聪明，再加上已经是高中生，对游少华还算配合。

"叔叔，我就知道这么多，其他的我真的不清楚了。"王一雯有些扭捏。

"行，你先……"游少华拿出手机，看了一眼，"等一下，我先接个电话。"

说着，游少华去了走廊，接通了电话。

"游队，您那边怎么样，有什么线索吗？"陆令先问道。

"我和老师聊了聊，王成的女儿叫王一雯，是个学习不错的好学生，她对家里的情况不太了解。她父母被抓的事情，她也听说了，最近还有点慌乱，我安慰了她一阵子。"游少华说道。

"游队，这就不对了，她肯定知道些什么。"陆令说完，发现自己的话太过于肯定，连忙说道，"也不能肯定，总之……这样，您找个方法，一会儿问问她马思臻的事情，我怀疑她和马思臻有关系。我怀疑杨丽曾经多次找过马思臻。"

"好。"游少华面不改色，"还有别的线索吗？"

"得看您那边的突破了。"陆令说道。

"好。"游少华挂掉了电话。

挂掉电话，游少华思考了一下，陆令这个时候打电话过来，肯定不是无的放矢，想了想，他露出了一丝奇怪的微笑，接着转身回了老师的办公室。

王一雯看到游少华这个表情，心中有些紧张。游少华也不急着问，把座椅仔细地放正，然后正了正衣领，这才踏踏实实地坐下，身子往后微仰，靠在椅背上，双手抱在胸下。

一套动作把手下的人以及老师和王一雯都看蒙了，不知道这是要干啥，但大体给人一种感觉，就是这个刑警队长做好了久坐的准备。

"说一下马思臻。"游少华脸上带着若有若无的微笑，随口问道。

王一雯一愣，眨了眨眼睛，然后迅速说道："您问他干吗？"

游少华没说话，脸上的笑容变得明显起来，拿起自己的保温杯，打开吹了吹，喝了一小口。

杯子还没放下，游少华就这样直接说道："需要给你点时间思考吗？"

"啊，不需要。"王一雯看了眼老师，明显从老师的表情中看到了一丝怀疑，她深呼一口气，"马思臻曾经因为我和别人打过架。"

王一雯有些害怕，她明白，警察肯定是知道了些什么，于是抿了抿嘴："这个事其实我不想说，但是……"

王一雯叹了口气，接着说道："我们村的这些孩子，都是一个小学的，初中也都差不多在同一所学校。哦，也不是全部，村里有厉害点的，比如两个姓刘的伯伯，他俩的孩子就是在县城上的小学。总之，寒暑假都在一起，也都认识。去年寒假回去，村里有个大孩子，就是村里张伯的儿子，叫张进修，他20多岁了，没读高中，总找我事。这找事的方式，和我们学校一些男生一样，我就跟我爸妈说了。之后他倒是收敛了一些，但我看到他还是得躲得远远的。"

"我妈跟我说，男人要是喜欢一个女的，他会一直想办法。我听了我妈的话，也有些害怕。那个时候，我听说马思臻和张进修关系不错，正好我和马思臻还比较熟，我就找他，请他帮我去说说张进修，结果他俩闹僵了。马思臻生气了，觉得张进修不够意思。后来我才知道，开学之后，他找人和张进修打了起来，并因此停学了。但是，不管怎么说，他还是挺厉害的，找的人也厉害，张进修没敢再骚扰我。"

游少华点了点头，倒也没提为啥王一雯之前不说这个，而是说道："这么说，马思臻休学和你有关系？"

"对，有关系，唉，马思臻这个人……我说实话，也没学什么好，他应该也是对我……"王一雯咬了咬嘴唇，"反正，他也跟我表白过，我没答应。"

"这么说我倒是信。"游少华点了点头。

遗传这东西还是很讲道理的，杨丽是村花，王成也是个帅哥，王一雯长得确实漂亮，在村里的孩子中数一数二。

现在这些十四五岁的小屁孩，可真的啥都懂了。

"你应该还有什么话没跟我说。"游少华说道，"你们老师在，你肯定不会说，我也不为难你。这样，我给你留个联系方式。有时候，把话憋在心里对你影响会很大。"

说着，游少华拿起一张A4纸，把自己的手机号码写在了上面。"这是我的号码，也是微信号，有什么事跟我说。对了，如果有人欺负你，或者对你图谋不轨，也可以给我打电话。"

"这可是咱们县的刑警大队长。"游少华的手下及时说道。

王一雯有些愣，点了点头，把纸折起来收好，也不知道在想些什么。

2

给王一雯做完询问，游少华和陆令通了个电话，二人把目前的基础逻辑摸清楚了。

张涛父子都很花心。多年前，张涛原本要和王凤来结婚，但王凤来母亲不同意，把王凤来嫁给了刘忠民。后来，刘忠民、刘忠连兄弟俩在外闯荡，"基地"被张涛偷了，自然是气急败坏。

张涛和杨丽的关系不一般，但张涛的儿子要染指杨丽的女儿，杨丽自然是不同意，与张涛产生了纠葛。

陶万宇可能是看张涛不爽，也可能是其他原因，总之，他也非常讨厌张涛。

王守发和张涛有老矛盾，而且他的族弟王宝泰因为劣质棺材的事和张涛是死敌。王守发狐假虎威，借王宝泰和张涛的事情说事，后来还去占了刘忠民的地，而刘忠民的地是他老婆王凤来在种。全村都知道张涛和王凤来好，王守发这是变相地打张涛的脸，这比直接占他的地还要打脸，等于把张涛和王凤来的事情挑明了。

刘忠民家的地被占，而且是因为张涛，王凤来就不好意思跟丈夫说，再加上她家主要也不靠种地那点收入，这件事情就僵持着。这个时候，村里的赵荣凯和刘忠民关系好，主动打电话告知了此事。

刘忠民回来后，把老婆骂了一顿，也没好意思去找张涛，找了就等于认了此事，于是他把火撒在了王守发身上，打了王守发一顿。

王守发气急了，觉得这都怪张涛，便开始筹划这起命案。

目前的线索已经能够清楚地说明为啥会有杀张涛的命案，但搞不清楚王守发和杀手是怎么死的，甚至杀手的身份都不知道。我们可以推测，陶万宇肯定知道杀手的身份，刘忠民、刘忠连也可能知道，但陶万宇很难突破。

一起案子，没有实物证据，只靠人证，能走到现在这个状态，已经很不容易了。

"他们村实在是太复杂了，我办这个案子，记住的村民都快比县局的同事多了。"游少华苦笑道，"幸亏有你。"

"我也没做啥有意义的工作。"陆令说道。

"快拉倒吧，你们南方人是谦虚啊。"游少华吐槽了一句，"说实话，能捋顺目前的关系，就已经豁然开朗了。他们村现在刑拘了四个，治安拘留了一个……杨丽等治安拘留结束再刑拘。总之，现在已经够厉害了……要不是案子还没破……就今天早上开会，于局还专门问过我，说要不要把你带到刑警队来。"

"于局专门提到我了？"陆令有些吃惊，他只在电视里见过，还没亲眼见过这位领导。

"嗯，你猜猜我怎么说的？"游少华也有些少年习气。

"您肯定说，征求我的意见。"陆令一下子明白，为啥上午的时候，王所又问了他一遍想不想去刑警队，敢情是于局说的。

"和你说话真没意思。"游少华突然想到了什么，"该不会是你们王所这么快就跟你说了吧？"

"他是问我了，但王所没提是于局问的。"陆令倒是实话实说。

"那就说明王所不希望你来。"游少华若有所指，"你们所长挺照顾你的。"

"嗯，这么一说还真是这样。"陆令也反应了过来。

"这你都能听出来啥意思？"游少华心态崩了，"没意思，挂了。"

陆令当然能听出来是什么意思。于局让陆令去，这就变了味了。陆令到了刑警队，如果案子破了，是谁的功劳？是刑警队的功劳吗？不，是陆令一个人的功劳。刑警队办了这么久的案子没有办成，陆令一来就成了，这可不就是陆令一个人的功劳吗？这样的话，陆令是爽了，一等功可能都揽身上了，可其他人呢？那一米厚的案卷，那几个月的努力，陆令摘桃了，这事好吗？

于局是不在乎的，能破案就成，而游少华又不能说不行，只能说让陆令自己决定。说实话，游少华邀请陆令来，是想要一起办案，但不能于局邀请，于局邀请就是指定陆令破案。

王所是怕陆令年轻，拿出于局的大旗后一激动就去了刑警队。破不了案子丢死人，破了案子得罪死人。王所明白这里面的问题，所以只是问了一句，没有提于局，这绝对是保护陆令。

总之，人际关系这种东西，绝对不是你能力强就能横扫一片。如果县局每个月都有大案，离不开陆令，那怎么都好说。如果几年才有这样一个案子呢？把功劳抢光了，以后的几年，对自己有好处吗？

陆令自然能看出来这里面的弯弯绕绕，如果这都看不明白，怎么可能看得出来村里的人际关系？所以王所其实是小看陆令了，王所如果说是于局邀请陆令去，那陆令能像拨浪鼓一样摇头。

现在陆令在派出所，和刑警队合作，那绝对能团结各个部门，对案件的侦办也大有好处！

团结？那绝对是力量！这也是现在陆令要啥人，王所都支持的原因！

当然，我不解释，大家应该也能看出来，这都是基础的人际关系罢了。

搞定这些，村里今天能做的事情也就不多了。

陶万宇和刘氏兄弟，现在已经陷入囚徒困境中，在里面羁押几天，总会被警方找到突破口。陆令不愿意在村里久待，就开车回了派出所。

王所正好在所里，陆令就顺便把案子前期的东西给王所做了个汇报。

"你这些和游队说了吗？"王所听完问道。

"说了，我们有消息及时共享，这也是我俩讨论的结果。"陆令说道。

"好，这真是好消息，线索捋清楚就好办了。以后你和游队之间多合作，需要所里啥资源尽管提。"王所神色也有些激动。

"感谢王所，需要的人力物力倒是不多，就是希望案子破了之后，我之前的一些事，您给大家解释解释。"陆令说道。

这个案子堵在心里，王所也不舒服，现在舒服多了。"不用以后，下周一开会，我专门说一下这个事情。咱们所这一亩三分地，还是要团结一致的！"

陆令很感激，他听得出来王所说的"团结一致"是啥意思，就是给他站台呢！这"团结"二字，肯定不只是团结他王所。

3

陆令本来想的是，明天周六休息，可以去钓鱼。

上次钓到那么多鲫鱼，回来给大家露了一手，别提有多痛快了。对钓鱼佬来说，钓上的鱼，还被人夸好吃，那种快乐一般人体会不到！

这边距离海边也不太远，开车一个多小时，钓鱼群里有人去海钓，陆令也想试试！

而且，群里据说偶尔还会组织包船海钓，对经济状况尚可的陆令来说是一种很大的诱惑。单身，拿着五六千的工资，在当地绝对是有钱人。

晚上，在宿舍看法律书，陆令的心思就飞到海边了，有了车之后是真的方便！

这时候，有人敲门。

"王所。"陆令打开门，连忙捋了捋自己的睡衣。

王所今天值班，晚上也没啥事，就进了屋，手里还拿着一个塑料袋，里面是瓜子。

"看书呢？"王所把塑料袋往桌上一放，拿起陆令桌上的书，看了看，发现是法律书，"嗯，看书好，你这用不了多久，警校毕业的都赶不上你。"

"哪儿有，我笨鸟先飞，前几天和游队聊天，我居然都不知道证人的询问时间是12小时，我还以为是24小时，这要是以后押错时间了，麻烦就大了。"

"嗯，是要学点，不过也不用太深究，除非以后你去法制部门，我看你就是个刑警的料子。"王所说着，坐下，打开塑料袋，自己先抓了一把，"吃，这家瓜子还不错。"

陆令也没说谢谢，太客气就没意思了，抓起一把就开始吃。"还真不错！"

"你是外地的，来这里也一个月了。咱们所啊，没有指导员，这个生活问题我一直也没怎么过问，也不知道你有没有什么是需要咱们所班子帮忙的。"王所关怀道。现在所领导只有两位，他说这番话，还是能代表班子的。

"您帮我大忙了啊，买车这事事，要不是您，我怎么可能这么快买到性价比这么高的车？咱们镇确实偏，在这儿有个车实在是太方便了。"

王所这个舒服啊，这小伙子，明明没有夸赞自己，怎么就说话这么好听呢？不过，他还是略微板起了脸。"你家远，我暂时还没和孙所、老苏商量，只是有这么一个想法。就是，这不腊月初十了嘛，说过年就过年了。你小年轻，刚过来，这几千千米，家里肯定担心。你是见习期，也没有探亲假和年假。这样，你啊，过几天，多替别人值班几天，回头过年的时候，我给你批十天八天假，回去给家人带个好。"

派出所现在警情很少，临近过年，替别人值班是一点也不累。必须换几个班，这样准假才师出有名。

231

"我……"陆令提到过年，还是迟钝了一下，"您看怎么安排就怎么安排。"

"那行，我回头先和孙所、老苏商量一下。等下周一开完会再研究。"王所以为陆令是不好意思，"还有个事，你明天有啥安排吗？"

"我没啥大事，您说。"陆令言外之意就是还有点小事。

"没啥大事就推了，咱们县城有一家温泉还可以，明天我约了县里的辖区派出所，还有局里的几位，都是咱们公安的同志，去泡泡澡。要过年了，也得感受一下东北的习俗，好好捯饬捯饬。"王所把瓜子皮扔到了垃圾桶里。

"啊？我天天都洗澡……"陆令有些蒙。

"那能一样吗？不搓澡怎么行？"王所站了起来，轻轻拍了拍桌子，"瓜子你觉得好吃就留给你了，早点休息，明天早上吃完早饭就出发。"

"啊，好。"陆令点了点头，整个人还有点蒙。

陆令大学时期去过公共浴池，自那以后已经三年多没在公共浴池洗过澡了，啊这……

第二天一早，陆令收拾好了洗漱用品，也不知道能不能用上，总之带上就好。吃完早饭，王所让陆令开上自己的车，两辆车一起去县城。

本来陆令以为，洗个澡也就一个小时的时间，到了温泉这边才知道，这地方根本不是那么回事，里面不仅有简单的自助食品，而且休息区域也不错，聊天看电视都没问题。据说如果去沈州，那里的温泉提供的服务水准堪比高档餐厅，各种玩的应有尽有，在里面可以待一整天。

除了陆令都是领导，这种地方不适合聊案子，大家就是很开心地聊闲天。

当领导想和你接触的时候，你会发现，越是领导越好相处。反之，如果领导不想和你接触，中间那层墙你就肉眼可见了。

下午一点多，陆令从温泉出来，感觉整个人都被刷新了一遍。物理意义的刷新。

不仅如此，这样一起搓个澡，人与人之间的关系拉近了。听老领导说，有的东北人做生意就喜欢边泡温泉边谈，因为大家都是披一块浴巾，不可能带设备录音什么的。

"一会儿吃饭的时候，我当年在刑警队的时候的师父会过来，老爷子今年六十三了，退休好几年了。东坡村的案子你可以和他沟通一下。"王所说道。

"啊？那为什么泡澡不叫上他老人家呢？"陆令有些好奇。

"刑警这活啊，干久了心脏都不好，他血压高，泡澡蒸汽太厉害，还是要避免一下。"王所笑道，"平平安安退休，是最大的成功。"

"哦哦哦，那是得注意一点。"陆令点了点头。他现在是在最闲的派出所工作，尽管如此，一个月里也好几次熬夜到凌晨，这要是去忙一点的地方干一辈子，身体可想而知。

"嗯，不过退休了，还爱钻研点东西。"王所笑道，"以前在刑警队的时候，要是有民警出现了心理问题，我师父就负责给对方做一些疏导。"

"心理疏导吗？"陆令来了精神，这个和他专业很搭啊。

"他倒不是科班出身，就是有些经验，不过据说退休之后倒是还在研究，和你聊天他应该也会很高兴。"王所说道，"我师父可是最重视人才的！"

"还不知道老师父贵姓？"陆令问道，这样一会儿也好称呼一些。

"他啊，姓卫，卫青的卫，叫卫培武。"王所聊起师父就有些开心，"你也叫他卫师父就行。"

4

饭店，下午两点半。

"这个案子有些意思啊。"卫培武看了看眼前的笔记，扶了扶自己的花镜，"我前阵子听黄队给我讲过有这么个案子，当时他东一句西一句的，给我讲的都是村里的鸡毛蒜皮，非常混乱。你今天这么一总结，就简单多了。"

陆令用了大概半个小时把自己几次去东坡村获取的主要线索，每个人说了啥，都给卫培武讲了一下。

"简单？"在一旁的宋所也扶了扶自己的眼镜，眨了眨眼睛，"我咋听着这么复杂。"

"宋所，你有所不知。"卫培武给宋所看了眼笔记，"目前就是这么几户人去杀张涛的一个故事。这几户人，主要分三伙。王守发和王宝泰算一伙，虽然目前王宝泰像是没参与，但他俩沾亲带故，算一组人。刘氏兄弟和陶万宇算第二伙，他们仨找了杀手，且出钱了。王成这一家三口单独算一伙，承上启下。"

"不是还有马腾一家人？"宋所接过笔记，"这个马思臻不简单吧？"

"不是我瞧不起他，"卫培武端起酒杯，仔细地看了一圈，"如果是这么一个孩子弄得我们团团转，刑侦大队就该解散了。小陆刚刚说，这个马思臻，一方面连他爸马腾这个名字在历史上的典故都不知道，另一方面为了追个小姑娘和自己的好大哥反目成仇，这智商够用吗？最关键的是，打个架都能被学校知道，给他停课了，这水平还谋划杀人案？"

马思臻原本和张涛的儿子张进修关系不错，因为杨丽的女儿王一雯的一句话就找人把张进修打了，这种性格确实难成大事。这也就是仗着他爹是老会计有点钱！

马思裕也不怎么样……

"那为啥杨丽总去找他呢？"宋所有些不服气。

"杨丽去找他，到底是谁把谁当棋子还不好说呢。"卫培武晃了晃自己的酒杯。

"有道理。"宋所刚刚在吃饭，听得不全面，此时为了找回场子便继续说道，"要这么说，马腾是有足够的能力和智商的。"

"马腾的作案动机呢？"卫培武小抿了一口，"唉，自从血压高了以后，你们嫂子最多让我一天喝二两。"

"也是，目前马腾一点作案动机都没有……"宋所捋顺逻辑了，"怪不得您不提岳军，他作案动机也不够。"

案子查到今天这个地步，虽然说一定有东西没查到，但肯定不至于说什么征兆都发现不了。如果有个幕后黑手，现在还装作"萌新"一样，一点馅都没露，那这智商就真的有点令人觉得恐怖了。比如说张涛的老婆李美玉，陆令都已经判断是标准的PTSD了，这种心理素质不可能是主犯。

至于村主任和其弟弟，倒不是说与张涛他们没有矛盾，只是……

陆令说过这个问题，就是村子的矛盾积累很多年了，在现在爆发总有一个导火索。

村主任和其弟弟确实与张涛他们都有矛盾，但就是缺少近期的导火索。

所以，正如卫培武所说，目前的嫌疑人，就在这三伙人身上。如果一定要加上其他人，张涛也可以加上去，但因为是死人，不太可能是首犯。

任何事都要抓关键，抓住首犯，一切就浮出水面。

至于有人说杀手……

这哥们儿把自己玩死了，之前单杀张涛没有成功，和村里人也没有其他纠葛，自然不可能是首犯。

其他人，王守发的老婆杨玉一定没有这个本事，动机也不足。张涛的儿子张进修，常年在县城，没有回村的作案时间，而且他也不可能杀他爸。赵荣凯和王丽超就是工具人，没有作案动机。

案子总结完，就是三伙人的事情：王守发和王宝泰，刘氏兄弟和陶万宇，王成一家人。

东坡村的案子，时至今日，已经完成了三大步骤的前两步。

1.从几百人的村庄里理出关键人物；

2.从关键人物中理出嫌疑人；

3.从嫌疑人里找出主犯，了解案件的全部。

"这些，游队和小陆应该都明白了，对吧？"宋所有些怀疑地看着陆令。

"嗯，就是现在有两条路要走，一方面是继续从在押的这几个人取得突破，另一方面要尝试从张涛的老婆李美玉身上找到线索。"陆令点了点头。

宋所不说话了，他比不上老卫，他服气，比不上……

不过，想来游少华和陆令都研究那么久了，而他只是刚刚听说，也就释然了。"王所，你们所这小兄弟可以啊。"

"嘻，"王所摆摆手，"遇到案子瞎聊天就是。"

"那也不错，比我单位那些个强。来，这个案子让我也受益匪浅，我提一杯。"宋所说着就端起了酒。

"宋所，实在抱歉，我开车来的，晚上还得回镇上，也没有代驾跑这条线路，我明天还得值班。最关键的是，我喝一点酒就受不了，这跟咱们东北人没法比。"陆令连忙给自己倒了一杯茶，双手把茶端了起来。

"行。"宋所听陆令说话有理有据，还捧了一下他们，也不计较，"有空来县城，可以来我们派出所转转。"

"有机会肯定叨扰！"陆令一口把一大杯茶水干了，"我是茶，您抿一口就行。"

"那怎么行，我喝了。"宋所挺高兴，一两多白酒直接干了。

"今天高兴。"卫培武看到宋所真的干了，也端起了杯，"有个词叫后

235

生可畏，一点错也没有。就他提到的，通过游戏去获得线索，我也是第一次听说，这活到老，真是学到老。"

"师父您还是客气了。"王所见卫培武这要干杯，连忙拦了下来，"少喝点，陆令正好有事要跟您请教。"

"哦？"卫培武果断放下杯子，和陆令说道，"你先说。"

"李美玉现在刚刚得到丈夫的真正死讯，状态正差着，但我还是希望从她这里取得突破，希望您能给点建议。"陆令这才说出了今天来的目的。

第二十二章　偶然原因

1

　　PTSD，是心理医生和学心理学的都绕不开的一个词。创伤后应激障碍，发病原因不详，是个体在遇到巨大打击后出现的一种精神障碍，可以治愈，也可能复发。

　　这个病的症状，其实不用说也大概能明白，就不过多赘述。

　　治疗，这个无法出一个行之有效的标准答案。PTSD具有极大的不确定性，可能需要吃药，也可能需要做EMDR（眼动脱敏与再加工）和CBT（认知行为治疗），严重的可能还会采取MECT（改良电休克治疗）。当然，MECT并不推荐。

　　抛开这些拗口的词语，李美玉现在确实需要服用药物来稳定体内激素了。相关药物有抗抑郁药、苯二氮卓类的抗焦虑药，及甲状腺素等。陆令不可能给她开药，也没有这个资质。

　　"这个事，还是建议你带她去市里或者干脆去沈州一趟，找专门的医院开一些药物。然后才能进行辅助治疗，我们容易把事情搞砸了。我知道你是心理学专业的学生，但……"提到这个，卫培武非常认真。

　　"我明白。"陆令看向王所，"还是得联系张涛的儿子张进修，如果李美玉患有精神病，那么张进修就是她的监护人了。需要做张进修的工作，带他母亲去医院。"

　　"这个倒是简单。"王所点了点头。

　　"嗯，我相信游队也在等候时机。毕竟张涛的死讯刚刚出来，也要给李美玉和儿子一点时间。"陆令跟卫培武说道，"卫师父，即便李美玉接受了正规的治疗，距离我们能从她身上获取线索也有距离。如果她状态很差，我们只能问她一个问题，您建议我们问什么？是她怎么知道她丈夫死了吗？"

"当然不是！"卫培武端起自己的酒杯，咂了一口，"得问她为什么不和警察说实话。这里面一定有人和她嘱咐了什么。"

"言之有理。"陆令点了点头。

"当然，这不是解题思路，因为她就算告诉你答案，我们依然不知道王守发和杀手是怎么死的，还是要想办法从杨丽和陶万宇这些人身上取得突破。"卫培武叹了口气。

在场的人都明白卫培武为什么叹气，案子办到这个地步，实在是太艰难了。

"卫师父不必叹息。"陆令说道，"我上学的时候看过一些未解之谜和悬案，我觉得很多案子之所以搞不定，就是因为嫌疑人的运气好。有些偶然因素，实在是不可控。"

举个例子，张三在阴暗的矿井里拿石头砸死了李四，然后张三趁着换班，从矿井里出来。

张三上来后几个小时，当地发生了地震，矿井被埋，死了很多人。几个月后，尸体才一个个挖出来。李四被判定是死于矿难。李四本来可以出来，但是死在了地下。而李四的朋友、家人全部死于地震，也没人追究这个事。

那这个例子里，张三是完美犯罪吗？

说实话，肯定是。

但是，这偶然成分占的比重也太大了。

在这么多命案中，没有侦破的很多都有类似的情况，偶然因素介入，导致办案异常困难。

"道理我自然是懂。"卫培武笑道，"案子还是得你们办，期待你们的好消息了。"

陆令没喝酒，吃完饭，被安排开王所的车把大家一一送回了家。王所家就在附近，陆令把王所的车停好，自己走回饭店，开着自己的车，回了苏营镇派出所。

回去的路上，陆令开始思考一个问题，就是偶然事件。这是一个破题思路，如果没有偶然事件，这个案子会怎么发展呢？要搞清楚这个问题，首先要明白的就是：本案的偶然事件，是什么呢？

这个案子从6月中旬开始，到9月份赵荣凯发现尸体，过去了两个半月。赵荣凯发现尸体就是偶然事件。

2020年7月3日，杨玉和李美玉先后报警，说丈夫失踪，警察并没有派人上山地毯式搜索，这是因为没有人知道他们死在山上。警察能做的就是登记，然后发协查通报。直到赵荣凯发现王守发尸体，警察才开始带着警犬地毯式搜山，找到了杀手的尸体。

本案的第二个偶然事件，是李美玉的PTSD。这个案子应该有一个或几个幕后黑手，那么筹划这个案件的人，能做到让李美玉百分之百地陷入精神障碍吗？陆令可不相信。

PTSD的发病概率是7%到12%，在李美玉遭受强烈打击的情况下，即便有专业的坏人去引导，也不能保证李美玉精神出问题，说起来还不如杀了李美玉简单。

2

第一个偶然事件，暂且不提，这个谁也不好控制。

第二个偶然事件，可以换一个思路理解。如果李美玉没有PTSD，精神正常，那她得知杨玉报警，然后去沙头镇找张涛，没找到，回来报警说丈夫失踪，这之后，她为什么不提丈夫在沙头镇租房的事？

这件事情的逻辑非常简单。李美玉如果说了丈夫在沙头镇失踪，那么警察一定会去那里找一下张涛，就很容易发现张涛的尸体。接着，如果李美玉再说，本村只有王成、杨丽和岳军知道张涛住在那里，那警察就一定会审讯王成、杨丽和岳军。

在这种情况下，这个案子就变得容易了许多，至少开局不用这么费劲。

如果第二个偶然事件不成立，那么开局就应该是上面分析的这样，目前的这些被怀疑的对象早就被抓进去了。

抓了王成之后，王成这种人兜不住事情，肯定会把王守发、刘忠民、刘忠连、陶万宇都招供出来。接着还是会发展成如今的状态。

而且那样的话，警察肯定会对王守发失踪案进行彻查，从而找到王守发和杀手的尸体，这样第一个偶然事件就不会发生。

这样的逻辑，陆令之前也捋了一遍，只是没有这样清晰。

总之，张涛死亡案能查清楚，王守发和杀手之死查不清楚。

两个大男人死了，居然一点线索都没有。

常言道：利大者疑。

这种情况下，谁得利最大呢？

没有人。

至少目前不知道是谁。在这个案子中，目前有嫌疑的，要么死了，要么已经在里面了。王宝泰是个例外，早就因为涉恶进去了。如果从财产角度上来说，死的这两人不算有钱人，他俩的老婆也没啥犯罪动机。陶万宇、刘氏兄弟虽然有些钱，但这样进去，又不一定能枪毙，他们的财产老婆也拿不走。

这个案子，真是邪了门了。

回到派出所，陆令还在思索案子，一天很快就过去了。其间，陆令和游少华通了个电话，游少华跟陆令说周一去讯问陶万宇。陶万宇被刑事拘留后，也逐渐回过味了。

之前，游少华把陶万宇带到刑警队询问了一晚上，啥也没问到，就把他给放了。因此，这次陶万宇就觉得"我不说，你们早晚还是得放我"，所以心理防线比较强。

但是，当他懂得什么是刑事拘留，知道王成和刘氏兄弟都被抓了，时间一久他也含糊。

刘氏兄弟二人之间都存在囚徒悖论，更不要说他们这些人了。

下周一的时候，王所就会和大家说清楚，说清陆令近日的所作所为是因为啥，专门夸奖一下陆令。届时，陆令的办案时间也就更自由了一些。

陆令周一休息，可以和游少华一起侦办这个案子。

周日早上，陆令起床去食堂吃饭，碰到了苏师父。苏师父和陆令聊了几句。

苏亮臣虽然不是所班子成员，但毕竟是三组负责人，王所昨天下午专门给他打了电话，把事情说清楚了。他50多岁了，早就对所里的大事小情没有太大的兴趣。陆令前几天一直玩游戏，他都懒得说，但昨天王所专门给他打了个电话，还是让他非常吃惊的。

一般来说，年轻人像陆令这种情况，早就到处主动解释了，但陆令没有。陆令心无旁骛地搞着东坡村的案子，而且为了保密，并未公开，哪怕是被人怀疑和腹诽的时候，也表现得那么从容。

"这个案子，昨天王所给我打电话说了。"苏亮臣说道。

"嗯嗯。"陆令点了点头，有点期待地看着苏师父。

"这是好事，大好事，咱们组全力支持。"苏亮臣点了点头。

"您放心就是，我肯定不耽误组里的工作。今天晚上我值夜班。"陆令主动说道。

周六日的夜班，是最辛苦的。因为周六日值班本来就会周一补休，无论值不值夜班，都会补休一天，所以这个夜班是纯奉献。

"行，有什么事给我打电话。"苏亮臣平常话就不多，过来主动和陆令聊天，但陆令也不咋接茬，搞得他也不想聊了。

"嗯，行。"陆令点了点头。

陆令大概知道苏师父怎么想，和这种人相处，就是简单即可。老苏过于佛系，这样也挺好。

今天是周日，陆令本以为会比较闲，谁知道上午十点的时候就接到了报警。

东坡村发生了械斗，张涛的儿子张进修把马腾的二儿子马思臻给打了，而且据说打得很重。不仅如此，张进修在打马思臻之前，还去了陶万宇家，差点把陶万宇的老婆和女儿给打了。陶万宇被抓，今天正好有亲戚过来安慰李美莱，所以家里人多，张进修没有得逞。

马腾的老婆今天不在家，就他和马思臻在家，马腾现在身体情况越来越差，马思臻还是个小孩，张进修进了屋就追着马思臻到处跑。

"马思臻已经被送往医院了，据说骨折了。"曲增敏看了看陆令，"你去吗？"

"去，咱们抓紧时间过去。"陆令毫不犹豫。

在路上，陆令通过联系报警人孔凤芝才明白发生了什么。

孔凤芝是岳军的老婆，也是马腾的邻居，是个能把岳军按在地上捶的"女将军"。今天上午，岳军去外乡赶集卖肉，孔凤芝在家听到马腾家传出求救声，就拿着杀猪刀冲了过去，把张进修按倒在地。现在，张进修已经被锁在了马腾家的偏房里。

张进修和马思臻之间的矛盾，陆令是大概知道的。张涛的尸体被发现后，张进修回了村，知道了王成夫妇、刘氏兄弟、陶万宇被警察带走的事。

陶万宇是第二次被警察带走，所以张进修认为陶万宇肯定是杀人凶手，就想去讨个说法。结果陶万宇家中有人，张进修没有讨到说法，气急败坏，就去找马思臻报仇了。他在县城确实怕马思臻找的社会大哥，但现在他爸都

241

死了，气急攻心之下，便啥也不怕了。

3

年轻人的事情，在张进修这里发酵，也就在这儿终止了。

陆令等人先是给张进修戴上了手铐，然后给医院打电话了解了一下，马思臻大概属于轻伤。

警察在没有拿到司法鉴定机构出具的鉴定报告之前，是不能评价伤残等级的，但每个警察都知道个大概。有了医院的初步的诊断，就可以先行拘留。

张进修打人的原因很简单，和陆令推测的出入不大。总之，是张涛被确认死亡之后，对他打击很大。当自己遭受重大打击时，谁敢说自己一定能冷静？

陆令找马腾了解了一下情况。虽然马腾对儿子被打非常担心，但听闻儿子没有生命危险，只是骨折和挫伤后，也就淡定了许多。

"他在县城找了社会上的人打人，那些人沾了就不好断。为啥他休学我没找人，就是想让他回家断断关系。社会上的关系，我懂，几个月不维护也就约等于零。"马腾说道，"让他吃个亏也好，唉。"

"你确实管不了他一辈子。"陆令点了点头，"这回我们顺便也帮你教育教育他。"

"那就太感谢了。"马腾为这个二儿子付出了太多。

用马腾自己的话说，他马腾不是什么好人，以前开店也干过坑顾客的事情，只不过人之将死，是非善恶交由他人评说就是。他现在有两个指望，一是大儿子回家安定下来，二是二儿子能够改邪归正。年代不一样了，二儿子如果玩他当年那一套，会死得很惨。

"我得问你一个问题，杨丽有没有多次找过你儿子？"陆令直接问道。

"找过。"马腾说道，"杨丽好像对县城的那些社会人挺在意，大概是这个事。我现在精力严重不够，也掺和不了太多。"

马腾说着话，脸上的苦楚根本藏不住。

"你这身体……"陆令知道安慰是没有意义的，肝癌的五年存活率非常低，"吃点止疼药吧。"

"在家不好弄。"马腾摇了摇头，"感谢了。"

"嗯。"陆令无奈地点了点头。

肝癌患者能服用的止疼药有三种。最简单的是非甾体类，比如说常见的布洛芬，但这一种对马腾几乎无效。除此之外，就是阿片类和强阿片类，比如说吗啡。这东西是管制类药物，除非住院，在家确实很难弄到，医院几乎不可能批。

从马腾这边离开，陆令等人先把张进修带回了派出所。

陆令现在需要搞清楚一件事。既然，李美玉都在家门口挂了几个月的缟素了，已经默认张涛死了，那么张进修听说了父亲确切的死讯后，怎么会反应这么大？

回到所里，陆令没问打架的事情，直接问了这个。

张进修听到陆令这么问，也是很愣的，他没有想到警察的讯问逻辑居然这么直接。

"我之前一直觉得我爸没死。"张进修想了好几秒，这才答道。

"按照你们当地的风俗，只有人死了才会穿缟素。你们家门口挂了那么久的缟素，你为什么没有拦过你妈？"

"我拦了，但我不怎么在家，我妈我又管不了。"张进修这会儿情绪已经冷静了许多。

"你看，你回答第二个问题，就不需要思考。"陆令拉过一把椅子，坐下和张进修说道，"你今天的状态，只告诉我一件事，就是在这几天之前，你一直以为你爸没事，告诉我这是为什么。"

"我……"张进修不知道该咋说了。

人撒谎需要反应时间，而说实话往往不需要。陆令的问题非常尖锐，完全没有在张进修的预想中，他就真不知道该怎么说了。

其实，也不怎么需要张进修回答，陆令从他的状态已经推测了个八九不离十，于是直接说道："是不是你妈跟你说，你爸没事？这个事情很奇怪，我们现在已经得知，你父亲出事已经很久了。你妈应该不会骗你，但她当初却跟你说你爸没什么事。也就是说，她得到的是错误信息，我说的有道理吗？"

张进修猛地抬起了头。"有人把我妈骗了！"

"目前的情况，是指向这个方向的。"陆令点了点头，"所以，你是承认我的话的，对吗？你不要不说话，也不要急着反驳我。现在你父亲已经不在了，我们必须搞清楚你父亲的死因。"

陆令接着说道："说实话，我对你印象并不咋样，但你还算有点孝心。你仅凭自己是搞不清楚你父亲死因的，只能和我们配合。"

"好。"张进修简单地思考了一下，和陆令说道，"我妈和我说过，我爸杀了人，已经跑了，所以我们都不敢声张。但时间久了，我妈可能是觉得不对劲，状态越来越差，后来就成了现在这个样子。"

"你妈有没有说过，是谁告诉她你爸杀了人的？"

"没有。"

"这种事你为什么不问？"陆令接着问道。

"她就是不说。"

陆令听到这里，已经明白了第二个偶然事件是怎么回事。

即便李美玉没有出现精神障碍，她也不会和警察说张涛的事情，因为她知道丈夫杀了人。

李美玉并不好骗，确切地说，这种事任谁也不会信，所以这个事可能是真的。想让李美玉相信丈夫杀了人，要么是张涛亲口告诉她的，要么就是有视频、照片等证据。

考虑到王守发是6月16日失踪，而6月22日李美玉还和丈夫在一起，那么如果是张涛杀了王守发，李美玉自然也可能知道。

现在一共有三个死人，如果目前的证据都对，那么杀手肯定是杀完张涛后死的，从逻辑上来说，张涛也只能杀王守发。

至于张涛为啥要杀王守发，这个原因就值得玩味了。但可以肯定的是，如果这个假设成立，那么王守发和王宝泰的首犯嫌疑就消除了。

到这一步，推理才正式开始。

第二十三章　推理：利大者疑

1

　　与张涛有矛盾的人很多，目前被警方怀疑的人，几乎都和张涛有矛盾。

　　与王守发有矛盾的人并不多，和他矛盾最大的人是张涛，其次是刘忠民。

　　实际上，王守发占了刘忠民的地，这种事也不至于杀人，在村里这种事太多，更别说刘忠民其实并不在意地里的收成。

　　王守发占刘忠民的地是为了打张涛的脸，刘忠民把王守发打了只是为了自己的面子。实际上刘忠民打完王守发也就出完气了，他更恨的肯定还是张涛。

　　如此说来，刘忠民、刘忠连二人是主犯的概率也不大。

　　目前概率最大的，是陶万宇和王成这两家的人。

　　陶万宇的老婆李美莱是个没啥主见的人，女儿陶雅文更是不咋样，因此可以进一步缩小嫌疑人的范围，即陶万宇、王成、杨丽、王一雯。

　　陶万宇老婆李美莱和李美玉关系不错，所以陶万宇和张涛表面关系还算可以。他有能力忽悠张涛去杀人，而且陶万宇对王守发临阵脱逃的事情肯定是很不满。

　　王成一家人自然不必多说，处在案子的风暴中心，嫌疑极大。

　　这么分析原因有两个。

　　第一，杀手很可能是死于被偷袭，而杀手就是在山上被杀死的。一般来说，杀手的警觉性还可以，那么能让杀手疏忽的，大概率是女人，比如说杨丽、李美莱、王一雯。

　　第二，杀手被发现时是赤身的，也就是说杀手的衣物等都被销毁了，而杨丽有汽油喷枪，具备销毁这些东西的能力。在农村，每家都有火炕，烧掉衣服啥的并不困难，所以这也不是杨丽的专属能力，只能说杨丽有很大的便利。

周一，早上开会。

"今天，有个事情要和大家通报一下。"王所在局长讲话之后跟大家说道。

"前阵子，我安排咱们所的陆令去查东坡村的命案，他连着忙了很久，而且还突破性地想出了几个办案思路。尤其是他带着我所辅警王尧，一起通过手机游戏和东坡村的大量孩子建立了联系，从而获取到了关键性的线索。现在，死者张涛的尸体被找到，村里多名嫌疑人被刑拘，县局领导专门给我打电话夸了一下这个事。要不是案子还没有彻底完结，少不了宣传一番。在此，我代表所班子成员，向陆令和王尧提出表扬。"

乡镇所人少，开会也不像局里那么严肃，尤其是有这种喜事的时候。

曲增敏听王所这么说，直接向陆令说道："你瞒了我们好久啊！"

陆令还不习惯开会的时候随便说话，就只能双手抬起来客气了一下，没有说话。

接着，王所也不管大家聊天，就宣布散会。

"我就说呢，"王三牛过来找陆令说道，"前几天有人说，我就说小陆是个好孩子，不是天天玩游戏的人，他们还不信。"

"谢谢王师父。"陆令说着站起身来。王三牛这话倒是真的，前些天还说陆令好话的也就他了。

"欸，陆哥，陆哥，"王平跑过来，"咋通过游戏破的案子啊，教教我们啊。"

"王所那么一说，我这也就是运气好。"陆令委婉地回绝了一下，主要是这也没法教。

王平压根不是来学破案的，就想拿这个作为以后上班玩游戏的借口。

所里年轻人还是太少，这样的夸奖也就是能消除误会，倒也没太多人和陆令聊天，大家就该干吗干吗去了，陆令则收拾东西准备去找游少华。

"前几天我错怪你了，没想到你是在搞案子。"李静静收拾东西慢了一点，这会儿和陆令说道。

"也没办法，这个事说出去，咱们所的师父岁数也大，不一定会信，干脆就不说。"

"我看王所这个意思，这个案子破了，你们的功劳不小。"

"还没破呢，"陆令倒是不太在意功劳啥的，"破了再说吧。"

"这个案子卡了这么久，你们要是破了，估计你都能调到县局刑警队去，那边这两年也缺人，你看周哥每年都借调过去帮忙。"李静静有些羡慕。

"要是有机会，我更想去禁毒队。"陆令叹了口气。

"为啥？"李静静有些疑惑，那地方又脏又累，还危险！

"没啥。"陆令没有接着说，"我先走了，去一趟刑警队那边，回来再聊。"

"哦，好。"李静静点了点头。看着陆令的身影，她想提醒一句什么，但还是没有说出口。

陆令找到了游少华后，把昨天的最新进展和推理和游少华都说了一下。本来陆令可以昨天给游少华打电话，但处理案子挺忙，加上也不是核心线索，就决定今天见面再聊了。

两个人约定了下午提讯陶万宇，因此提前去做了核酸，这会儿正在刑警大队的院里溜达。

"你说得很有道理。"游少华点了点头，"今天看一下陶万宇怎么说，基本上就能锁定目标了。"

"游队，在没问陶万宇之前，您更倾向谁是主犯？"陆令问道。

"你这是考我，还是验证你心里的想法？"游少华笑道。

"嘿嘿。"陆令没有回答。

"目前的'牌局'上，'打牌'的就这么几个了，明面上牌最大的，是陶万宇。"游少华说道，"但明面上的牌不是最重要的，总的来说，我觉得牌藏得最深的，还是王成夫妇。"

"确实，王成夫妇藏得肯定是很深的。"陆令点了点头。

"你光问我了，你更倾向于谁？"游少华有些好奇。

"我投王成一票。"陆令认真地说道。

"他自己？一个人？"游少华停下了脚步，看着陆令。

"你别这么看我，我也是猜想，咱们等下午问完陶万宇，估计就有答案了。"陆令看着游少华的眼神有些发毛。

"不对，你这个人不会无的放矢，你怎么想的？说说。"

游少华对陆令还是很了解的，听到陆令这个猜想，自然是不愿意让陆令蒙混过去。

"利大者疑。"陆令眼里有了些自信。

"利大者疑……"游少华听着陆令的话，内心波动非常大。

他听得懂！

2

一般人会觉得，王成不是被抓了吗，怎么能说他是获利者呢？

王成虽然被抓了，但根据现有的证据，他在张涛死亡案中发挥的作用并不大，不是主事者，也没有提供资金，更不是下手杀张涛的人。就连张涛在沙头镇的住处被公开，都不是王成说的，而是杨丽说的。

不仅如此，王成有重大立功表现，主动揭发了多人！根据我国法律的相关规定，王成有可能被判缓刑。陆令这些天一直在学法律，也看了不少判例。

以前，陆令一直觉得，杀人案，谁碰谁死，最起码也是无期。但自从开始学习法律，懂得什么是主犯、从犯、帮助犯，什么是自首、立功、坦白，什么是罪数理论后，他就明白，王成判不了多久。

上次讯问王成的时候，王成说话干脆利落，很有逻辑性，陆令就有些纳闷，总觉得王成像是有准备。

案件推理到了如今的这个地步，虽然王成已经被抓，但陆令还是怀疑他。

"少华，这么大冷的天，怎么不进屋啊？"两人正聊着天，有人在旁边说道。

"于局。"游少华立刻站直了。

"于局。"陆令倒是见过于局，只不过没有聊过天。

"我们刚从医院做完核酸回来，下午去提讯，就在这儿遛遛弯。"游少华解释道。

"哦哦哦，我过来开个会，和黄队研究一下前天的抢劫案。"于局倒是没什么架子，"你这核酸是不是要下午出结果？一起过来吧。"

"好。"游少华点了点头。

"这位是苏营所的陆令吧？别在外面待着了，进屋啊。"于局说完，转身就往楼里走。这么冷的天，于局可不想在外面站着。

"啊？好的好的。"陆令有些不理解，但看到游少华跟着于局往楼里走，便也跟了过去。

抢劫案？

为啥要让陆令去？

陆令都愣了。

不过，他跟着游少华进了楼，游少华就直接给他安排到了别的屋子。

游少华要是不安排，估计陆令就跟着进会议室了。

抢劫案和陆令没任何关系，他在办公室里看到了一本书，就随手拿着翻了起来。《毒品案件办理规定》，内部书籍，不对外流传和销售。

这就是陆令和警校生最大的差距了，警校生在学校图书馆可以看到大量此类书籍，还有很多专业课可上，而陆令想自学都学不到。

这本书很老了，应该是十几年前出版的，但里面的内容相当扎实，陆令边看边记笔记，不知不觉两个小时就过去了。

"这本书可以送你。"游少华开完会发现陆令在记笔记，直接说道。

"有新版吗？"陆令见游少华表情愉快，便问道。

"有，不过这儿没有，回头我去禁毒队那里给你要几本。"

"这儿没有就算了，这个够了。"陆令说道，"这里面主要提到了四大类毒品：鸦片类、古柯类、大麻类、苯丙胺类（如安非他命），还有一些易制毒化学品的管制。"

"嗯，那些都是原料。"游少华笑道，"以前更老的版本，连化学方程式都会标注在上面。"

"呃……"陆令也不知道怎么评价，"这个是不是也够用了？"

"基本上够用。咱这边没有古柯和大麻，其他两种有，还有一些乱七八糟的，'浴盐'啊，一氧化二氮啊这些，反正都是些恶心人的东西。前些年，禁毒是属于刑侦这边管的，这几年独立为一个大队，我接触得也少了。"游少华解释道。

"那看来这个事现在压力变大了。"陆令想了想，"游队，您开会怎么样？"

"没啥问题，嫌犯的身份确认了，人现在跑到林南县了，今天晚上抓人去。"游少华似乎没把抢劫犯当回事，"走吧，咱们先去食堂吃个饭，接着去医院看看检测结果。"

下午，看守所。陶万宇早已不复当初的状态，他已经找了律师，知道他们这些人都被抓了，而且知道张涛的尸体被发现了。当初杀手跟他说，尸体藏得非常好，结果……

律师告诉他，现在想减刑，还是要坦白，并且检举揭发其他同犯，这样最有效。

当律师的也不傻，这不是那些可以糊弄的案子，是命案，而且他的当事人一看状态就是真有问题。是不是冤屈的，看到律师的表情都不一样。这律师在县城收费不低，也是老律师了，以前真见过真喊冤的人，他们见到律师就像见到救星一样！而陶万宇，见到律师还是很慌。

律师不知道警察掌握了多少证据，但命案几乎都是板上钉钉的事情，所以作为辩护律师，他建议陶万宇坦白、检举。

嫌疑人在押期间，对警察的话很抵触，但律师的话他能听进去，因为律师是他老婆花钱找的，是"自己人"，自己人值得信任。

有了律师的建议，陶万宇是个明白人，面对警察的讯问非常配合。

2020年的初春，王守发找到了陶万宇，提出与张涛之间存在巨大矛盾，想弄死张涛，需要雇一个杀手。王守发问陶万宇是否愿意掏钱，陶万宇没有答应。

然而，这个时候的陶万宇其实是比较膨胀的，年前的草莓卖了个好价钱，家庭地位也随之飙升，所以他就盯上了村里的杨丽。

杨丽太有手段了，高手过招，每次都是点到为止，从来没有让陶万宇得逞过。越是如此，陶万宇越想得到，并且公开宣称和杨丽有关系。

在这个时期，陶万宇才知道，别看杨丽在村里名声很差，但真的睡过杨丽的，只有张涛。当然，他也没亲眼见到，只是传言听起来很靠谱。

杨丽和其他男人在一起，就是为了钱，比如说岳军这种。张涛并不富裕，却长得帅，能说会道，是真正能得手的人。

事实证明，脸，真的很重要。

陶万宇气急败坏，就找种田主播王丽超交流过几次。王丽超也没出什么好办法，最终，陶万宇去找了张涛。

这种事找张涛，张涛能给他好脸色？张涛直接就把陶万宇骂了一顿。

仇恨在此深埋，也就为接下来的事情埋下了伏笔。

3

张涛把很多人都绿了，比如说刘氏兄弟。刘氏兄弟听说王守发和陶万宇要筹划杀张涛的事情，也就加入了进来。不就是掏点钱吗，弄死这个狗东西，大家谁的腰杆都直溜！

整体的筹划和杀手的寻找，都是王守发做的，杀手也是王守发找的，计划制订得还比较靠谱。原计划是，杀手开车直接撞死张涛。撞死之后，杀手自首，保险公司赔钱，杀手不额外掏钱和解，入狱两三年。

但原计划失败，张涛变得更警觉。

于是，王守发萌生了退意。这个时候，杀手找到陶万宇说不干了，但不退钱。

陶万宇是出钱最多的，他直接要求杀手退钱，但杀手不退，说要么加钱换一个方式杀人，要么他就走。那一天，陶万宇和杀手闹僵了。杀手离开了陶万宇家，最后王成出去说和了一下，两人才没有彻底闹僵。

后来，重新谈了一下，陶万宇和刘氏兄弟都同意加价，但王守发不同意，并且要求退出。

王守发本来出钱就是最少的那个，而且他的钱也不退，谁也没办法说他什么，只是觉得王守发很不靠谱。

除此之外，陶万宇供述了一个重要线索，就是他留了个心眼，他有杀手的联系方式。当初怕他杀手拿着钱跑了，于是在加钱之前，单独找杀手要了电话号码和身份证信息。

出来混讲诚信，杀手直接把电话号码和身份证号给他了，杀手叫马汉枫。

从陶万宇的供述中，确实得出了一些新的线索。陶万宇看样子是听了律师的话，彻底招了。而且，在陶万宇供述期间，游少华还收到了监所的信息，刘忠连给管教递交了坦白书。

现在看来，王成在这个案子里的作用不可谓不大。

杀手第一次谋杀，未遂之后想要退出，和陶万宇等人搞僵，是王成出去

251

说和，杀手才回来的。没有王成，针对张涛的谋杀案可能压根就不能实现。

提讯完陶万宇，陆令和游少华直接提讯王成。

在陶万宇被管教带走的这段空隙里，游少华和陆令说道："看来你说对了，这个王成，问题太大了。"

"他隐忍不发，实际上却作案动机最大。"陆令说道，"您可别忘了，他和王守发是连襟。"

"也是，如果他是幕后主事者，就能从头到尾操控了，需要影响的人，无非就是王守发和杨丽。杨丽看似精明，也只是无知农村妇女的那种小聪明，玩玩村里的男人还行，玩不过他老公。你没见过王成的女儿王一雯，那小姑娘相当聪明！按照遗传来说，这也是随了他爸。"游少华叹了口气。

"嗯，王成是村里的理发匠，其实对村里的事情知道很多。他老婆的风言风语他管不住，也拦不住老婆在外面乱搞。很明显，他是冲着张涛去的，但实际上也是冲着刘忠民、刘忠连、陶万宇去的。"陆令说道，"人性啊……"

"你的意思是说……"游少华彻底明白了陆令的意思。

在王成的计划里，他老婆、刘忠民、刘忠连、陶万宇，都是重要的一环！关于这个案子，警察一开始发现不了尸体，就不会投入大力气找。但是，过一阵子，可能是几个月，也可能是半年，张涛的老婆那边就骗不住了。

按照陆令的设想和张进修的供述，李美玉报警时只是说张涛失踪，那大概率张涛真的杀人了。而能在那个时间段和李美玉、张涛联系的，也只有王成一家人。

王成和王守发是连襟，信任度也比较高，王成想杀掉王守发，无非就是灭口。这是非常强的犯罪动机。

在这个案子里，王成就是"白手套"！

按照这样的逻辑，如果几个月后，李美玉再次报警，主动公开了丈夫在沙头镇租房子的事情，那么警察就会把三具尸体都找到，然后抓获王成等所有人，接着王成供述，立功，检举揭发，就基本上脱罪了！

按照王成的估计，只有王守发知道杀手的事情，而只有杀手知道王成和他说什么了！

死人，是最安全的！这也是陆令最怀疑王成的主要原因。当然，他还有很多疑点没有解开，需要找王成进行讯问。

王成这次被带过来，看陆令和游少华的眼神就变得有些微妙了。

有了足够的线索，审讯王成是一个并不艰难的过程，现在杀手的身份已经知道了，如果调查一下杀手信息，那自然就能查到是谁联系的杀手。

王成不可能天生就认识很多杀手，在寻找杀手的过程中，他一定会在网上留下大量痕迹，所以他是不希望大家知道杀手信息的，否则容易发现他，只是他不知道，陶万宇私下留了杀手的信息。

而且，王成和杨丽之间存在囚徒悖论。当杨丽发现一些事藏不住了后，杨丽那边也能突破。现在，甚至都不需要李美玉精神治疗，就已经能推测出一些问题。

审讯过程持续到晚上，案子终于理清楚了。

去年寒假，王一雯回到家中，告诉了父亲王成自己被张进修骚扰的事情，同时说马思臻也对她进行了骚扰。此外，陶雅文也在找碴，是马思臻指使的。

陶雅文喜欢马思臻，而且傻乎乎的，任由马思臻摆布。陶雅文找碴，可真是把王一雯弄得很头疼。女孩子之间的问题，有时候比男生女生之间的事情还要难处理。

王成在村里郁郁不得志，老婆他也管不住，这件事就闹得有些僵。他没多大的本事，就找了连襟王守发去找张涛说事。

王守发那会儿因为王宝泰和张涛的巨大矛盾，便拿着鸡毛当令箭，打压讽刺张涛。

后来，马思臻找人打了张进修，马思臻对王一雯也提出了无理要求。于是，杨丽开始掺和此事。因为马思臻就在自己家住，杨丽去找了马思臻好几次，马思臻便没什么办法再骚扰王一雯了。

杨丽并不想让别人觉得自己找马思臻是为了女儿的事情，就总是拿去找岳军当挡箭牌。

王成一直管杨丽管得比较严，但因为这件事，王成发现杨丽又在外面勾三搭四了，而他以前也知道这些事情。这个阶段，王成就在筹划弄死张涛了，他找到王守发，让王守发去筹划这个过程。王守发正在气头上，就开展了筹划工作。杀手是王成找的，但外界都以为是王守发找的。

王守发在王成的授意下，找到了刘氏兄弟和陶万宇出资处理此事。

结果杀手的行动失败了，张涛警醒过来。差点被车撞死后，张涛吓坏了，他不知道谁要害他，但他感觉村里实在是太不安全了。这个时候，王成拉着杨丽找到了张涛。

杨丽此时开始很讨厌张涛，因为张涛儿子和杨丽女儿有矛盾。杨丽觉得，我和你有关系是一回事，你儿子还想碰我女儿，滚一边去。

张涛自以为和杨丽有亲密关系，就比较信任杨丽。

王成为了和张涛拉近关系，还和张涛喝过酒。张涛这个人，酒后乱说话，之前在外面和朋友吃饭喝酒，就曾聊过自己可能被人谋杀的秘密。和王成喝酒，再加上王成有意为之，张涛被王成套了一些话走。

王成问张涛杨丽和岳军到底有没有关系，张涛说岳军肯定没有，但听说杨丽和姓刘的兄弟俩有关系。

这件事王成也有所耳闻，他还听说陶万宇也和杨丽有暧昧关系。

王成感觉自己这辈子真的是废物，想直接把这些人全弄死，但他做不到，而且这样自己也要搭进去。于是，他想到了现在的方案。他先是把对找杀手这件事情知道得最多的王守发独立了出来，让王守发先走，出去避避风头。

王守发被王成一忽悠，也是吓出了冷汗！这是杀人啊，这个事还真的风险挺大，不用自己参与就好，于是6月16日便准备走了。

接着，王成找到了张涛，对其说查出来是王守发找了杀手要杀他，还给张涛听了一段录音。这是王成刻意录的，是王守发最气愤的一段。

张涛一听，真是你王守发要害我，于是问王成应该怎么办。

王成说，没办法，王守发已经找了杀手，而且打算出去躲一阵子，这样就能向警察证明自己没有作案时间。

张涛一听就慌了，还不是王守发杀他，是杀手杀他，王守发在暗处。他见过开车的杀手！这件事是真的！

王成告诉张涛，没有别的好办法，先下手为强，在深山老林杀掉王守发，然后出去躲一个月。杀手联系不上王守发，自然就会离开。

王守发6月16日就要上山，王成早上告诉了张涛这个消息。张涛根本来不及准备，就跟着王成上了山。张涛找了个机会，偷袭了王守发，用钝器将他敲晕了。然后，他把王守发背到偏僻的地方敲死，接着将他大体埋了埋就回了村。在村里待了两天，他就跑到了沙头镇。

接着，王成通过杨丽，让陶万宇和杀手等人知道了张涛的位置。杀手就一个人去了沙头镇，杀掉了张涛。

后来，杀手要走，王成和杨丽去山上送他。山路不好走，杀手也不知道该怎么走，杨丽便找机会拿刀偷袭了杀手，并直接将他埋在了山上。

再后来，王成去找了张涛的老婆李美玉，说上山的时候，无意间看到了张涛杀人，并给李美玉看了张涛杀人的照片。这样一来，李美玉以为张涛是因为杀了人后要逃跑，所以没敢和警察说自己丈夫去了沙头镇的事情，只是说失踪了，还在家门口挂缟素谎称丈夫死了。

但时间长了，李美玉也就快要疯了。

这个案子，在王成看来，只要他和老婆不松口，杀手的身份不会有人知道，杀手是谁杀的也不会有人知道。

王守发之死，是张涛干的，他手机里的照片被删得干干净净，李美玉后期再说什么也没有证据。王成就算承认，也可以说自己是无意间看到张涛杀了王守发，没有任何人能证明他参与杀人。

但是，这两人的死，现场肯定留有证据，王成也不知道该怎么隐藏，只能拖。拖几个月，估计啥证据也找不到了。于是，王成设计让李美玉不要说话，所以这件事被成功地拖了几个月。

案子的大致情况就是这样，一个很简单的案子。

第二十四章　局长的嘱咐

1

披着胜利的星光，陆令和游少华从明亮的审讯室走出来，一头扎进了黑夜里。

原本游少华今晚要去林南县抓抢劫犯，但他给黄队发了微信，今天东坡村的案子有突破，所以就没去。出了大门，游少华也没多说话，带着陆令上了车，把今天取的笔录材料放好，给车打着火，开了点车窗缝，然后拿出一支烟递给了陆令。

"真不会。"陆令摆了摆手。

"我也很少抽，但是……"游少华轻轻吐出一口气，然后点燃了香烟，深吸了一口，酝酿了几秒钟，然后很轻松地呼了出去。

接着，游少华用鼻子吸了吸车内的烟味，打开车门，直接把抽了一口的香烟给灭了。

"怎么？"陆令有些纳闷。

"你不抽烟，我就尝一口。"游少华把门关上，"这个案子，在我这么多年办理的案件中，也算是最困难的那一档了。"

"我们运气还是不错的。"陆令点了点头。

"哈，运气不错。"游少华摇了摇头，把案子破了的事情发信息告诉了黄队，接着开车出发。

在陆令来之前，这个案子不知道收集了多少资料。

现代化刑侦办案，一向都是重证据，轻口供。比如说在城市内办案，那就比较倚重摄像头。除此之外，正一些室内环境中，自然条件对现场的影响非常小，微量物证、痕迹检验等都能起到很大的作用。八大类证据中，警察一向都是更偏爱实体证据的。

东坡村的案子不行，全得靠人际关系线索，夸张地说，刑警队都可以给东坡村编写一本现代史了。

很多案子里，一旦发现死人，调查一下死者近期和谁有矛盾，案子就能有所突破，可东坡村的矛盾线实在是太复杂了。

"这无论如何也不是运气，你是我见过最有天赋的新警。"游少华开着车，认真地说道，"这不是运气，没有你这个案子真的难办。而且，说实话，我也没想到，王成居然搞了这么一个案子，他跟谁学的呢？"

"我觉得……"陆令自动过滤了夸奖的部分，"王成是学了三十六计。"

"三十六计？"游少华自言自语道，"瞒天过海、借刀杀人、以逸待劳、声东击西、李代桃僵……"

在回刑警队的路上，游少华接到了黄队一个电话。他刚刚不知道黄队忙不忙，就给黄队发了条信息，这会儿黄队打了电话回来。

"案子破了？真行！我们这边也抓到了，不过和你这个一比，啥也不是！等着啊，今晚别走，我请客啊，叫你那个小兄弟，陆什么来着，别走啊。"黄队是个很热情的人，这会儿很激动。

"行行行，没问题。"游少华说道。

"快快快，案子具体啥情况，谁杀了谁，给我说一下。"黄队问道。

"我开车，让陆令和你说。"游少华直接把手机递给了陆令。

"黄队，"陆令接过电话，"我简单说一下吧。"

"第一步，王成利用王守发去联系陶万宇、刘氏兄弟，找杀手杀害张涛。这个杀手是王成在贴吧里找的，王成找了好久，绝大部分都是扯淡的，这个是唯一一个真的过来的。

"第二步，因为王守发知道得太多，王成把王守发要杀张涛的事情告诉了张涛，从而利用张涛杀掉了王守发，并且拍了照片。

"第三步，王成利用这张照片，让李美玉知道丈夫杀人了，从而拖住了李美玉。李美玉不敢和我们说实话。

"第四步，王成安排杀手去杀了张涛，接着再安排妻子偷袭了杀手，顺便把杀手的衣服全部扒光，回来用汽油喷枪烧掉了。

"第五步，拖了几个月后，王成认为即便警察发现破绽，但证据已经很难找了，便最终供出了陶万宇、刘氏兄弟和杨丽，这样他自己可以减刑，其他人要全部重刑。"

"这王成这么厉害？"黄队也搞过这个案子，一听这些就都明白了，"他是怎么招的？"

"陶万宇有心眼，留了杀手的信息，我们还没做网络上的查询，但从王成招供的情况来看，网上的线索应该不少。"陆令解释道。

"这么说，杨丽那边还没有讯问，但已经基本上定调了。"黄队说道。

"嗯，是这样。我觉得王成也没啥需要隐瞒的了，他听我说了杀手的名字之后，心理防线就有些崩溃。"陆令说道。

"你们办得不错，等我回去，我向于局和王局汇报，给你们请功啊，这件事必须请功！"黄队显得很激动。

"谢谢黄队！"陆令和黄队不熟，也不知道该说啥。

"行，先挂了，我给于局打个电话。"

电话挂了以后，陆令把电话递给游少华。

"你先拿着，黄队说不清楚，一会儿于局肯定会把电话再打过来。"游少华脸上带着笑，他太了解于局和黄队了，"这事没那么简单。"

果然，不到五分钟，于局的电话就打了过来，陆令又解释了一番。

于局问了很多问题，主要针对的是证据的可靠性等方面，并且说要立刻联系网络部门，把王成在网络上留下的痕迹全部找出来。

相比黄队和游少华，于局一点也不激动，他现在考虑的就是，越是这种情况，越不能出差池。十拿九稳不行，必须十拿十稳。于局一句话也没夸，倒是布置了一大堆工作，还安排陆令他俩连夜回去审讯杨丽。没办法，虽然他俩已经很辛苦，但于局找不到其他今天做过核酸的本案刑警进拘留所。

"我这就回刑警队，拿到杨丽的提票我就过去。"游少华对着手机说道。

"提票？杨丽那是治安拘留，没有提票，直接去就行，需要我给拘留所打个电话吗？"于局问道。

"啊，我在看守所七八个小时，脑子有点糊涂了。"游少华有些不好意思，"我回去收拾一下东西，顺便拿个执法记录仪。您不用联系了，拘留所那边我也熟。"

拘留所没有看守所那么严，这里的人最多也就是拘留20天，不是什么大不了的人物，一般也没有提讯室，找个办公室就可以讯问了。这里没有看守所那种摄像头，得自己拍摄讯问录像。

当然，不是所有拘留所都没有这个条件，只能说县城拘留所条件一般。

陆令开着免提，于局说话游少华也能听到。"辛苦你们俩了，游队还好，这种强度也是经历得多了。多照顾一下小陆，毕竟他是新来的。"

"您放心。"游少华保证道。

2

"嗯，就是走个程序，我马上挂了电话就安排网安的人去查。你们那边，不要有太大的心理压力。这个杨丽，我知道突破起来非常困难，她可能不像王成这般。王成其实这些天心理防线已经有些崩了，他筹划得再好，也不是惯犯。杨丽这里，我提两点要求，第一是要和她把事情说清楚，如果她死不承认，将面临非常严峻的刑罚。不要提死刑，不要拿这个做威胁。第二，不要和她说她丈夫招供的内容，防止检察院说我们警方串供，宁可问不出来什么，也不要让这个案子出现人为的瑕疵。"于局嘱咐了一句。

"明白。"游少华和陆令异口同声。

于局安排工作是很到位的，陆令二人回到刑警队以后，就已经有人在这里等他俩，并为他们准备了大饼卷肉。

"游大队，啥喜事啊？"给二人送吃食的小刑警立刻问道。局长打电话，让他给游大队准备点吃的，这啥待遇啊？肯定是有好事！他可明白着呢！

"能有啥喜事啊？"游少华也不客气，拿过大饼，发现还热乎，便递给陆令一个，"趁热吃，香。这家大饼卷肉有名！"

"啊？游队，您认识，这是哪家的啊？"小刑警问道。

"扯屁，这个点还营业的，也就老张家了，咱们县城才多大！"游队咬了一口，然后示意陆令快点吃。

"嘿，有点仓促，这儿有矿泉水。"小刑警又递过来两瓶水。

"多少钱？"游少华问道。

"啊，这能有多少钱。"小刑警连忙摆手。

"于局给你打电话安排的，这种可以报销。"游少华说道，"他家也没发票，这点钱倒是不多，你明天早上，和你们中队指导员说一声，让他给你报了。算了，你肯定不找他，我给他发个微信。"

说着，游少华拿出手机发了微信。

"游大队，真不用，这点……"

259

"那哪儿行，"游少华发完消息，放下手机，"行了，明天记得找他。"

去看守所提讯要拿专门的提票，可不是说你是警察你就能去讯问。提票是看守所出具的，仅此一份，绝对不能弄丢，这玩意一人一票，每个嫌疑人都是专属的。

杨丽在拘留所还没转看守所，现在找她问话还不需要提票。

二人吃饱喝足，精力充沛，准备好执法记录仪，又去了看守所。看守所和拘留所在一个院里。

一般来说，晚上就不提讯了，但作为县局刑侦大队的副大队长，游少华一个电话就能解决这种事，很快就安排好了。好在法律并没有规定讯问女嫌疑人必须是女警察，不然还真是麻烦。

杨丽是个标准的自信类型的妇女，那种自信是由内而外，多年养成的。作为村花，她觉得自己可以拿捏男人的心，而且拿捏得死死的，尤其是有岳军这样的人存在，她更是信心爆棚。

然而，拘留所真是不惯着她！

要知道，拘留所和看守所不一样，在这里的，都属于治安拘留。

那么，问题来了，拘留所，女监里，什么人最多？

女的打架斗殴、赌博的并不多，女的被抓的，有很大一部分，是因为在"床上教外语"……

对，就是电视剧《人民的名义》里面，陈院长在山庄学"外语"那种情况。

之前，陆令曾听县里幸福路派出所的领导聊过这类话题，这种"床上教外语"的被抓的确实不少。在这些人面前，杨丽的一切优势，几乎都消弭为零！杨丽在拘留所这几天，心态渐渐崩了。

陆令和游少华看到杨丽的时候，都快不认识杨丽了。这还是那个桀骜不驯的杨丽吗？

也不知道为啥，杨丽这会儿的状态特别不好，甚至有一点PTSD的症状。

陆令完全理解不了，一个那么桀骜、杀人都不怕的人，怎么这么短的时间里就这样了？

游少华和陆令对视了一眼，心想杨丽是不是准备好了苦肉计。陆令轻轻摇了摇头，表示不知道，看不出来。

本来二人做好了问一堆"废话"的准备，结果啥也问不出来，杨丽是真的有点颓丧。

在这种情况下，游少华不得不中断了讯问，叮嘱值班的先盯着杨丽，然后把陆令叫了出来，同时找了一下管教，才大体明白咋回事。

"她那个屋子里，全是这种姑娘？"游少华有些不解，也不至于吧。

"本来不是，但我看她太难管，就专门把她调去了一个那样的屋，老实多了。"管教表示自己有手段。

"真行……我大概明白了，感谢。"游少华点了点头，"那我们继续。"

管教走了之后，游少华说道："杨丽现在状态不好，很容易从她身上取得突破，今天晚上加会儿班，看看能不能出成绩。"

"好。"陆令点头表示明白。

对于这种有轻微心理障碍的，陆令还是有一些方法的，只是比较费时间，今天晚上确实是好时机。

二人打起精神，重新进了屋子里，开始了第二轮的讯问。

杨丽一直不困，二人问了几次是否需要休息，杨丽也不急着去，就是状态不好，聊啥都没什么心思那种。

被讯问时，杨丽倒也不是刻意回避，就是表现出一种颓丧感。陆令不得不对她进行心理暗示，告诉杨丽她还是很美的。

真就离谱！

杨丽的情绪逐渐好了一些之后，陆令二人问了好一阵子，她招了，承认了她杀害杀手的过程。

她自己并不知道是被丈夫利用了，她这会儿觉得自己这一生很失败。被陆令劝导得清醒了一些之后，杨丽再思索自己的一生，真的是，赢在村里，毁在村里。

在此之前，谁也不敢想象，几天的时间，杨丽的心态变化能这么大。

如果把杨丽关进看守所，那里面女骗子、女经济犯多，杨丽根本不会这样。谁也想不到，杨丽在拘留所，和与她相似的人待在一起，反倒是彻底变了。陆令甚至觉得，就算王成不招，就算不知道那么多前置线索，此刻的杨丽都可能会招。

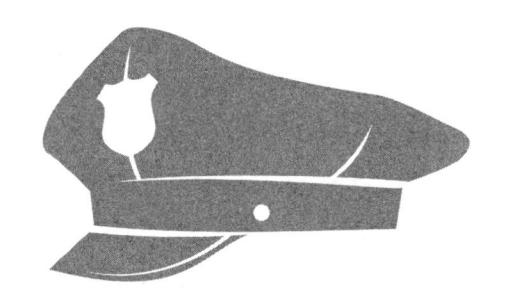

第二卷
天才新警（上）

真凶在这十三人里，谁敢随便放？

法律规定传唤时限就这么长，如果没有证据，不放难不成还都刑拘了？

这十三人中还有大学生、教师，谁也不敢没有任何证据就刑拘对方。刑拘余士可？倒也不是说不行，毕竟她是组织者，嫌疑最大。那其他十二人呢？

第二十五章　表彰

1

2021年1月26日，周二，农历腊月十四。

陆令昨天用脑过度，从中午吃完饭一直讯问到了凌晨一点多，收拾完东西，再回到刑警大队，已经快要三点钟。他觉得自己的社会思维进步了一些，当警察这一个月，真的是长见识！

如果是玩游戏、看小说，那凌晨一点多或许还能还神采奕奕，但讯问真不是那么简单，太累了。

游少华和陆令说，有的时候，讯问一个人都需要一整天，而且还没办法获得什么收获。昨天这种情况，已经算是如有神助！

讯问结束后，黄队还没睡，叫这两人吃饭去，这两人都没去，就直接在刑警队睡了。

陆令有些认床，但好在这边铺了新的床单，他又很困，直接就睡着了。醒来的时候，已经是上午九点半了，屋里有人聊天。

陆令听到有人聊天，几乎是一瞬间就醒了七八成，这才想起这不是自己的宿舍！

"王所！"陆令有些惊喜。

在这不熟悉的地方，碰到熟悉的人，瞬间就有了安全感。

"起床了？"王所不再聊天，走了两步过来，"昨天晚上累吗？"

"有点，不过还好，游队挺照顾我的。"陆令边说话，边起床穿衣服。

"不急，没啥事你就再睡会儿。"

"这都……啊……九点半了，哎呀，今天我得去警务站！"陆令起床气这才全消了，搞清楚了咋回事。

"还去啥警务站，东坡村都快被你们抓完了。"王所开了个玩笑，"不用你去，我早上看到老曲带着石青山过去了。"

"哦哦哦，那就好。"陆令这才问道，"王所，您怎么过来了？"

"早上七点多接到局办的电话，说让我过来开个案件总结会，估计十点钟开始吧，你要是再不醒，我就打算叫你了。"

"啊？因为这个案子吗？还是昨天的抢劫案……啊，不对，抢劫案不会叫您来……"

"嗯，不急，还有半小时，你一会儿先吃点东西。"王所指了指暖气片旁边的早餐。

这边的暖气非常热，直接将食物放在暖气片上面不行，只能放在暖气片旁边。

"好。"陆令答应完，没有直接吃，而是指着王所旁边那位，"这位是？"

"哦哦，给你介绍一下，禁毒大队的隋队，老缉毒警了。"

"您好，您好！"陆令立刻尊敬了三分。

没当警察之前，陆令对警察也有一些理解，觉得派出所民警最普通，刑警很牛，缉毒警最危险，特警最厉害……

实际上，这样理解是有误的，但缉毒最危险却是真的。

"你就是陆令啊，真年轻！"隋队今年45岁左右，头发已经掉了不少，但精神头非常好，"我听王所说你是研究生毕业。"

"嗯呢。"陆令点了点头。几乎每次被人介绍，都是这一句。

都不要说燕京和魔都，就以渝州为例，研究生一抓一大把。但是，在这个小县城，非常非常少，就很受重视。

逃离一线城市的内卷，下沉到东北县城，这不瞬间到达人生巅峰了吗？

"有文化就是不一样，年轻有为，这个案子我听他们聊过，听了一半我就跑了。"隋队倒是爱开玩笑，"不跑，我都怕头发掉光了！"

"您真会说笑。"陆令不由得也笑了起来，"我也就是运气好。"

"运气好才是大本事。"隋队拍了拍胸脯，"运气好就应该来我们队！"

"隋队你别拿他开玩笑了，他新警一个，懂个啥？"王所可不想让陆令去隋队那边。

"好了，好了，快让他吃饭吧。"

吃完东西，陆令跟着王所一起去了会议室。

会议室里已经坐满了人，但还是留了几个位置，都是很不错的位置。

陆令进屋就想往最后一排走，被王所拉住了，按在了会议桌边上的椅子上。

这是一张长方形会议桌，两个窄边都只能摆一把椅子，长边则各能摆五把椅子，一共能坐十二人。会议桌后面，还围着摆了大概十二把椅子，现在都差不多坐满了。

这十二把椅子，最外面这把没人坐，应该是留给局长的，对面坐着黄大队长，王所拖着陆令坐在了旁边，陆令坐在最靠近局长的位置上。

刚刚坐好不久，于局就先进来了，后面跟着王局。

这二位一进来，陆令对面那位就立刻起身，把位置让了出来，坐到了后面，而于局则直接坐到了陆令对面的位置上，把主位置留给了王局——确切地说，是王副县长。

再后面，还跟着拍照的，是办公室的人，陆令一个也不认识，也就没看。

王局和于局一坐下，会议就开始了。

"年关将至，近几日我县又有抢劫案件出现，对人民群众生命和财产安全造成了很大的威胁。结合上个月林南县的婴儿丢失案，召开年前动员会……"

陆令坐在王局旁边，于局对面，有点蒙。

走错屋了？

不是案件总结会吗？怎么成了动员会了？他看了看旁边的王所，却发现王所非常淡定，他这才踏实坐好，听了起来。就算走错了，王所和他一起走错了，也不是他的问题！

谁知，动员会只是开头，王局讲了十分钟，接着话锋一转："同样地，我们也看到，我们在近期取得了非常亮眼的成绩。2020年9月3日，我县苏营镇东坡村有村民报案，在山上发现一具尸体，经后续持续侦查，发现这是一起有三人死亡的重大刑事案件，在附近乡镇造成了极为恶劣的影响。案件发生后，省、市、县各级领导高度重视，多次做出重要批示，要求尽快破案，消除社会影响。

"在省公安厅、市公安局的领导下，我局立刻成立'903专案组'，抽调刑侦大队一中队、二中队、三中队和苏营镇派出所等多个单位全力开展案件侦查工作，专案组民警夜以继日，锲而不舍，通力合作，攻坚克难，严格要求自己，终于，历经146个日夜的奋战，本案取得了重大进展，所有犯罪嫌疑人均已被抓获。

"本案的成功侦破，充分体现了东安县公安局执法为民、保一方平安的能力，也彰显了我局民警顽强拼搏、奋勇向前的……得到了上级领导的充分肯定和人民群众的普遍好评，为进一步激昂斗志，经辽东市局研究，决定对东安县刑警大队、东安县苏营镇派出所，予以全市局通报表扬！

"希望刑警大队、苏营镇派出所全体民警，戒骄戒躁，再接再厉，为我县的……"

2

陆令真的折服了。

领导就是领导，这个案子今天凌晨才彻底告破，这会儿表彰的稿子就已经出来了，起码有3000字。

虽然可以肯定这不是领导写的，但王局全程有差不多三分之一的时间是脱稿，这份功力实在了得。

办公室的同志在拍照，要是一直低头，那也不好看不是？

今天的会，从头到尾都没有提个人，全是在夸单位，是一个总结会，又是动员会，王局说完和陆令等人握了握手就走了。

王局走了之后，于局并没有挪动位置，直接开始说话。

"同志们，刚刚王局的指示大家也都听到了，市局对东坡村的案子给予了高度的评价，这可是很少见的。我也是刑侦口出来的，王局和办公室的人走了，咱们私底下说，这个案子是真的太给局里长脸了，要知道，省里的专家来了也是束手无策！尤其是昨天，这个案子取得了巨大的突破，网络部门、刑侦部门、苏营镇派出所都做出了巨大的贡献，为把这个案子办成铁案奠定了结实的基础。来，我觉得大家有必要鼓个掌，大家辛苦了！"

于局带头，大家都用力地鼓掌。

这个屋子里，每个人都曾经或多或少地参与过这个案子，每个人都在那一米厚的材料中留下了自己的辛勤劳动。案子破了，每个人都激动！

公安最讲团结，个人主义不是不行，但团结必须放在前面。

"在这里，都是自己的同志，我们也不说那么多别的，先让游大队给我们讲一下这个案子的具体情况，我想还有很多同志现在仍然属于一知半解的状态。来，游队。"

游少华接站了起来，开始绘声绘色地讲述这个案子的每一个节点和侦办路径。

案子确实有点复杂，游少华已经总结得相对精练，但为了不漏细节，还是讲了大概二十分钟。

游少华讲完之后，所有人才明白是怎么回事，并意识到在这个案子里陆令到底做出了多大的贡献。

"好，感谢游队，先坐下。"于局伸手示意游少华坐下，接着说道，"案子告破是我们集体的功劳，但不可否认的是，在这个过程中，有几位同志表现得格外优秀，尤其是游队刚刚多次提到的，苏营镇派出所的陆令同志。也许大家并不清楚，陆令参加工作的时间，只有一个多月。"

"哗——"

于局这话一说，所有人都憋不住了，一个多月？这是打娘胎里就开始学习刑侦的吗？

这个案子啥难度大家都清楚！这边大概有一半的人见过陆令，但熟悉他的不超过五个，看着小伙子很成熟的样子，谁曾想这么"萌新"？

在座的绝大部分人都是刑警，和于局关系都可以，但毕竟局长讲话，也不适合聊天，所以也就是整体惊讶了一阵，没人说什么。

"总之，是非常优秀的同志。当然，这也离不开苏营镇派出所王所和刑警队游队长的知人善用。与此同时呢，案件目前的阶段性报告已经呈报给了市局，市局的指示非常清晰，有功劳的同志必须得到应有的鼓励。鉴于这起案件的特殊性、复杂性，相关情况已经报备省厅，我们等待下一步的指示。

"除了陆令，包括游队长在内的刑警队多名同志均表现得非常亮眼，局里都是能看到的，具体的安排等待上级领导的指示。今天，还有一位小同志没来，就是刚刚游队长提到的王尧，这是一名入职比陆令还要晚一点的辅警，他在本案中也起到了非常重要的作用。当然，大部分也是陆令同志的功劳。

"局里今年年初的时候，还曾经开会谈过这个话题，辅助警察力量，也是我们的重要组成部分之一，是我们的兄弟力量。今天，由于这是一个动员兼总结会议，不是颁奖仪式，暂时没有邀请他过来参与，不过，等到最终案件评价的时候，是一定要喊过来的。"

会议很快就开得差不多了，陆令是第一次参加这种会议，他脸皮再厚也有些不好意思。这么多人看着他，他真是有点害羞。尤其是于局还让他站起来和大家打了个招呼。

说完王尧之后，于局再说了啥，陆令基本上也没听进去，就听到了"结束"等几个字。

于局起身，大家这才起身往外走。这时候黄队过来，找到了陆令。"你等会儿走，一会儿电视台来了，一起上个采访。"

"黄队。"游少华连忙走了过来，冲着黄队轻轻摇了摇头。

"哦哦……"，黄队似乎想起了什么重要的事情，"行，你们安排吧。"

"电视台那些人问的问题往往很夸张，我不去接受采访，咱们局里有专门的人员负责这个事情。"游少华说道，"放心吧，该有你的，一个都不会少。"

"啊，谢谢游队。"陆令其实对上电视还是有些激动的，但游少华这么一说，确实有道理，他也怕说错话。

"行，那辛苦王所和小陆了。"游少华算是打了个招呼，就直接离开了。

王所微笑着点了点头，带着陆令往外走，走到了陆令的车旁。

"啊？王所，您？"陆令看王所的意思是要坐他的车。

"我知道你昨天开车了，我就没开车过来。早上，孙所也来这边开会，我俩一趟车。走，试试你新买的车。"王所笑道。

"哦哦哦，好。"陆令连忙把车钥匙插进去，打开了车锁。

上了车，王所便说道："今天这会，感觉怎么样？"

"感觉？"陆令看了一眼王所，发现王所的表情不是开玩笑，"您为啥这么问？"

"这不就是问问。"王所接着说道。

"感觉很好啊，就是有些不好意思。"陆令说着，启动车子往外走。

"这有啥不好意思的，我年轻那会儿要是有这个成绩，我恨不得所有人都知道。"王所笑道。

"问题是您现在也很年轻啊。"陆令说道。王所也就三十七八岁，确实

269

年龄不算大。

"今天这个会啊,你应该是第一次参加,虽然我知道你很聪明,但很多领导说的话到底是什么意思,你肯定没听懂。你们这个案子,办得实在是太成功了,这是给县局长脸的案子。一般来说,这样困难的案子,都是市局带队组织的,但市局的人前两个月实在是办不了便走了。你们破了案,你想想是什么效果?这么说吧,肯定是二等功没跑了。"王所说话是很直。

"二等功!"陆令惊呼,"真的假的?"

"这事报到省里,不就是这个意思吗?你最近在学法律,估计还没看公安机关人民警察奖励条令,省级公安机关有权授予个人二等功,地市级公安机关有权授予三等功和嘉奖。咱们县局没有这个资质,所以你们今天能听到的,也只有表扬,功劳得等着。不过,今天市局就能发通报表扬,也是非常少见的。"王所拍拍陆令的肩膀,"小伙子好样的!"

3

根据王所的说法,因为案子的特殊性,本案办案团体可能会获得集体二等功,陆令估计是个人二等功,游少华可能是二等功,也可能是三等功。三等功应该有好几个,王尧很可能拿到一个三等功!

当然,陆令觉得这都是预估,王所的嘴并没有开过光,不见得准确。

"那石青山有希望拿到三等功或者……个人嘉奖吗?"陆令问道。

"他没有做出突出贡献,估计拿到嘉奖都困难。"王所说道。

"哦。"陆令情绪一下平复了下来。从个人情感来说,他当然觉得石青山更好。

"王尧这一次……"王所说了一半,摇了摇头,没有接着说。他倒是没想到陆令这么快就平静了下来,要是自己年轻那会儿……

"不说这些了,这都得等一阵子。"王所说道,"快过年了,这件事忙完,应该就没啥事了。"

"嗯,估计是……"陆令刚说了一半,王所的电话就突然响了。

王所接到电话之后,很快脸色铁青了。"行,我知道了,我立刻回去,你们一定戴好口罩,注意安全。"

"咋了?"陆令看着王所的脸色,心里咯噔一下,心想刚刚想错了!

王所这个嘴绝对开过光!

"镇医院刚刚收治了一个病人，体温38摄氏度以上，双肺听诊有异常呼吸音，憋气很严重。"王所说道，"怀疑是肺炎，重症，我们得抓紧过去，在医院门口待着，禁止进出。"

王所给镇上的医院打了个电话，说道："具体什么症状？病人有没有生命危险？"

"病人有些紧张，血压略高，心率120，长期咳嗽，体温保持在38.2摄氏度左右。考虑到特殊情况，暂时没有带病人进一步检查。咱们镇医院就一台X光机，没有CT，上X光作用应该不是很大。"

"好，支援很快就会到，你们注意安全。"王所也不太懂专业的医学术语，继续问也问不出什么，他能做的，就是尽快回到他的岗位上。他必须快点回到他的岗位上！

一个多小时后，县里、市里的专家相继赶到，发现病人的情况很不乐观。

在吸氧的情况下，血氧饱和度都一直在掉，已经跌到了87%，这是一个很危险的数字。一般来说，低于94%都是不正常的！

大家都在提心吊胆，但不久之后，里面传出了一个非常好的信息。

第一次测试，阴性。

这样的结果真是让人又喜又惊！谁也不敢相信这是真的，更怕一分钟后传来不一样的结果。

有医生说考虑是肺结核，还有医生说可能是常规肺炎，外面的人听得一愣一愣的，一句话都不敢说。

这就好像死刑犯第二天要枪毙了，狱警过来说"你有一点可能不会被枪毙"，那死刑犯估计想哭！

这点希望给的，太难受了！

不能说这种希望不好，只是……

又过了大概一个小时！

里面传来了最新的检测报告！

已经几乎可以确定，不是阳性！

病人大概率是患有艾滋病！

一听说是艾滋病，所有人都松了一口气。

嘻，还以为是啥大病呢！

271

4

大约又过了一个小时，最终的诊断结果出来了。

确定没有患"2019肺炎"，通过县城医院送过来的HIV试纸，确诊病人是患有艾滋病，且已经进入了晚期。

患者看着医生们一个个如此放松，感觉自己应该没啥大事，便问道："医生，我没事吧？"

医生甲：……

医生乙：……

谨慎谨慎再谨慎，小心小心再小心。

秉持着这个态度，目前小镇的隔离还是没有解除，而是把病人转到了县医院。一直到晚上，才通知百分之百没问题，解除目前的封禁。

苏营镇派出所就像是过年了一样！

"真邪门！"王所带着队伍往回走时都不敢乱说话了，今天车上和陆令说了点话，差点把天捅漏了！

"这真不怪我啊，王所。"陆令笑道。

"哈哈哈，谁也不怪，呼——解放了。"

整整大半天时间，所有人的心都吊着，这会儿全放下了。

"加班的都别走，"王所招呼了一下大家，"都没怎么吃东西，我去镇上那家买两只大鹅，回来杀了炖了！"

"王所这是要破费了啊。"孙所也难得露出了一点笑容，"行，我去备点其他的东西。"

晚上十一点多，大铁锅炖的大鹅做好了，里面还有一些土豆、干豆角之类的东西，是王所亲自下的厨，说是去去晦气！

也不知道大鹅招谁惹谁了……

晚上躺在床上，陆令有点睡不着。今天回来的人多，这种事连李静静都得赶回来，所以两只大鹅也不是那么够分，好在大家都吃过盒饭了，倒也就是凑个热闹。

陆令睡不着，并不是吃多了，而是总觉得今天有点啥事给忘了。

这一开心，啥都忘了。

就在马上要睡着的时候，他突然想到了，一下子就精神了。

今天这个艾滋病患者，是怎么得上艾滋病的？

这事，得查！

想了想，陆令压下了自己的想法，准备明天再说，但翻来覆去睡不着，便拿出手机查起了关于艾滋病的文献。

这个病，几乎每个人都知道，传播方式是血液、母婴和性。母婴传播暂且不提，性传播的概率没有大家想象中那么高，安全措施做得好的话……当然，这个前提是没有皮肤破损，如果有细微的皮肤破损，则中招概率直线飙升。

皮肤作为人体的第一道屏障，名不虚传！

所以，这个病虽然会通过一些"床上教外语"的人传播，但真正传播最厉害的，还是那些扎针的人。这些人玩high了共用针头太正常！

基本上，小镇突然出现这样的患者，起码80%的概率要考虑是扎针的！

从感染HIV到发展为艾滋病一般分为三个阶段：急性HIV感染、无症状HIV感染、艾滋病。

急性HIV感染，就是最初被感染的这段时间，会出现全身不适，上吐下泻，所有关节都可能疼痛，所有器官都可能不正常。在这个阶段，身体一点抗体都没有出现，所以没办法通过检测试纸来检测，也被称为窗口期。

过了急性HIV感染阶段，患者就开始适应这个东西，持续数年无症状，这阶段能正常生活，但体内病毒量很高，传播性很强。

再后来，身体基本上就垮了，进入艾滋病阶段，身体开始出现各类系统性疾病，基本上也就离死不远了。

今天的患者就是这个状态，肺部基本上已经完了。确切地说，心肝脾肺肾胃肠，基本上全部开始出问题。

一般在无症状阶段时，如果发现了这个病，通过长期服用抗病毒药物，是能活很多年的，甚至接近正常人。绝大部分的患者都是这样，知道吃药（国家免费发放），体内病毒被压制在一个很低的范围，传染性也会大幅度下降。

但今天这个患者明显没有吃药，进入了最后一个阶段。在这种情况下，一年死亡率就超过50%，无论怎么治疗，三年也就大概率是极限了。

看了一大堆文献，陆令彻底看困了。他明白，这患者患病可能已经十年了，非常难查。

第二天早上，派出所非常清静，早会都取消了，除了陆令他们三组值班，其他人都休息了。去食堂吃饭的时候，陆令遇到了王所，就与之聊了起来。

"你是说这个人可能吸毒？嗯，这概率确实很高，我昨天也想过这个问题，只是这个事有很多年了。"王所说道，"这种人还是蛮多的。"

王所的意思是懒得查，要说这种人，不能说满大街都是，但想抓几个还是不困难的，何苦和这么个快死的人较劲呢？而且，这个人根本就拘留不了，这个身体素质，拘留所和强戒所都不会收。

"王所，问题不是他，而是他在苏营镇。咱们镇才多大点？我们可以查查他的圈子。"陆令说道，"我就直说了。几个月前，胡指导牺牲的时候，遇到的那些走私的，不就是干这个的？你说，这里面要是有关联呢？"

当时的遭遇战，那几个走私犯全部被击毙，所以也就没有后续了。虽然影响很大，却因为没有后续，并没有被县局重视。

"关联。"王所一凛，他现在对陆令的推理都非常重视，"既然如此，你说的有道理。咱们所现在也没啥案子，接下来这个，一起偷偷地查一查。这种事比较危险，你做事小心点，如果要核查什么，记得带上石青山。"

"明白。"陆令点了点头。

"欸，等会儿，这都腊月十五了，你咋还不抓紧时间请个假？假早点请，换班早点换。"王所道。

"好，您放心。"陆令点点头，王所是真的挺照顾他的。

王所现在对待陆令的态度和对待李静静天差地别。在李静静眼里，王所是个特别混蛋的领导，天天就知道让她干活，给的补休完全不够，而且还拦着她不让她去县局。

第二十六章　职业警察

1

上午上班的时候，三组接到了一个报警电话。

镇上的商店，有人去闹事。

苏营镇有一家比较大的超市，有二三百平方米，跟城里没法比，但在镇上已经算是不小了。

昨天中午之后，镇上封路不让外出，很多人就把这件事情传开了。大家大概猜出来是啥事，所以镇上不知道多少人拥入超市疯狂购物。一些人买的东西非常多，非常不理性。

不光超市，菜店、肉店也全部被人一扫而空。

然而，今天早上，大家赫然发现，啥事没有，没有接到任何通知，所有路都通了，就有人觉得自己买多了，要来退货。超市不给退，便彼此闹了起来，于是有人报警了。

陆令和石青山直接过来了，来了以后发现这边人还不少。

老板说早上就有一个人过来退，这个人昨天买了20袋盐，今天非要退15袋，他觉得没多少钱，就给退了。但是，后来陆续有人来退，而且退的东西都比较贵，他就不乐意了，坚决不给退。

陆令和石青山到了之后，看了一下，一共有六个人，都是昨天买得太多的人，其中有个人包圆了所有酱油，想这几天高价往外卖，结果砸在手里了。

陆令再看了看货架上，酱油已经补好货。商店老板昨天卖了大量的货，发了一笔横财，今天早上七点多就让县里补货的过来了。他有微信群，昨天晚上就听说解封了，便立刻联系了送货的。

陆令先是问了一下，这些货物昨天是不是卖了高价，所以大家才群情激奋，结果老板说了，一毛钱也没涨价，就是这些人非要买这么多。尤其是买酱油的这个，当时排队的时候，他后面有两个人也想买酱油，都买不到了。

"闹什么，闹什么？什么世道了？闹。"陆令跟派出所这帮师父学会了，在这边警察到了以后就得稍微强硬一点，"谁说可以退货的？"

"不是都说了吗！七天无理由免费退货！网上都这么说！"买酱油的这个喊得最凶，他拖着一个小车，里面起码四五十瓶酱油，还有一些其他调料，加起来上百瓶。

"从来就没有法律规定，消费者买完东西，可以七天无理由退货。"陆令说道，"只是因为网上销售没有信任度，买家看不到实物，所以网站为了能留下客户，才推出了七天无理由退货这个保障！"

有一些服装类的实体店，为了招揽顾客，同时也为了大家送礼方便，设立了几天内拿着吊牌可以退的政策。但这些政策都是商家自己的规定，不是法律规定。

如果买家买啥都可以无理由退款，那来一个大款把东西买光，三天后过来全退，商店直接就得崩盘。

"但是，"陆令见这个人又要说话，"如果产品有瑕疵，比如说昨天过期了，或者说有别的问题，就可以退。最好在这里检查好了，别一会儿回家又出什么幺蛾子。"

"问题是，昨天都以为要封小镇了，买这么多，哪用得完啊？你们警察体谅一下我们老百姓啊！"买酱油的人说道。

"他如果昨天趁火打劫，故意卖高价，你想退我都支持你。但人家是按正常价格出售，谁让你买这么多的？"

在这边，警察说话还是好使，陆令这么一解释，大家也就闹不起来了。这些昨天想囤货居奇的，只能一个个灰溜溜地走了。当然，可能也跟石青山太有震慑力有关系。

"太感谢警官了。"商店老板见人都走了，拿着两盒玉溪就往陆令兜里塞，"你们要是不来，这些人真的麻烦，而且他们待在这里，人只会越来越多。"

陆令拿着烟，又放在了柜台上："不会。"

老板伸出左手，拍打了一下自己的右手手心。"嗐，是我不懂事，不懂事！"

说着，老板拿出了两盒中华。

陆令一脑门黑线："不用，我问你个事。"

"什么事您说！"

"这镇上，附近哪儿还有赌局？"陆令看着老板手里的中华烟，问道。

"啊这……"

老板肯定是知道的，他天天在这儿待着，总有人来买东西，尤其是那些玩牌的，一赢了就会买好烟！这边小的镇商店为啥有中华，就是这个原因！如果告诉了陆令，自己这不就是竭泽而不吃鱼了吗？

陆令看着老板手里的烟，意思很明显，你这里卖中华，肯定知道些什么。谁知道老板会错了意，以为陆令要烟，非要往陆令口袋里塞。

石青山看陆令二人互相推让，立刻走了过来，一把将老板拉开，然后把烟直接塞给了陆令。

陆令直接傻了，他并不是欲拒还迎！

老板露出了满意的神色。

陆令蒙了几秒钟，把烟放在了桌上。这会儿再问老板，老板就不可能再说了，陆令只能带着石青山悻悻离去。

看着陆令就这么走了，老板有些蒙，他没看懂！

出来之后，石青山可能是发现自己会错意了，说道："陆哥，我搞错了……"

"没事……"陆令摇摇头，"我就那么一问，其实也没啥。真想找其实并不难，赌博的拘留完还是会去赌。我现在主要是想找镇上玩针头的人。"

"医……"石青山有些不确定，"医生？"

"呃，吸毒的。"

"哦哦哦，这帮人特别可恨！我们村有一个，人不人鬼不鬼的，我记得是前年，大冬天在外面冻死了，死了好几天才被人发现。"石青山有些愤恨，"那个人以前还挺好的。"

"是你朋友吗？"陆令问道。

"不是，比我大十多岁，我小时候，他带我出去玩过，还给我吃过好吃的。"

"我最近想查这种案子，可能需要你和我一起，我们一定要注意安全。"陆令嘱咐道，"遇到事不要随便上，听我的，该跑的时候，我说撤就得撤。你别看你力气大，真遇到手里有家伙的，躲不及！而且，很多嫌疑人都有传染病，直接用手去抓也不干净，需要戴手套。"

277

"陆哥,您放心,我肯定啥都听您的。"石青山点了点头。

陆令想了想,这种案子很难找出一个支点,还是得从这个艾滋病患者这里介入,看样子得去一趟县医院了。

2

与此同时,王所正在县局开会。陆令说的话,他也记在了心里,但除了刚听到的时候有些震撼,现在想想倒也没什么大的关联。别人不知道,胡军的事情他再清楚不过,和这个沾边确实不大,只是陆令这孩子……有心了。

王所工作十多年了,不像陆令这般事事好奇,比如陆令在意的这个艾滋病患者他就完全提不起兴趣。

王所今天开会,和昨天的事情有关。昨天,他早早来到县局,就去串门了。一般他来这边都是开会或者有其他具体的事情。昨天来得早,他就各个屋子转了转,聊聊天,结果遇到了隋队,便聊起了隋队等人目前的情况。

隋队那边,面临的形势非常严峻。

也许很多人都不会相信,长白山脉,近年来,出现了种植罂粟的事件,且已经形成规模。

深山老林,随便撒把种子,秋季偷偷一收割,就收益不菲。

很多人以为这东西只适合在热带生长,其实不然。

大家可能对长白山没啥了解,以为就是一座山。而实际上,这里地形复杂,交通不便,面积过于广阔,再加上本地经济发展不好,赚钱困难……

想打击,最好的办法不是打击偷种者,而是打击渠道,只是异常艰难。

需要卧底。

与这件事对应的,是今年1月1日,省厅收到的一份通知。

这份通知来自刑侦局,名为《关于开展培养职业警察试点工作的通知》。

简单地说,刑侦局的组织层、领导层,希望尝试在今年组建职业警察队伍。

所谓职业警察,是上级的一个构想,简单地说,就是像职业军人一样,从而最大化提高小团体战斗力的一个设想。

由于对人员要求的苛刻性,本省只有三支队伍参与试点,每支队伍六人，持续时间三年。

在这三年的时间里，每个小队的成员都要较大程度地放弃个人时间，投入到集体生活中去，类似于三年军旅！

绝对服从，绝对精英，绝对专业，绝对王牌。

优中选优，自主报名。

其实，公安工作中，类似的情况比较多，比如说有些特殊任务，像是援助西部省份，一去就是一到三年，每个月有额外补贴。

但这个培养计划不同，这是真正意义上的培养。

目标人员的来源主要有两个。第一，是刑侦局现存的一支实力非常强大的年轻干部队伍，队长今年30岁，已经荣获二级英雄模范称号，一等功三个！这支队伍的成功，已经写进了教材。在过去的十年间，这支队伍横跨全国乃至邻国，创造了相当不俗的战绩！陆令之前看的那本《现代侦查学》的作者，就是这位队长——白松。

第二，近年来，每年都会举行全国公安红蓝对抗大比武。在大比武中，各省的参赛队伍一般就是六人，后来更改了规则，人数增加。多地公安在以往的大比武中展现了自己的优异实力和不俗的配合能力，但专业性显然还不够，无法完美应对瞬息万变的现代侦查环境。

这次的试点计划，安排在三个经济发展相对中等的省份，分别是桂、陕、辽，分属不同的地理区域。

经济发达的省份，本身公安力量就强，培养的意义并不是很大。而经济欠发达的省份，财政和诸多方面，又不一定能够支持这样的试点工作。

本省接到通知后，多次研究了通知的内容，制定了一些更加因地制宜的方案，现在已经通知到各县级单位。原则上，各地报名人数不受限制，但年龄不能超过38岁，且不能有太大的家庭压力。

因为试点难度较大，这项工作的选拔工作将持续一年。这一年时间里，参与人员可以随时放弃。之所以有这么长的选拔期，主要是因为三年的职业警察工作，是非常辛苦且"无我"的，如果说队伍组了半年多，有人因个人原因想要退出，那影响还是很大的。

同时，本次试点还有一个非常重磅的消息……提供辅警考核转正机会。也就是说，辅助警察力量，如果非常优秀，也可以参与到考核中。如果一年考核期满，能够达到要求入列，那么将提供转正机会！

一般来说，辅警转正都是需要重新考公务员的，但极个别时候也会有一些择优的机会。这种权力由省厅掌握，对大部分辅警来说机会非常渺茫，甚至有的辅警立了二等功都无法转正。

而这次却明确表示，给名额！

当然，这有点像空中楼阁。毕竟本省一共才十八个最终名额，留给辅警的有三个就不错了。从这个层面上说，它的象征意义更大一些。

无论如何，2021年新政策推行势在必行！

而且，通知说得很明确！三年培养期内，有额外补贴！三年后，优先提拔！实际上，这三年立功受奖机会肯定多，因此三年后也必然是机会多多。

除此之外，推选人的成绩，将直接计入该地区公安局的年度考核分数中，以此避免推选一些关系户。

任谁一听这样的事情，情绪都会激昂起来！

虽然很多人已经不再年轻，而且有家庭无法参加，但也都会为之变得热血沸腾！

这样的培养计划，如果成体系施行，必然能为各地持续留下一线的刑侦人才。这些职业警察三年退役之后，哪个地方的领导能不重视？

不得不说，刑侦局负责推行这个计划的，绝对不是一般人物！这给了太多真的有理想有抱负的年轻人一条努力改变命运的荆棘与鲜花之路！

这样的通知下放到县局，所有部门的一把手都要参会，领悟精神。

在一年的选拔期内，所有通过县级公安机关初筛的人员，无论是民警还是辅警，市级公安机关必须予以重视，在各个疑难案件、重大事件、特殊情况中进行培养和考核。

考虑到这个工作的严酷性，报名的实际上并不会太多，但每个县都总会有那么几个血热得要沸腾的人！

而且，报名的辅警可能会非常多。如果当三年兵能安排公务员工作，不知道多少人会选择！

辛苦、有意义，这是最关键的两个点，县局要深刻学习领会，贯彻落实，尽早草拟一份名单出来。

3

参加这个会议回来，王所都感觉有些热血。

一周内，1月底之前，初步报名，过期不候。

3月底，县局筛选名单报各地市局。

6月底，市局筛选名单报省厅。

9月底，省厅筛选名单集中培训。

12月底，培训人员中选取成绩最好的18人。

9月底之前，可以随时放弃；9月底之后，不可放弃。

当然，9—12月如果摆烂，也就等于放弃。

王所都想报名了。这次卡的年龄是38岁以内，他刚好能满足。但他也只能想想，这次的机会，是留给年轻人的，虽说要求在38岁以内，但实际上过30岁的应该都不多。谁愿意和老婆孩子三年不咋见面啊！

部队的普通士兵，基本上都是18岁入伍，即便当六七年兵，也不耽误人生大事。

现在，警察界推行这个政策，倒也有现实的支持。这几年，年轻人的结婚时间往往都在28岁以后，尤其是男性，而30岁左右的公务员正处于婚恋市场的黄金水平。

所以，参加这个培训，基本上年龄在23—28岁为宜，它有点像部队的军官培养制度。

很多警察都是专科警校毕业，21岁参加工作，如果能力强，两年内展现一定的实力，23岁正好是黄金年龄，去当三年职业警察，好处自然不必多言，很可能26岁就会比一些四五十岁的老刑警还要专业！

这个一点都不夸张，游少华手下的四五十岁的刑警多了，真正有水平的，能有几个？

王所静下心来想了想，一个人的名字始终绕不过去，那就是陆令。这个培训，就像是为陆令量身定制似的，尤其是在这个节骨眼上！

在接下来的一年选拔工作中，被选拔者原则上组织关系不离开原单位，但会被经常带走参与考核，需要原单位予以足够的支持。简单地说，你要是不支持，压根就别把名单报上来。

被带走考核的人员评分，将计入原单位年底考核分数！

王所感觉自己要躺赢了！他就没见过刚参加工作就能像陆令一样的人！而且，陆令现在还在天天主动学习法律，这种主动学习的能力和精神，几个参加工作后的人还有？

对，把石青山也安排上！

这俩都是单身狗，哪有家庭压力啊！

一点都没有！

无论能不能选拔上，有石青山在，王所也觉得稳当一些。至于王尧，就看他自己想不想报名了。

以王所对王尧的了解，王尧大概率不会报名。

每个人，都曾经是理想主义者。

所谓天真烂漫的境界，其实也是一种理想主义。然而随着逐渐接触社会，现实逐渐压过理想，一些人就对理想主义嗤之以鼻。这两者，要把握好比例。如果坚持理想与讲究现实之间的比例为9：1，那么，人就特别容易吃亏；如果是1：9，那么，人就太势利眼了。

总的来说，这次选拔不适合那些太过讲究现实的人报名。

开完会，王所直接给李勇打了个电话。李勇是一组的辅警，也算是半个内勤，派出所的一些材料都是他写的。接到王所的电话后，李勇就把情况编辑了一下，发到了工作群里。简单来说，就是所里的邮箱里有具体的邮件，自己看去。

陆令和石青山吃着饭，收到了群里的信息。陆令看到李勇说的话，有些不明所以，吃完饭就带着石青山回到了办公室，打开了派出所的邮箱。

每个派出所都有独立的内网邮箱，陆令打开了邮箱，越看越是有些不理解。

社会进步这么快吗？这啥啊？以前从来没见过！

邮箱里的内容非常多，非常细致，比如说三支队伍里，将至少有一支专门负责网络犯罪的队伍。这是硬性规定，要求参与者都要有较强的网络工作能力，并将之用于侦办电信诈骗。

这和各地的反诈中心可不一样，反诈中心大部分警察是没有电脑方面的卓绝实力的，只是会用一些专业的系统进行办案，而这次组织的队伍，是要培养电脑精英的。

"石青山，这个你可以报名。"陆令说道，"这个能提供转正机会。"

"转成警察？"石青山也是愣了一下，整整一篇邮件，他看着陆令手指指的地方，眼神汇聚至此，其他的啥也看不到了。

"这个，是能转成正式警察吗？"石青山有些激动。他现在是辅警，他爸都那么高兴，要是正式变成警察了，那在他们整个家族，他都算光宗耀祖了!

"嗯,但是非常困难,需要付出很多……"陆令想了想,"你挺适合报名这个的,去那边跟着人家好好干,是有机会的。"

"好!"石青山握紧了拳头,"我觉得,这就是我的使命!"

石青山压根就没管会有多困难,他当初考大专、考辅警都是非常困难的,可考公务员确实太为难他了!但是,如果能从这里获得机会,他就拼了!敢打敢冲!改变命运!

"嗯,没啥问题,听人家的话,好好加油!"陆令鼓励道。

"啊?"石青山这才听出了什么,"陆哥,你不去吗?"

"我不去啊。"陆令摇了摇头,"我没说我要去啊。"

"啊,你不去,我怎么行啊!"石青山一下子有些泄气,他来这儿一个月,基本上自信心都是陆令给的。尤其是陆令最近破了大案,他的地位都跟着升高了。

"我还有点别的事想做,我看这个主要是培训刑警的,而且这三年时间里,想做自己的事情可能很困难。"陆令说道,"石青山,你并不像表面这般一点思想都没有,你有自己的想法。这个选拔,是留给理想主义者的,我希望你报名。我呢,再说。"

"好。"石青山点了点头,但内心已经做了决定,如果陆令不去,他也不去。

陆令看出了石青山在想什么,但也没有说什么。

然而,就在这时候,王所的电话打了过来。"陆令,邮件你看了吗?是不是很激动?这真的是我从警以来见过的属于年轻人的最好的机会了!你放心,所里绝对不拦着你们的发展,绝对会支持你们。我已经将你还有石青山的名字报给县局了!"

陆令一脸问号。

"王所,这个不是……自愿报名吗?我没说我要报名啊……"陆令有些无奈。

"这事不用担……"王所的声音突然提高了八度,"什么?你不报名?!"

第二十七章　聚众斗殴

1

王所无论如何也没想到，陆令居然对这个没兴趣。但冷静下来想一想，一般像陆令这个年龄的人都要谈恋爱成家，他马上就26岁了，参加完这个都快30岁了，犹豫倒也正常。

"你是因为过年要回家吗？"王所犹豫了几秒，问道。

"不是，王所，报上名，还能改吗？"陆令问道。他看了规则，随时可以放弃，但如果王所给他报了名，他转身就去改掉，这就太不合适了，要改也得王所打电话去改。

"改……"王所想起自己给县局政治处打电话时的那一点点得意，清了清嗓子，"名字报上去了，暂时是不方便改的。这样，你先跟着学习学习，又没必要非得进入省里的选拔，在县里不也能学学东西？再说了，你去几个月，可以带带石青山。"

"石青山，"陆令抬头看了眼石青山，说道，"那行，我去待一阵子吧。"

"好。"王所说完就挂掉了电话，似乎怕陆令反悔。

很显然，王所把陆令报上去，还和陆令说一声；将石青山报上去，压根就没和石青山说一句。陆令觉得这确实不太好。

而王所这边还觉得纳闷，这叫什么事啊？别的单位很多年轻人都抢着要去，有的还担心领导不同意，到他这里却犹豫起来了，这是咋回事？

石青山听陆令答应了此事，就很高兴，在他看来，有陆哥在，他还能去试试，反正有事情都听陆哥的就好。如果陆令不去，那他再努力也枉然。这样的道理，他拎得清！

而陆令呢，确实不想去。他想搞点禁毒的案子，不想天天被限制人身自由。作为非警校生，陆令没有经历过警务化管理，他更喜欢日常生活，喜欢偶尔去钓钓鱼、旅旅游啥的。短时间加一个月班没问题，三年，太久了。来辽东之前，他可是听说了，这边天气暖和之后非常漂亮，作为沿海城市，吃得也很不错！不过还好可以随时退出，前期带一带石青山，帮他通过县里的考核还是没问题的。

和石青山聊着天，前台报警电话又响了，镇子偏北位置的超市附近有人打起来了，而且据说打架的人不少。这边民风比较粗暴，不服就是干！据说，在魔都那种地方，两拨人互相骂两小时也不会动手。而这边，瞪一眼就可能挨揍。

一听是打架案，曲增敏、陆令、石青山、梁材华四个人就开了两辆车去了超市附近。这边正在打群架，看着挺热闹，两辆警车一过来，就立刻有人要跑。

陆令停下车，喊道："石青山，不用多，抓一个！"

"好！"石青山迅速下了车。

这一看，大部分是学生，可能是放假了，不知道因为啥打起来了。陆令盯着一个下手比较狠的追了上去，这种情况下不可能抓到所有人，抓几个头儿，剩下的都能被供出来。这人反应比较迟，被陆令一把抓住，想挣扎也没挣扎掉，看样子是个成年人，十八九岁的样子。

曲增敏和梁材华也各自堵了一个，不过应该是学生。

这会儿都跑得差不多了，陆令再看石青山那边，抓了仨！

也不知道石青山是怎么弄的，一只手掐着两个人的手腕，另一只手抓着一个人的衣领子。

被打的一方，应该是商店老板这一伙人，一共三个。这毕竟是镇上的大商店，除了老板，还有两个伙计，上午弄货去了不在这边，下午就被打了。

梁材华过去帮石青山抓了一个人，四个人带着五个人，和老板等人一起进了商店。

"你们几个，在这儿蹲着。"曲增敏把他手里抓的人带到了墙边，"蹲着，抱头。"

剩下的四个人很快也跟着过去蹲好，陆令则看了看老板和两个伙计的伤，除了老板挨打重一点，头上出血了，两个伙计倒是没大事。幸亏小镇不大，警察两三分钟就能过来，要是晚过来一会儿，情况可能就不一样了。

"我这边有个常来买东西的顾客，他今天来，想把昨天从我这儿买的一条中华退了，我不给退，结果就闹起来了。"

"也是因为昨天咱们镇被封的事情引起来的？"陆令的表情有些令人玩味。在这个小镇，能一次性买一条中华的人，寥寥无几。真的买的人，也不会来退。

"他……"老板有些不好意思，上午陆令问他他都没咋说，"他应该是昨天玩牌赢了钱，加上镇子封锁了，就买了一条。现在还剩下7盒，他可能是没本钱了，想让我退给他300块钱，我没答应，他就火了。"

"这条烟多少钱？"陆令问道。

"软中，我卖给他一条620。"老板说道。

"那平均起来，一盒62，7盒就是434，你这个利润这么高吗？退了不是很合适吗？"

"哪有，这进价都590多了，一条赚20多块钱，真不多。问题是，这几盒烟我可不敢退啊，我哪知道他是不是拿假烟糊弄我，我没本事分出来真烟假烟！"

"倒是在理。"陆令点了点头，"所以，对方找了这么多人打你？主事的人在这里吗？"

"在，就是第三个人。"老板说道。

陆令看这个人扭头看他，就示意这个人站起来。

"他刚刚说得对吗？"曲增敏问了一句。

"唔……"这个人支支吾吾不说话。

"警官，"老板此时接过话，"我受伤也不重，要我说，这个事就算了吧。"

"算了？"陆令有些不理解，一般遇到这种事不都是往死里讹吗？

"嗯，算了算了，都是一群小孩，下手也不重，我们能解决。"老板明显想和气生财，不想把这些人惹了。

"那哪行，这玩意是你想说算了就能算了的？"陆令说道，"对方这是聚众斗殴，属于刑事案件，得跟我们回去解决。"

曲增敏听到老板说算了的时候，其实也就不太想管了，他们自己和解，岂不美哉？听陆令这么一说，非要搞成案子，就有一点头疼，但也没法说啥，只能不说话。

很多普法栏目都是错的，说聚众斗殴构成轻微伤可以调解，这些节目的创作团队可能只知道《中华人民共和国治安管理处罚法》第九条。实际上，只要是聚众斗殴，都属于刑事犯罪，不能调解。

陆令肯定不愿意放弃这个案子，他还想继续查一查。

2

曲增敏是有些不乐意的，这个案子不复杂，但非常浪费时间。

商店老板不想惹事，毕竟是生意人，被人打了一次就有点怕了，况且显然动手打人的这个在这边有点影响力。

在被打的人只有轻微伤，且不愿意追究，而聚众斗殴的首要分子刚刚成年，参与者大部分都是未成年人的情况下，这个案子到了检察院，估计也会做出不起诉的决定。

曲增敏知道忙到最后可能也没啥大用处，所以能在这里直接和解了是最好的，但这显然不符合规定，所以他也不能反驳陆令的话。

陆令主要考虑到两个问题，第一是这些人即便最终没啥事，也要给他们记上一笔，如果他们再犯错，可就不会从轻了。将他们教育一番，以后惹祸精就可能少一点。如果在这儿就这么和解了，他们以后岂不是变本加厉？第二就是想为别的案子找到些线索。

冬季，这边成年人的娱乐方式是真的不多，如果不爱玩游戏，也就是出来打打牌，而一打牌就爱玩点钱。这种现象在哪儿都有。陆令是渝州人，打麻将玩点钱的情况见得太多太多了。

几个朋友在家少玩点，别太扰民，一般也没人管，但在镇上开局，那就是另外一回事了。

把双方都带回了派出所，老板是有些无奈的，早知道就不让伙计报警了。他这会儿已经忘了自己被打得有多惨了。

陆令知道，老板这种人，就不值得帮，但打人这帮臭小子，还是不能轻而易举地放了。

将人带到派出所，苏亮臣听了听这件事情的始末，也没说啥，点了点头，说道："叫家长吧。"

几个小孩本来还乖乖蹲在那儿，一听这话，全都看着苏亮臣这个老民警，这咋一上来就出大招了呢？

几个小孩是第一次被带到派出所，取笔录都需要家长陪同，虽然说不会挨处罚，但也有了案底，而且回去肯定挨揍。

头头现在也有点慌了，他是成年人，听说自己所为是聚众斗殴，属于刑事案件，也是吓坏了。他原本觉得叫一堆人，把人揍一顿，只要不打坏了就没啥大事，但今天遇到较真的警察了。不过，他已经成年了，就不用叫监护人来了。呼，不幸中的万幸！

跑掉的那些，一个也没找回来，主要是因为有这五个人就够了。四个小孩取完笔录，不予处罚，直接放了。

被打的老板，自己开车去县里看病去了，回头还得配合做伤情鉴定。虽然大家都知道是轻微伤，但还是得处理。

头头今天不用拘留，和法制部门打电话商量一下，办个取保候审就行。这家伙的父亲，在镇上还是个人物，不然他号召力也不会这么强。听说能办取保候审，他还是千恩万谢的。

"叔，我一会儿能被放出去，是吗？"头头名叫李海龙，19岁，初中毕业后就没再念过书。

"能。"陆令点了点头，"我保证你能出去，但你还是要把牌局的事情告诉我。"

取保候审不是派出所批，是县局法制部门批。陆令这会儿已经知道批准了，所以决定和李海龙聊聊。

"啊？"李海龙有些头疼。他不敢说，他怕说了被打。

小镇组牌局的地方，年前被端了一次了，新的地方更隐蔽，而且赌徒有些变本加厉，玩的东西更猛了。

"你放心，我跟你保证，你说了之后，短时间内我不会去动那里的。"陆令说道，"说完你就可以走了。"

"说话算话！"

"算话。"

"在商店后面的院里。"李海龙说道。

"是商店老板组的局吗？"陆令问道。

"不是，他哪有这个本事。那个院也不是他的，他的店都是租的。"

"嗯，行，知道了，你可以走了。"陆令说道。

"啊？"李海龙有些慌，生怕警察骗他。

"你爸在外面等你呢。"陆令指了指外面。

"我爸来了！"李海龙吓了一跳，他突然觉得在这儿待着还挺好。

李海龙这么一说，陆令也就相信了。

镇里有不少类似于国土资源所那样的院子，都有三十年的历史，有些地理位置好一点的，就被租出去了，不好的就只能闲置。

陆令经常在镇上吃饭，从来没见过可疑的地方有人进出，听李海龙这么一说就明白了。有商店作为掩护，人进进出出确实不显眼。

商店老板为啥不想说也就很容易理解了，那些赌徒可都是他的客人啊！

暂时肯定是不能动的，今天这么多人在商店门口被抓，这牌局肯定都基本上散了，过几天再去就是。

忙活了一天，基本上没啥收获，曲增敏就过来找了陆令。"你看，啥也没有，忙一天。"

要是陆令刚参加工作，曲增敏就自己做决定了，现在也只能这么说一说。

"唉，是我太年轻。"陆令叹了口气，"我还以为能拘留一个呢。"

"没事，倒也应该抓。"曲增敏听陆令放低了姿态，也就不说啥，"好在是人保，要是财保，明天还得去一趟县里银行。"

"嗯嗯，幸好他爸有稳定工作，不是个二混子，可以做人保。不过这小子今天被教训一顿，起码能老实好一阵子。"陆令说道。

取保候审分为财保和人保，财保需要把钱交到银行里，真的挺麻烦。而陆令的言外之意，是说处理一顿这小子，镇上能清净许久，曲增敏也听了出来。

"总归还算顺利。"曲增敏面色缓和了不少，"有啥事叫我，我去休息了。"

"嗯。"陆令点了点头。

这属于最简单的聚众斗殴案，商店老板不打算追究，轻微伤的鉴定报告往检察院一送，大概率不起诉，案子也就结了。

本来，陆令觉得这件事也就这么搞定了，但他没想到的是，第三天傍晚，事情出现了新的变化。

3

28日这天，陆令带着梁材华在警务站待了一天，就处理了一起简单的求助案件。

傍晚，陆令回来得有点早，距离下班还有十几分钟。进了屋，他看到前台坐着李静静和二组的王平。

王平看到陆令，便主动打了个招呼。陆令也招了招手，结果发现李静静看他的表情有些奇怪，有一点点瞧不起的样子。

这倒是个新鲜事，怎么了这是？

陆令算不上心直口快，但见这情况还是过去问了一下："静静姐，这咋回事啊？看你这表情，是我哪里做错啦？"他有点像是开玩笑地说道，毕竟两个人已经很熟了。

可李静静没有开玩笑，她说道："哪有？怎么会？没啥。"

陆令被噎了一下，只能点了点头："行，静静姐下班路上慢点开。"

回了楼上，陆令把衣服脱了，收拾了一下，也就过了下班点了。下楼之后，李静静果然已经下班，他这才找王平问话。

"陆哥，也不是啥大事，今天来办户籍业务的，有个嚼舌根的，说前天有个案子，咱们所的警察收人钱了，把人放了什么的。然后李姐一听，就问我前天这个案子是谁办的，我也不好意思不说，在前台这边看了看，是你主办的。然后她就说你怎么能这样，我就说这有啥大不了的。"王平随意地说道。

陆令一脑门黑线，什么叫这有啥大不了的。

"咋了陆哥，我是不是不该和李姐说？"王平看陆令表情有些奇怪。

"你叫她李姐？"陆令问道。

"嗯，她比我大，我不叫李姐，叫啥？"王平理所当然。

"好吧。"陆令摇了摇头，"我倒不是刻意解释，我不知道你办案经验多不多，前天那个案子，确实直接就能取保候审。"

"我明白，陆哥，你为人我清楚，你肯定没拿钱。"王平一脸的"我懂""不必多言"。

王平明白这里面的道道，越是这种确定能取保的，越……

这事让陆令有点别扭，逻辑学有一条基础原则：证有不证无。即便是想证"无"，也要从"有"的基础上证明。比如说不在场证明，你得证明你在别的地方。

陆令没有办法证明自己没有拿钱，而这件事都传到老百姓耳朵里了，可不是好事。他首先去查了查前台的监控，他得确定有没有其他人收了钱。他以八倍速看了很久。这个案子当时都没人愿意管，李海龙他爸在前台一直坐了两个多小时，只有陆令单独把他叫走说过话，其他人都没有这么干过。

这件事大概率也不是李海龙父子外传的，没有意义，那就是其他人刻意造谣？

才工作没几天，陆令就沾惹了谣言，是真的难受。

谣言这个东西，不需要讲究逻辑，造谣者说有就说有，而你要证明"无"往往异常困难！

这些年，因为谣言倒下的明星、大佬有很多，更别说陆令这样的新警。他倒不是怕，即便监察部门来查也不可能查到。

一样的道理，证有不证无，监察部门无法证明有，那就是"疑罪从无"。可是别扭啊！

众口铄金，积毁销骨；人言可畏，三人成虎！

查！

反正自己现在也不忙，查！

陆令先是调取了前台的监控，看看是谁在嚼舌根。

今天前台不太忙，来的人也不多，陆令很快就查到了这个人。接着，他找了今天的值班所长孙国龙，要了户籍系统的账号，进去看了一下，查到了今天办理业务的人的身份。

造谣，是违法的！

今天是二组值班，又是个周四，石青山下了班没回家，被陆令喊了出来，开车直接去找当事人。

这件事情如鲠在喉，实在是难受，陆令可不想等。

这人是个小商贩，今天来镇上，一方面是给孩子上户口，另一方面也是在镇上买点东西，结果晚上回到家，就遇到查水表的了。

看到两个警察找上门，男子还是有点慌，很快说了一下情况。原来他是今天去镇上商店买东西时，和店里老板聊天，听老板和别人聊起的。他是做小生意的，有时候还在镇上的大商店批发货物，所以和老板比较熟悉。今天聊天聊到这种事，他以为是真的，就到处瞎聊。

这种谣言传播得快，原因很简单，大家信。

"我问你的问题，都录着像呢，你要对你说的话负责。"陆令认真地指了指执法记录仪。

"负责，肯定负责，这绝对不是我瞎编的，我是听那个老张说的！"男

291

子的老婆刚刚生了儿子，他可不想被警察抓走。

"好。"陆令关了执法记录仪，带着石青山离开。

第二天，周五早上，陆令就把这件事向王所汇报了。不过有了证据，其实也没啥用，陆令是不能自己侦办这个诽谤案的，涉及他本人，他必须回避。当然，如果陆令没有去查传播谣言的人，王所肯定会说"算了，算了"。

这个案子得隔壁派出所进行回避管辖，也就是沙头镇派出所处理。同理，沙头镇的民警如果被打被骂，就是陆令他们所处理。

王所看到了陆令的录像，有些纳闷："外面瞎传的事情，其实没必要这么较真，这事不会对你有什么影响的，而且对方也没有指名道姓说是给你行贿了。"

"那行吧。"陆令点了点头，"您说没事就没事。"

王所倒是没想到陆令这么好劝，他原本以为陆令是个很较真的人，其实有些时候，特别较真的真难办，人至察则无徒，在哪儿都适用。

陆令就这么走了，王所反倒是有话不知道该咋说了，本来还想聊点其他的。

然而，事情没有这么快就结束。

周五这天，这件事被人发到了抖音上。这人可能是李海龙的朋友，说自己的哥们儿很牛，带着几十人把老板打了，当天公安局就给放了。

视频一出，在网络上引起了热议。

王所这边，也很快接到了分局的电话。

第二十八章　终究，意难平

1

　　新时代的舆论发酵能力，着实给王所上了一课。本来他觉得这没啥，几个人瞎传能咋？但大家就爱看这种消息，那传播速度就很快。

　　这事没有太疯传，但在东安地区还是有些热度的，不少当地人都看到了，局领导也有看到的，立刻要求王所把这件事说清楚。

　　王所一下子有些纠结，他刚跟陆令说这个案子不用查了，这就……

　　挂了分局办公室人的电话，王所点了根烟，琢磨起这件事来，抽了一半，他拿出手机，打开抖音，搜了搜分局办公室人说的这个视频。

　　拍摄者应该是个小混混一样的角色，也不知道是谁，被拍摄者是李海龙。内容就是李海龙如何如何牛，背景音乐还很魔性，是什么《王牌飞行员申请出战》，看起来挺牛。

　　视频有1000多点赞，评论更是没法看，基本上就是：

　　"苏营所啊，嘻……"

　　"扯淡……"

　　"投资不过山海关，这话没毛病……"

　　按理说，这个视频很少有外地人看到，抖音上某些视频的推广具有地区性。但本地人自黑起来也算是狠，反正知道的不知道的，都在黑，因为李海龙看着就不像好孩子。

　　王所正在考虑要不要把陆令叫回来，电话又响了，打电话的是县局监察大队的一把手焦大队。

　　"王所，我问了一下法制和办公室，前天那个案子，确实是可以办取保候审的，这方面问题不大。但对方信誓旦旦地提到咱们的同志有问题，还是要查一下的，这种网络舆情传播往往非常快，过会儿我们就过去，麻烦告知一下办案的几位民警，方便吗？"焦大队说话还是很客气，毕竟是自己人。

公安队伍是最大的公务员队伍，内部有监察部门，一般的违纪内部就能处理。

"我知道了，我这就安排。"王所无奈地挂了电话，立刻给三组的民警挨个打电话。今天就是三组值班，人肯定都在。

这会儿没啥事，三个民警就都过来了。听了王所的话，陆令有些无奈。

王所看陆令也有些不好意思，如果他早上主动管这个案子，报给分局去处理，也不用这么被动。

"这个事，没的说，我相信咱们自己的同志，我已经跟分局说了，然后也和沙头镇派出所说了，他们负责过来接管这个案子。"王所说道。

曲增敏看了眼苏亮臣，又看了眼陆令，他也不知道为啥王所连问都不问就相信自己的同志，或者说相信陆令，毕竟这个案子是陆令在负责。

不多时，沙头镇的赵所就带着刘警官亲自过来了。在来的路上，他还顺便把商店老板给带了过来。

老板这几天已经和好几个人聊过这件事，听说有人指认他造谣，他吓得不行，但最终还是承认了。简单地说，他被打了之后，虽然不敢说啥，并且还主动不追究责任，但心里非常不爽，心想反正不是我要追究，是警察要追究。这种不能调解的案子，肯定是大案子，估计这个李海龙一时半会儿出不来了！但他没想到，第二天李海龙就出来了，而且据说李海龙昨天晚上被他爸打了一顿就跑出来喝酒了。这就让老板不爽了，于是他就和朋友瞎扯，说肯定是李海龙他爸给警察送钱了。

这种瞎传本来没啥，可是传开了就是问题。

监察大队的人来的时候，案子都查清楚了，是纯粹的造谣，后面的情况就好办了，和和气气地取了个笔录就走了，颇有一种兄弟部门采风的感觉。

商店老板现在慌得不行，被要求写下一份自己造谣的声明，贴在商店门口一个月，广而告之。除此之外，他还要去找那个发抖音的，让其把视频删掉。

这两件事没耽误太多的时间。

人是中午带过来的，晚上送回去的。

经历了这个事，傍晚的时候，王所临近下班，就过来找陆令谈了谈心，也是表达了一番歉意。

"我仔细想了想，职业警察的事情，确实是挺头疼的，相当于去当几年兵。你要是实在不想报名，我打电话帮你取消好了。"王所的话很诚恳。

今天这件事，王所原本觉得陆令有点小题大做，可事实证明，如果不是陆令提前去找了人，并且录了像，这绝对没有这么简单就解决。

"王所，其实我自己考虑了一下，我也知道您是为我好，只不过我是有一些自己的事情想做。如果去了那边，天天都要服从安排，或者到处去办一些案子……"陆令说到这儿，就没有接着往下说。

"你说的这个事，我一直也没问你，"王所觉得自己有必要和陆令深入沟通一下，"你跑这么远来当警察，似乎是有什么自己的想法，是吗？我发现你对涉毒的案子非常感兴趣，是这么回事吗？"

"是。"陆令看了眼窗户，接着慢慢转回头，"不瞒您说，我有个从小玩到大的兄弟，叫夏子望，大学在渝州警校读书，后来当了警察。一年前，腊月二十九那天，马上要过年，他执行任务，被毒贩杀害了。我特别能理解，也完全能体谅胡指导牺牲后，咱们所面对的情况。我……"再次提到这个事，陆令情绪有点悲伤，"后来，我找了我兄弟的同事，好说歹说，求了好多次，才知道，杀害他的人是本省人。虽然杀害我兄弟的人已经被抓了，但我心里堵得慌，我想过来，我想……"

"可能听起来有些不切实际，但这是我最好的兄弟，他就那么消失了，他存在的痕迹也就那样不见了。我曾经面对过死亡，也经历过爷爷辈的亲人去世，但我的身边人，昨天还在，今天就不见了，那种感觉无以言表。我不知道我能做些什么，凶手已经被捕，我能做什么？似乎什么也做不了。二十年的交情，我什么也做不了，也不知道怎么告慰他。"

"我想过来，我想当警察，亲手捣毁一个犯罪集团，不然……"

"不然，我……意难平！"陆令眼神坚定，不可动摇！

"原来是有这个事情……怪不得你这么上心胡指导的事，唉——"王所叹了口气，"这么说来，你是想进入缉毒部门了？"

"是，但并不急，我在咱们所，一样能查这种案子，总会有线头的，我一点都不急。还有就是，今年我也不急着回家过年。"

"那，如果你做完这个事，你会离开公安队伍吗？"王所问得也比较直接。

"王所，我刚毕业不久，如果说让我规划一生的路，那我还没有那么卓

295

越的眼光。人生嘛,有一个目标,就去做,您说呢?"陆令反问道。

"是这样。"王所思索了一阵,也是有些感触,"这样,我现在就打电话,帮你把名字撤下来。"说着,王所毫不犹豫地拿出手机,开始翻电话簿。

"您先别撤了,之前说了,我要带带石青山。石青山还有点不开窍,但他很优秀,我陪他通过县里的选拔再说。"陆令说道,"那些涉毒的人多么谨慎、多么难缠,我非常了解,所以我还需要锻炼更多。"

"好。听你说话,对我脾气!"王所非常认真地点了点头,从座位上站了起来,"好小伙子,你记住了,警察,是我的事业,目前也是你的。只要你当过一天警察,只要你没做对不起警徽的事情,我就认你做我的战友。曾经,我和胡军说过类似的话,现在他不在了,你是第二个。你的性格比较沉稳,这是好事,谋而后动,积蓄实力是对的。如果有什么需要我的地方,我办公室的门一直开着。"

"谢谢您。"陆令感受到了王所的真心。

"不用谢,我喜欢你的那一句,意难平!"

2

陆令一直都知道自己是个普通人。

普通人就应该有个普通的目标,然后向着目标去尝试前进,走不动了,或者不想走了,再说。

这次风波过去,一直安静了好几天,什么事也没有发生。

直到2月4日这天,腊月廿三,北方小年。

很多人说,南方腊月廿四是小年,北方腊月廿三是小年,这是很不准确的。

东北、西北、华北大部分地区,都是腊月廿三小年,南方就比较乱。比如川渝是把腊月廿四称为祭灶,赣北是把腊月廿五称为祭灶;再比如扬州,既有正月初五过小年的说法,又有正月十五过小年的说法。

总之,这是陆令第一次过这样的小年,派出所里充斥着过年的气氛。

厨房的师傅都回家过年去了,今天是由苏师父带着曲增敏以及李强三人包饺子。晚上如果有警情,就让陆令和石青山去,梁材华负责盯着前台。

今天很特殊，又有大集。

之前说过，苏营镇是每月的农历初七和廿二赶集，沙头镇是初九和廿四。今天是腊月廿三，按理说周边几个城镇都不赶集。

但历年的习俗就是，这一天在苏营镇赶大集，而且比一般的大集还要热闹！

别看热闹，派出所倒不会多忙。这边的风俗，过年不惹官司，惹了官司来年不吉利！

一大清早，陆令就和苏师父申请巡逻去了。

按照常理，赶大集这天要巡逻几次。陆令刚来那会儿，和石青山抓了个小偷，从那以后，因为大集半个月才有一次，他值班就没赶上过。

这一次，陆令决定不走寻常路，便衣巡逻。

穿便衣真的是有好处，如果有小偷，也不容易被发现，而且也能更自由一些。警服意味着责任，穿着制服在这儿吃点东西都不行。

今天的大集显然不一样，甚至吸引了县里的人过来赶集。

每年的小年这一天，苏营镇的大集都有队伍表演节目，每次都是在腊月廿二这一天的大集就开始筹备，第二天再high爆全场。这大集少说有几千人，派出所的门口都被摊位占满了，要是有人报警，得横跨这个摊位才能进来。

陆令很久没有见到这么繁华的市场了，他也是第一次在集市上看到这么多二十多岁的年轻人。

不得不说，这边老龄化是有些严重的，尤其是乡镇，二三十岁的大学生根本就看不到。今天年轻人是真的挺多，不少大学生放假了，三五成群地过来赶集，南边的镇口那边停着的汽车排出去几百米。

有经验的苏师父，大早上就把一辆警车停在镇口那边，如果要出警，走着过去开车更现实一点。如果是小镇北边有警情，那就开车绕圈过去。总之，镇上这条主路算是彻底瘫痪了。

走着，陆令看到一个卖鱼的和别人起了一点纠纷，就决定上前看看，只见已经围了不少人。

老板是卖活鱼的，用薄铁板制作的小鱼池下面点着柴火，以此来防止水结冰。里面各种淡水鱼应有尽有，都是活的。

买鱼的想要一条最大的鲤鱼，老板挑了一条拿出来杀了。结果买鱼的发现里面鱼池里还有一条更大的，就想换，老板不给换。

买鱼的图个彩头，过小年，就要最大的，愿意多掏10块钱，但是老板显然不可能把杀了的鱼放在旁边，这就没人买了。

"这不是我的责任啊，我要最大的，结果你看看，这一条，比你挑的那一条大！不信你拿出来称称！"买客也不算蛮不讲理，只不过老板为难了。

老板卖了这么多年鱼，也能看出来客户指的那一条起码要重一斤，但他刚刚没看到，不然也不会不拿。

"大过年的，别为难老板了，这条鱼多好，我看是野生的。"有人开始帮忙打圆场。

"就是因为是大过年的，图个吉利！"买鱼的不为所动。

买鱼的就是要买最大的，要说最大的能有啥用——心里痛快！

"那这条鱼，有人要吗？"老板拿着杀好的鱼，跟围观的人问道。

没人搭理老板。

事情僵在这里了，陆令也是看得头疼，这么简单的纠纷还能卡壳？于是主动过去说道："这位买鱼的大哥，人家提前说了要最大的，也不是不讲道理，老板你说是不是？"

买鱼的一看，有人给他撑腰，更觉得自己有理，尤其是这个小伙子看样子还像个大学生！

"小兄弟你有所不知啊，我说整这条行不行，他说整，要不我咋会杀嘛。"老板看到有人支持买鱼的，也是叫苦不迭。

"我承认我有责任，我多出15块！"买鱼的再次加码，别的不说，面子必须得有，今天就为了一个痛快！

"可以，大哥是体面人！"陆令捧了一句，接着指着老板的鱼说，"那，老板手里刚杀好的这条鱼，优惠十五块钱，有没有人买？"

人群也就是反应了几秒钟，立刻有人说："我买！"

老板这才反应过来啥意思，连忙把最大的鱼拿出来，称了称："哥，好数字啊，73块钱，再加15，正好88，祝您过年发发发！"

买鱼的一听，痛快了，老板和买第一条鱼的也痛快，大家谁都没亏！

轻松解决了一个纠纷，陆令和石青山接着转悠。可能是过小年，集上虽然人多，也都戴着口罩，但确实不像有小偷。只不过人太多了，二人转悠了一个多小时，才到了北头。

这还不算全部逛完，今天集市太大了，不像平日里是一条路，而是有了诸多分叉，很多胡同里都摆了摊，也不知道有多少小贩被吸引过来。

要是在城区，这样的临时性大型活动都得提前报备，镇上倒是没人管。比如说城区的元宵节灯会，到处都是警察，农村赶大集，几乎就碰不到。

"陆哥，感觉好多都是大学生！"石青山说道。

"嗯，一股学生气，一看就不是在外打工好几年的那种。"陆令点了点头，好多年轻人眼里有光。

这种光，工作几年后基本上就灭得差不多了。

"咱们要不要买点东西回去？"

"买啥？我看食堂摆着一堆吃的，有糖瓜、灶王糖和干果，你想吃就去食堂吃呗。"陆令说道。

"不是……我看那边有夹肉的火烧……我怕苏师父包的饺子不够吃……"石青山挠了挠头。

3

"想吃啥就买，"陆令点了点头，"我也尝尝，反正穿便衣方便。"

"嗯。"得到陆令首肯之后，石青山很高兴地去买了一些吃的。

石青山个人的恩格尔系数非常高，他几乎没别的消费……

1月的职业警察报名已经结束了，东安县报名的人数并不多，民警只有6个人，苏营镇派出所只有陆令，刑警队的游少华也报了名，剩下4人，有2个是城区派出所的，另外2个是乡镇派出所的。

不过，辅警报名的比较多，整个县局有11名辅警报名，但王尧没报名。

说实话，就算是年轻人不懂，也可以问，很多老民警都觉得，这么多年各种政策这么多，包括援助西部，说是优先提拔，但是……

总之，过来人对这些不是很看好，除了眼里有光，还有少年气的警察，一般人很少报名。

而辅警普遍岁数不大，又有转正机会，如果能选中，那三年也值得。

但实际上，17人的总数已经不少了，能通过3月份县局考核的，估计不超过5个，到时候再进入市局考核。

前几天，陆令和游少华还打了个电话。陆令是没想到游少华会报名的，毕竟游少华已经30多岁，有10年警龄了。要说提拔，游少华根本不缺机会；要说学习，游少华基本上能当老师。

30露头，县局刑侦大队副大队长，这都是无数功勋摞上去的，游少华只要稳住，几年后去市局当个副科级领导，稳稳的。

在渝州，35岁副科不算什么，但在地级市的公安口绝对算升得快的，尤其是基层提拔起来的，未来空间更大，以后是有机会冲击处级干部的。市公安局副局长，也不过是副处级！

不过，陆令没有想到的是，游少华压根就不是为了当职业警察。

游少华绝对已经有了堪比职业警察的能力，代表着一个县刑侦的最高实力，他参加这个，是为了在前面九个月的几轮选拔被上级领导看中，获取机会直接调走。

这话游少华只和陆令说，没法公开说，但县局那些领导，也是自然能看出来的，只是谁也没有说啥，毕竟表面上并不是这样的。

陆令更加明白了这个政策的其他情况。并不是每个人都是为了去待三年，有的人可能是为了前期的提拔，有的人可能是为了能学点东西，还有的人可能就是为了去交朋友，甚至还有的就是为了少值点派出所的班……

真是太真实了……

游少华说，在前面几轮选拔里，他会尽可能地帮助陆令，把陆令推上去，因为他过几年可能能去市局或者省厅，他希望陆令也能去。

什么？怕县里没有人才？实际上，复杂的案子市里都要来专案组。县里没有这么强的人，也没什么大不了的。县医院不可能留得住市里三甲医院的主任，是一个道理。

陆令直接让游少华别帮他，他有别的想法，如果可以，帮帮石青山。

游少华本来就是有主见的人，听陆令说有自己的想法，也就没劝说什么。他知道陆令有清楚的自我认知，于是只是答应了陆令的请求，在不违反原则的情况下，帮一下石青山。

而这个事情，陆令并不打算告诉石青山。

二人溜达着，石青山吃了个半饱，指着几个漂亮的姑娘说道："陆哥，你看她们的衣服，好漂亮。"

"你说的是衣服漂亮还是人漂亮？"陆令笑道。

"衣服啊，我没见过这样的衣服。"石青山说完，把手里的半个火烧夹肉塞到了嘴里。

"这些是滑雪服。"陆令以前曾经玩过两次滑雪，虽然水平很差，但起码认识。

一般人去滑雪就只是穿普通的羽绒服，专门买这种滑雪服的，家庭条件一般不错。

"滑……雪？"石青山说着话，把嘴里的火烧咽了下去在，"滑雪还有专门的衣服？"

从小到大，在山上滑雪这种事，石青山不知道玩了多少次，从来都是棉衣棉裤。

"嗯。风阻不一样，也更耐磨，安全系数高一点。"陆令也不懂，只是按照逻辑，大体解释了一下，"但不便宜，得上千块。"

"那是不便宜啊。"石青山点了点头，"估计是去滑雪场的。"

"咱们县有滑雪场吗？"陆令有些好奇。

"啊？陆哥你不知道吗？在整个省里，恐怕也找不到几个更大更好的滑雪场，离咱们这里三四十千米的风雪镇，就有一个很大的滑雪场。"石青山伸出手比画了一下，又有些不好意思地收了回来，"我也没去过，听别人说的。"

"风雪镇？听着怎么像小说里的名字，咱们这边还有地方起这个名字？"陆令可是很清楚这边的起名规则。

什么三道沟子、五道梁子的，是最正常的。

"以前不叫这名，这几年搞网红经济，他们镇改名了，现在特别火。我听说那边到了这个季节比县城还火！"石青山就知道这么多，全告诉陆令了。

"那挺好，以后休班，我带你去试试，你水平高，你教我。"陆令一听就很高兴。有这么好的资源，这么近，能不去看看吗？

这才叫生活嘛！

"啊？"石青山觉得这是在花冤枉钱，"不用啊，我带你去我们山上滑，不要钱。"

"山上？爬山一小时，滑雪一分钟啊……滑雪场都有缆车，既然你提到了，那就你带我去，我请你。不过，你得好好教教我！"

"那行，听陆哥的。"石青山点了点头，心里想的却是他要偷偷去买单。

此时此刻，陆令对风雪镇滑雪场非常向往，觉得那一定是很美好的地方。

　　但是，谁也不会想到，小年夜，这里的一家高端民宿，居然会发生那样悲惨的故事。

　　"唔，下雪了。"石青山道。
　　陆令看了看天说："我听说北方人会看天，你说这个雪有多大？"
　　"大雪，估计下到明天中午。"石青山和陆令说道。
　　"你还真会看？"陆令对石青山瞬间刮目相看。
　　"不是啊，我早上看天气预报了。"
　　"哦……"

第二十九章　三幕

1

　　小年，风雪镇的夜幕格外炫彩。
　　辽东市区禁止燃放烟花爆竹，好在这样的规定并没有蔓延到东安县。
　　县城放烟花的并不多，经济基础决定上层烟花。
　　风雪镇这边的民宿没有2019年之前那么火爆，价格也不高，人们选择在晚上八点集中放烟花。
　　大雪纷飞，一束束烟火照亮了苍穹，闪耀了纷飞的雪花，人造美和大自然完美融合，这种美，沁透心脾。
　　然而，一切美好都是暂时的，尤其是烟花，那就是几秒钟的绚丽。
　　晚上九点钟，余士可坐在窗户旁，看着窗外雪花纷飞。
　　民宿装修得很不错，老板是投入了大价钱的，外面还安装了路灯和摄像头，从窗户往外看，路灯下的雪花像是……
　　像是什么呢？
　　余士可坐在大飘窗上，这里有非常温暖的厚垫子，旁边是三层的玻璃，她感觉不到太多的寒冷。
　　当然，寒冷还是有的，靠近窗户的身体右侧显然没有左侧暖和。
　　想不到用什么词来形容啊！
　　余士可是个剧本杀作者，但她不是很认可这个说法。
　　人总喜欢给别人套一个人设，然后希望别人一直不要变，变了就是人设崩了。实际上，人家本来就那样。
　　余士可是本地人，在燕京读大学，是一般人眼里的高才生。

　　余士可觉得自己是个称职的作者，这会儿还在想词，想恰如其分地形容这大片大片的雪花，被黄色的灯光渲染成黄色的雪花片片。

夜幕开始降临，狂风肆无忌惮地席卷着小镇。风夹着雪，怒吼着，院外的树枝不断地挥舞着枝杈，虽然听不到声音，但似乎那股"沙沙"声穿越了空间传到了耳边。

余士可一下子冻清醒了，虽然她是东北人，但她太瘦了，并不耐冷，打着寒战，还是把窗户用力地关上。

临近关上的时候，窗户缝似乎还有冷风在拼命地往屋里挤，窗户缝越是临近关闭，冷风愈是拼命，嘶鸣着，仿佛进来了就能……

余士可终于还是关上了窗户，那一瞬间，就像是真空仓被合上，空气的流动瞬间被截灭。

她有了一个感悟！为什么冷风拼了命地往屋里钻？因为分子在永不停息地做无规律运动，温度越高，速度越快，所以对空气来说，越热越开心！

也不知道这脑残理论是咋想出来的，余士可虽然被冻得有些颤抖，但还是非常兴奋，仿佛悟透了人间真理。

从飘窗上下来，余士可拍了拍自己的脸颊，然后把实木椅子用力拖出来，蹲坐在了上面，叹了口气，说好的本子，这都延期一周未完成了，马上就要过年了。

欸，过年？过年是不是就没人催稿了？

说服了自己的余士可有些开心，这么说，起码到正月十五都可以不用写！慢慢想！

想到这里，余士可把本就没开机的电脑往后推了10厘米，然后伸了伸懒腰。

今天滑雪是真的很开心，而且同学和朋友们都很开心！住的地方也很完美！

余士可和她的朋友们，一共来了十个人，都是年轻人，20岁左右。两个大学同学，一个是燕京人，叫崔璧，是余士可大三的同班同学，学校的学生会副主席，另一个是崔璧的女朋友，名叫项玉娇，是隔壁系的系花。有四个是本地的小伙伴，高中同学，一男三女。男生叫姜安东，是余士可的好哥们儿，但高考没考好，去了辽州大学，另一个是他的女朋友，名叫韩珊。余士可与韩珊不熟，但知道是一个高中的校友，韩珊现在也在辽州大学。剩下的两个都是辽州专科学院的，分别叫金玲珑和姜媚，也是余士可的高中同学，都很漂亮，有着东北女子的高挑。此之外，还有三个男生，余士可都不熟，感觉像是跟着金玲珑来的，有一个看着挺有钱的姓欧阳，还有一个挺壮的，叫啥没记住，另外有一个看起来还不错的小伙子，叫李乐乐。

　　十个人，住了八个房间。只有崔璧和项玉娇、金玲珑和姜媚是住在一起的，其他人都是一人一间房。姜安东和韩珊，也是分开住的，余士可今天还笑话了自己的好哥们儿姜安东一番。这么好的机会，不尝试一下，等过年啊？

　　啊，今天好像就是过年。

　　想着这些人，余士可感觉挺有意思，每个人都不大相同，今天一整天的相处，感觉又回到了高中时光。她还有一年就要考研，总是有些压力，但在这种时刻，压力能得到彻底的释放。

　　余士可摸了摸自己的胸口，还行，不怎么疼，看样子释放压力确实能让焦虑症稍微好一点。写剧本杀真的是劳神费力，这两年的创作下来，余士可觉得自己已经快要精神分裂了。

　　赚钱？从一开始一个本子被人5000块钱买断，到现在……

　　唉，不想，想想就难过。当初第一个本子，如果不被买断，她都不知道能赚多少钱！而后来，写了那么多本子，有的难度更高，却没有一本超越第一本……

　　摇了摇头，余士可知道，这就是命。

　　嗯，这就是……

　　欸？

　　余士可感觉自己好像听到了什么声音，她静下心来，仔细地听了听。

　　好像是隔壁的床在摇。

　　隔壁……

　　是韩珊啊……

　　这个姜安东！

　　还以为你这么多年没变呢，原来搞了半天，是在这里假正经！

　　余士可略微有些愤懑，随即就释然了。她笑道，嗯，也挺好。

2

"六十七个。"陆令面无表情地说道。

"啊？哪有这么多！"石青山有些不好意思。

"真的有，我一个一个数的，一点错没有。"陆令点了点头。

"我……"石青山无语了，陆哥有病啊！

谁闲着没事数别人吃了多少个饺子啊！

"不对，我数是六十八个，他第二口一次吃了两个。"曲增敏在一旁默默地指正陆令的错误。

"……"

"小陆，你看，你就没有我仔细。"曲增敏略有得意。

苏营镇派出所的小年过得很舒服，警情为零。这是一个能把一线城市城区派出所羡慕死的数据，但大家都觉得很正常。

此时此刻，余士可正在作死，一个人在屋子里看诡异故事。

"脚步越来越近，那根本不是正常的脚步声，声音太规律了。不仅如此，小安还觉得四周的光线好像都暗了起来，暗得看不到门口那边，她用力地看着，却怎么也看不到门有没有关好。门，到底锁好了吗？小安内心非常惶恐，然而，那脚步声就那么停了！停在了门口的位置！小安闻到了一股浓郁的血腥味，那……"

余士可看到这里，装作无意地把手机的小说页面切换了出去，然后打开QQ音乐，开始播放《好运来》。

瞬间切换到人间，余士可一下子加了一半的血，她伸手把床边灯调得亮了一些，可以看到门那边，确定门闩没问题，接着又打开了小说。

屋子设计得很好，古风结合现代化，据说老板是从大景区学来的。屋里装饰的风格都是古代的那种，但智能化程度一点不比城区的三星级酒店差。

入户门外是一个大锁，看似需要钥匙，实际上是需要用房卡刷开。进屋后，把锁放在门口的鞋柜上即可，在里面是通过门闩来锁门的。

可不要小看这个门闩，这可不是农村那种木头门，这种门闩和房卡得严丝合缝，其材质是一块很粗的硬木，估计能扛住几百公斤的压力。

除此之外，两扇门对接处各有一半厚度的突出部分，可以严丝合缝地靠在一起，杜绝了从外面伸进刀具等把门闩弄开的可能。

可以说这种结构比酒店的防盗钩还要安全，屋内的人要是把门闩横上，外面的人想进来只能暴力破门。

确定门那边没有任何人，余士可便接着看小说：

"那股血腥味无比浓稠，就像是把她整个人包裹住了一般。小安想呼喊，嗓子里像是含着浓稠的血液，却怎么也发不出声来。伴随着牙酸的'吱嘎'的声音，门开了。如果说在此之前，血腥气还仅仅是将她包裹的话，现在她就更像是浸泡在其中！一个老婆婆缓缓地从门那里走出来，小安看到了老婆婆，第一时间还觉得对方慈眉善……啊？不对，对方没有脸！"

余士可咳嗽了两声，迅速把手机App切换了一下，接着播放《精忠报国》，并直接把进度条拖到了"马蹄南去人北望"一句。

回了一大口血的余士可心中大定，觉得今天已经稳了，没有必要继续看书了，这都看了大半章了！

她打开优酷准备再看一段电影，可翻了半天喜剧电影，都看过，便重新开始看《夏洛特烦恼》。她刚上高一的时候，去电影院看过这部电影，当时笑得不行，现在剧情已经忘了不少，再看效果一定很好。

遗忘，有时候真是一种幸福，能够把期待感降低，从而增加快乐。

然而，当初觉得非常好的电影，此时再看，莫名觉得开局就不爽。这个夏洛，结婚多少年，躺在家里，一分钱都没有赚过，为了装把自己老婆想买三轮车的钱都随了份子，最后他好像还有莫大的委屈。这不纯粹是混蛋吗？

余士可想起了剧情，后面是男主人公和美女秋雅过得顺，接着不顺，最后穿越回来就接着和老婆和好了。他老婆是不是贱啊！

余士可有些愣，自己思考问题的角度怎么又变了？就在她发愣的时候，有人敲门。

"谁！"余士可喊了一句，喊完才发现自己的声音特别大。

"我，出来玩啊，别搁屋子里了！"说话的是金玲珑。

余士可可以轻松分辨金玲珑的声音，因为金玲珑原本是东北口音，后来她觉得这口音拉低颜值，就说普通话了，但因为没有系统学习过，也没有长期离开过东北，所以她的普通话一直有东北味。

"哦哦哦，来了！"余士可也不知道自己为啥就答应了下来。总之，现在去人多的地方她能感觉到舒适，所以立刻穿上棉质拖鞋，披上外套，打开了门闩。看到金玲珑,余士可有些纳闷:"你这是化妆了?"

"没,我就没卸妆。"金玲珑理所当然地说道。

余士可闻到了烤肉的香味。"这么香啊。"

"欧阳世找了老板,说想吃一些烤肉,给了老板几百块钱,老板便在楼下支起了炉子,正在烤着呢,一起下楼坐坐。"金玲珑说道。

"他叫欧阳世啊?好怪的名字。"余士可一下子记住了。

"嗯,姜安东也在。"

"好。"余士可点了点头,拿好房卡,把门直接关上就下了楼。

这整个民宿,除了一对夫妇之外,没有别的住客,而且今天余士可和老板大概聊了聊,这对夫妇都是老师,所以她并不担心安全问题。老师这个职业,有寒暑假,真的是绝大部分职业都无法比的。

金玲珑同样没有锁门,这种近乎包场的住宿体验,突出一个自在。现在民宿大门已经锁好了,真的是很安逸。

民宿是那种天井式的建筑风格,有一大圈房间,这一层是三楼,一共有八个房间。二层则只有六个房间,其中包括两个高级套房。一楼有四间客房,其他的都是工作间等。除此之外,一层还往后院延伸了两间平房,也就是厨房。

一楼的天井下面,有一个小小的院子,四周围了一圈流水和石头,中间有四五张桌子和十几把椅子。

从三楼往下看,余士可见到了姜安东和欧阳世,还有那个李乐乐。

3

下了楼,余士可看到了姜安东,有些不知道该说啥。

"韩珊怎么没下来?"余士可问道。

"她今天滑雪摔了一下,脚不太舒服,就躺着呢。"

余士可装作无意地"哦"了一声,却看到姜安东面色并无变化,便不再自讨没趣,而是拖着拖鞋,走到老板那边。"老板,你这里的啤酒多少钱一瓶?"

"直接拿就行,你们的朋友买了四箱搁在这里。"老板翻动着烤串,指了指旁边的四箱啤酒。

"可可,你别客气,欧阳他请客!"金玲珑笑着拿出来一瓶递给了余士可。

余士可和金玲珑是朋友，和欧阳世不熟，就感觉有些怪怪的。她今天晚上估计不太容易睡着，喝点啤酒是好事，这边的女生喝啤酒的也很多。

"别客气，这两天我股票全线飘红，四只股票涨停，赚了十几万，请客算什么，今天感谢可可提供这个机会。还有啊，你也可以把你的燕京来的两个朋友叫下来。今天滑雪本来我都想请客的，结果非要AA，晚上吃个烤串别和我见外了。"欧阳世说得很大方。

老板看了欧阳世一眼，没有说啥。

余士可倒是有些无奈，这炫耀得太显眼了，生怕别人不知道他有钱。今天一天欧阳世都这样，余士可整个人都快无语了。她在燕京待了两年半，很多同学特有钱还特低调。

不过，总归人家请客是好事，余士可也不再介意欧阳世喊自己可可，拿出手机给崔璧发了个微信语音，说楼下的朋友请客吃东西，让他下来尝一尝。

崔璧倒是觉得有趣，便回复说马上下来，而这会儿，老板烤的第一批肉串已经好了，放在了面前桌子上的烤盘里。

这老板的烧烤技术非常专业，烤肉色香味俱全，大家晚上吃得不多，这会儿都纷纷过来拿烤串吃，就连很在意身材的金玲珑都拿了一串。

余士可倒是不怕，她体质有些特殊，怎么吃都不会胖，反而是偏瘦。她直接给自己倒了一杯啤酒，一口气喝了大半杯！

"可以啊，可可，今天这状态不错啊！"金玲珑有些吃惊，好久不见可可，觉得她变得这么厉害了。她去了燕京，酒量见长啊！

"没，就是想喝一口。"余士可放下杯子，她就是很想喝一口，也不知道为啥。

"不错不错，来，给我倒一杯，我陪你喝一杯，就一杯，这个东西听说喝多了发胖。"金玲珑拿起一个杯子。

"嗯。"余士可边倒酒边问道，"对了，姜媚呢？没和你一起出来？"

"她……"金玲珑刚要说，突然发现好几个人关心姜媚，都竖起耳朵在听，于是便凑到余士可的耳边，小声说道，"她和那个健身的小哥，叫王斗那个，聊得不亦乐乎。这才刚认识一天，回屋就在聊微信。"

"啊？"余士可有些无语，轻轻耸了耸肩，没说啥。

这会儿，崔璧和项玉娇下了楼。"好香啊！他们都说锦城的烧烤一绝，我闻着这味道,肯定比锦城的好!太地道了!"

老板听到这番话,自然是开心。"这位是燕京来的吧?我们这儿之前接待过燕京的游客,听口音就能听出来。"

"嗯,燕京来的,这真是个好地方。要是明年有时间我还过来,就算我不来,我以后也会推荐朋友来您这里。"崔璧说道。

"好好!"老板连忙挥手,"这是你们这位小兄弟包的场,别站着了,过来尝尝。"

崔璧倒是没有余士可这么不好意思,和欧阳世打了个招呼,就拿起烤串吃了起来,结果发现和期待的一样,异常美味。

大家年龄都相差不大,今天又在一起滑了一天的雪,这会儿聊天很轻松,不一会儿就组了一个保皇的牌局。

崔璧、欧阳世、李乐乐、姜安东、金玲珑五个人在打牌,项玉娇坐在崔璧后面看,余士可坐在金玲珑后面看。

项玉娇不会打牌,余士可会,有时候有人上厕所,余士可就当个替补。余士可打的水平还可以,以稳为主,而且手气也不错,尤其是帮姜安东摸牌的时候,居然摸到了四个王,以至于姜安东一直希望余士可帮他摸牌。

至于谁输了,也不赌钱,就是喝啤酒,谁输了谁喝。

金玲珑又菜又爱玩,啤酒喝了好几杯!

这边的规则是,保皇一伙,其他三个人一伙,如果其中一伙人包揽了头客、二客(第一、第二),那么输的一方输双倍,就要喝两杯。

金玲珑连续两次需要喝两杯,都是余士可帮她喝了一杯。

余士可都无奈了,自己这姐妹水平也太次了!她不再"观棋不语真君子"了,好几次帮金玲珑出谋划策,总归是稳住了局势。

几个人打牌期间,姜媚还转悠了一下,吃了点烤串。

这会儿老板已经走了,大家都吃得差不多了,但是炭火没有收起来,还添了些新的,如果串凉了,直接放上边热一热就行。

这天井下面,非常空旷,老板也不担心安全问题。

因为二楼还有两个其他住户,大家尽管玩得很开心,但也没有把声音闹得太大,只是这么多人,再怎么小声也不可能没声音。

有些规则简单的游戏非常好玩,比如说五子棋和跳棋,但规则更丰富的往往才具有更大的可玩性,比如说象棋、围棋。

保皇比斗地主需要的人更多,牌的组合更多,大王小王的用处更大,所以玩起来很上头，一不小心就玩到夜里十二点多了。

　　余士可都喝了四五杯啤酒了，还是很清醒，但她毕竟对保皇这个游戏没有太大兴趣，就和大家打了个招呼上楼了。

　　余士可不属于五人组里的人，所以她离开大家也没有任何意见。余士可上了楼，摸了摸自己的小肚子，她还挺开心，这真的是开心的一天呢！

　　今晚，能睡个好觉！

第三十章　密室杀人案

1

"陆哥,你喜欢下雪吗?"石青山坐在副驾驶,看着外面问道。

"喜欢,以前我从来没见过这么大的雪。"陆令如实说道。

"我小时候,就可喜欢下雪了,能去山上滑雪,雪厚了还能抓兔子。现在不让了,兔子都是保护动物啦。"石青山叹息道。

"咱们这边有猎场吗?"陆令突然有些好奇。

"什么叫猎场?"

"就是人工培育一些动物,提供一些杀伤力可控的武器,供大家打猎玩的。"陆令解释了一下。

"没……没听过。"石青山摇了摇头,"我觉得没有,这个听起来就很贵。"

"嗯,而且肯定有点风险。"陆令想了想,"比滑雪场风险可大多了。"

"嗯,要是弓箭,估计一般人瞄不准,但枪就太危险了。"石青山分析了一阵。他参加工作以后,第一次见真枪,但也就是摸一摸,从来没有自己带过枪,更没有试过射击。

"你说得没错,所以能滑雪就很好了。"陆令想了想,"明天是周五,咱俩又都休息,一起去一趟吧。"

"我都行,没啥别的事。"石青山点点头。

"我今天在网上看了不少攻略,去那边啥也不用带,租用他们的就行。"陆令说着,拨弄了一下警车的收音机,切换了好几个频道,终于切换到了音乐广播。

"周杰伦的歌。"石青山听出来了,"这首是不是叫《听妈妈的话》?"

"对,你喜欢周董的歌?"陆令觉得对石青山了解还是不够深。

"嗯呢，以前经常听。不过现在他的歌也就前奏能听听。"石青山叹了口气。

陆令开着车，看了一眼石青山。"为啥？"

"再听后面的要会员。"石青山认真地说道。

聊着天，二人完成了小年夜的巡逻工作，围着小镇转了几圈，没发现喝醉倒在路上的，也没发现火灾隐患。

每逢过节，都得围着小镇转一转，防止有喝多的倒在哪儿没人发现。这些年每年警察都能碰到一两个，基本都算是救人一命。

巡逻时收音机里播放歌曲，就是很幸福的事情了。陆令的手机搁在车上充电，已经快充满了，他心中格外安心。自从车上安装了充电器，没有一个人不说好。

实际上，新人做这些不见得是好事，这多多少少是在说"你看，你们都没有我高风亮节"。总之，过分表现自己的慷慨和大度，所领导和同事都不见得会夸。

好在陆令不一样，他在派出所的地位真的不低了，这种事就成了"你看看人家小伙子多懂事"。

正巡逻着，陆令看到有人在饭店门口闹，好像要动手，但看到有警车，立刻就不闹了，其中一个人还冲着警车方向作揖。

"你看，我就说了，小年不会有什么大事。"陆令和石青山笑着说道，确定没啥事，就回了派出所，并且暂时约定明天一起去滑雪场看看。

一晚上都很安静，第二天起床，陆令和石青山吃了点早饭就出发了。

风雪镇滑雪场今天正常营业，二人到了小镇以后，发现这边远比苏营镇繁华，根本就不像东北小镇，不仅有滑雪用品专卖店，还有滑雪主题的小商品。

"先不急，先去转转，有合适的东西，我给家里带点。这不，明年就开冬奥会了。"陆令说着，就带着石青山去了一家打着冬奥官方合作旗号的店铺。

"这是啥？还挺好玩。"陆令指着门口摆放的手办问道。

"这是冬奥会主题的玩偶，叫冰墩墩。"服务人员过来说道。

"这挺好玩，给我拿两个。"陆令拿起一只，觉得这个胖乎乎的熊猫挺好玩，不过看了看周围，也没别人买。

刚刚买完，陆令准备再看看，就突然接到了王所的电话。

"陆令，你和石青山在一起吗？我听他们说，早上你俩开车出去了？"王所问道。

"嗯，我俩休班，今天来风雪镇这边的滑雪场了。"

"你在风雪镇？"王所有些惊讶。

"是啊，"陆令问道，"咋了？"

"是这样，风雪镇今天早上有游客报警，说有同行女生死于非命，现在也不知道啥情况，但确定人已经死了，死亡原因不详。"王所说道，"根据县局前阵子定的调子，所有参与选拔职业警察的民警和辅警，都要过去参与这个案子的侦办，计入考核成绩。"

"死人了？"陆令十分惊讶，"我感觉这边一派祥和……您说一下地址，我们这就去。"

"我给你发微信上了，他们辖区派出所已经过去了，游队他们应该还需要半小时才能过去。你们去了以后，不要乱动现场。"王所嘱咐了一句。

"好。"挂了电话，陆令和石青山说道，"滑雪取消了，有个命案，死了一个人。"

"嗯，好。"石青山倒是淡定，跟着陆令就往外走。

陆令看了一下王所发过来的地址，距离这边只有四五百米，于是他就直接开车过去了。他想把车停在附近，结果到了门口就被拦下了。

解释了一通，最后还是当着这边副所长的面给王所打了个电话，他俩才被允许进去。

这是一栋比较大的三层建筑，车子都停在了院子外面，院子里只有几道脚印，看样子都是刚刚进去的警察留下的。

跟着这些脚印，陆令二人进了民宿的大门，发现一楼这里一共有十几个人，表情各不相同。

两个派出所的警察正在五六米之外单独询问一个瘦瘦的小姑娘，另外两个就在直直地盯着这些人。

目前已经发现一名死者，名叫姜媚，是辽州专科学院的学生，还有一个名叫韩珊的失踪了。

也不能说失踪了，她现在房门打不开，窗帘也拉着，人已经失联。

2

现在还没有来能拿主意的人，也没有工具破门，只能等支援。三楼的现场过于重要，派出所的人就没上去，现场变动越小，对办案越有利。

目前被警方关注最大的，是余士可。她是这次滑雪活动的组织者，基本上来的人都跟她有关系。欧阳世等人虽然和她没有直接关系，但若不是她叫来了金玲珑和姜媚，他们也不会来。

陆令看着远处的余士可，感觉她还算镇定，能配合警察沟通，只不过距离比较远，陆令也不知道她具体说了些什么。

除了余士可之外，其他人样貌百态。

老板一脸的无语和痛苦，出了这么一档事，他这儿的民宿就完蛋了。一旦传出去，绝对不会有人再来，等于说他投入这么大，基本上已经宣告失败了。

老板的两个女员工，其中一个看起来很害怕，另一个则一脸无奈。

教师夫妇频频望向警察，似乎想沟通离开这里，却不好意思张口，总的来说也是有些担忧的样子。

剩下还有余士可的朋友们，五男二女。姜安东一脸着急，他好几次提到想去韩珊屋里看看，但都被警察拒绝了。欧阳世满脸慌张，不知道在想些什么，看起来有些害怕。健身壮汉有些担惊受怕，但更多还是保持着戒备。李乐乐则是满脸不理解，什么鬼，不是说来玩吗？

崔璧和项玉娇牵着手坐着，没有什么特殊的表情，赶上这种事，只想早点远离是非。还有就是金玲珑，已经是一副失魂落魄的样子了，吓傻了。

据说，金玲珑上午起床之后，看到姜媚在床上躺着，没觉得有啥，但随后瞥了一眼，突然发现姜媚的脸色不太对。于是，她过去拍了拍姜媚，这才发现姜媚瞪着眼睛，已经死了。

被吓坏了的金玲珑直接尖叫起来，接着就往外跑，还摔了一跤。她的声音吸引了其他人，最终余士可提出报警。

然后警察很快就到了，把所有人喊下楼，但韩珊没有下来。

情况就是这么简单。

陆令还没有搞清楚昨天晚上发生了什么，就找了询问余士可的警察，一起陪着聊了一些，才知道了昨天晚上的一些事。

昨晚一共就没多少场景，余士可的逻辑比陆令想象中的还要好，遇到事情也没有慌乱得不成样子，她把昨天的场景以及发生的事情全说了一遍。

余士可的陈诉中，有两个关键点。第一个就是，昨天晚上听到的隔壁的声音。第二个就是，姜媚昨天晚上下来过一次，而韩珊昨天就没下来过。

这里不是询问的好地方，只适合把人叫到远处进行简单的询问，没办法具体深入地聊，所以现在只能听余士可说。

看起来目前很难开展什么工作，陆令就负责观察每个人的状态。人的状态会随着时间变化而逐渐变化，这是需要及时关注的。如果来晚了，就看不到那么多了。

这里的摄像头，没有陆令想象中那么多，主要的摄像头集中在室外，用于拍摄前后院。除此之外，前台和大厅入口这边也有摄像头，还有就是主楼梯的上楼位置有摄像头，但是意义不大。

这里一共有两处楼梯，里面还有个消防通道楼梯，没有监控。

在这里待了十几分钟，姜安东好几次表示要去楼上看看，并且提出了不同的方案，但全被警察否决了。

陆令有些疑惑，过去找这边的副所长问了一下为什么在这种情况下不进去看看，万一韩珊还有救怎么办。但了解了之后他才知道，这门完全打不开，需要用上工具。

这会儿，刑警没来，工具倒是先送到了，是一些撬棍和电锯等。

镇上没有正经的消防队，只有一个消防站，四五人从山上带来工具，一起上了楼，去了韩珊的屋子门口。

从一楼已经搞清楚了房门的结构，这里面一定插着门闩，最好的办法就是用电锯从中间直接往里锯，从而把门闩锯断。方案很快被执行，由这边的副所长亲自操刀，结果由于太难控制，只能选择拆门。

拆门的难度小很多，就是将撬棍插进去。木门的合页质量一般，老板预算有限，没有用好材料。

这种事就交给石青山了，只见他一用力，一处合页就被撬开了。很快，门的三处合页就都被撬开了。门顺利卸了下来，里面确实插着门闩，但这个已经不需要细究了，重要的是，韩珊已经死了。

废话，头都被砍下来，搁在了门口的桌子上，没死都有鬼了！

这就不用进去了，保护现场就是。

这是陆令第一次见到这样的凶杀现场。因为要拆门，肯定是石青山上，所以他俩第一时间看到了人头。

屋子里的血不少，从外面看，看不到刀具，但能看到桌子上摆了一些衣服，人头就搁在衣服上面，眼睛闭着，给人一种莫大的压力。

紧接着，陆令就发现了问题的棘手性。密室杀人案。

这一般是小说里常见的桥段，杀手设计一个密室，让一般人百思不得其解。从现代侦查学上说，密室杀人案本身就不靠谱，因为房间里面只有门和窗户，杀人犯要么走的门，要么走的窗户。现在门已经撬开了，只能等待现场勘查的技术民警进行进一步的侦查。

"唉，"派出所的民警感觉有些瘆得慌，"咱们先下去吧，等刑警过来吧。人肯定死了，在这里待着意义也不大了。"

陆令现在非常不适，而石青山状态反而还行，几人一起下了楼。

副所长问他们情况怎么样，一个民警轻轻摇了摇头，副所长立刻明白了什么意思："啥也别说了，等刑警过来吧。"

3

下楼之后，陆令状态一直很差，他想吐却吐不出来。这次和前几天挖张涛尸体完全是两个概念。

张涛那个案子，挖尸体的过程主要是有味道，那味道是真的难闻，若不是气温足够低，恐怕当时在场一半的人都得吐，那是一种肉体上的折磨。

这个案子，就是单纯的反人类，非常反人类，谁看了都想远离。陆令吐不出来，这是精神上的恶心和抗拒。

"韩珊她怎么样了？还在屋里吗？"姜安东立刻过来问道。

"人死了。"副所长被姜安东搞得有些烦了，直接告诉了他结果。

"死了？"姜安东瞪大了眼睛，"不可能！万一还能再抢救一下呢？你们怎么不去尝试着抢救一下？你们怎么可能确定她死了啊？我要去……"说着，姜安东站了起来，准备去三楼，被民警拦住了。

副所长这会儿还不知道韩珊死亡的具体情况，只是让人拦住姜安东。接着，副所长和楼上的两个民警在门口进行了一番交流，这才明白居然是砍头案。

砍头案是碎尸案的一种，一般来说都是有深仇大恨才会这么做，普通的仇怨一般是人死债销，不至于砍头。

这会儿时间过得很慢很慢，没有专业的侦查人员，这样的命案没人敢碰，不良的侦办手法对案发现场是一种破坏。只是，由于昨天下大雪，现在路况不好，副所长被告知刑警至少还要20分钟才能到。副所长嘴上说着"不急不急，路滑，慢点开"，实际上内心已经很煎熬了。不光副所长，这里的民警哪里见过这样的案子？刚刚楼上的两个民警，此时状态也非常不好。

陆令缓了半天，才稍微恢复一点，他这才想到石青山，想去安慰一下他，结果发现他基本上没有受到太大的影响。在石青山的世界里，恐惧是一种低价值的情绪。

石青山就在陆令的旁边，面无表情地站着，令陆令有些佩服。他伸出手，掐了自己一下，结果并没有感觉到疼痛，于是他用了更大的力气，还是不疼。怎么回事？自己已经PTSD了？

陆令有些纳闷，这时他才发现，石青山正一脸疑惑地看着他。

陆令感受了一下自己刚刚掐的位置，呃……刚刚脑子里在想石青山，结果掐错了，掐了人家石青山的大腿！

"没事，没事。"陆令有些不好意思，掐了掐自己，嗯，还是挺疼的，看样子自己的神经系统没什么大问题，就是有点注意力不集中。而这时候他再看石青山，就有些佩服了。刚刚掐石青山的力气，起码是掐自己的两倍，石青山却只是有点疑惑。

被此事打断了思维，陆令终于恢复了七八成状态，看了看眼前的这些人。他刚刚隐约地观察到，副所长说韩珊已经死了之后，每个人的状态都有变化。

老板已经有些绝望了，在那里来回踱步。

两个女服务员，之前害怕的那个眼下更怕了，坐在椅子上，死死抓着另一个服务员的手，而另一个服务员也开始慌了。

教师夫妇不敢说什么了，一人死亡还有那么一点可能是意外，两个年轻人死亡那绝对是有大问题的，警察现在不允许他俩对外打电话，他俩也只能乖乖在这里等着。

姜安东又急又怒，看不出多大的伤感，但也可能是伤感过度。总之，他不承认韩珊死了。欧阳世被吓到了，他不断看向身边的民警，看样子很怕被怀疑是凶手。

健身壮汉冷静了下来，眉头挤在了一起，对自己身边的朋友开始有戒备，可能是担心凶手就是这些人中的一个。

李乐乐由不解变得半信半疑,他之前还不相信死人了,现在听警察说韩珊也死了,纠结的同时又有些纳闷,这是咋回事啊?

崔璧和项玉娇不再能保持冷静了。崔璧眉头紧锁,盯着余士可,似乎在想一个对自己来说最优的解,而项玉娇则有些怕,抱着崔璧。

金玲珑彻底蒙了,眼神有些空洞,典型的PTSD初期症状。她早上近距离接触过姜媚,早就吓坏了,现在听说韩珊也死了,她表现出这种状态也是正常。

看完了这些人的状态,陆令还是把主要精力放在余士可这里。他现在还没有具体问每个人是干吗的,也没去查他们的屋子,能看到的只有他们目前的状态。陆令对人的神态等情况记忆力还是很不错的,等把人带回刑警队后,他有机会会一一问询。

虽然县城有十多个人参加,但职业警察的选拔并非绝对,陆令和游少华这种已经有了些名气的,自然是能更好地接触案子,其他人尤其是一些辅警,能做的也只有基础性的工作。毕竟,不可能为了选拔让一大堆辅警主侦重大案件。

陆令接着去和余士可聊了会儿。

余士可之前就说了韩珊那边有声音,那么当时就有可能发生了命案。但是余士可同样还说,姜安东昨天晚上打牌的时候,还和韩珊聊过天。

要么当时韩珊没死,要么凶手用韩珊的手机进行聊天,要么姜安东说谎,这种基础逻辑陆令很清楚,每一种都有可能。

此时,游少华接到了副所长的电话,立刻把案子往县局做了二次汇报。案子需要进一步上报市局。没想到,时隔几个月,又有了需要上报市局的案子。虽然他没有去现场,但从目前的情况已经能够分析,这是一次有预谋的高智商犯罪,这种案子如果只由县局侦办,很容易有纰漏。在非常专业的领域,还是要依靠市局的力量。

东坡村的案子,县刑侦大队可真是露脸,毕竟市局没人认识陆令,都认识游少华。

不过,游少华知道,对他来说,成功侦破今天这个案子才是最重要的。

4

县局刑侦大队终于赶到了,不少参与职业警察选拔的人也陆续赶到,游少华带人迅速开展工作，本地辖区派出所的一个也没有跟着上去。

谁愿意上去？一颗人头在那里摆着！

经过勘查，走廊和楼道今天早上拖过一遍地，没有发现什么有价值的线索。每天早上，服务员都会用拖把把楼梯和过道拖一遍，因为金玲珑报案已经是上午十点以后，所以室外的线索用处不大。

"每一个现场，都有它的特点。酒店类现场，主要的精力就是在室内，室外查起来太乱，可能捡到的一根毛发，是上个月的住客留下的。"游少华和陆令说道。

"您来了，我心里就踏实多了。"陆令点了点头。

陆令心理学确实学得不错，但作为新警，这样的现场完全交给他的话，他都不知道应该怎么搞。游少华不来，初步的侦查工作开展会很费劲。

一楼所有的人员，都被分批留在了四间客房里，女士两间，男士两间，每个屋子都配备了三名警察或者辅警。把这些人都安排进屋子里，商讨案件就变得容易了许多。

黄队也来了，他是县局考核的主考官之一，安排所有人员，轮批次，上来观摩三楼的现场勘查。

报名参加选拔的人，除了游少华、陆令、石青山之外，还有四名警察和十名辅警，这些人有一大半没处理过命案现场，看到这样的现场，至少十人当场就emo[①]了，有几位直接看傻了。

从警察队伍里选职业警察，本身就是挑选"特种兵"一样的事情，这种现场勘查必须多经历。当军人不能怕血，警察也是一样。

游少华知道，就今天这一趟，另外十四个报名的人里起码要退出三个。这是很现实的，大部分人做事就是凭借一腔热血，仅仅一盆冷水就能浇灭。

除了县区派出所的两位警察，其他人基本上都失去了战斗力，只能在一楼负责看守一下这里的人。对于自杀、车祸等非正常死亡，县区派出所的人接触得比较多。

陆令强忍着不适，在房屋的门口附近观摩。游少华也没进去，只是在外面指挥。游队并不是现场勘查的专家，更不是法医，进去用处不大。

"游队，这个屋子里人来人往的痕迹比较多，脚印很多，但很奇怪的是，全是一模一样的脚印。"负责现场勘查的兰警官有些纳闷，"感觉是凶

[①] 网络流行语，常被用来形容负面情绪，意思是不开心、沮丧等。

手在刻意迷惑我们。"

"可能不是。"陆令说道,"这家民宿提供的是统一的拖鞋,有点大,42—44码,只要穿了拖鞋,那脚印肯定一样。"

从理论上说,不同的脚穿同样的拖鞋,也会有脚印差异,但这家民宿内是硬化地面,这种差异是很难看出来的。

"这就有点麻烦了。"兰警官有些皱眉。这个案子有天然的障碍,负责现场勘查的警察的专项技能无法发挥作用。

随着勘查的进行,里面传出了一个非常不好的消息——窗户也是紧闭的。这种窗户是铝合金的,有两种开合方式,一种是把窗户把手掰到最上面,这样可以从上面开一个5厘米左右的缝,用于通气;另一种是把把手掰到右边,这样整扇窗户都能打开。如果把把手掰到下面,窗户就会被锁住。

目前,窗户把手被向下掰了一部分,锁上了,从外面打不开,但也没有锁紧。

兰警官看了看窗外的落雪,又仔细地试了试窗户,发现确实是锁上了,即便没有锁紧,也锁住了。

也就是说,凶手几乎不可能是从窗户跑出去的,因为没办法在出去之后关上窗户。

东北地区房子的窗户都是非常紧的,密不透风。

屋子里经过了全面的筛查,没地方能藏人,也没有其他通道,只有门和窗。

如果不是从窗户走的,那就一定是门,可又如何能在出去了之后给门插上门闩呢?

"那个窗户把手向下,有没有可能是外面绑了渔线,往下拽,然后拽下来一点锁上了窗户后渔线就脱落了?"游少华问道。

"不能排除这种可能,现在我还没有开窗检查痕迹。"兰警官说道,"开窗只有一次机会,一开窗,外面的雪就会被破坏,还有风。等市局的专家过来,再考虑开不开窗。只是,这个窗户密闭性真的很好,如果是渔线,倒也不是不能通过,但渔线捆绑打结的部分是个问题。"

"说不定有特殊的打结方式,拽下来之后就解扣了。"游少华说道。

"嗯,这是需要考虑的。"兰警官也没有反驳,"门的现场保留还是不错的,是直接撬开一侧的合页打开的,门闩那里没有动过,这个门……按照您的说法,也可能是把门闩先挂在一边的门上,然后用渔线抽过来。这个我们现在说了不算，得做实验看看有没有可行性。"

"好。"游少华没有与之继续讨论这个问题。

如果是渔线或者铁丝，都要接受微量物证检测等超细节勘查，这是市局才有的技术。渔线也好，铁丝也罢，在门窗关上之后，从任何地方通过阻力都很大，一定会形成磨损。一方面是渔线和铁丝本身的磨损，另一方面是对门窗通过渔线、铁丝的地方产生磨损，这些都逃不过微量物证检验。

"游队，尸体是被人用刀刺入心脏杀死的，心脏处刀口宽度超过5厘米。刀具非常锋利，可能是砍刀，而且应该不小。头是在死者死后被砍下来的，凶手用的大概率是同一把刀。"张法医汇报了一下，想了想又说，"如果真的如我所说，是同一把刀，这刀既需要细长，又需要具备一定的砍骨头的能力。"

现场没有刀，说明凶手把刀带走了。这样的大刀携带起来是非常难的，如果是普通的砍刀，那么凶手把它带走一定有特殊原因。

从目前的情况来看，除了燕京来的崔壁和项玉娇带了大行李箱，其他人带的都是背包，要带这样的大砍刀过来很难。而且，如果擦掉指纹之类的东西，把刀留在现场不好吗？拿走了之后，藏到哪里去呢？

第三十一章 "萌新"法医

1

金玲珑那个屋子,现场勘查的情况也不是很乐观。

金玲珑的描述很不严谨,姜媚的眼睛并不是瞪着的,只是有点微微睁开,这是死后的一种很常见的现象。

姜媚是被滑雪服的袖子勒住脖子窒息而死,有明显的挣扎痕迹。从现场挣扎的痕迹来看,姜媚的挣扎并不是很强烈,应该是在被勒住脖子,凶手施暴之后才开始挣扎。

基于此,可以产生三个推论:一是凶手和姜媚关系非常好,比如说金玲珑、余士可,出其不意;二是凶手力量非常强,姜媚压根反抗不了,比如说健身男王斗;三是凶手是趁姜媚熟睡之后动的手。

当然,这些推论都是建立在姜媚身体健康的前提下才能成立,如果姜媚有中毒等情况,那么这些推论都可以推翻。关于尸体的毒检,需要进一步核查。

和韩珊那个屋子一样,现场采集的脚印用处也不大,全是一样的拖鞋印。

张法医对两具尸体的死亡时间做了大体的估计,都是昨天晚上,更具体的时间认定需要借助其他手段。因为民宿内基本是恒温,张法医在判断死亡时间这一点上是有很大把握的。

按照现在的推论,如果姜媚不是金玲珑杀的,那么她的死亡时间就是从下来吃烤串到金玲珑上楼睡觉这段时间。金玲珑可能是和尸体在同一间屋子住了一晚上而不自知。

从作案时间上来说,昨天晚上大家都喝了些酒,轮流上了厕所,谁也不会注意每个人去厕所是三分钟还是十分钟。可以说,绝大部分人都有作案时间。

最关键的是，金玲珑出去之后，屋子没锁。

同时死了两个人，一个是作案手法特殊的密室杀人，另一个是最简单的勒死，更令人意外的是，所有人都有作案时间和作案能力。

初步的现场勘查结束之后，市局的专家组终于来了，县局的侦查人员这才有时间开始对其他的房屋进行一一检查。

市局专家组来的有两名法医专家和一名现场勘查专家，以及四名负责配合的专业人员。

这会儿于局也在现场，他带着几个人一起去迎接的市里的同志。陆令和游少华并不忙，他俩不是技术人员，便也跟了过去。

市局的支援队伍来得还是比较快的，进屋子之后，他们把外套挂在了外面，便开始收拾带过来的设备。

来了一位"白衬衣"，陆令以为是领导，结果听游少华说，才知道是享受特殊津贴待遇的专家，警务技术二级主任！

职务序列改革后，很多人的职务序列升级都变得容易了一些。除了普通的执法勤务序列之外，还有警务技术序列，分为警务技术员、警务技术主管、警务技术主任、警务技术总监。二级警务技术主任，就等于二级高级警长，"白衬衣"，享受正处待遇，和市公安局政委享受同样的待遇！

以前，在地市级公安局里，"白衬衣"可以说凤毛麟角。改革之后，"白衬衣"会多一些，这是陆令第一次亲眼见到"白衬衣"！之前在市局培训，他见过市局副局长，那都是"蓝衬衣"。

于局一脸的羡慕，别看他是县局副局长，但成为"白衬衣"对他来说难度极高，可以说这辈子都不太可能。也就县局的一把手王局可能过两年有白衬衣了。

王局是副县，本身就是现职副处，随着警务序列改革，待遇也能上升，成为"白衬衣"就是时间问题。

这位主任，于局和游少华都认识，所以交流沟通起来很简单，游少华快速把案子讲了一遍。

在现场讲解，比在电话里说要方便得多。

主任名叫燕达先，他还带了一个徒弟，是个20多岁的女法医，名叫刘俪文。刘俪文看起来有些内向，跟在一众人员的后面，也不说话。

市局的带队领导李队，给于局大体介绍了一下几位专家，基本上都比游少华岁数大，只有刘俪文年龄小，她也是参加职业警察培训的被考核人员。

这纯属于小灶待遇！要知道，不可能每个人都能跟着来，这种小规模的出差办案，那肯定是有额外加分的。

对此，李队也解释了一番，刘俪文是临床医学的高才生，后来当了法医，已经有两年专业的法医经验，并且得到了燕达先的部分真传！

陆令倒是有些好奇，20多岁的年轻小姑娘，这得有多么想不开才会报名职业警察啊？她不怕青春……

简单互相了解了一下情况后，大家便开展工作了。

目前工作主要分为三部分。第一部分是市局的专家团队对现场进行进一步的分析和细致检查。第二部分是县局的勘查队伍对其他屋子进行检查。第三部分是游少华、陆令等人开始对屋里的人进行一对一的询问。

陆令和游少华对余士可最感兴趣。这种有点像"暴风雪山庄"的案子，组织者的嫌疑是最大的。谋杀和激情杀人不同，往往需要谋而后动，有精巧的设计，所以谁组织的活动，谁就有最大的嫌疑。

余士可很清楚自己要被警察询问，但她真的不知道该怎么说，只能警察问啥她说啥。发生这样的事情，一向逻辑感很强的她，此刻也只能被动思考。

"这么说，除了欧阳世、王斗、李乐乐三个人外，其他人都是你叫过来的。你是什么时候开始组织这次滑雪的？"游少华问道。

"嗯，除了欧阳世那三个人，其他人确实都是我邀请的。这个事说来话长，我们学校1月12号就放寒假了，这都十多天了，我刚放假回家，就在班级群里问谁想来这边滑雪。报名的还不少，但最终确定能来的，就崔璧和他对象。"

"为什么拖了这么久？"陆令问道。

"好多人说话不算话，筹划了好几次，今天这个没空，明天那个没空。后来，和姜安东聊天，他说小年这边比较热闹，于是我就定在了小年，也找了金玲珑她们，结果她们还有额外的朋友。"

2

对余士可的初步询问，有些不知道从何抓起的感觉。

余士可看起来真的不像是凶手，她的表情是最难伪装的，那是一种在迷茫中拼命思考的复杂状态。余士可说自己写过剧本杀，也经常在粉丝群里聊天，偶尔会和别人交流一些稀奇古怪的想法，但从未真正策划过制造命案。

她甚至开始帮警察分析，就是在这种情况下出事，她的责任是最大的，所以她如果策划制造命案，肯定不会在这里。她和韩珊并不熟，和姜安东也没有朋友之外的额外关系，不存在谋杀韩珊的动机。她和姜媚关系不错，虽然姜媚更漂亮，但她在燕京读书，不至于嫉妒姜媚。

这些话都很有道理，游少华忙了不少案子，也很少在案子中遇到这么理智的当事人。

不可能直接排除余士可的犯罪嫌疑，但余士可的话还是可以听一听，作为一个参考思路。

"除了你，还有谁知道你们要入住这里？"游少华问道，"提前就知道的。"

"很多。"余士可叹了口气，"来这里之前，我在我的粉丝群里和大家讨论过这附近哪一家民宿比较好。最终对比了一番，这一家属于性价比比较高的，因为装修很不错。"

"今天在这里的这些人，他们都提前知道地方吗？"游少华接着问道。

"金玲珑和姜媚带的三个男生朋友我不清楚，我的这些朋友，我都提前好几天通知了。尤其是崔璧和项玉娇，我至少提前一周就说了这个事，也提前给他们发了位置。"余士可说完，也叹了口气，"我愿意全力配合你们破案，但我也知道，我刚刚提到的这个事情对破案有很大的阻碍。"

"你还挺明白。"游少华说道，"所以你的嫌疑是最大的。"

"对，我明白。"余士可说道，"但是，无论如何，我还是要说一些我的推论，不知道对你们有没有用。如果韩珊和姜媚是一个人杀的，我觉得有必要排除掉我的四个朋友。姜安东和韩珊有没有仇我不肯定，但他和姜媚应该是没有仇的。姜安东和姜媚我都比较熟悉，他俩姓氏一样，但没有亲戚关系，彼此之间也不熟，不至于杀人。"

"崔璧和项玉娇是燕京来的，按理说和韩珊、姜媚都不熟悉，杀人的可能性很低。"余士可接着分析道，"金玲珑胆子不大，她吓成那个样子，应该也不是装的。"

"那你的意思是，欧阳世等三人有问题？"陆令问道。

"以我个人的看法是这样，比如说那个健身的，据说昨天晚上就和姜媚一直聊天。姜媚中途下来过，按照常理来说，她下来之前肯定是活着的，那么她的聊天记录的话肯定是自己说的，不是其他人在用她的手机。我觉得看一看她的聊天记录，大体就能判断出来那个健身的有没有动机。至于欧阳世和那个李乐乐，我就不清楚了。不过，欧阳世主动邀请大家下去吃烤串、打牌，从表面上来看，嫌疑也是不小。"

余士可说完，还是叹了口气。"当然，我知道，我嫌疑最大。有时候越解释，就好像在掩饰啥，所以我知道啥都和你们说，让你们更好查。"

警察和余士可这边，信息并不互通。如果余士可不是凶手，那么她肯定是不知道韩珊是怎么死的。这种情况下，余士可能分析出这么多，已经算是高手了。

正聊着，有人敲门，是市局的人，希望游少华出来聊聊这个案子。游少华安排人看着余士可，就带着陆令出去了。

简单点说，市局负责现场勘查的专家闫永福警官提出了一个推论，一个让所有人都有些无语的推论。闫警官认为，嫌疑人不是从窗户出去的，而是从门那里出去的。窗户那边已经打开了，经过仔细勘查，没有发现使用渔线的痕迹。窗户密封性特别好，在别的屋子尝试使用渔线，用起来会非常困难，而且一定会留下明显的摩擦痕迹。窗户应该一晚上都没有打开过，从窗户往下看、往外看，也没有发现有人爬出去的痕迹。从现有的技术逻辑上来说，凶手从窗户离开是个伪命题。

门这边，也没有发现使用渔线的痕迹。闫警官认为，可能在撬门的过程中造成了证据的灭失。这个说法着实离谱，难不成凶手早就知道石青山会从什么地方撬开门？

石青山竟是嫌疑人帮凶？打死陆令他也不会信。

这个说法显然不能让大家满意，但没人会责怪闫警官，因为在此之前，县局的现场勘查刑警也没有发现有价值的线索。

实际上，闫永福内心也有些无语。他不是第一个来现场的人，他现在都担心是不是县局的人把什么细节给更改了。他知道这个推论有些扯淡，但从门、窗户这里，细致的勘查结果就是这样。

一个离谱的密室杀人案！

闫永福在隔壁余士可的屋子尝试了好几次，为了保证住客的安全，屋子的门闩设计是比较巧妙的，想出去之后在外面插上门闩几乎是不可能的。

从卸下来的门那里可以看到，门闩是整个插好了，不是插了一点那种。

越是原始的东西，往往越难突破，以现在的科技手段，真的很难想象如何能出去之后把门闩插好。

这里面一定有问题！

法医报告那边，与之前县局的法医说法没有太大的区别。

对其他房屋进行检查，也没有发现可疑线索，更没有发现藏匿什么刀具。

到了下午一点多，整个民宿所有的屋子都检查了一遍，只发现了一把符合条件的刀，就是厨房用于剁肉的大刀。

这家民宿有可以用来烤全羊的炉子，杀羊也不在话下，刀具很多，其中有一把砍刀符合韩珊死亡案的相关情况，而且刀头的样子与韩珊胸口的痕迹相吻合。

这把刀就放在一楼，根据民宿老板的说法，昨天烤串的时候，为了切肉，有人还用过这把刀。

也就是说，如果说在昨天切肉之前，嫌疑人用这把刀杀了韩珊，那么昨天所有人吃的烤串，理论上说都沾了韩珊的血。

这把刀昨天切完肉，就已经被老板用洗洁灵刷洗过，不可能检测到韩珊的DNA。如果利用鲁米诺检测血液，也意义不大，因为没办法判断是人血还是动物血，所以只能暂时作为证据放好。凶手到底是不是用这把刀杀的人，还需要进一步核查。

第三十二章　犯罪心理分析

1

专案组迅速成立了，县局基本上把东坡村案子专案组撤下来的人都纳入了这个专案组。

现场勘查人员在韩珊的屋子里发现了几根毛发，已经抓紧去做DNA比对了。不过，这里是民宿，有未知人员的毛发是很正常的事情，想通过这个破案实属碰运气。凶手既然懂得消除指纹，对掩饰其他的痕迹应该也是懂一点的。

下午两点多，专案组在一楼开了个会，这个案子需要大量办案人员，理论上来说比东坡村的案子还要麻烦，要迅速查出每个人的背景与矛盾。

除了游少华、陆令和石青山外，其余十四个参与考核的人员被拉了壮丁，负责各种基础工作。鉴于这个案子有些邪门，已经有四五人提出要退出，但游少华说了，必须等这个案子办结了才能做选择。

东坡村的案子，虽然一开始涉及上百人，但并不需要采取强制措施，因为不是突发案件。而这个案子是突发案件，现场目前一共有十三个人，老板这边三人，教师夫妇两人，余士可这边八人，怎么处理？

全作为嫌疑人，传唤24小时都没有问题，但24小时之后呢？将他们都放了吗？

真凶在这十三人里，谁敢随便放？

法律规定传唤时限就这么长，如果没有证据，不放难不成还都刑拘了？

这十三人中还有大学生、教师，谁也不敢没有任何证据就刑拘对方。刑拘余士可？倒也不是说不行，毕竟她是组织者，嫌疑最大。那其他十二人呢？

传唤时间，是从带回公安机关开始计算，这会儿暂时滞留虽然不计入办案时间，但专案组已经初步处理了现场，两具尸体都被带走了，这个十三人必须早点被带回公安机关。

只有带回去，才能真正意义上询问。

"陆令，你对这个案子，有什么看法？"回县局的路上，游少华和陆令一辆车，问道。

"嫌疑人在炫技。"陆令沉思道，"正偷着爽呢。"

"啊？你为啥这么觉得？"游少华有些好奇。

"我们现在所做的，似乎每一步，都已经被凶手预判到了。他了解警察的侦办思路，而且了解得非常彻底。这个案子，可能我们现在做的事，他都预料到了一部分。"陆令的办案经验并不丰富，他感觉自己的思路追不上凶手，"反正我觉得是这样，这个案子不一般，凶手是专门研究过的。"

"你居然这样认为？"游少华开着车，若有所思，"也许确实如你所说，这不是常规案件。"

"嗯，一般来说，凶手会刻意躲避侦查，这个可以理解。问题是，弄出密室杀人案有必要吗？他直接走掉不好吗？这样设计一个他以为天衣无缝的密室杀人案，只会给他留下致命的隐患。"陆令似乎并没有啥压力。

"看你的意思，有些瞧不起这个杀手？"游少华有些纳闷。

"不是瞧不起，而是客观陈述，他在挑战所有的专家。"陆令开始逆推凶手的心理，"在我看来，这是一个有些中二的少年。中二不代表一定善良，任何性格都可能出现极端情况。"

在陆令看来，姜媚案件难度更大，越简单的才是越复杂的。

"中二？这词我听过几次，具体是啥意思？"游少华问道。

"自我意识过剩，用我的话说，就是天真烂漫的人，不愿意接受社会的毒打，想直接强行突破到返璞归真，从而走火入魔。"陆令说道，"大部分中二少年都是善良的，心中有光，但少部分还是会搞极端。"

游少华顺着陆令的思路想着，点了点头："我们被一个脑洞打败了？"

"打败不至于，一定是我们有思维上的漏洞。如你所说，他一定是源自一个超强的脑洞，这个脑洞卡在了我们的思维的正常思考方式之外。"陆令说道，"我觉得，他可能早就有了这样的脑洞，并且迫不及待地想去实现它，如果这个案子在我们这里成为悬案，他不知道会有多大的成就感。"

"照你所说，这是反社会人格。"

"嗯，只不过反社会人格分为很多种，导致这种异常人格的原因也有很多。有的是意志力薄弱，有的是情感缺失，还有的是自卑、抑郁或者偏执、喜怒无常。除此之外，甚至还有人希望通过犯罪来完成自我实现。我们无从分析凶手是出于什么目的杀人，但从设计密室杀人案这件事来说，凶手可能是自卑或者寻求自我实现。"陆令解释道。

"自我实现我能理解，自卑是什么情况？"游少华还挺喜欢和陆令聊心理学的，能学到不少好玩的东西。

"自卑是人类努力的来源，个体为了补偿自我的自卑而不断发展。但是，这种补偿可能会出问题，比如说引发犯罪行为。罪犯通过犯罪来引起他人注意，获得优越感，从而消除自卑。"陆令阐述的是阿德勒的观点。

"明白了。"游少华说道，"回去之后，抓紧时间，今天晚上十二点之前，把所有人的资料全部搞清楚。我记得很多专家都说，幼儿时期对人的心理发育有着至关重要的作用，所以，今天这十三个人，每个人的成长故事都要查出来。"

"嗯。"陆令表示同意，"我们回去之后，第一步还是要去问金玲珑，对吧？"

"对，虽然余士可嫌疑最大，但反倒不需要问她，她能说的都会说。如果有不能说的，也不好问，别浪费时间。"游少华说道，"所有人都要同步讯问，十三个人，刑警队能全部分开。这样吧，咱俩分开，你去问金玲珑，我去问欧阳世。"

"明白。"陆令点了点头，这个案子看样子已经投入不下四十个人了。

除了余士可外，金玲珑和欧阳世是本案最关键的两个人，陆令能分到其中一个，说明刑警队对他足够重视。陆令这个专业的人，本身就是适合审讯，不适合现场勘查。

简而言之，他适合和人打交道。

2

金玲珑被单独带到询问室，看得出来她状态还是不好。她被带出民宿之后，状态好了一些，但因为所有的朋友都被分开，她状态又逐渐低落了起来。陆令找领导申请，安排了两名女警一直陪着她，这才稳定住了她的情绪。

看得出来，在这种时候，金玲珑对警察有还是些依赖。这倒是正常情绪，作为国人，危难的时候看到制服，无论是橘黄、藏蓝还是军绿，都会打心底里觉得安心。

"给她还配两名女警陪着。"到了询问室之后，陆令和身边的刑警说道，"王哥，这个金玲珑状态还是不好，得有人一直陪着她，顺便让她靠着墙，灯也要亮一点。"

"好，我安排。"

不多时，陪着金玲珑的两名女警进了询问室，找了两把椅子坐在了金玲珑的左右，并且让金玲珑靠墙坐，还拿来了几盏灯。

在这种环境下，金玲珑就没那么怕了，现在还没到晚上，但晚上即将到来。这一晚上，都得有人陪着金玲珑。

陆令甚至已经帮金玲珑联系了医生，金玲珑今晚需要吃艾司唑仑片之类的药品，这是苯二氮卓类抗焦虑的镇静安眠药物，不仅能促进睡觉，还能避免做一堆噩梦。

等陆令询问完，医生就会过来，并且给金玲珑开药。只要金玲珑好好睡一觉，而且不做噩梦，后面她的状态就能好很多。精神受创，越早治疗效果越好。

陆令基本上避开了问金玲珑早上起床后的事情，而是问了一些关于欧阳世等三人的情况。这些问题，目前状态下的金玲珑还是能回答的。

欧阳世、王斗、李乐乐，都是金玲珑的朋友，也都是她在辽东市认识的。

欧阳世是辽州专科学院的学生，也是大三，现在约等于毕业，在市里开了个咖啡店，他的家庭条件很好。

金玲珑也是大三，专科学院，三年制，现在正处于找工作的阶段。经欧阳世介绍，她在一家奥迪汽车4S店做销售。健身男王斗，就是这家4S店的一个经理，也是欧阳世的朋友。因为金玲珑和姜媚是闺蜜，姜媚也去过这家4S店。接触几次后，王斗对姜媚有意思，看上了姜媚。

从姜媚和王斗的聊天记录里可以看出，姜媚对王斗没有什么坏的观感，但也没有答应王斗的追求，只是当朋友这样聊。聊了大概有一个月，昨天晚上二人才开始聊得火热。

聊天记录的主要内容，陆令基本上都知道，最后还打了半个小时左右的语音聊天，到底聊了啥，谁也不太清楚。

根据王斗的说法，就是聊了一堆乱七八糟的事情，包括姜媚以后工作的事情。当时聊了半小时后，姜媚有点饿了，就下楼去吃了几根烤串。

李乐乐是干吗的，金玲珑是真的不清楚，只知道是他欧阳世的朋友，两人经常一起玩。金玲珑一直感觉李乐乐这个人不错，挺闲的，吃饭偶尔还会请客。

他们聊了很久，陆令基本上没得到什么可疑的线索，没有发现对方明显的犯罪动机。

陆令问得差不多了，看到游少华给他发了信息，就出了屋子，去找隔壁的游少华。

"李乐乐的家长找来了。"游少华说道，"这个李乐乐家庭条件非常不一般，他可能是省里大富商的儿子，家里的资源和力量还是比较厉害的。咱们传唤这些人还没有通知家属，他家里人通过其他渠道找过来了。我看这个意思，就是李乐乐是真正的富二代，他家里人可能是为了他的安全考虑，一直让他别太张扬。"

"真的假的？"陆令有些无奈，这种事都赶上了？

"这个欧阳世，并不像他自己说的那么有钱，他喜欢吹牛。他有一次在酒吧见过李乐乐，认出来李乐乐戴的表非常好，就刻意去结交。李乐乐朋友不多，但和欧阳世玩得挺好，只是平时一直都是这个样子，好像对啥都没兴趣。"游少华说道，"一般来说，这种人的心理情况最难分析，做出啥不可理解的事情也是正常。"

"嗯，富二代的满足阈值非常高，有时候真的会出现问题。"陆令点了点头，"您这边的意思是？"

"他们家请的律师马上到，但传唤的24小时内，谁也带不走他。"游少华说道。

"嗯。"陆令点了点头。

很多人总觉得有钱就快乐了，这话在绝大部分情况下是对的，但各个阶段有各个阶段的苦。如果你从来没有吃过澳州龙虾，第一次吃会觉得超级美味。但如果天天大锅炖帝王蟹，就会觉得其实也就那么回事。

很多富豪愿意花几万美元甚至更多的钱买一些特别稀有的东西尝尝，就是为了能有一点满足感。而普通人，吃个火锅就能满足。

有些明星自杀，就是因为满足阈值太高，很多事都已经无法让他们"爽"起来，精神自然就容易出问题。当然，这也是很多明星吸毒的原因。

"金玲珑怎么样？"游少华问道。

"问得差不多了，精神状态现在还好，早点安排专业医生过来吧。那个王斗，是个4S店的经理，这种人八面玲珑，不太容易中二或者emo，杀人怕是不太可能。"陆令说道，"金玲珑的精神状态不是装的，她胆子真的挺小。"

"邪了门了。"游少华有些生气，"目前查的所有人，都没查出来问题，一点问题都没发现。"

"市局的专家还在现场吗？那个密室，他们研究出结果来了吗？"陆令问道。

"这是最邪门的，已经跟他们说可以撤下来了，闫永福也是老专家了，但就是没发现端倪。"游少华说道，"你之前说的脑洞……我在考虑，是不是我们思维真的被封锁了？我还记得你上次办案，采取了前所未有的侦查思路，依靠游戏打开了小孩子的沟通渠道。这个案子，是不是也得从你说的中二少年的焦虑开始思考？"

陆令陷入了沉思，他感觉好像明白了什么，又好像啥也没搞懂。"游队，我们有必要再回一次现场。"

3

天已经黑了，陆令和游少华从县局出来，重新奔赴现场。

现场那边，有几个人一直在守着，门口还停着警车，也拉着警戒带。

到了晚上，又开始飘小雪花，陆令提前看了天气预报，就是区域性的短暂降雪，持续不了多久。

"游队，怎么又回来了？"门口的警车上下来一个刑警，主动把警戒带抬起了一点。这个警戒带就是一根布条，随便都能抬起来，风一吹也会动。刑警，主动过来抬起警戒带，那自然是因为游少华是领导。

有个很奇怪的感觉，就是陆令在派出所把孙所当成自己的领导，甚至三组的组长苏亮臣，他也视为领导，可偏偏不把游少华这样的县局刑警三把手当领导。

"询问没有什么太好的结果，再过来看看。对了，市局的走了吗？"游少华问道。

"走了一部分，还有几位没走。"

"行，辛苦了，我回头安排人过来替岗，我们进去看看。"游少华点了点头。

"游队,这边现场晚上还用这么多人看着吗?"刑警和游少华也是很熟了,"这边也没人,晚上把大门一锁不就是了?"

"怕凶手有同伙半夜过来破坏现场。"游少华总觉得现场有什么细节他没有发现,所以肯定是不会撤人的。如果真的有细节警察没发现,都撤走了,然后被人破坏了,那就前功尽弃了。

"明白了,那您安排。"刑警也不提建议了。

游少华带着陆令往里走,刑警看着那叫一个羡慕。整个刑警大队都知道,陆令现在是游少华眼前的红人,是高校研究生。这个案子,陆令实在是太被照顾了,游少华去哪儿都带着他,实在是让人嫉妒!

他们进了屋子,在一楼看到了几位民警正坐在那里打瞌睡。待了一整天了,想找换岗的都难,谁都会困。几位民警看到游少华,连忙站了起来:"游队。"

"市局的同志呢?"

"还在楼上,剩下两个没走。"

"好。"游少华点了点头,带着陆令上了三楼。

到了三楼,二人在楼梯口看到了一些现场勘查的一次性装备,就主动穿戴好了,然后往里走,结果发现左边三个屋子都亮着灯。

上楼后,左手边分别是余士可、韩珊以及姜媚这三个女生的屋子,现在两个屋子死了人,闫永福和刘俪文在余士可的屋子里待着研究密室。

"闫警官。"游少华直接走进了这个屋子,"您二位还没休息,吃饭了吗?"

"饭吃过了,但是……"闫永福叹了口气,没有继续说。

闫永福是有点难受的,这到底是怎么搞的?他今天特地去楼下,把包括老板在内的十三个人全部观察了一遍,也没觉得谁有这个本事。

"这位是燕警官的徒弟,对吧?"游少华只能岔开话题,"我记得姓刘。"

"刘俪文。"刘俪文应了游少华的话,"游队记忆力真不错。"

"哪有不错,名字都没记住,只记住一个姓。"游少华轻轻摇了摇头。

"您二位回来这是?"刘俪文有一点点期待,"我听说东坡村的命案就是您二位破的,这个案子是有头绪了吗?"

游少华又摇了摇头。

"我感觉还是缺乏有用的线索,想再来现场找找证据。"陆令看了看二位,"但您二位专业人士都没有找到的话,可能我们又要做无用功了。"

"我不是专业人士,闫师父是。"刘俪文叹了口气,不知道在想什么。

"您也是专业的。我今天听李队提到过,您学了五年的临床医学,然后从事了两年法医工作,虽然我不清楚这两个专业的区别具体是什么,但想来您是很厉害的。不然,也不会这么执着地在这里寻找线索。"陆令说的是真心话,他非常尊重有知识、有文化的人。

"这你都能记住,厉害。"刘俪文有些吃惊。

"那您二位这边有什么新的进展吗?"陆令问道。

"也不能说没有,但是意义不大。"刘俪文说着,拿出一个手电筒,带着大家离开了屋子,接着走到韩珊的那间屋子门口,指了指走廊扶手外延的一处位置,"这个地方,有明显的胶粘的痕迹。很显然,在这里曾经粘过一个什么东西,但具体是啥,不知道。像这样的痕迹,对面也有一个,可能是固定什么东西用的。"

陆令和游少华立刻看了一下,发现确实如此,看样子应该是502胶水。

这房子像是一个圈,从主楼梯上来,左边三间,右边三间,前后两边各一间,前后各有一个楼梯,中间是天井,可以看到二楼和一楼。

既然刘俪文说对面有一个,那就不用过去看了,应该是一样的。这样的一小处胶水的痕迹,如果不仔细找肯定找不到。

"这是502胶水的痕迹吧?如果从这边到那边拉一根线,承重能力有多少?"陆令沉思了一会儿,"我感觉承重一公斤都费劲。"

"确实,但这可能和设计密室有关,毕竟正好就在韩珊屋子的门口。"刘俪文已经想半天了,也不知道这是个啥方法。

"除此之外,您这边有其他的线索吗?"陆令想了想,"猜想也可以。"

刘俪文思考了一阵,接着看了看陆令和游少华,最终决定还是说出来:"我这两年到过十几个命案现场,非正常死亡者见过上百个,还看过几百个命案的案宗,我有一种感觉,就是我能通过伤口的一些情况,来判断凶手行凶时的心理状态……

"两具尸体,凶手行凶时的心理状态完全不同。杀韩珊的凶手在挥砍的时候非常专注,砍的位置很准,除非他是这里的老板,否则心理状态应该不会这么稳定。而杀姜媚的凶手就有些慌乱,我们在姜媚身上发现了一些基础伤，脖颈处有多处受击打的痕迹。"

目前可以确定的是，只有老板有很好的刀工。老板经常砍剁肉类，有多次挥刀砍到同一地方的基础能力，其他人想做到这一点，需要特别好的心理素质，一点都不能手抖。

"嗯。"陆令点了点头，"这种情况下，凶手居然没有留下明显的现场痕迹，也是准备很充分了。"

"你居然不怀疑我的说法？"刘俪文有些好奇，一般人听到她的说法都会有些质疑。

"行为是可以传递和表达情绪的，这个没问题，但需要悟性，不是每个人都行。"陆令倒是真没怀疑。既然刘俪文愿意告诉他，那自然是比较信任他了。

"好。"刘俪文也不拖泥带水，她看游少华没反驳她，心中大定，"所以我觉得凶手可能是两个人，或者即便是一个人，这个人也是有些病态的，情绪变动比较大。"

第三十三章　分析密室与多重人格

1

刘俪文的说法，和陆令的想法倒是吻合。

类似于"暴风雪山庄案"这种，在封闭的小环境中出现两起命案，可能是一人所为，也可能是还有人搭便车，看到其他人杀人，也跟着实施了犯罪行为，这样自己的犯罪行为不容易被发现。

四人现在都很忙，但聊了半天，最终决定先在这里沉住气，分析一下密室的逻辑。

《唐人街探案3》里，提到十三种密室杀人法，这其实来自著名小说《三口棺材》。小说并未提到十三种密室杀人法，而是归纳了七种密室杀人法和五种反锁小技巧。

七种密室杀人法之第一种：不是谋杀，而是意外或者巧合，再或者是毒蛇、毒物等造成的死亡。本案显然不是。

第二种：是谋杀，但被害人是被迫自杀。本案显然不是。自杀能有这个水平，也算是叹为观止了。最主要的是，分尸是在韩珊死亡之后进行的。

第三种：自杀被布置成谋杀。本案显然不是。

第四种：用巧妙的机关进行谋杀。本案也不可能如此，本案的刀砍痕迹非常明显，机关要是能这么巧妙，那现代科技又要迎来大更新了。

第五到第七种，就是利用错觉、乔装术，或者在房间外下手，抑或是伪造作案时间。

五种反锁技巧里，分别是在钥匙、铰链、门闩、栓锁上动手脚，还有一种方案是制造错觉。

密室杀人种类看似很多，但都离不开一个方案，就是在门、窗这样的地方做手脚。

闫警官的勘查，穷尽了房子的六个面，包括地面和天花板，连电线孔、插座、天花板的缝隙，都做了细致的勘查，可还是没有发现问题。

考虑到屋子里温度较高，如果使用冰制品，确实可能融化蒸发，但没有人能想通冰制品应该怎么用。比较大的冰制品化成水后很难完全蒸发，较小的则没什么强度，在室内很容易化掉。

经过讨论，大家又研究了个新方案。比如说，在窗户的把手那里挂一块冰，然后用手按着窗户侧面的锁止结构，让把手不会向下。等人出去之后，在外面用吸盘吸着玻璃，迅速把窗户关上，挂着冰的结构就会因为重力把窗户锁上，并且在把手锁一半的情况下就脱落。

经过尝试，既便是这样的锁止窗户，需要的力量仍是不小的，起码要有一公斤的冰才行。

一公斤的冰，不可能一晚上在密闭空间内变成水蒸气。

"如果换成一公斤的干冰呢？"刘俪文说道，"比如说一公斤的整块干冰，中间掏个洞，挂在窗户把手上……"

"比热容呢？我记得干冰在零下78.5摄氏度和环境大气压下会升华成为气体，升华的过程中吸收大量热，屋内会不会有环境变化？"陆令记得干冰汽化很壮观。

"直接投入水中可能会冒大量白烟。掉到地上没什么问题，估计一两个小时就汽化完了。如果摔碎了，更快。1立方米空气都需要1.3公斤，这个屋子起码有50立方米空气，还有暖气，1公斤干冰不会造成多大的温度变化。"

"那么问题来了，"陆令看向闫师父，"闫师父，这窗户附近，有重物坠落砸下的痕迹吗？还有，我昨天在单位吃饭的时候，听单位的人说过，北方一般都是过了小年才大扫除，窗户外面应该有一层灰，发现了吸盘等能从外面拉动窗户的痕迹吗？"

闫永福摇了摇头。窗户外面确实有一层灰，不仅是玻璃上，整个窗户外面都有一层灰，非常明显，这些灰尘完全没有被人碰过的痕迹。

从一开始，闫永福就否定了窗户这条路。这里是三楼，除非外面架好了消防队的云梯车，否则从三楼出去，怎么会没有痕迹？

"我个人认为，窗户这里关了一半，或者说关了三分之一，就是故意想要迷惑我们的。"闫永福说道。

陆令和刘俪文都点了点头。

对于闫永福这个推论，陆令信，又不敢迷信。

不是对于专业的人不信任，而是闫永福不信任他们……门被破坏了，所以一些痕迹可能找不到了。闫永福没有参与撬开门的过程，就总觉得门被撬开有问题。与之对应的，窗户是闫永福开的，他没有在这里发现线索，就更加肯定自己的想法。

陆令就怕闫永福陷入这种思维自信中，从而忽略细节。当然，他还是99.99%信任闫永福的。

总之，现在四个人研究了半天密室杀人案，都没找到漏洞，对窗户研究了好久，又开始研究门。

在门没被撬开之前，石青山曾用力尝试过能不能拉开，结果失败了。这几乎可以保证，在石青山撬门之前，门的合页是没有问题的。也就说明，门这里并不存在结构的破坏。

这是很让人难以接受的，四个各方面都比较专业的人士，被一个小贼搞成这样子。

"这就说明我们目前考虑问题的角度不对。"陆令看向游少华，"我们换一个角度，为啥死的是韩珊？"

"还是从动机上查对吧。"游少华听着陆令的话，叹了口气，动机……

韩珊的人际关系称得上简单，作为辽州大学的本科生，学习虽然不是顶尖，但人还是很不错的，而韩珊的男朋友姜安东，情况也差不多。

这个案子，警察没有找到犯罪动机。

这话，游少华都不好意思说，案子办了这么久，犯罪动机找不到，总不能单纯地认为，这是无差别杀人，报复社会？

四个人面面相觑，谁也不知道下一步应该做啥。

沉默中，游少华的手机响了。他拿起来看了看，来电者是刑警队的另一位副大队长王队。王队比游少华年长几岁。看着大家的目光，游少华开了免提。

"游队，你在哪儿呢，有空的话，来一趟我这边的询问室。"王队说道。

"王队，我和陆令又回现场了，您那边……您那边是余士可那里吗？怎么回事？"游少华心跳有些加速。王队不会随便给他打电话！

"你俩去现场了？那边有什么进展吗？"王队问道。

"没有，您那边呢？"游少华有些迫切地问道。

"余士可出了点……小状况,她好像精神有些不大对劲。简单地说,就像是换了一个人,我这方面经验还是不太行,就想着和你聊聊,你要是不在,就算了。"王队说道。

"有空!我这就回去!"游少华立刻回应道。

陆令在一旁看着游少华挂掉了电话,然后看了看他们三个人,说道:"双重人格。"

2

从王队的描述中,陆令很容易听出来,余士可有一定的分离性身份识别障碍,具备双重或者多重人格。

考虑到余士可的一些经历,这种推理完全符合逻辑。

余士可刚上大学就在创作领域取得了成果,第一个剧本杀就大卖却没有卖多少钱,后续她一直想写出更好的作品,却始终没能如意。作为一个大学生,她没有太多的社会实践经验,每天的创作都是凭空想象出来的,这个过程堪称缘木求鱼。

很多知名作家,全职写作了以后,就需要定期出去采风,不然脑子里的东西没了就麻烦了。很多大神,第一本或者第二本书大火,后面就开始走下坡路,是一个道理。

余士可有些接受不了,曾经沧海难为水啊!

"二位,破这个案子的路很多,也不要太急,我和陆令就先回县局了。有消息,我会立刻通知你们。"游少华说道,"早点休息,明天再说。"

"好。"闫永福点了点头。无论如何,这会儿也是听到了一个好消息,总归是有了些希望,他看了看刘俪文:"苗苗,你留一下他们的联系方式。"

"好的,闫师父。"刘俪文拿出手机,主动找游少华二人要了手机号和微信。

陆令这才发现,刘俪文的微信名就叫"苗苗",也不知道是不是她的小名,从闫永福对她的称呼来看,不光燕达先是刘俪文的师父,闫永福也很看重她。这种称呼一般是关系很好才能对外说。

看看人家,天选开局,两个大佬照顾。

回去的路上，游少华跟陆令请教起了多重人格的事情。

"很多心理学的东西，确实是'漂亮国'走在前面，甚至可以说他们很靠前，我们看的绝大部分论文和研究，都是他们完成的。"陆令叹了口气，总觉得这方面的研究任重而道远。

也许十几年后，陆令会重新回到大学，成为一名真正意义上的心理学研究专家。想到这里，陆令还有些小激动，但他很快地就冷静了下来。现在，做警察，做个好警察，起码三年之内的规划是这样。他从警那天起，就明白，不急，起码要用三年的时间，把他自己的许诺做到。

至于三年以后……陆令是这么想的，他觉得，三年后的自己，会比现在更有眼光，从而做出新的决定。

"多重人格的患者，每一个人格都是稳定、发展完整、拥有独立思考方式的，也有着独立的记忆，一旦切换人格，之前的人格做的事可能就会完全忘记。但根据最新的研究，分裂的人格，它们之间存在并存的意识，也就是说，多个人格之间有共存的记忆库，又有独立的记忆卡。分裂出来的不同人格，不仅有不同的性格，甚至可以有不同的年龄、性别，乃至物种。"陆令大体介绍了一番。

"那这个余士可，风险很大？"游少华觉得这玩意有点挑战他的三观，不同物种？还有的人的另一个人格是猪？怪不得有些人这么能吃！

"不好说，这种病的患者，虽然……怎么说呢，我判断她这种情况与写剧本杀有关系，但根据研究，这种病90%的成因与学龄前受过的肢体虐待有关。我们有必要查查她的过去，更有必要看看她写的第一本剧本杀。"陆令说道。

"没问题。"对于专业人士的建议，游少华是从来都不会拒绝的。

游少华不是没见过高学历的人，但他感觉这些人中很多水平都比较一般，不能说不学无术，至少没有给他耳目一新的感觉，甚至有些博士生做人做事也一般。陆令则不一样，相处这么久，陆令这个人是真有本事，而且为人处世让人舒适，这种性格的人在体制内工作最为适合。

有本事，还会做人。

回去的路上，游少华就开始布置这些事情。

余士可的第一份剧本杀，是畅销本，并不难找，至于余士可的家庭情况，也好查，因为已经通知她的家属了。家属是本地人，已经在县局刑侦大队了。

回到县局以后，陆令第一时间去看了余士可写的本子。

这本子的设计非常巧妙，其中就有一个人是多重人格，而且在一开始就是公开的事情。他有一个隐藏特别深的人格，而所有人都只知道他有三重人格！他的第四人格最为理智，能够模仿其他人格。因为有第四人格的存在，她和朋友们相处还都不算太糟，也正因如此，才有了一个离奇的故事。

看完这个本子，陆令就和游少华简单地讲了讲，然后二人去找余士可的父母聊了聊。

余士可父母是典型的望女成凤，从小对孩子管教得非常严格，孩子3岁就开始逼着她读书，甚至也有过棍棒教育。

久而久之，他们发现，孩子一到白天就不爱学习，而一到晚上就特别爱主动学习！于是，他们开始让孩子晚睡晚起，每天夜里十二点睡觉，睡到上午八点多，即便迟到，父母都支持。

余士可学习好，一直是"别人家的孩子"，最终成功考上了名校，并且在学校期间就生活费自理，甚至过年还给母亲买了金镯子！

余士可父母不懂这些，他们就觉得，每天晚上孩子就有学习状态，以为是孩子喜欢晚上的环境。总之，无论是白天还是晚上，孩子都没有大问题。

陆令听明白了，余士可确实是有两个人格，而且晚上和白天不一样。

一般来说，多重人格的切换速度没有这么快，但对于精神类的疾病，每个人都不一样。

余士可虽然是每天切换两次，但性格变化不是特别大，倒也算病症比较轻的。简单来说，她的两个性格，年龄、性别、物种都一致，共同用的记忆库也很大，独立的记忆卡比较小。

陆令和游少华对视了一眼，他俩已经有了足够的心理准备，想去会一会这个新·余士可了。

3

"你们不要对我抱有太大的期望。"余士可显得有些怯懦。在晚上的人格里，她听话、胆小、内向、爱思考；在白天的人格里，她活泼、爱玩、胆子大。两个人格共有的特征，就是逻辑比较好。

她的创作基本上都是在晚上进行。除此之外，她是每天早上起床后自动切换人格,而每天晚上切换人格这段时间就比较纠结。

曾经有几次,她半夜起床,就有些浑浑噩噩,脑子里乱七八糟的,也不知道算是哪个人格。

余士可知道自己有双重人格,而且这么多年来已经习惯了。可以这么说,即便是切换人格的时候,她也没啥不适,只是会纠结来纠结去。

陆令看着这个状态的余士可,心中的希冀顿时少了七分。他其实也明白,要完成这两个杀人案,无论哪一个,都需要不小的力气。而余士可非常瘦弱,属于怎么吃都不长肉的体质。

可能是具有多重人格的人身体负荷比较大,也可能是用脑过度,总之,余士可从体态特征上就不太具备杀人的能力,尤其是那种大刀,她用起来会非常费力。

晚上的余士可,没有白天乐观,此时她已经很害怕了。

出现这样的命案,金玲珑不得不接受治疗,现在已经安睡了。余士可作为活动的组织者,隔壁两间屋子都死了人,她又是个瘦弱的小姑娘,白天能逻辑清晰地给警察说清楚过程,已经是有些令人惊讶了!

"你不要担心,发生这样的事情,谁也不想,但事情总归要解决,你说对吧?"陆令感觉现在的余士可就是个很听话的小孩。

"是,我知道。我真的没想到会发生这种事,要是我知道,我肯定不会组织这一次的活动。"余士可有些自责。

"现在不说这些,你觉得,这些人里,谁有嫌疑?"陆令问道。面对听话的孩子,直接问就是。

"我不知道,我没感觉谁有嫌疑,大家真的都挺好的。"余士可叹了口气,"韩……和姜……都是很好的人。"

"不急,一个个说。"陆令明白余士可现在的状态不太好,但还是那句话,余士可作为组织者,和这个事情有脱不开的关系。

余士可点了点头,一个个地聊了起来。

基本上和白天说的内容差不多,但细心的陆令发现了一个问题,余士可提到姜安东的时候,状态和白天出现了细微区别。

这种状态,像是在刻意回避什么,若不是陆令对人的心理细节把握不错,甚至都看不出来,因为此时此刻的余士可一直都是有些怯懦的状态。

"等一下,"陆令打断了一下余士可,"你和姜安东到底是什么关系？"

"中学同学，好朋友。"余士可有一点惊讶，但还是没有多说啥，"他是个很好的人，我们这么多年关系一直很好。"

"仅仅是这样吗？"陆令再次追问道，"具体情况，你要如实告知我。"

"是这样……"余士可略微低下了头。

"你喜欢姜安东？"游少华也看出了问题，主动问道。

面对接连追问，余士可的状态和白天的差距越来越大。

"我……"余士可不太想承认，但也没有否认。

男女之间能做好朋友的，起码不讨厌对方，三观又很契合，产生感情再正常不过。

"如果这么说，你做的很多事情都很可疑了。"陆令表情严肃，"我建议你不要做无谓的隐瞒。"

"我……我是对他有好感……但我这性格……姜安东他知道我有双重人格，他其实更喜欢白天的我，而我只有晚上的人格喜欢他……"

陆令和游少华面面相觑，还能这样？

不过这么一说也对，余士可的父母更喜欢晚上的余士可，乖巧且热爱学习，但晚上的余士可不乐观且无趣。

"所以你羡慕韩珊？"游少华推测道，他感觉已经摸到了案子的关键。

"嗯，有一点点，晚上的时候会这样想，白天就不这样想了。"余士可轻轻点了点头。

游少华没想到"乖巧"状态的余士可就这样承认了，愣了一下后问道："所以，你承认了？"

"承认啊……"余士可有点不太好意思，但她毕竟20岁了，说出来没啥。

"那你说说过程。"游少华问道。

"什么过程？"余士可有些不解。

"游队，"陆令附在游少华耳旁说道，"她承认的是她喜欢姜安东并且羡慕韩珊，不是杀人，我觉得人不是她杀的。"

游少华感觉自己有点急了，点了点头，示意陆令接着问。

"无论怎么说，如你所说，韩珊死了，你成了利益既得者。"陆令旁敲侧击了一句。

"我和姜安东不可能的,我太熟悉他了,他也太熟悉我了。我俩还是做朋友比较好。"余士可摇了摇头,"韩珊死了,我俩也不可能,甚至……更不可能了……我现在还记得今天上午姜安东那个样子,看得出来,他受的打击很大很大。"

"那你也是今天上午才知道他会如此的,对吧?在此之前,你并未预料到姜安东会这样,不是吗?"陆令并不认可余士可的这种搪塞。

"是……可是……以我和姜安东的关系,如果真的要和他在一起,我会好好和他说,我不会杀人的。而且……我其实看他俩幸福,还挺开心的……"余士可说着就开始哭了起来。

此时的她太懦弱了,面对警察的连续询问,她不知道该怎么办。

"余士可,"陆令相信余士可说的都是实话,但这样说可不行,"案子发生了,你和所有人都不一样,你既是主事的人,又是逻辑清晰的剧本杀作者。以你所了解的,你觉得所有人里,谁有嫌疑?哪怕是猜想,哪怕没有根据。"

"那……"余士可身子往后缩了缩,但最终还是抬起了头,"我觉得那个李乐乐有问题。"

"我们问了好多人,包括你说的这个人,他昨天晚上一直在一楼,因为打牌输得不多,酒喝得也不多,他就去了一次厕所,还是和姜安东一起去一起回来的。"陆令提醒了一句。

"对,所以……我才怀疑他……"余士可也大概记得李乐乐几乎没离开过一楼。

4

听余士可这么一说,陆令和游少华也是一愣。

昨天晚上,包括金玲珑和余士可,都去过至少两次厕所,比如说欧阳世这种喝得多的,得去了四五次厕所。但是,那个李乐乐,似乎真的就去了一次,还是跟着姜安东等人一起去的。

只有一个人上厕所的时候,余士可可以替换着帮忙打牌,但如果有两个人上厕所,就打不成了,只能休息一下,几个人一起去。

所以,要么一个人去,要么三五个人一起去。李乐乐去的那次,就是很多人一起去的。

考虑到现在法医已经推测出凶手准确的作案时间,李乐乐的嫌疑几乎被彻底排除。当然,也不能百分之百地肯定他没有作案时间,毕竟都喝酒了,李乐乐如果去了两次厕所,大家也不见得记得那么准确。

从现在的情况来看,明天传唤时间一到,李乐乐就肯定要被放了。

"说说你的理由。"陆令也不急,问道。

"这次我们来滑雪,他是最不该来的。我和姜媚还聊过,欧阳世和那个4S店的经理,好像都对玲珑和姜媚有好感,而且他俩也都是外向、爱玩的人。那个李乐乐,应该是跟着欧阳世来的,但他其实一点都不喜欢滑雪。我们去滑雪,他是最不积极的。"余士可分析道。

余士可这个分析,对陆令二人来说意义不大。

因为李乐乐本身是个低调而又无聊的富二代,跟着欧阳世过来玩,不好好滑雪,牌技却高,都属于正常。这些余士可不知道,所以她就觉得不太正常。

"你说的我可以理解,还有别的想法吗?"陆令鼓励道。

"别的……"余士可看着两名警察的样子,觉得自己刚刚的猜测警察可能已经想到了,便沉思了一会儿,"警官,我想知道,韩珊她到底得罪谁了,她有什么仇家吗?你能给我一点提示吗?"

陆令看着余士可,摇了摇头。

余士可叹了口气:"也是,要是你们知道,早就去抓了。现在还是我的嫌疑最大。唉——韩珊就这么死了……真的好可惜好可惜啊。我好多朋友都说她很漂亮呢……唉——"

余士可脸上挂着泪痕。

说者无心,听者有意。

陆令突然听到了一个关键词——"好多朋友"。

"你和韩珊不是很熟,为什么你会有很多朋友评价过韩珊的相貌?"陆令直接切问道。

游少华也是一愣,看着陆令。他没反应过来!这确实是关键点!所谓询问,就得抓这种关键点,这才是区分高手和普通人的地方。

"我……"余士可显得有些慌乱,倒也不是害怕,甚至可以说有些羞愧。

"说清楚这个事。"陆令盯着余士可的眼睛,丝毫不眨眼。这种状态下,余士可不可能有说谎的机会。

347

"我……我……我有个粉丝群,就是剧本杀粉丝的群……"余士可被陆令吓坏了,说话都打磕巴,断断续续讲了一件之前的事情。

身为年轻女性作者,读者群里有大量男性读者,这是很正常的情况。读者也好,粉丝也罢,总爱有点恶趣味。如果是女性作者、UP主等,粉丝就会要求曝照;如果是男性作者、UP主,粉丝就会希望他穿女装。总之,不知道多少人找余士可要照片。

其实余士可长得不丑,由于现在的审美是"一瘦遮百丑",余士可算是比较好看的,身高也不太矮,但她从来不曝照。

有一次,余士可正好处于两种人格的切换阶段,她想起姜安东的事情有些不舒服,她不知道为啥姜安东明明和她关系这么好却还是选择了韩珊。这时,群友催她曝照,她就发了韩珊的闪图,希望大家评价一下,结果不少人都回复"好看""666,作者美!",等等。

总之,大家似乎都有分寸,却又都"贱贱的"。余士可管不了,也没办法,只能偶尔批评几句。但她也没解释,毕竟不是什么大事。

"我知道我做得不对,对不起。"余士可低下了头。

陆令叹了口气,他原本以为这里面有什么大事,但听这么一说,倒也正常。

很多女孩,自己的闺蜜找到了男朋友,就会怀疑人生,因为在她们眼里,闺蜜并没有那么好看,于是她们就会把闺蜜照片拿去给男生看,让男生评价一番。

韩珊算是好看的,把照片修一下,看上去绝对是美女,在群里被粉丝追捧也是正常的。实际上,无论发什么样的照片,粉丝都会说美。

"你把韩珊的照片用在其他地方过吗?韩珊知道此事吗?"陆令问道。

"没有,她不知道。我这种剧本杀作者,粉丝其实没你们想象中那么多,群里也就一百多个人,我当时也没想这么多……"余士可有些自责。

"好吧。"陆令叹了一口气。

陆令没觉得这件事与杀人案有什么关系,毕竟现场的人中也没有余士可的粉丝。只是他确实不理解,案子到底哪里出了问题,怎么会这么难办?

这个案子,不应该是这样的难度,陆令看向游少华,却发现游少华也在纠结。

有一个答案,好像呼之欲出,却死活让人想不明白。

陆令总感觉,现在的这些人里,有一个关键人物做了关键的事情,而这个事情，却存在感非常低，以至于大家都没有发现。

　　游少华也在考虑这个问题，他复盘了现在的十三个人，包括老板、两服务员、教师夫妇、姜安东、金玲珑、余士可、崔璧、项玉娇、欧阳世、王斗、李乐乐。

　　目前游少华接触最少的，就是俩服务员、教师夫妇和崔璧、项玉娇。

　　缺少那灵光一闪！

© 中南博集天卷文化传媒有限公司。本书版权受法律保护。未经权利人许可，任何人不得以任何方式使用本书包括正文、插图、封面、版式等任何部分内容，违者将受到法律制裁。

图书在版编目（CIP）数据

警察陆令 / 奉义天涯著 . -- 长沙 : 湖南文艺出版社 , 2024.7

ISBN 978-7-5726-1841-3

Ⅰ . ①警… Ⅱ . ①奉… Ⅲ . ①长篇小说－中国－当代 Ⅳ . ① I247.5

中国国家版本馆 CIP 数据核字（2024）第 088311 号

上架建议：畅销·悬疑小说

JINGCHA LU LING
警察陆令

著　　者：奉义天涯
出 版 人：陈新文
责任编辑：匡杨乐
监　　制：于向勇
策划编辑：布　狄
特约编辑：赵　静　罗　钦
营销编辑：时宇飞　黄璐璐　邱　天
封面设计：潘雪琴
版式设计：潘雪琴
内文排版：谢　彬
封面绘画：拉拉缨 Zing
出　　版：湖南文艺出版社
　　　　　（长沙市雨花区东二环一段 508 号　邮编：410014）
网　　址：www.hnwy.net
印　　刷：三河市天润建兴印务有限公司
经　　销：新华书店
开　　本：700 mm × 980 mm　1/16
字　　数：392 千字
印　　张：22.5
版　　次：2024 年 7 月第 1 版
印　　次：2024 年 7 月第 1 次印刷
书　　号：ISBN 978-7-5726-1841-3
定　　价：59.80 元

若有质量问题，请致电质量监督电话：010-59096394
团购电话：010-59320018